Steven Womack lebt in Nashville, Tennessee. *Totenblues* ist der Beginn einer Serie, in deren Mittelpunkt der Detektiv Harry Denton steht.

WOLFGANG KRENZEL
Klingenthaler Straße 33
12627 Berlin

Dieses Buch wurde auf chlor- und säurefreiem Papier gedruckt.

Deutsche Erstausgabe März 1996
Copyright © 1996 für die deutschsprachige Ausgabe
Droemersche Verlagsanstalt Th. Knaur Nachf., München
Das Werk einschließlich aller seiner Teile ist urheberrechtlich
geschützt. Jede Verwertung außerhalb der engen Grenzen des
Urheberrechtsgesetzes ist ohne Zustimmung des Verlages
unzulässig und strafbar. Das gilt insbesondere für Verviel-
fältigungen, Übersetzungen, Mikroverfilmungen und die
Einspeicherung und Verarbeitung in elektronischen Systemen.
Titel der Originalausgabe: »Dead Folks' Blues«
Copyright © 1992 by Steven Womack
Published by Arrangement with Author
Originalverlag: Ballantine, New York
Umschlaggestaltung: Angela Dobrick, Hamburg
Umschlagfoto: Freal Dott, Hamburg
Satz: Ventura Publisher im Verlag
Druck und Bindung: Elsnerdruck, Berlin
Printed in Germany
ISBN 3-426-60449-3

5 4 3 2 1

STEVEN WOMACK

TOTENBLUES

Roman

Aus dem Amerikanischen
von Isabel Schmidt

DANKSAGUNGEN

Ich bin einer Reihe von Leuten, die mir mit Rat und Tat, Ideen und Einsichten in viele Dinge, mit denen ich nicht vertraut war, zur Seite standen, zu tiefstem Dank verpflichtet. Hier möchte ich nur einige von ihnen erwähnen.

Es war außerordentlich hilfreich, daß mir Roberta Rosser, Gerichtsmedizinerin, besser bekannt als Bert – aus dem T. E. Simpkins Forensic Science Center in Nashville, besser bekannt als Leichenschauhaus –, erklärte, wie Autopsien vorgenommen werden, wie Gerichtsmediziner arbeiten und wie die Einstellung ist, die man automatisch bei dieser Art der Tätigkeit bekommt.

Lieutenant Tommy Jacobs, der Leiter des Morddezernats der Metropolitan Nashville-Davidson County Police, der mir sehr nützliche Einblicke in die Untersuchung von Mordfällen gab, darüber, wie Zeugen befragt werden, und über die ungewöhnliche Denkweise, die für die polizeiliche Arbeit nötig ist. Er lieh mir auch ein Exemplar von Dr. LeMoyne Snyders *Homicide Investigation*, und ich möchte jedem davon abraten, dieses Buch mit vollem Magen zu lesen.

Ich weiß gerade genug über Schußwaffen, um mich von einer verletzen zu lassen. Deshalb ging ich, wenn ich mehr über Waffen in Erfahrung bringen wollte, zu Ed Mason, dem Besitzer von Madison, dem Waffengeschäft in Tennessee. Er ist klug und sehr hilfsbereit. Er kennt seine Arbeit und ich bin ihm zu Dank verpflichtet.

Jeff und Amy Morland von DB Locators, Inc., in Nashville (DB steht, wie Sie wohl schon vermutet haben, für Dead Bodies) vermittelten mir tiefe und wunderbare Einsichten in das Geschäft der Suche nach Leuten, die sich aus dem Staub gemacht haben, und in die Kunst des Car-hunting. Schriftsteller denken sich so etwas aus, und sie tun es tatsächlich. Daneben findet Amy auch noch Zeit zum Schreiben, und sie schreibt wirklich gut.

Wie immer trugen Jeris Bragan und Woody Eargle, langjährige Teilnehmer meines Schriftsteller-Workshops in der staatlichen Justizvollzugsanstalt von Tennessee, mehr bei, als ich hier aufführen kann. Ihre Unterstützung und Freundschaft bedeuten mir viel.

Carole Abel, meine Agentin, Beichtmutter und Vertraute, geleitete mich geduldig und heiter durch die rauhen Wasser der Veröffentlichung. Tatsächlich sorgte sie dafür, daß ich in den letzten Jahren in diesem Geschäft blieb. Ob das ein Segen für die Menschheit ist, wird sich erst noch herausstellen, aber ich bin ihr unendlich dankbar.

Joe Blades, dessen redaktionelle Unterstützung und Freundschaft ich als wundervolle Gabe betrachte, erstaunt mich immer wieder aufs neue. Es ist schwierig, sich an einen Herausgeber zu gewöhnen, der nicht nur ein begnadeter Verleger, sondern auch ein guter Freund ist. Es macht mir jedoch viel Freude, mich umzustellen.

Jean Yarbrough, meine Schwiegermutter, eine eifrige Leserin und phantastische Lektorin, war verständnisvoll genug (oder dumm genug, je nachdem, wie man das sieht), ihre Tochter einen Schriftsteller heiraten zu lassen. Sie half mir sehr bei der Ausarbeitung dieses Manuskripts. In unserem Haus werden Sie keine Schwiegermütterwitze hören.

Meine Frau, Dr. Cathryn Yarbrough, bestand darauf, das Manuskript zu lesen, während sie in der Notaufnahme des Vanderbilt Hospital auf die Behandlung ihrer Verletzungen nach einem Überfall wartete. Eine mutige Frau! Verstehen Sie nun, warum ich sie geheiratet habe? Auf das Risiko hin,

mich zu wiederholen: Ich finde, alle Schriftsteller sollten sich in eine Psychologin verlieben, und dann sollten sie sie heiraten.
Schließlich bin ich dankbar für all die Dinge, die aus Nashville einen solch faszinierenden Wohnort machen. Ohne Scherz, für Schriftsteller ist er eine Goldmine.

KAPITEL 1

Gut, ich sage es Ihnen. Aber Sie versprechen mir, nicht zu lachen, okay? Ich bin Privatdetektiv. In Nashville, Tennessee.
Hören Sie auf zu kichern.
Nein, ich trage weder einen Trenchcoat noch einen Zweireiher oder einen Homburg. Ich rauche weder Zigaretten, noch trinke ich Scotch pur, den ich aus der Schreibtischschublade ziehe, und ich ohrfeige keine Frauen.
Heutzutage schlagen sie zurück. Und zwar hart.
Ich singe oder schreibe auch keine Country-music, ich höre sie noch nicht einmal. Ich stehe mehr auf Jazz, und ich bin auch nicht vom Steckrübenlastwagen gefallen. Ich bin hier geboren, ging jedoch in Boston zur Schule, verbrachte das vorletzte Jahr vor der Graduierung in Frankreich und trage fast täglich Schuhe. Wenn es sein muß, kann ich einen Provinzakzent annehmen, so kräftig wie Zuckersirup an einem frostigen Morgen. Aber ich kann genausogut Newport, Rhode Island, auflegen, daß Tom Wicker neben mir wirkt wie der reinste Bauerntrampel.
Ich kann Sie förmlich hören: Aber ein Privatdetektiv in Nashville, Tennessee? Das soll ich glauben ...
Nun lassen Sie mich Ihnen sagen, mein Freund, daß diese Stadt inzwischen eine Million Einwohner zählt. Und jede Stadt, die einen Kerl zum Bürgermeister wählt, der in der Fernsehshow von Phil Donahue Mundharmonika spielt und erklärt, für ihn sei es in Ordnung, mit der vierten Frau verlobt zu sein, während er noch mit seiner dritten verheiratet ist, hat Charakter. Ich war bereits an einigen interessanten, zu meiner Zeit korrupten Orten: New Orleans, New

York City und ganz Texas. Und glauben Sie mir, sie haben nichts von diesem Ort.
Wie viele Städte wählen schließlich einen Sheriff namens Fate, der wegen Korruption in der Justizvollzugsanstalt landet und von seinem Kumpel, dem berühmten Countrysänger Waylon Jennings, dort besucht wird? Wenn man von Sheriffs spricht, denke ich, daß dieser Staat den nationalen Rekord über Exsheriffs hinter Gittern aufgestellt hat.
Nashville ist die Mißgeburt einer griechischen Tragödie. Ich liebe die Stadt. Sie macht mich fertig.
Also, ich bin Detektiv. Ich habe nicht behauptet, ich sei dafür kompetent. Ich habe noch nicht einmal behauptet, ich sei es schon sehr lange. Eigentlich habe ich mein Büro erst vor etwa zwei Monaten eröffnet, ein paar Wochen nachdem mich die Zeitung hinausgeworfen hatte.
Ich war Zeitungsreporter und denke gerne, daß ich ein guter war. Im Grunde war ich zu gut. Der Zeitungsverleger hatte einen Bruder, der Lobbyist war und in eine Gruppe von Betreibern von Spielhöllen geriet. Wissen Sie, diese Typen, denen Videospielhallen und solche Dinge gehören. Und die hatten eine ziemlich starke Lobby, um ein Gesetz durchzubringen, damit sich die Videopokermaschinen für sie lohnten. Ich meine, es ist keinesfalls so, daß sich die Flipper und Videospiele bis dato nicht bereits seit Jahren bezahlt gemacht hätten. Aber diese Typen versuchten sie zu legalisieren, damit sie aufhören konnten, an die Kleinstadtcops Schutzgelder zu zahlen.
Wie dem auch sei, der Bruder des Verlegers verteilte auf der Legislative Plaza Hundertdollarnoten wie andere Menschen Visitenkarten. Die meisten Menschen wußten, daß dies beim Parlament eine übliche Vorgehensweise war. Aber dieser Kerl wurde anmaßend, weil seinem Bruder die lokale Zeitung gehörte und sie alle gute Beziehungen hatten. Er war

unglaublich aufdringlich, und so schrieb ich einen Artikel über seine Schmiergelder, mit denen er sämtliche Wände des Parlaments hätte grün tapezieren können.
Ich wußte, daß der Lokalredakteur die Story nie genehmigen würde, beschloß aber dennoch, sie vorzulegen, nur um ihn auf die Palme zu bringen. Das Dumme war, daß in der Nachtschicht ein Neuer war. Wir hatten ihn aus Oklahoma wegengagiert, und er kannte sich noch nicht aus. Er gab die Story frei.
Der Artikel erschien auf der Titelseite, unterhalb der Faltung. Niemand war davon mehr überrascht als ich. Die Frühausgabe kam in die Zeitungskioske, und der Verleger ging an die Decke, rastete völlig aus. Er ließ die Story zurückziehen und die Zeitungsexemplare einzeln an den Kiosken einsammeln.
Bis Mittag war der Artikel verschwunden und ich gefeuert.
So lebe ich jetzt also mit meinen fünfunddreißig Jahren von der Hand in den Mund, und mein beruflicher Ruf ist ruiniert. Aber was soll's, ich fing sowieso an, mich zu langweilen. Ich erinnerte mich daran, etwas darüber gelesen zu haben, daß in diesem Staat die einzige Voraussetzung für die Zulassung als Detektiv die Hinterlegung eines Schecks sei. Ich konnte kaum glauben, daß es so leicht war, und so rief ich einen Freund bei der Staatsanwaltschaft an, der mir berichtete, das Gesetz werde sich im Januar ändern. Nach dem Ersten mußte man tatsächlich ein polizeiliches Führungszeugnis vorweisen, um die Zulassung zu erhalten.
Also hatte ich noch sechs Wochen Zeit. Ich begab mich eilends in die Innenstadt, zahlte meine fünfundsiebzig Dollar, ließ ein Paßbild von mir machen, durchlief einen kurzen Computercheck und wurde Privatdetektiv.
Ich investierte meine letzten mageren Ersparnisse in die Einrichtung eines Büros in der Seventh Avenue nahe der

Church Street in einem verwahrlosten Gebäude, das sich zwischen einem winzigen Restaurant und einem dreistöckigen Parkhaus befand. Ich war im obersten Stock, in nur einem Zimmer, mit einem schmutzigen, fettigen Fenster, durch das man auf eine schmale Straße sah, die mit zerbrochenen Night Train-Wein- und Wild Irish Rose-Whiskey-Flaschen übersät war. Aber es kostete nur zweihundert Dollar im Monat. Zählen Sie etwa hundert Mäuse dazu, um das Telefon in Betrieb zu nehmen, ein paar hundert für Büromaterial und Visitenkarten und weitere hundert für einen alten Holzschreibtisch und einen Aktenschrank und, voilà, fertig war das Ganze.

Ich war an jenem Tag fast stolz, als der Schildermaler

HARRY JAMES DENTON –
PRIVATE ERMITTLUNGEN

an meine Tür pinselte. Ich hoffe nur inständig, daß es meine Eltern nicht herausfinden werden.

Ich nahm an, daß meine Fähigkeiten als Reporter sich leicht auf mein neues Aufgabengebiet übertragen ließen, und glaubte, daß die Tatsache, daß ich zehn Jahre die meiste Zeit im Gericht herumgelungert hatte, mir Jobs verschaffen würde.

Irrtum.

Mein schnell improvisiertes Büro führte mich zu schneller Armut. Ich rief jeden Rechtsanwalt an, den ich kannte, jeden Politiker und all meine Freunde. Ich war nicht zu bremsen.

Einen Monat nach Eröffnung des Büros mußte ich meine teure Wohnung in Green Hills aufgeben und über den Fluß in den Osten von Nashville ziehen, in den stinkenden Teil der Stadt, in das Viertel, in dem Archie Bunker gelebt hätte,

wenn er in Music City geboren worden wäre und sich als Lkw-Fahrer durchs Leben geschlagen hätte. Ich fand eine kleine alte Lady im Ruhestand, die ihren Dachboden ausgebaut hatte. Sie bot mir an, monatlich zehn Dollar von der Miete abzuziehen, wenn ich ihr im Sommer den Rasen mähte. Ich nahm die Wohnung.
Schließlich rief ich Lonnie Smith an, den ich kennengelernt hatte, als ich eine Story über Car-hunter schrieb. Lonnie kam nach Nashville, um im Grand Old Opry das große Geld zu machen, und kümmerte sich darum, nicht bezahlte Autos wieder zurückzuholen. Er tat dies nun seit etwa zwanzig Jahren. Und er haßt den Film *Car-hunter*.
»Dieser Streifen ist total daneben«, erklärte er mit seiner hohen Schnellfeuergewehrstimme. »Car-hunting ist ganz anders. Meistens ist der Job ziemlich langweilig und ermüdend.«
Er versuchte mich dazu zu überreden, für ihn zu arbeiten, Schuldner aufzuspüren und Autos wieder zurückzuholen.
»Das Geschäft geht in letzter Zeit gut«, sagte er. »Und es ist nicht halb so gefährlich, wie die Leute denken. Ich habe in meinem Leben zwischen zehn- und fünfzehntausend Wagen für die Eigentümer zurückgeholt. Und ich bin nur etwa ein dutzendmal verprügelt worden.«
»Danke, Lonnie. Da bin ich richtiggehend beruhigt.«
Da die Zeiten aber nun einmal so waren, wie sie waren, nahm ich den Job. Unser erster gemeinsamer Auftrag bestand darin, uns das Auto eines Typen am See zu schnappen. Wir fuhren über die Interstate 40, nahmen die Ausfahrt Stewart's Ferry Pike und bogen links ab über den Percy Priest-Damm. Es war ein kalter, windiger Tag, einer der letzten vor der Sommerhitze. In diesem Teil des Landes hat man vom Frühling nicht viel. An einem Tag friert man und am nächsten schwitzt man. Die Schaumkronen auf dem See

sahen aus wie weiße, spitze Zähne. Wir fuhren etwa eine Meile am See entlang bis zu einem Wohnblock.
»Ich weiß, daß der Kerl hier wohnt, doch nicht genau, wo.«
»Laß uns im Büro fragen«, schlug ich vor.
Lonnie wandte sich mir im Führerhaus seines schmutzigen Lasters zu und grinste. »Wie lange bist du jetzt in der richtigen Welt?«
»Sie werden es dir nicht verraten, wie?«
»Datenschutz. Aber es gibt Möglichkeiten.«
Wir betraten das Büro, in dem eine Rothaarige in einem geblümten Kleid hinter der Schreibmaschine saß.
»Entschuldigen Sie, Ma'am«, sagte Lonnie gedehnt in seinem Südstaatenslang. Niemand hätte je geahnt, daß er aus Brooklyn hierhergezogen war. »Ich suche meinen alten Freund Joey Richards. Ich habe ihm vor einem Monat oder so beim Umzug geholfen, und ich weiß, daß das da drüben war ...« Lonnie zeigte vage auf eine Stelle hinter ihrem Kopf. »Aber bei meiner Seele, Darling, ich erinnere mich nicht mehr, in welchem Gebäude das war. Könnten Sie mir da helfen?«
Sie musterte uns von oben bis unten. Lonnie hatte mich gewarnt, daß dies unter Umständen Schmutzarbeit sei, also hatte ich ein altes Flanellhemd und Jeans angezogen. Die Rothaarige schaute uns eine Sekunde lang an, dann beschloß sie, daß wir wohl zu dumm waren, um etwas anderes zu sein als das, was wir zu sein schienen.
»Ich darf Ihnen diese Information eigentlich nicht geben«, sagte sie.
»Oh, Joey hat sicher nichts dagegen. Er wartet in diesem Augenblick auf uns. Wir wollen fischen gehen.«
Lonnie war so glatt wie Elvis Presleys Pomade. Die Rothaarige hatte keine Chance. Sie zog einen Computerausdruck aus ihrem Schreibtisch und ging die Liste durch.

»Okay, er wohnt in Gebäude C. Apartment neun.«
Lonnie grinste sie an. Sie lächelte zurück, vermutlich in der Hoffnung, daß er ihr keine Avancen machte.
»Zunächst suchen wir seinen Wagen und blockieren ihn«, erklärte Lonnie, als wir wieder draußen im kalten Wind waren. »Dann klopfen wir bei ihm an die Tür. Vielleicht händigt er uns die Schlüssel aus.«
»Meinst du, daß er das machen wird?«
»Manchmal tun sie das. Im allgemeinen wissen die Leute, wann sie den Wagen zurückgeben müssen. Zum Teufel, sie erhalten von den Finanzierungsgesellschaften jede mögliche Chance. Was sollen sie verflucht noch mal mit rückgeführten Wagen anfangen? Sie wollen keine Fahrzeuge, sie wollen ihr Geld. So ist das.« Lonnie spuckte aus dem linken Mundwinkel aus. »Er weiß, daß wir kommen.«
Ich kletterte zurück in das Führerhaus von Lonnies Laster und holte die Fotokopien. Der Kerl hatte einen roten 84er Ford Ranger mit dem Kennzeichen DTB 042. »Also fahren wir herum, hm?«
»Ja. Ich habe das Lager angerufen, in dem er arbeitet. Heute hat er frei. Er müßte hier irgendwo sein.«
Wir fuhren langsam über den Parkplatz. Vor Gebäude C stand kein roter Ford Ranger.
»Vielleicht ist der Typ unterwegs«, meinte ich.
»Nee, er ist hier. Der weiß, daß wir hinter ihm her sind. Er hat den Wagen irgendwo versteckt.«
Wir fuhren weiter. Auf der anderen Seite des Gebäudekomplexes war ein Bereich, der mit Seilen abgetrennt war, so daß die Leute dort ihre Boote und Wohnwagen abseits vom normalen Verkehr abstellen konnten. Hinter diesem Parkplatz, teilweise in der Wiese, stand mit der Nase zu uns ein roter Ford Ranger so da, daß man das Nummernschild nicht sehen konnte.

»Boogie-woogie«, sang Lonnie. Mein Herz begann schneller zu schlagen. Lonnie lenkte seinen Dreivierteltonner Chevy um die Boote herum, dann stellte er sich quer vor den Ranger. Jenseits des Wagens war Wald, und wir standen davor.
Lonnie sprang raus und ging zur Rückseite des Fords.
»Wir haben ihn«, verkündete er. »Die Schilder sind abgekratzt.«
Ich versuchte die Tür des Rangers zu öffnen. »Abgeschlossen.«
»Okay«, sagte Lonnie, »dann laß uns zu dem Kerl gehen.«
Wir marschierten um den Häuserblock zu Gebäude C und eine Treppe hinauf. Lonnie drehte sich zu mir um, grinste und klopfte dreimal an die Tür.
Wir vernahmen innen schlurfende Schritte und das leise Brummen eines Fernsehers. Aber es erfolgte keine Reaktion auf unser Klopfen. Lonnie hämmerte erneut gegen die Tür.
»Mr. Richards, können wir mit Ihnen sprechen, Sir?« rief er.
Doch da war nichts als Schweigen, und nun war nicht einmal mehr der Fernseher zu hören.
»Mr. Richards!« schrie Lonnie und schlug ein letztes Mal gegen die Tür.
»Was tun wir jetzt?« fragte ich. Lonnie stand da und starrte einen Moment wütend vor sich hin.
»Wenn der Typ sich zum Arschloch machen will, hab ich nichts dagegen. Laß uns den Ranger holen.«
»Willst du ihn kurzschließen?«
Wieder grinste mich Lonnie an. »Du bist neu in dem Geschäft. Junge, keiner schließt heutzutage noch Autos kurz. Das bereitet zuviel Mühe. Außerdem müssen wir dafür aufkommen, wenn wir ein zurückgeholtes Auto beschädigen. Wenn wir keinen Schlüssel haben, der paßt, holen wir ganz einfach den Abschleppdienst.«

Wir gingen wieder zu den Wagen. Lonnie griff unter den Sitz und holte einen Schlüsselring hervor, der so groß war wie eine Frisbeescheibe. Dann zog er ein dünnes Sägeblatt mit einer Kerbe an einem Ende heraus. Ich hatte noch niemals vorher dabei zugesehen, wie jemand ein Auto aufbrach. Bewundernd beobachtete ich, wie Lonnie das Blatt in die Tür schob und es ein paar Sekunden lang hin und her drehte. Dann schien er es irgendwo einzuklinken, zog ein bißchen und sah, wie der Türriegel im Führerhaus des Rangers nach oben sprang.
»Alle Achtung«, sagte ich. »Ich bin beeindruckt.«
Lonnie lächelte. »Das ist ganz einfach. Leichter als eine Stechuhr zu bedienen.«
Er setzte sich hinters Steuer, spielte mit den Schlüsseln herum und versuchte einen zu finden, der in das Zündschloß des Rangers paßte. Ich begann allmählich zu glauben, daß Car-hunting vielleicht doch keine so schäbige Art war, seinen Lebensunterhalt zu verdienen, als ich auf dem Asphalt hinter uns Schritte hörte.
Ich drehte mich um und sah, wie dieser glatzköpfige, unrasierte Kerl im T-Shirt, bei dem der Bauch wie ein Sack Mehl über den Gürtel hing, direkt auf uns zustürmte, während er eine Axt über dem Kopf schwang. Ich riß meine Augen weit auf, als der Mann ein wahnsinniges Kriegsgeheul anstimmte.
»Lonnie!« schrie ich. Lonnie blickte genau in dem Moment auf, in dem Fatty den Axtstiel auf die Haube des Chevy knallen ließ. Der Dreivierteltonner war gebaut wie ein Panzer und überall verbeult, so daß man nicht behaupten kann, er habe ihn wirklich beschädigt. Aber Lonnie machte es irre wütend.
»He!« brüllte er. »Lassen Sie das!«
Ich stand ein paar Meter von dem Mann entfernt, beide

Wagen zwischen uns. Und ich war entschlossen, es auch dabei zu belassen. Er schwang den Stiel seiner Axt wie einen Louisville-Baseballschläger und drosch auf alles ein, was sich ihm in den Weg stellte. Lonnie sprang vom Ranger herunter, rannte auf den Mann zu, hielt aber direkt außerhalb seiner Reichweite inne.

»Legen Sie das sofort hin«, warnte er. »Wenn wir die Bullen holen müssen, wandern Sie übers Wochenende in den Knast.«

Fatty knurrte. Ich meine, er knurrte wirklich, wie ein Hund oder so, dann schwang er den Stiel über dem Kopf und stürmte einem Bullen gleich direkt auf Lonnie zu.

Lonnie trat zur Seite, duckte sich und stellte ihm ein Bein. Der Kerl verfing sich mit seinem rechten in Lonnies rechtem Bein und verlor den Boden unter den Füßen. Der Axtstiel schleuderte durch die Luft, bevor der Mann vollständig das Gleichgewicht verlor, über eine Betonschwelle stolperte und kopfüber im Dreck landete.

Innerhalb einer Sekunde war Lonnie über ihm. Dann zog er blitzschnell eine kleine Spraydose aus der hinteren Hosentasche und sprühte dem Mann ins Gesicht. Reichlich. Das nächste, an das ich mich erinnere, ist, daß der Typ prustete und kotzte und die ganze Seite seines Rangers mit kleinen Bröckchen verzierte.

»Reizgas?« fragte ich, als Lonnie zum Chevy ging.

»Hat dieser Typ meinen Truck beschädigt?« wollte er wissen.

Ich lief zu ihm nach vorne.

»Es sieht so aus, als hätte er die Haube ein paarmal getroffen«, antwortete ich. »Die vorderen Scheinwerfer hat er aber nicht erwischt. Willst du Strafanzeige erstatten?«

Lonnie schaute zu Fatty rüber, der nun, da die schlimmsten Krämpfe vorbei waren, auf allen vieren nach Luft rang.

»Zum Teufel damit«, zischte Lonnie. »Es dauert zu lange, bis die Polizei kommt. Ich habe keine Zeit. Laß uns gehen.«
Lonnie warf mir die Schlüssel vom Chevy zu. Ich setzte mich ins Führerhaus, startete den Motor und wartete, bis Lonnie den Ford angelassen hatte. Anschließend fuhr ich zur Seite, damit er vorbeikonnte, und folgte ihm. Als wir nach links um einen der Wohnblocks fuhren, sah ich in den Rückspiegel. Fatty richtete sich gerade schwankend auf und versuchte sein Gleichgewicht wiederzuerlangen.
Der Kerl tat mir leid. Von hohen Tieren und Landspekulanten, die Konkurs machen und der Bank ein paar hundert Millionen Dollar schulden, erscheint nur das Bild in der Zeitung. Aber wenn man bei einer Darlehenstilgung von zweihundert Dollar im Monat in Verzug gerät, kommen zwei angeheuerte Schläger, stehlen dir den Wagen und besprühen dich an deinem freien Tag über und über mit Reizgas.
Ich begann mich zu fragen, ob ich wohl den Job bei der Zeitung zurückhaben konnte.

KAPITEL 2

Lonnie gab mir pro rückgeführten Wagen vierzig Mäuse, und wir holten jede Woche zwischen sechs und zehn. Also kam ich knapp über die Runden. Aber mein neues Leben machte mir Spaß. Ich stieß den teuren Honda, der mich im Monat vierhundert Dollar kostete, ab, und kaufte einen rückgeführten 85er Escort von einer Finanzierungsgesellschaft. Was soll's, er war nicht schön, aber er lief. Und er war bezahlt.

Ich begann außerdem, über mein Bürotelefon für Lonnie Leute ausfindig zu machen, die verschwunden waren. Dieser Job ist nicht ganz so riskant, doch genauso arbeitsintensiv. Wenn jemand mit der Tilgung nicht nachkommt, schickt ihm die Bank einen Brief, der dann mit dem Vermerk »UNBEKANNT VERZOGEN« wieder zurück an den Absender geht. Irgendein vertrottelter Bankbeamter ruft daraufhin die Nummer aus den Akten an und erklärt, daß er herauszufinden versucht, wo sich die mit der Zahlung in Verzug geratene Person aufhält.

In der Regel haben sie nicht viel Glück, was wohl kaum überraschend ist. Es gibt nicht viele Leute, die bereit sind, mit einer Bank bei der Jagd nach einem Schuldner zu kooperieren. Und die Krawattentypen in der Bank, die alles andere als phantasievoll sind, wissen dann nicht mehr weiter und überlassen die Sache einem Adressenfahnder.

Lonnie hat in seinem Büro ein Computerterminal, das Kreditauskünfte ausspuckt. Es ist beängstigend zu sehen, was für ein Zeug da rauskommt. Wie dem auch sei, Lonnie fragt eine Bankauskunft ab und tut sie mit den Bankunterlagen zusammen in einen Ordner, den er mir gibt. Ich bekomme zwanzig Dollar für jede überprüfte Adresse und Telefonnummer und weitere fünf, wenn ich den Arbeitsplatz herausfinde. Am Anfang war das ganz schön schwierig, aber nach einiger Übung schaffte ich es, mir sechs bis acht pro Tag zu erschwindeln, wenn ich mich dranhielt.

Einige Monate vergingen, die Tage plätscherten so dahin. Ich hatte noch immer keinen Fall, verdiente aber von Zeit zu Zeit etwas Geld, indem ich für Lonnie Aufträge erledigte. Etwas weiter unten auf demselben Stockwerk haben sich ein Songwriter und ein Verleger eingemietet: Ray und Slim. Sie haben mir ihre Familiennamen genannt, aber die konnte ich mir nicht merken. In ihrem Ein-Zimmer-Büro schreiben sie den ganzen Tag Lieder und hören Tonbänder anderer hungernder Songwriter. Ich weiß nicht genau, wie das alles funktioniert; es scheint einfach so, als wäre im Musikgeschäft jeder, den ich kenne, hungrig. Entsprechend dem alten Witz, den man in der Music Row zu hören bekommt: Wissen Sie, was ein Nashville-Musiker ohne Freundin ist? Obdachlos.

Von Zeit zu Zeit schaue ich am Ende des Tages bei Slim und Ray rein und trinke ein Bier mit ihnen. Die Cocktail-hour fängt bei den beiden gegen vier Uhr an. Dann singen sie etwas lauter, Leute mit Gitarren kommen vorbei, und sie legen all dieses Stöhnen, Ächzen und Weinen in ihre Biersongs. Aber einiges davon ist ziemlich gut.

An einem Mittwochnachmittag saß ich in meinem Büro, vor mir ein Stapel Akten. Ich öffnete die oberste. Eine gewisse Linda Wolford in 2545 Forest Drive hatte einen persönlichen Wechsel ohne Sicherheiten platzen lassen. Hier konnte die Bank sich nicht einmal an dem Wagen der Dame vergreifen. Sie schickten ihr ein halbes Dutzend Mahnungen, die alle zurückgingen. Dann rief jemand von der Bank dort an. Eine weibliche Stimme, die sagte, sie sei die Mitbe-

wohnerin, behauptete, Linda Wolford sei weggezogen. Sorry, Adresse habe sie keine hinterlassen und auch keine Telefonnummer.
Ich dachte mir, daß ich bei dieser Lady nicht sehr weit kommen würde, wenn ich sie anriefe und sagte: »He, ich muß Ihre Identität und Adresse überprüfen, damit Sie die Bank festnageln kann.« Und so beschloß ich, den UPS-Dreh anzuwenden, nahm den Hörer ab und wählte die Nummer.
»Hallo.«
»Hallo, ich versuche Linda Wolford in 2454 Forest Drive zu erreichen.«
»Aha. Und wer sind Sie?«
»Hier spricht Carter vom UPS-Kundenservice. Wir hatten ein Paket für Mrs. Wolford, das als unzustellbar zurückkam. Und nun versuchen wir die richtige Adresse herauszufinden, so daß wir es nicht wieder an den Absender schicken müssen.«
»Was ist in dem Paket?«
»Das weiß ich nicht, Ma'am, aber es ist mit über zweihundert Dollar versichert und vorausbezahlt. Sie schulden mir also nichts. Muß wohl ein Geschenk sein oder so.«
»Und welche Adresse hatten Sie genannt?«
»2454 Forest Drive, Ma'am.«
An diesem Punkt ertönt im allgemeinen ein Kichern oder ein erwartungsvoller Seufzer. So auch jetzt.
»Oh, das stimmt schon, Mr. Carter. Ich bin Linda Wolford, aber meine Adresse ist 2545 Forest Drive.«
Ich grinste. Volltreffer, nun hatte ich sie. »Also noch mal, Sie sind Linda Wolford in 2545 Forest Drive, richtig?«
»Ja, Sir.«
»Prima, Mrs. Wolford. Es tut mir leid, Sie gestört zu haben. Sie hören in ein paar Tagen von uns.« Ja, und sagen Sie dem Konkursrichter schöne Grüße von mir.

»Danke, daß Sie sich die Mühe gemacht haben, mich zu suchen.«
»Das gehört alles zum Service, Ma'am, das ist alles Service.«
So verdiente ich nach zwölf Jahren auf einer Privatschule und weiteren vier auf einer Uni mein Geld damit, andere Leute anzulügen – was mich mit einigen Absolventen der besten Wirtschaftsschulen gleichstellte.
Für einen Typen, der aus seinem Job geflogen war und in ein heruntergekommenes kleines Apartment in einem Viertel ziehen mußte, das mit alten Buicks vor Betonklötzen auf Vorgärten gefüllt ist, ging es mir ganz ordentlich. Ich verbrachte eine tolle Zeit. Ich kam zurecht. Ich jagte Schuldnern nach. Das Leben war schön.
Ich schloß die Akte vor mir, dann schaute ich vom Schreibtisch hoch, gerade in dem Augenblick, in dem sich die Tür öffnete. Und da stand Rachel Fletcher.

Als ich sie zum erstenmal traf, hieß sie noch Rachel Todd. Das war in den Siebzigern, als wir an der Boston University zusammen studierten. Vielleicht ist es eine Funktionsstörung, aber die Tatsache, daß ich meine Teenagerzeit auf einer Jungenschule verbrachte, verzerrte meine frühen Wahrnehmungen in bezug auf Frauen irgendwie. Tatsächlich schien es mir so, als wäre ich von einem Lastwagen überrollt worden, als ich diese Frau im ersten Studienjahr bei irgendeiner blöden Fete auf dem Campus traf. Es war kaum weniger schmerzhaft und verlief mit genau der gleichen Wucht. Sie trug ihr blondes Haar damals länger, ihr Gesicht war etwas runder, mit den letzten Spuren Babyspeck. Aber sie war umwerfend, zum Umfallen schön. Und irgendwie schaffte ich es, daß sie sich mit mir verabredete. Ein paar Wochen später brachte ich sie dazu, mit mir zu schlafen, obgleich wir dabei nicht viel zum Schlafen kamen.

Drei Jahre später verließ sie mich und heiratete so ein Arschloch namens Fletcher, einen reichen Kotzbrocken, der angehender Arzt war.
Was soll's! Ich hatte mich schon seit langem damit abgefunden. So trage ich, anders als bei anderen Beziehungen, in die ich verwickelt war, bei dieser nur wenig Gepäck mit mir herum. Aber als sie an jenem Tag da stand und mich anblickte, war es einen Moment fast so, als wollte mich der Laster wieder überrollen.
Sie öffnete die Tür, ohne zu klopfen. Vermutlich rechnete sie damit, eine Sekretärin und ein Wartezimmer sowie all das andere übliche Büroinventar vorzufinden. Sie wirkte überrascht, als sei sie nicht sicher, ob ich der war, den sie zu sehen erwartete. Dann drehte sie sich um, blickte auf die schwarzen Buchstaben auf dem Milchglas, schüttelte fast unmerklich den Kopf, trat einen Schritt vor und schloß die Tür hinter sich.
»Hallo, Harry. Wie geht es dir?«
Inzwischen stand ich hinter meinem Schreibtisch, ohne überhaupt bemerkt zu haben, daß ich mich erhoben hatte. Ich musterte sie und versuchte, sie nicht anzustarren. Sie müssen wissen, daß ich seit einiger Zeit – nun, sagen wir es mal so – niemandem *beigewohnt* hatte. Eine Art lange Trockenzeit, verstehen Sie, aber zumindest zum Teil selbst so gewollt. Als ich mich also mit einer hübschen Blondine in einem geschlossenen Büro befand, und nicht etwa mit irgendeiner beliebigen hübschen Blondine, verdammt noch mal, sondern mit *dieser*, mußte ich mich zusammenreißen, um nichts in dieser Richtung zu äußern. Und die Erinnerung daran, daß sie echt blond war, war dabei nicht gerade hilfreich.
»Hi, Rachel«, sagte ich und hoffte, daß mir nicht die Stimme wegblieb. »Wie geht es dir?«

»Mir geht es gut, Harry. Und dir?«
Ich stand einige Sekunden lang da, verspannt und linkisch, bevor es mir gelang, die Zunge zu bewegen.
»Nun, ich bin ein bißchen nervös. Du bist der letzte Mensch, von dem ich erwartet habe, ihn in mein Büro marschieren zu sehen.«
»Kein Grund, nervös zu sein, Harry. Ich bin kein Gerichtsvollzieher.«
»Gut. Aber ich hätte auch gar nichts, was für einen Gerichtsvollzieher interessant wäre. Nimm Platz.«
Sie trug eine schwarze Seidenbluse und weiße Hosen, die so glänzten, daß es den Augen weh tat, und Bügelfalten hatten, die scharf genug waren, daß man sich damit die Zahnzwischenräume hätte reinigen können. Ich hoffte, sie würde sich auf meinem Stuhl nicht schmutzig machen. Sie hatte ein schmales Gesicht bekommen, in dem man die hohen Wangenknochen direkt unter der Haut sehen konnte. Ihre Haut war wie Alabaster und so rein wie frisch gefallener Schnee. Auch ihre Hände waren schlanker, und das blasse Blau ihrer Venen verlieh ihnen ein wenig Farbe.
Vielleicht lag das auch daran, daß sie eng ineinander verschlungen waren, eingeklemmt wie der Schwanz eines Hundes. Was auch immer das heißen mochte. Ich kenne diese Redewendung nun schon seit Jahren und habe sie stets ein wenig obszön gefunden. Auf jeden Fall mochte Rachel Fletchers Gesicht ruhig und gelassen gewesen sein, aber ihre Hände waren ineinander verknotet wie Rugbyspieler beim Gedränge auf dem Spielfeld.
»Kann ich dir etwas zum Trinken holen? Kaffee? Unten in der Halle ist ein Getränkeautomat.«
»Nein danke, Harry. Ich möchte nichts.« Sie bemerkte meinen Blick auf ihre Hände und legte sie unsicher auf die

beiden Armlehnen. »Ich freue mich, dich zu sehen. Wie lange ist das jetzt her?«
Ich versuchte mich zu erinnern. »Vielleicht zehn Jahre. Ich glaube, das letztemal trafen wir uns beim Wohltätigkeitsabend zugunsten des Kinderhospitals.«
»Stimmt. Was ist aus der Frau geworden, mit der du damals gingst? Die große mit dem zurückgekämmten dunklen Haar.«
Wen meinte sie bloß? Ich dachte nach. War es …? »O ja, das war vor meiner Heirat. Ich glaube, sie hieß Debbie. Das ist lange her.«
»Stimmt«, sagte sie.
»Und wie sieht's bei dir aus? Du und … wie war noch sein Name?«
»Conrad«, antwortete sie. »Ja, wir sind noch miteinander verheiratet. Zumindest offiziell.«
Ihre Gedanken schweiften ab. Ich beschloß, sitzen zu bleiben und zu warten, bis sie fortfuhr. Schließlich sagte sie: »Harry, ich weiß, daß mit uns nicht alles ganz leicht war.«
»Oh, das ist vergessen und vorbei. Ich habe mich schon immer damit gebrüstet, ein guter Verlierer zu sein.«
Sie blickte rasch auf. »Du warst kein Verlierer, Harry. Das warst du noch nie, zumindest habe ich dich nie dafür gehalten.« Ihr Kopf neigte sich nach rechts, als hätte die Traurigkeit ein Gewicht, das sie nach unten zog. »Ich habe einfach in meinem Leben einige Fehler gemacht.«
Plötzlich tat sie mir leid, und es war das erste Gefühl, das ich seit zehn Jahren überhaupt für sie empfand. Aber da war etwas an ihr, was regelrecht Mitleid erregte, obwohl sie so großartig aussah und offensichtlich wohlhabend und gesund war. Ich verspürte das Bedürfnis, über den Schreibtisch zu greifen und sie zu berühren, aber es war mir klar, daß das vermutlich das letzte war, was ich tun sollte.

»Was ist los, Rachel? Warum bist du hier?«
Sie öffnete ihre kleine silberne Tasche und zog eine Packung Zigaretten heraus, die langen, dünnen, die auf dem Papier mit roten und blauen Blumen verziert sind. Ihre Hand zitterte, als sie die Zigarette anzündete.
»Es geht um Connie«, sagte sie, nachdem sie einen langen, tiefen Zug genommen hatte. »Er hat sich selbst in Schwierigkeiten gebracht, und ich mache mir schreckliche Sorgen um ihn.«
»Seit wann machst du dir Sorgen?« Als ich bemerkte, daß sie diese Frage unpassend fand, fuhr ich fort: »Was für Schwierigkeiten?«
Sie zögerte und hob unsicher die Hand, um erneut an der Zigarette zu ziehen. »Er spielt wieder. Und zwar intensiv, fürchte ich. Offensichtlich schuldet er irgend jemandem viel Geld. Er bekommt Drohanrufe und Drohbriefe.«
Ich kämpfte gegen den Drang zu lächeln an. Dr. Conrad Fletcher. Ich erinnerte mich an ihn als blasiertes, eingebildetes, privilegiertes Arschloch. Irgendwie war es sehr amüsant, um ehrlich zu sein sogar direkt ergötzlich, ihn mit Haut und Haaren in den Klauen von Buchmachern zu wissen.
»Ich habe versucht, dich bei der Zeitung zu erreichen«, fuhr sie fort, »um dich zu fragen, ob du einen Rat weißt. Man sagte mir, daß du nicht mehr dort arbeitest.«
»Wie nett umschrieben. In Wirklichkeit haben sie mich gefeuert. Hochkant rausgeschmissen.«
»Das tut mir leid.«
»Mir nicht.«
»Jedenfalls gab mir jemand aus der Redaktion deine Telefonnummer und Adresse. Ich hatte keine Ahnung, daß aus dir ein ...«
»Privatdetektiv geworden ist?« ergänzte ich grinsend. »Ja, ich finde auch, daß es ein bißchen bescheuert klingt.«

Rachel lächelte, das erste echte Lächeln, seit sie sich gesetzt hatte. »Wie dem auch sei, ich bin gekommen, um deine beruflichen Dienste in Anspruch zu nehmen.«
»Also dann – über welche Anrufe und Briefe sprechen wir hier?«
Sie öffnete wieder die Handtasche und zog einen aufgerissenen Umschlag heraus – billiges Papier, wie man es in jedem Drugstore kaufen konnte, mit einem Poststempel der Innenstadt. Auf dem Blatt darin stand folgendes: »Fletcher: Ihre Zahlung ist überfällig. Sie erledigen das innerhalb der nächsten 24 Stunden, oder wir schicken Ihnen unser Inkassopersonal. Sie werden das kaum sehr angenehm finden.«
Einfach, direkt, auf den Punkt gebracht. Ich hatte, als ich noch bei der Zeitung arbeitete, ein paar Artikel geschrieben, die unfreundliche Zuschriften nach sich zogen, worunter auch einige Drohbriefe waren. Die Regel in der Redaktion war, daß man über die, in denen getobt und gerast und damit gedroht wurde, einem die Eier abzuschneiden, bei einem Glas Bier lachen konnte. Die ruhigen, ernsthaften, untertriebenen waren es, die man behielt, in seinen Träumen wieder und wieder las, die dazu führten, daß man nachts schweißgebadet aufwachte. Dieser Brief gehörte zweifellos zu denen, die man behielt.
»Der Brief ist gestern gekommen. Ich habe ihn versehentlich geöffnet. Connie wird wütend, wenn ich seine Post aufmache, aber ich habe einfach nicht achtgegeben.«
»Hast du ihn ihm gezeigt?«
Sie verdrehte die Augen. »O Gott, nein. Er würde einen Anfall kriegen. Er ist schrecklich jähzornig, mußt du wissen.«
»Und die Anrufe?«
»Es waren nur zwei, einer vor etwa einer Woche, einer heute früh.«

»Was haben sie gesagt?«
»Das erstemal verlangte jemand, Connie zu sprechen, aber er war nicht zu Hause. Ich fragte, wer am Apparat sei, doch der Mann wollte es mir nicht sagen. Beim zweitenmal war es dieselbe Stimme, und wieder verlangte er Connie zu sprechen. Als ich erklärte, er sei nicht zu Hause, fragte der Mann, ob Connie den Brief erhalten habe.«
»Und?«
»Da bin ich, glaub ich, in Panik geraten. Ich fragte, wer er sei, und er sagte: ›Das geht Sie nichts an.‹ Dr. Fletcher wisse schon, wer er sei, und täte verdammt noch mal gut daran, das Schreiben ernst zu nehmen.« Sie blickte mir direkt in die Augen, und das helle Blau schimmerte im Licht der Lampe. »Da fing ich an, nach dir zu suchen.«
Ich rutschte unbehaglich auf meinem Stuhl hin und her. Ich war mir überhaupt nicht sicher, daß ich den Job übernehmen wollte. Erstens war mir der Hurensohn ziemlich egal, und zweitens wurde ich das Gefühl nicht los, daß ich, wenn ich für Rachel Fletcher arbeitete, wahrscheinlich den Wunsch verspüren würde, mich wieder mit ihr einzulassen.
Plötzlich schien das Büro sehr stickig. »Hast du mit Conrad darüber gesprochen? Weiß er, daß du hier bist?«
»Um Gottes willen, nein! Wenn er es wüßte, würde bei ihm eine Sicherung durchbrennen. In den letzten Jahren lief es bei uns nicht so besonders gut. Wegen seiner Arbeit und so. Wir verbringen nicht viel Zeit miteinander. Und wenn er nicht arbeitet, ist er immer irgendwo anders unterwegs. Vermutlich um zu spielen.«
»Das ist keine leichte Frage, Rachel, aber ich muß sie stellen. Gibt es da eine andere Frau?«
Sie sah aus, als wäre ihr Gesicht plötzlich taub geworden und als fürchtete sie, die Hand zur Wange zu heben, aus Angst,

nichts mehr zu fühlen, aus Angst, vielleicht gar nicht mehr vorhanden zu sein.
»*Eine?*« flüsterte sie.
»Was soll ich deiner Meinung nach tun, Rachel?«
Sie blickte einen Moment zögernd auf ihre noch brennende Zigarettenkippe.
»Drück sie einfach auf dem Boden aus«, sagte ich. »Ich fürchte, ich habe keinen Aschenbecher.«
Sie ließ die Zigarette fallen, und ich beobachtete, wie sich ihr rechtes Knie vor und zurück drehte, als sie die Kippe austrat. »Könntest du herausfinden, wem er das Geld schuldet? Und wieviel?« Ihre Stimme hatte einen flehenden Unterton. »Wie hoch die Summe auch sein mag, ich werde dafür sorgen, daß das Geld gezahlt wird. Ich will nicht, daß ihm etwas zustößt.«
»Ich muß vielleicht mit Conrad sprechen.«
»Bitte nicht. Oder sag ihm zumindest nicht, daß wir miteinander geredet haben. Wenn du mit ihm sprechen mußt, dann tu so, als hättest du einen anderen Grund. Ich will unter keinen Umständen, daß er erfährt, daß ich weiß, was mit ihm los ist.«
»Wenn er wirklich ein Spieler ist, braucht er Hilfe.«
»Ich kümmere mich darum, sobald das hier vorbei ist. Im Augenblick habe ich nur Angst, daß ihm was passiert. Bitte hilf mir, das durchzustehen, Harry.«
»Du willst ihn schützen, stimmt's? Du bringst die Dinge für ihn in Ordnung. Die anonymen Alkoholiker würden dich den Coalkoholiker nennen.«
»Ich engagiere dich als Privatdetektiv, Harry, nicht als Therapeuten«, brauste sie auf. »Das ist etwas anderes, um das wir uns kümmern können, wenn die Zeit gekommen ist. Willst du mir nun helfen oder nicht?«
»Rachel, ich …«

»Natürlich zahle ich dir deinen üblichen Tarif.« Sie griff wieder in ihre Tasche, und diesmal zog sie ein teuer aussehendes Portemonnaie heraus, auf dem sich eine Art Designermedaillon befand. Ich erkannte die Marke nicht. Sie ging wohl über meine Mittel. Rachel entnahm ihm einige Hundertdollarnoten.
»Rachel, das ist nicht …«
»Sei nicht dumm. Du wirst mir doch nicht erzählen wollen, daß du es dir leisten kannst, umsonst zu arbeiten? Wie ist dein Preis?«
Ich muß zugeben, daß sie seit unserer Zeit auf dem College viel zäher geworden war. Ich nehme an, daß das Leben mit einem Arzt dies mit sich bringt.
»Zweifünfzig pro Tag plus Spesen.«
Sie zählte die Scheine ab. »Hier ist genug für eine Woche und fünfzig zusätzlich für eventuelle Extras. Wir rechnen dann ab, wenn du herausgefunden hast, wer die Schweinehunde sind.«
»Rachel, bist du sicher, daß es nicht besser wäre, zur Polizei zu gehen?«
Sie beugte sich über den Schreibtisch und ließ das Geld auf meinen Kalender fallen. Dann stand sie auf, und in ihrem Gesicht war eine Härte, die vorher nicht da war.
»Ich wünsche, daß jemand sich darum kümmert. Auf diskrete Weise. Und ich will, daß du das bist. Kommen wir ins Geschäft?«
Ich hob den Kopf und blickte sie an, wobei ich unwillkürlich die Lippen zusammenkniff und mir der Mund trocken wurde. Ich hätte ihr nie einen Wunsch abschlagen können.

KAPITEL 3

Und da war auch das Geld. Da ist immer das Geld, und seitdem ich mich von der Zeitung verabschiedet habe, scheine ich nie genug davon zu haben. Die Chance, fünf Tage Honorar einzukassieren, war etwas, was ich, rein geschäftlich, nicht ignorieren konnte.
Natürlich wäre ich, wenn ich von Anfang an Geschäftssinn gehabt hätte, gar nicht in diese Zwickmühle geraten. Nachdem Rachel mein Büro verlassen hatte, steckte ich die eintausenddreihundert Dollar ein und lief die Seventh Avenue hinunter zur Parkgarage, wo ich den Ford stehen hatte. Ich war mit der Miete einen Monat in Verzug und hätte den Stellplatz abgegeben, wenn das Parken in der Innenstadt von Nashville nicht genauso schwierig wäre wie in Downtown Manhattan. Glauben Sie mir, ich habe beides versucht.
Ich gab dem Parkwächter einen der Hunderter und wartete auf das Wechselgeld und die Quittung. Nun hatte ich nicht nur den laufenden Monat bezahlt, sondern bereits einen im voraus. Wenn ich nicht achtgab, würde mich das Abstellen meines Fords bald mehr kosten als der Wagen selbst.
Ich schaute auf die Uhr, bevor ich mich in die Schlange der Richtung Broadway fahrenden Autos einreihte. Vor meinem Racquetballspiel mit Walter um vier blieb mir gerade noch genügend Zeit, um bei der Bank vorbeizuschauen. Vielleicht hätte ich mich sofort in Rachels Fall vertiefen sollen, aber ich brauchte ein paar Stunden, um mir einen Schlachtplan zurechtzulegen. Ihre Uhr konnte morgen anfangen zu laufen.
Ich kenne Walter Quinlan, seit wir vor zwanzig Jahren ins

selbe Internat gingen. Wir sind Kumpel, so wie das eben Männer sind, die sich schon lange kennen, aber ich kann nicht behaupten, daß wir uns je nahe waren. Dazu beigetragen hat sicherlich auch die Tatsache, daß Walter Rechtsanwalt ist und ich Zeitungsreporter war, zwei Beschäftigungen, die nicht gerade dazu angetan sind, zwischen zwei Menschen Vertrauen und Intimität zu erzeugen.
Aber wir spielen einmal in der Woche Racquetball, und von Zeit zu Zeit essen wir in der Stadt zusammen zu Mittag, wenn er nicht gerade bei Gericht ist. Ansonsten sehen wir uns selten. Walter verkehrt in anderen Kreisen. Während meine Freunde in Boxershorts auf der Veranda sitzen und Bier trinken, hat Walter mit Belle-Meade-Typen zu tun, also Leuten, die mehr Geld für ihre Mitgliedschaft beim Tennisclub zahlen als die meisten Menschen Einkommensteuer beim Finanzamt.
Walters Freunde fahren BMW oder Jaguar. Meine haben vor dem Haus ihren Dodge stehen.

Als ich die schwere Holztür öffnete und mit fünf Minuten Verspätung hineinschlüpfte, war Walter bereits beim Aufwärmen. Er gehört zu den Leuten, die immer so aussehen, als kämen sie gerade vom Friseur. Walter trägt Trainingsklamotten, die soviel kosten wie der letzte Anzug, den ich mir gekauft habe, und jagt mich regelmäßig erbarmungslos von einem Eck ins andere mit seinem zweihundert Dollar teuren Ektelon-Schläger (ein Zubehör, das ich, was mich betrifft, am liebsten in eine Müllpresse werfen würde). Der Mann ist ein alter Yuppie, und noch dieses Jahr soll er als Sozius in der Anwaltskanzlei von Potter & Bell aufgenommen werden. Letztes Jahr wurde er von einer Belle Meade der oberen Zehntausend mit einem IQ von hundertfünfunddreißig, mit dem sie nichts anzufangen wußte, geschieden.

Ich schloß die Tür hinter mir. »He, Mann, was ist los?«
Walter feuerte von der Aufschlaglinie aus. Der Ball traf die Wand etwa drei Zentimeter über dem Boden und zischte wie ein schwarzer Blitz zurück. Walters Killeraufschlag war mehr als einmal mein Tod gewesen. Ich fragte mich, warum ich weiter mit ihm spielte. Mehr als alles andere auf der Welt haßte es Walter Quinlan zu verlieren. Die wenigen Male, die ich ihn schlug, nahm er nicht gut auf.
»Du hast dich verspätet«, sagte er.
»Der Verkehr ist schrecklich. Und ich konnte keinen Parkplatz finden.«
»Wenn du für den Parkplatz etwas bezahlen würdest, hättest du diese Schwierigkeiten nicht«, entgegnete er und schlug einen weiteren schwarzen Ball gegen die Wand.
»Ich zahle schon die Monatsmiete für einen Stellplatz«, sagte ich, und meine Stimme hallte von den höhlenartigen Wänden zurück. »Noch einen kann ich mir nicht leisten.«
Ich lehnte mich gegen die Wand, die Hände ausgestreckt, ließ den Schläger runterbaumeln und machte etwas Stretching. Walter kam zu mir herüber und ging neben mir in die Hocke.
»Sie haben mich letzten Freitag als Sozius abgelehnt«, erzählte er ruhig.
Es dauerte einen Moment, bis ich seine Worte begriffen hatte. Ich stieß mich von der Wand ab und kniete mich ebenfalls hin.
»Was zum Teufel machst du dann noch hier?« fragte ich entgeistert.
Walter kicherte. »Das ist in etwa das, was sie gesagt haben.«
»Was verflucht ...? Haben sie dir einen Grund genannt?«
Seine Augen bewegten sich hin und her. Sie wirkten dunkler und intensiver als sonst. Es waren sogar Spuren roter Ringe

unter den Augen zu sehen, wo sich normalerweise ein zu perfektes Primanergesicht befand.

»Einen Grund geben sie nie an. Eigentlich haben sie mir noch nicht einmal ausdrücklich gesagt, daß ich das Rennen nicht machen würde. Das ist jedoch mein Jahr, und als die Liste herauskam, stand ich nicht drauf. Es ist ganz merkwürdig. Niemand scheint auch nur darüber diskutieren zu wollen. Und es gibt keinen Einspruch. Seit sechs Jahren arbeite ich nun für den Laden.«

»Und was wirst du tun?«

»Nun, ich kann noch ein oder zwei Jahre als Mitarbeiter dableiben. Sie haben mich nicht etwa aus dem Büro ausgesperrt. Aber ich muß mir trotzdem so schnell wie möglich etwas anderes suchen und von dort verschwinden.«

»Hast du eine Vorstellung, warum sie dich übergangen haben?« Ich hätte ihm gern die Hand auf die Schulter gelegt oder etwas Ähnliches, aber ein Mann tut so etwas nicht. Er rieb sich mit der Hand die Stirn. »Ich habe so den Verdacht, daß es etwas mit meiner Scheidung von Madelyn zu tun hat. Ihr Vater ist wie Sam Potter Mitglied im Belle Meade Country Club, und sie spielen miteinander Golf.«

»Aber ich dachte, die Scheidung war *ihre* Idee.«

»War es auch«, seufzte er. »Doch erst nachdem sie herausgefunden hatte, daß ich mit einer Freundin von ihr ins Bett ging. Was hätte ich denn tun sollen? Das Miststück hat mich angemacht. Es war nicht meine Schuld, ich habe nichts getan.«

Ja, dachte ich bei mir, du hast ihn nur nicht in der Hose gelassen.

»Hm, es tut mir wirklich leid. Ich weiß genau, wie hart das ist. Hör zu, wir müssen nicht spielen. Du bist doch wohl kaum in der Stimmung dazu. Warum gehen wir nicht ein Bier trinken?«

Er klopfte mit dem Schläger auf den harten Holzboden.
»Eigentlich steht mir der Sinn hiernach. Wollen wir loslegen?«
»Oh, verflucht, ich glaube, heute komme ich in Schwierigkeiten.«
Walter lächelte boshaft und ließ dabei strahlend weiße Zähne sehen.
»Du hast den ersten Aufschlag«, sagte er.
Darin bestand für mich überhaupt die einzige Chance gegen ihn, jetzt, da er in dieser Killerlaune war. Er war angespannt, balancierte auf den Fußballen. Als er hinter mir Position bezog, tänzelte er herum, als würde ich mit einem Gewehr auf ihn schießen und als wollte er sichergehen, dann ausweichen zu können. Eine Haarlocke fiel ihm in die Stirn, genau zwischen seine Augen. Selbst wenn er verschwitzt war, sah der Kerl noch immer aus wie aus dem Ei gepellt.
Ich ließ den Ball ein paarmal auf den Boden springen und versuchte den richtigen Moment für meinen Schlag zu finden. Dann schwang ich den Arm und ließ den Ball fliegen. Es war, zumindest für mich, kein schlechter Schlag, aber ich hätte lieber einen Lob schlagen sollen, als einen Poweraufschlag zu versuchen. Walter wartete angespannt darauf, daß ich ihm den Ball zuspielte.
Er sprang nach rechts und plazierte den Ball in die obere linke Ecke. Dieser schlug langsam gegen das Dach und kam dann direkt auf mich zu. Ich hatte keine Zeit, mich darauf einzustellen, hob bloß den Schläger und ließ den Ball an ihm abprallen. Walter war so schnell wie eine Ratte dort und beförderte ihn fachmännisch in die von mir am weitesten entfernte Ecke. Ich machte einen Hechtsprung in seine Richtung und landete auf dem Boden. Der Ball hüpfte unbekümmert an mir vorbei.

»Oh, verflucht«, sagte ich wieder und richtete mich wütend auf.

In den nächsten zwanzig Minuten verbuchte ich nicht einen einzigen Punkt für mich. Es gelangen mir ein paar Returns, ein paarmal schaffte ich einen Ballwechsel, aber das war auch schon alles. Im allgemeinen schlug mich Walter, doch diesmal war es ein einziges Gemetzel. Er spielte nicht gekonnt, aber mit kontrollierter Wut, als ob jeder Schlag eine Kugel wäre, die einen der Nadelstreifenanzugträger treffen sollte, die ihn abgelehnt hatten.

Ich schwitzte fürchterlich, mein graues YMCA-Sweatshirt war schon um einiges dunkler und schwerer als vorher. Im zweiten Spiel stand es nun 12 : 3. Ich war schließlich dahintergekommen, daß ich eine kleine Chance hatte, wenn ich Poweraufschläge fingierte und dann langsame Lobs gegen die Decke schlug. In Wahrheit war ich sowieso zu müde, um ihm noch schnelle Bälle zuzuspielen.

Mein Aufschlag ging in die Höhe, aber ich muß den Ball wohl geschnitten haben, denn er landete an der Rückwand, zischte zu meiner Rechten an die Seitenwand und dann wieder an die Vorderwand. Walter rannte wie verrückt hinterher, traf aber nicht und war außerdem viel zu weit abgeschlagen. Als ich hinter ihm stand und die Arme wegen des Punkts, den ich gegen ihn gemacht hatte, in Siegerpose hob, krachte er gegen die Vorderwand und schrie wie ein Kamikazepilot.

Er fuhr herum, sein Schweiß tropfte in alle Richtungen, und er brüllte wieder. In seinen Augen spiegelte sich blanke Wut, und den Bruchteil einer Sekunde lang dachte ich, er werde mich angreifen.

Ich ließ die Arme fallen, die Siegesfeier war beendet. »He, Junge, komm wieder runter. Mensch, das ist doch nur ein Spiel.«

Walter verschränkte fest die Arme, als könnte er so die Kontrolle zurückgewinnen.
»Tut mir leid, ich bin heute ein bißchen nervös.«
»Wollen wir eine Pause machen?«
Er strich sich das nasse Haar aus der Stirn nach hinten und hob den Schläger »Nach diesem Spiel.«
Ich ging einen Schritt zur Linie und fragte mich, ob seine Vorführung nur ein Versuch war, mich psychisch fertigzumachen.
»Was soll's«, flüsterte ich mir selbst an der Aufschlaglinie zu. »Ich kann es mit diesem Kerl aufnehmen.«
Ich legte alles in den nächsten Schlag. Der Ball traf die Vorderwand auf meiner Linken, ein paar Zentimeter über dem Boden. Es war zweifellos der beste und härteste Aufschlag, den ich je geschafft hatte. Dann sauste der Ball wie ein Geschoß über meine linke Schulter. Ich schaute noch nicht einmal nach hinten, ging nur mit angespannten Beinen halb in die Hocke, bereit, seinen Return in Empfang zu nehmen.
Das einzige Problem war, daß ich ihn nie sah. Ich hörte ihn nur. Es ertönte ein lautes Pfeifgeräusch, dann ein hallendes Geräusch fast wie ein Klingeln, als der Ball an mir vorbeizischte. Es klang wie aus der Filmgeräuschkulisse, wenn eine Revolverkugel abprallt. Der Ball schoß wie ein Bumerang an mir vorbei, bevor ich überhaupt ausmachen konnte, woher er kam.
Ich schaute mich in alle Richtungen um. Walter stand jetzt entspannt grinsend hinter mir. Ich streckte die Arme aus und hielt den Schläger wie eine Bratpfanne in der Hand.
»Wo ist er hingeflogen?«
Er zeigte nach rechts. Ich drehte mich um. Der Ball war in der rechten Ecke auf dem Boden ausgerollt.

»Gibt es keine Regel, welche Bälle verbietet, die die Schallmauer durchbrechen?« erkundigte ich mich.
Walter lachte, als er zur Aufschlaglinie kam.
Das Spiel war nach etwa zwei Minuten zu Ende.
»Laß uns eine Pause machen«, keuchte ich. Ich ging hinüber zur linken Wand und ließ mich in einer von meinem eigenen Schweiß stammenden Pfütze nieder. Walter drehte seine Kreise um mich, nervös den Ball schlagend, und wartete auf eine weitere Chance, mich zu traktieren.
Ich überlegte einen Moment. Es war mir sehr wichtig, mit Kundeninformationen vertraulich umzugehen. »Bist du noch immer mein Anwalt?« fragte ich.
Er schaute mich an. »Natürlich bin ich das. Gibt es irgendeinen Grund, weshalb ich es nicht mehr sein sollte?«
»Nein, ich habe nur heute meinen ersten Klienten bekommen.«
»Ohne Scherz? Das ist ja großartig! Es war aber auch allerhöchste Zeit!«
»Ja. Und du kennst sie.«
»Wirklich?«
»Rachel. Rachel Fletcher.«
Walter ging in die Hocke und hielt mit Hilfe des Schlägers das Gleichgewicht.
»Rachel Fletcher?«
Ich lächelte. Auch Walter war damals auf Rachel scharf gewesen, aber als sie sich kennenlernten, hatte sie mit mir schon Schluß gemacht und war bereits mit Connie liiert.
»Ja, Rachel.«
»Sie läßt sich doch nicht von diesem Bastard scheiden, mit dem sie verheiratet ist, oder?«
Ich lächelte. »Hast du etwa immer noch vor, sie flachzulegen?«
»Nein, du Idiot, ich bin nur neugierig, das ist alles. Wenn

irgend jemand sie herumkriegen will, dann bist vermutlich du das.«

»Vielleicht«, entgegnete ich. »Vielleicht auch nicht. Und im übrigen denkt sie gar nicht an Scheidung. Aber er hat sich mit ein paar Buchmachern eingelassen, und die fangen an, drohende Äußerungen von sich zu geben.«

»Weswegen, ich meine, worauf setzt er? Auf Ponys? Football?«

»Ich habe tatsächlich vergessen, sie das zu fragen.«

»Du bist mir ein feiner Detektiv!« sagte er fast ein wenig verächtlich.

»He, jetzt halt mal die Luft an. Ich habe erst heute nachmittag mit ihr gesprochen. Bisher hatte ich noch gar keine Gelegenheit, mir eine Strategie zurechtzulegen.«

»Nun, ich hoffe, du läßt dir bei ihr eine bessere Strategie einfallen als bei mir beim Racquetball.«

»Okay, mein Lieber, das war's dann«, erwiderte ich. »Ich habe so viel ertragen, wie menschenmöglich war. Jetzt kannst du dich schon mal geistig darauf einstellen, Gummi zu fressen.«

Er lachte, stand auf und wandte mir den Rücken zu. »Aufschlag für den Verlierer?«

Ich ließ den Ball ein paarmal aufspringen, spannte den Ellbogen an und schlug. Es war kein schlechter Aufschlag, aber Walter hatte keinerlei Mühe, den Ball zu kriegen. Sein Return war jedoch ein wenig schwächer. Vielleicht ließen auch seine Kräfte jetzt nach. Ich schaffte es, den Ball in Taillenhöhe zu treffen, und dann gelang mir eine harte Rückhand. Der Ball schoß auf die linke Wand zu und kam wieder zurück. Ich wich aus, als Walter an mir vorbeiflitzte, mit einem lauten Ächzen den Ball traf und Richtung Decke schlug. Der darauffolgende Return von mir war auch nicht schlecht. Wir hatten einen ziemlich guten Ballwechsel, den besten des Tages. Der Gedanke, daß es Spaß machte, schoß mir durch den Kopf, und auch, daß ich das Ende bedauern würde.

Mein rechter Fuß kam in einer Schweißlache auf, als ich gerade einen Satz Richtung Wand machte. Irgend etwas im Knöchel gab nach; der Schmerz schoß die Außenseite meines Beins bis zur Hüfte hinauf. Ich merkte, wie ich durch die Luft flog, und als nächstes, wie ich auf den harten Holzfußboden krachte und nicht mehr wußte, wo oben und unten war.

Walters Gesicht erschien über mir, und er wirkte ernsthaft besorgt. »Bist du in Ordnung?«

Ich versuchte gleichzeitig ihn anzusehen und mir über meinen körperlichen Zustand klarzuwerden. Mein Kopf hatte einen bösen Schlag abbekommen, aber ich ging davon aus, daß er mehr oder weniger intakt war. Der Knöchel war jedoch eine andere Geschichte. Wenn ich Glück hatte, war er nur verstaucht.

»Ich habe nichts, das durch eine Herztransplantation nicht wieder in Ordnung gebracht werden könnte.«

Walter grinste und streckte mir seine Hand hin. »He, Junge, du kannst nicht etwas ersetzen, das du nicht hast.«

Ich ließ mich von Walter hochziehen, saß nun auf meinem Hintern und sah trotz Sportsocke, daß der Knöchel schon etwas geschwollen war. Ich rollte den Strumpf runter. Vielleicht war es gar nicht so schlimm – ein wenig rot, geschwollen, aber keine offenen Brüche und keine Aufschürfungen. Und der Schmerz ließ auch allmählich nach.

»Komm, hilf mir. Ich brauche etwas Eis.« Ich ergriff seine Hand und zog mich auf das gesunde Bein.

Dann legte ich meinen Arm um seine Schulter – wenn Männer verletzt sind, dürfen sie das – und ließ mir von ihm in den Umkleideraum helfen. Eine der Beschäftigten gab mir einen High-Tech-Eisbeutel mit chemischem Inhalt, und ich setzte mich auf eine Bank und versorgte mein Bein, während mir der Schweiß noch immer in Bächen herunterlief. Walter zog sich aus, um zu duschen, anschließend wickelte er sich ein Handtuch um die Hüften und ließ sich neben mir nieder.

»Das wird morgen weh tun.«

»Du Arschloch, es tut *jetzt* weh!«

»Wirst du okay sein?«

»Ja«, sagte ich und schob den Eisbeutel ein wenig hin und her. »Weißt du, es ist schon komisch. Ich habe mich gefragt, wie ich an Fletcher herankommen könnte, ohne daß er Verdacht schöpft. Und jetzt habe ich einen Grund.«

Walter schaute mich merkwürdig an. Es war mir unmöglich, seinen Gesichtsausdruck einzuordnen.

»Nun ja«, meinte er nach einer Weile, »vielleicht solltest du es so sehen.«

KAPITEL 4

Um sieben Uhr abends wußte ich, daß ich das Bein würde röntgen lassen müssen. Die Schmerzen waren zwar nicht stark, aber die Schwellung war nicht zurückgegangen, und der Knöchel wurde immer steifer. Ich hatte mir mal den Knöchel beim Fußballspielen in der High-School gebrochen, weshalb ich wußte, wie so etwas ablief.

Ich hatte nur Spaß gemacht, als ich zu Walter sagte, nun hätte ich einen Grund, Fletcher aufzusuchen, aber je mehr ich darüber nachdachte, desto besser erschien mir die Idee. Außerdem würde meine Versicherung die Kosten tragen, wenn ich in die Notaufnahme der Uniklinik ging. Suchte ich dagegen den örtlichen Arzt auf, mußte ich alles aus eigener Tasche zahlen.

Es ist nicht ganz einfach, mit einem kaputten rechten Bein Auto zu fahren. Inzwischen ließ sich der Knöchel überhaupt nicht mehr bewegen, was bedeutete, daß ich das Gaspedal nur noch aus dem Knie und der Hüfte heraus betätigen konnte. Und der Verkehr auf der 21st Avenue stadtauswärts war auch nicht gerade hilfreich. Das Semester an der Uni war noch nicht zu Ende, und auf den Straßen tummelten sich überall frisch geschrubbte reiche Kids, die einen Bummel machten.

Das Univiertel gehörte jedoch zu den Stadtteilen, die ich am meisten mochte. In einer Stadt voller Autos, mit einem unsäglichen öffentlichen Nahverkehr und wenig Gehsteigen war es ein Vergnügen, Spaziergänger dabei zu beobachten, wie sie das herrliche Wetter genossen. Es war ein wunderschöner Abend geworden.

Diesmal hatte ich bei der Parkplatzsuche mehr Glück, und es gelang mir, den Wagen in einer Seitenstraße abzustellen, kaum einen Block von der Notaufnahme entfernt. Ich hinkte zum Aufgang und bewegte mich ganz langsam auf die riesigen Glastüren zu, die aufglitten, als wollte das Gebäude mich hungrig verschlucken. Ich meldete mich am Empfang an, beschrieb mein Problem, füllte etwa zwanzig Minuten lang Formulare aus und setzte mich dann auf einen Stuhl.

Gott sei Dank hatte ich keine Brustverletzung. Um neun geruhte endlich jemand, mich anzuschauen. Es verging eine weitere Stunde, bis ein Arzt hereinmarschierte und mir mitteilte: »Mr. Denton, wir glauben, daß Sie außer Lebensgefahr sind.«

Das war typischer Notaufnahmehumor.

»Ihre Röntgenbilder sind in Ordnung, es ist nichts gebrochen. Ich denke, der Knöchel ist verstaucht, vielleicht ist es auch eine Bänderzerrung. Jedenfalls nichts, das es notwendig machen würde, Sie wegzubringen und Ihnen den Gnadenschuß zu geben.«

Der Arzt war jung, freundlich und hatte ein frisches Gesicht. Er trug einen weißen Kittel, auf dem mit grünem Garn sein Name über der linken Tasche gestickt war. Offenbar hatte sein Dienst erst vor kurzem begonnen, so daß er noch einen zusammenhängenden Satz zuwege brachte.

»Das ist ja großartig«, erwiderte ich. »Also, was soll ich jetzt tun?«

»Ich werde den Fuß verbinden«, verkündete er und zog einen Chromhocker ans Ende des Tisches, auf dem ich saß. »Legen Sie ihn hoch, und belasten Sie ihn ein paar Tage nicht. Wenn die Schwellung innerhalb der nächsten vierundzwanzig Stunden nicht erheblich zurückgeht, suchen Sie Ihren Hausarzt auf. Ist das klar?«

»Ja, das ist klar«, bestätigte ich.
Der Arzt wickelte eine fleischfarbene elastische Binde aus, für die die Versicherung vermutlich etwa hundert Dollar würde hinlegen müssen. »Was anderes, Doc: Ich habe einen Freund hier im Krankenhaus. Er gehört zur Belegschaft und ist außerdem an der medizinischen Fakultät. Conrad Fletcher.«
Ich jaulte auf, als die sanfte, heilende Hand meinen Knöchel abrupt um sechzig Grad nach rechts drehte.
»Tut mir leid«, entschuldigte sich der Arzt. »Mir ist die Hand ausgerutscht. Fletcher sagten Sie?«
»Ja, Dr. Conrad Fletcher.« Ich konnte nicht umhin zu bemerken, daß er die Binde immer fester zog.
»Ja, ich kenne ihn. Ich war während meiner Assistenzzeit bei ihm.«
»Großartig. Sie wissen nicht zufällig, ob er heute im Haus ist? Ich würde gerne hallo sagen.«
Der junge Arzt schaute zu mir auf, und jede Spur von Wärme war aus seinem Gesicht gewichen. »Fragen Sie im Schwesternzimmer im vierten Stock nach. Wenn er hier irgendwo ist, müßten die das wissen.«
Er steckte zwei silberne Klammern in die Binde, um sie zu befestigen. Dann stand er auf, reichte mir einige Unterlagen und war verschwunden. Eine Schwester kam anschließend mit weiteren Formularen herein, die ich unterzeichnen mußte. Und damit war mein Kontakt zum Gesundheitswesen glücklicherweise überstanden.
Ich erkundigte mich nach dem Weg zum Schwesternzimmer im vierten Stock. »Ost oder West?« fragte der blonde Teenager, der wohl sein soziales Jahr ableistete.
»Ich weiß nicht. Was am nächsten ist.«
»Folgen Sie der gelben Linie den Gang hinunter. Sie biegt nach links ab und führt durch einen anderen Flur zu einer

Reihe von Aufzügen. Fahren Sie mit einem davon in den vierten Stock. Das Schwesternzimmer müßte genau dort sein.«

»Danke.« Ich hinkte davon, folgte der gelben Linie auf dem Linoleum, die parallel zu weiteren Linien verlief und teilweise mit ihnen zu einer neuen verschmolz. Jetzt fehlte nur noch ein neben mir marschierender Toto zu meinem Glück.

Krankenhäuser spätabends sind merkwürdige Orte. Das Licht kommt einem schummriger vor, obwohl es das in Wirklichkeit wahrscheinlich nicht ist. Die Luft ist schwerer, stickiger, als hätten die Menschenmassen, die tagsüber durch die Gänge liefen, den ganzen Sauerstoff aufgebraucht. Und die Leute, die an mir vorübergingen, wirkten müder und erschöpfter als am Tag. Der Ort war ruhiger, langsamer, gruseliger.

Ich war der einzige, der in dem riesigen, quietschenden Aufzug in den vierten Stock fuhr. Die Türen öffneten sich vor mir. Die Besuchszeit war vorüber, und alles war still. Ich hinkte den Flur hinunter. Mein Bein tat zwar etwas weh, aber vor allem fühlte ich mich steif. Der Flur mündete in einer Links- und einer Rechtsabbiegung. Ich stand einen Augenblick da und sah erst in die eine, dann in die andere Richtung. Anschließend warf ich im Geiste eine Münze.

Ich wandte mich nach rechts und ging vielleicht drei Meter. Bisher hatte ich außer ein paar mit medizinischen Dingen beladene Edelstahlwägelchen niemanden und nichts gesehen. Ich schien mich in einer monströsen Geisterstadt zu befinden, und wenn ich Fletcher nicht bald irgendwo entdecken würde, würde ich nach Hause gehen und mir die nächtliche Wiederholung von *Green Acres* über Kabel anschauen. Ich war müde, hatte Schmerzen, und im Kühlschrank stand eine kalte Flasche.

Ich sah ein Licht und hinkte darauf zu. Der Gang kreuzte sich mit einem weiteren Gang, und auf der linken Seite war ein verglastes Schwesternzimmer. Doch Schwestern waren keine darin, oder zumindest niemand, der einer Schwester glich. Vor dem Computerterminal saß eine Frau in einem gut geschnittenen roten Kleid, die mir den Rücken zugewandt hatte. Das phosphoreszierende Grün auf dem Bildschirm verlieh ihrem Haar ein schauriges Leuchten.
Ich lehnte mich an die Theke zwischen zwei hohen Glaswänden. »Entschuldigen Sie, Miss.«
Keine Antwort. Vielleicht betrachtete Sie das »Miss« als Beleidigung. Ich räusperte mich und beugte mich etwas weiter vor.
»Entschuldigen Sie, Mrs.«
Die Räder des Stuhls drehten sich, als sie ihn herumschwenkte. Die Frau sah mich durch eine Brille an, die an ihr streng wirkte. Ihr Gesicht war leicht angespannt und sehr hübsch, das Haar nach hinten gekämmt, mit einem grünen Heiligenschein um den Kopf. Ein High-Tech-Engel.
»Die Besuchszeit ist vorüber, Sir.« Sie hatte eine klare, forsche, professionelle Stimme. Eine kalte Stimme.
»Ich weiß«, erwiderte ich, so freundlich ich konnte. »Ich möchte zu Dr. Fletcher. Mir wurde gesagt, daß ich ihn vielleicht hier oben finde.«
Ihre Augen flackerten, und sie suchte nach dem Personalplan.
»Ich bin ein Freund von ihm«, erklärte ich. »Ich war in der Notaufnahme wegen meines kaputten Knöchels, und da dachte ich, wenn ich schon mal hier bin ...«
»Er ist schrecklich beschäftigt«, unterbrach sie mich, noch eine Spur kühler. Jedesmal, wenn ich erwähnte, daß ich Fletchers Freund war, wurden alle frostig.
»Glauben Sie mir, er wird nichts dagegen haben.«

Sie holte tief Atem und sagte dann: »Er war vor etwa zwanzig Minuten hier auf dem Stockwerk. Gehen Sie den Gang rechts hinunter. Er wird Ihnen wohl entgegenkommen.«
Ich lächelte ihr zu, ohne daß dies das Eis brach. »Danke. Sie waren mir eine große Hilfe.«
Noch bevor ich die Worte ausgesprochen hatte, hatte sie sich wieder zum Monitor umgedreht. Ich folgte ihrem Rat. Vor mir lag ein langer Flur, die Wände liefen an einem Punkt zusammen, wo das Licht so schwach wurde, daß es nur noch blaßgelb wirkte. Über einer Tür auf der linken Seite schimmerte das rote Licht der Aufschrift AUSGANG. Ich hatte den schwachen Geruch eines Desinfektionsmittels in der Nase, während ich weiter den Flur hinunterging. Rechts von mir öffnete sich eine Tür, und eine Schwester mit einem Klemmbrett und einer Blutdruckmanschette machte ein paar Notizen, dann schaute sie an mir vorbei und ging ins nächste Zimmer.
Ich konnte das schwache Geräusch eines laufenden Fernsehers aus einem der kleinen Kopfkissenlautsprecher hören. Die Tür zu meiner Rechten war nur teilweise geöffnet. Ich blickte hinein und sah den Reflex der Fernsehbilder auf der glänzenden Wand und ein an einem Metallrahmen und mit einer Reihe von Drähten im Winkel von fünfundvierzig Grad aufgehängtes, verbundenes Bein.
Von Conrad Fletcher war noch immer keine Spur. Ich näherte mich nun dem Ende des Flurs, wo ein Fenster das städtische Nachtleben aussperrte. Hier war keine Menschenseele, weder Patienten noch Schwestern oder Sanitäter. Ich gab auf und drehte mich um, fast erleichtert, daß ich den Kerl nicht gefunden hatte, um den Gang Richtung Aufzug zurückzulaufen.
Plötzlich hörte ich ein zischendes Geräusch hinter mir und

schaute über die linke Schulter. Die Tür rechts am Ende des Gangs öffnete sich, und eine Schwester kam heraus. Ich fand es merkwürdig, daß sie nichts in der Hand trug, kein Klemmbrett, keine Meßkurve, kein Tablett mit Medikamenten, kein Gerät irgendwelcher Art. Sie trat einen Schritt vor, hielt inne und starrte mich an. Ich hatte das Gefühl, daß sie irgend etwas nervös machte. Während ich weiterging, neigte ich den Kopf und drehte ihn ein wenig, so daß ich sie aus dem Augenwinkel beobachten konnte.
Sie stand noch immer wie erstarrt da. Dann griff sie zum obersten Knopf ihres Kittels, schloß ihn und strich die Uniform vorne glatt. Danach verlor ich sie einen Moment lang aus den Augen. Sie war zu weit entfernt, und das Licht war zu schwach, als daß ich sie hätte sehen können. Ich lief noch ein paar Schritte weiter, dann warf ich einen Blick zurück, um festzustellen, was sie jetzt tat.
Sie war nicht mehr da.
Nun hielt ich an und drehte mich herum. Sie war tatsächlich weg. Ach, laß es gut sein, dachte ich. Es gab ein halbes Dutzend Türen, durch die sie verschwunden sein konnte, und außerdem einen anderen Gang, der nach links führte. Vergiß es. Ich wandte mich erneut in Richtung Fahrstuhl, als ich wieder den zischenden Laut einer Tür hörte, die sich hinter mir am Ende des Flurs schloß.
Was war hier los?
Irgend etwas war hier faul, und so drehte ich mich noch mal um und hinkte wieder den Flur hinunter zur letzten Tür auf der rechten Seite, diesmal ein bißchen schneller. Hinter mir im Schwesternzimmer hörte ich Stimmengemurmel. Wenn ich nicht vorsichtig war, würde ich mich bald in Schwierigkeiten befinden, dachte ich bei mir. Das fehlte mir gerade noch, mich mit den Sicherheitsbeamten des Krankenhauses herumzuschlagen und von ihnen aus dem Gebäude eskor-

tiert zu werden. Ganz zu schweigen, daß meine Glaubwürdigkeit davon in Mitleidenschaft gezogen würde.
Ich war noch zwei Türen entfernt, umgeben von dem warmen roten Licht mit der Aufschrift AUSGANG, als ein Geräusch aus dem letzten Zimmer an mein Ohr drang – möglicherweise ein Rascheln. Es war eine angespannte Stimme, und nur eine Person, soviel konnte ich sagen. Ich ging weiter und hörte wieder ein Rascheln und dann ein Quietschen, als hätte man ein Gewicht auf Rollen gesetzt.
Die Tür befand sich jetzt direkt vor mir. Ich streckte die Hand aus, um den Griff nach unten zu drücken, zögerte aber im selben Augenblick. Was war, wenn ein Patient da drinnen gerade einen Einlauf bekam oder etwas Ähnliches? In Gedanken stellte ich mir alle möglichen Behandlungen vor, die ich lieber nicht zu Gesicht bekommen wollte, als ich plötzlich bemerkte, daß Schweigen herrschte.
Nicht ein Laut war mehr zu vernehmen, nicht das geringste Atmen, kein Klappern von in den Abfall wandernden Einwegspritzen, kein erleichtertes Stöhnen, kein Seufzer, niemand wusch sich die Hände. Nichts. Es herrschte tödliche Stille.
Der Türgriff fühlte sich in meiner Hand kühl an. Ich öffnete die Tür einen Schlitz weit. Es drang kein Licht von innen heraus. Wenn jemand in dem Zimmer war, dann schlief er entweder oder liebte die Dunkelheit. Ich öffnete die Tür nun ganz. Notfalls konnte ich verlegen tun, mich entschuldigen und rasch das Weite suchen.
Das Licht aus dem Flur erhellte das Zimmer nur ein wenig. Meine Augen paßten sich der Dunkelheit an, und ich sah jemanden auf dem Bett liegen. Seine Beine hingen über die Bettkante. Er trug Straßenschuhe und die Hose eines Anzugs.
Und einen weißen Arztkittel.

Ich ging schnell zu dem Bett hinüber, um das Gesicht des Mannes anzusehen. Die Tür hinter mir schloß sich und tauchte das Zimmer wieder in völlige Dunkelheit. Ich tastete nach dem Lichtzug am Kopfende des Bettes, um die Neonbeleuchtung einzuschalten, und fand die Schnur auch, aber sie glitt mir immer wieder aus der Hand. Es war, als versuchte ich mitten in der Nacht ein Insekt zu erschlagen. Schließlich kriegte ich sie zu fassen und zog daran. Die Lampe flackerte, dann erfüllte sie den Raum mit weichem blauweißem Licht. Und da lag Conrad Fletcher mit ausgestreckten Armen auf dem Bett. Mein Herz begann plötzlich heftig zu schlagen. Ich konnte spüren, wie es in meiner Brust pochte wie eine wild gewordene Schiffspumpe.
Ich beugte mich übers Bett und berührte sein Gesicht. Fletcher war kalt, aber vom Schock, nicht wie ein Toter. Er war in Schweiß gebadet, und seine Atmung war flach. Ich zog ein Lid nach oben, ohne überhaupt zu wissen, was ich da tat. Im Fernsehen hatte ich das mal gesehen. Seine Augen starrten ins Leere, wobei die Pupillen sich rasch weiteten. Ich ließ das Lid wieder los und suchte nach dem Puls an seinem Hals. Da war einer, aber ich hätte noch nicht einmal meine Miete darauf verwettet.
»O Mann«, flüsterte ich und fragte mich, was ich als nächstes tun sollte.
Da explodierte plötzlich der Himmel vor mir in Abermillionen funkelnder Lichter, und ich wurde gewichtslos, schwebte hoch über dem Bett und fiel dann in einen langen, dunklen Tunnel. Genau wie im Kino.
Das letzte, an das ich mich erinnere, ist das Gefühl, wie ich auf Fletcher zuschoß und ihn wie ein erschöpfter Liebhaber unter mir spürte.

KAPITEL 5

Ein Beamter der Mordkommission erzählte mir einmal, daß das meiste, was man im Kino sieht und in Büchern liest, blanker Unsinn sei.
So zum Beispiel, daß man von jemandem bewußtlos geschlagen wird. Das sei Quatsch. Das passiere einfach nicht so. Wenn einem jemand auf den Kopf haut, sei man benommen. Man stolpere, falle vielleicht sogar hin. Aber daß jemand dich windelweich prügelt und du sanft einschläfst, dann eine knackige Blondine dir Riechsalz unter die Nase hält und du zu dir kommst und sagst: »Oh, was ist geschehen?« – das ist dummes Zeug. Wenn jemand hart genug zuschlägt, liegst du entweder einen Monat im Koma, oder du bist tot.
Glücklicherweise war der Schlag, der mich traf, nicht so hart.
Mir wurde schwarz vor Augen, und ich sah ein paar Momente Funken hinter meinen Augenlidern. Ich spürte, wie ich das Bewußtsein verlor. Aber gerade als ich meinte, weg von dieser Welt zu sein, kam ich wieder dorthin zurück. Es war wie das Abtauchen in ein schwarzes Schwimmbecken, gefolgt von einem sofortigen Wiederauftauchen an die Oberfläche.
Es war nun erneut dunkel im Zimmer. Wer auch beschlossen haben mochte, auf meinem Schädel Schlagstock zu spielen, hatte die Schnur der Neonlampe aus der Decke gerissen. Hinter mir ertönte ein Rascheln, kurz darauf drang warmes Licht ins Zimmer, als die Tür aufschwang, dann herrschte wieder Dunkelheit und Stille. Ich versuchte etwas zu erkennen, als ich da verwirrt und benommen auf

Fletchers Körper lag. Aber mein Gehirn sandte Signale aus, die mein Körper noch ignorierte.

Er entkam, wer auch immer es war. In dem Moment wurden mir zwei wichtige Dinge bewußt. Zum einen, daß ich in einem verdammten Schlamassel steckte, und zum anderen, daß mir mein Kopf so weh tat, daß ich darüber den Knöchel fast vergaß.

Nach ein paar Sekunden merkte ich, daß ich, wenn ich nichts unternahm, einfach von Fletcher herunterrollen würde. Von ihm war nichts zu spüren oder zu hören, keine Bewegung, kein Atmen. Ich wußte, daß ich etwas tun mußte, also befahl ich meinen Gliedmaßen, sich zu rühren. Ich glitt von ihm hinunter und richtete mich auf, unsicher, schwankend, ängstlich, in der Hoffnung, daß hier nicht noch eine zweite Person mit einem Knüppel herumschlich. Ich kämpfte gegen das Schwindelgefühl an, drehte mich um und hinkte zu dem schwachen Lichtstreifen unter der Tür.

Der Gang war nun wieder leer, und selbst die schwache Nachtbeleuchtung tat den Augen höllisch weh. Ich kniff sie zu Schlitzen zusammen, stützte mich an der Wand ab und tastete mit der rechten Hand nach der Beule, die ich am Hinterkopf haben mußte.

Das war keine gute Idee. Ich stieß einen Schmerzensschrei aus, dann einen Fluch, gefolgt von einigen wenigen passenden Worten der Selbstkritik.

Meine Hand war feucht von frischem kupferrotem Blut. Na großartig! Noch niemals zuvor hatte ich so einen Schlag erhalten. Im Film könnten sie einen Schuß Realität gut gebrauchen. Nur, wer würde dafür bezahlen zu sehen, wie Mel Gibson zusammengeschlagen wird und einige Stunden weggetreten ist?

Ich war noch immer nicht in der Lage, klar zu denken. Und so war mein erster Gedanke, als sich ein paar Zimmer weiter

hinten links eine Tür öffnete, daß derjenige, der mich zusammengeschlagen hatte, wer auch immer es war, jetzt zurückkam, um mich endgültig fertigzumachen. Ich begann mich wegzudrehen, rutschte aus und fiel gegen die kalte, glänzende Wand. Die Beine gaben unter mir nach, und ich landete auf meinem Hinterteil. Die junge blonde Schwester mit dem Klemmbrett und der Meßkurve schaute mich mit weit aufgerissenen Augen an. Ich schloß die meinen ein wenig und merkte, wie sie neben mich trat. Wenn sie die Sache nun zu Ende bringen wollte, würde ich nicht viel dagegen tun können.
»Geht es Ihnen gut?« Eine weiche Hand legte sich mit festem Griff auf meine Schulter. Das fühlte sich nicht schlecht an.
Ich öffnete die Augen. Ihre Brust war direkt vor meinem Gesicht, als sie sich über mich beugte, um meinen Hinterkopf zu untersuchen. Es war eine hübsche Brust, aber ich war noch zu benommen, um den Anblick zu genießen.
»Was haben Sie denn gemacht?« fragte sie mit weicher, beruhigender Stimme. »Sind Sie gestolpert und hingefallen?«
Ich hob den Kopf und schaute ihr direkt in die Augen; durch einen Nebel hindurch versuchte ich festzustellen, welche Farbe sie hatten. Vermutlich haselnußbraun. Dann fiel es mir wieder ein.
»Dr. Fletcher ist in dem Zimmer da hinten«, sagte ich, wobei meine rechte Hand vage in eine Richtung wies. »Ich glaube, er ist tot.«
Sie schnappte leicht nach Luft, dann erblickte ich ein zweites Paar Beine in weißen Hosen. Ich sah nach oben, und eine ältere Frau mit einer gestärkten weißen Haube auf dem Kopf starrte auf mich herab.
»Was ist pa…«, begann sie.

»Holen Sie die Sicherheitsbeamten«, unterbrach sie die Schwester neben mir.
Ich hörte, wie die ältere Frau wegging, lehnte mich gegen die harte Wand und war froh, daß jemand anders die Dinge in die Hand nahm.

So mußte ich mich tatsächlich ein zweites Mal in die Notaufnahme begeben. Allerdings brauchte ich diesmal nicht zusammen mit dem gemeinen Volk draußen zu warten, sondern wurde sofort nach unten in eine Kabine gebracht und auf dem Untersuchungstisch abgeladen. Neben mir allerdings stand ein Sicherheitsbeamter in blauer Uniform wortlos in Habachtstellung.
Meine Geister begannen zu mir zurückzukehren, zumindest diejenigen, die dazu in der Lage waren. Mir war klar, daß die Polizei bald dasein würde und daß ich dann wissen sollte, was ich ihnen erzählte. Das Problem war, daß ich nicht gerade ein alter Hase im Detektivgeschäft war. Vielleicht hätte es geholfen, erst ein bißchen Ausbildung zu genießen. Aber wie sollte ich wissen, daß mein erster Fall ein Verbrechen für die Titelseite sein würde?
»Starchirug und krankhafter Spieler im Krankenzimmer ermordet! Von Ehefrau engagierter Privatdetektiv, der ihn beschatten sollte, entdeckte die Leiche!« Ich sah vor meinem geistigen Auge, wie meine Eltern, wenn sie bei der Expreßkasse zahlten, Tag für Tag das Bild ihres Sohnes in einem Revolverblatt erblicken würden.
Derselbe junge Arzt, der meinen Knöchel verbunden hatte, kam herein, um sich meinen Kopf anzuschauen.
»Kenne ich Sie nicht irgendwoher?« erkundigte er sich.
Einen Augenblick später wurde mir klar, daß er es ernst meinte. Ich zog mein Hosenbein hoch und zeigte ihm die elastische Binde.

»Ach ja«, meinte er. »Sie sind ...«
»Fletchers Freund.«
»He, stimmt das? Fletcher ist wirklich tot?« Das Gesicht des Arztes erstrahlte geradezu bei diesen Worten.
»Neuigkeiten verbreiten sich schnell«, entgegnete ich.
»Es wäre vermutlich besser, wenn die Gentleman dies nicht diskutieren würden«, sagte der Uniformierte. Ich schaute hinüber. OFFICER REED stand auf dem Namensschild. »Die Polizei wird Sie zuerst vernehmen wollen.«
Die Augen des Arztes wurden dunkler. Nach meiner Erfahrung vertragen es Ärzte, selbst Anfänger, nicht, wenn ihnen normale Sterbliche sagen, was sie zu tun und zu lassen haben.
»Verlassen Sie bitte sofort den Raum«, sagte er zu dem Officer.
»Das darf ich nicht, Doc. Ich habe den Befehl, bei diesem Mann zu bleiben.«
»Ich kann jetzt nicht reden«, erklärte ich in der Hoffnung, der Welt wieder Frieden zu bescheren. »Machen Sie sich jedoch keine Sorgen, Doktor. Alle Ihre Wünsche werden in Erfüllung gehen.«
Der Arzt stand auf Zehenspitzen und drehte meinen Kopf herum, um ihn vorsichtig zu untersuchen. »Fühlen Sie sich benommen?«
»Vorhin ein wenig. Aber das ist inzwischen verschwunden.«
»Übelkeit? Sind Sie wacklig auf den Beinen?«
»Ja, das war ich, doch das ist jetzt auch vorbei.«
Ich verzog das Gesicht zu einer Grimasse, als er meinen Kopf abtastete.
»Sie haben da eine ganz schöne Beule«, bemerkte er.
»Um das herauszufinden, mußten Sie eine medizinische Ausbildung machen?«
Er holte eine kleine Stablampe hervor und leuchtete mir

damit erst ins eine, dann ins andere Auge. Es tat höllisch weh, aber was sollte ich dagegen machen?
»Die Pupillen reagieren«, sagte er. »Das ist gut. Scheint alles okay zu sein. Wenn Sie eine Gehirnerschütterung haben sollten, ist es nur eine leichte. Ich nehme Sie für eine vierundzwanzigstündige Beobachtung stationär auf, wenn Sie das wünschen, aber ich glaube, Sie kommen auch so in Ordnung.«
Das einzige, was ich wollte, war, von hier zu verschwinden.
»Ja, das glaube ich auch. Glücklicherweise habe ich einen dicken Schädel.«
»Ich werde eine Schwester bitten, die Wunde zu versorgen«, erklärte er, während er sich auf einem Block etwas notierte. »Wir machen eine Lokalanästhesie, vermutlich muß etwa ein Viertelpfund Haar wegrasiert werden. Fahren Sie nach Hause, ruhen Sie sich etwas aus. Tun Sie Neosporin drauf. In ein oder zwei Tagen sind Sie wieder auf dem Damm.«
»Na großartig.«
»Sollte Ihnen schwindlig werden, sehen Sie vor den Augen Pünktchen oder haben eine ähnliche Reaktion, suchen Sie Ihren Hausarzt auf oder kommen wieder hierher. Okay?«
»Ja, ich habe Sie verstanden.«
»Sobald die Schwester mit Ihnen fertig ist, können Sie gehen.«
Ich sah zum Sicherheitsbeamten hinüber, und unsere Blicke trafen sich. Ich wußte, daß ich nirgendwohin ging.
Inzwischen war es kurz nach Mitternacht. Ich war ziemlich erschöpft und wurde es von Minute zu Minute mehr. Mein Knöchel schmerzte, und das gelbe Zeug, das sie draufspritzten und von dem sie behaupteten, es würde meinen Kopf betäuben, während die Schwester meine Wunde versorgte, versagte elendiglich. Der Engel der Barmherzigkeit mittleren Alters schnitt das Haar weg, preßte anschließend die

Wundränder mit ein paar Metallklammern zusammen und klebte dann das Ganze mit einem breiten, dicken Pflaster zu – oder zumindest stellte ich mir das so vor.
Vermutlich würde ich ein Aneurysma bekommen, wenn ich es abzog.
Als sie damit fertig war, kam das unvermeidliche Warten. Der Sicherheitsbeamte holte sich einen Stuhl. Ich lag auf dem Untersuchungstisch und hatte das Gefühl, mit meinem Kopf gegen eine Ziegelwand zu rennen, obwohl ich ihn ganz ruhig und gerade auf dem Kissen liegen hatte. Also drehte ich mich auf die Seite. Etwa eine Stunde später begann ich gerade einzudämmern, als ich Stimmen vernahm, die nicht vom Krankenhauspersonal zu kommen schienen. Der Vorhang der Kabine wurde zurückgezogen, und ein stämmiger Mann mittleren Alters in einem braunen Anzug, mit einem Notizbuch in der Hand, trat ein. Er gab dem Sicherheitsbeamten ein Zeichen, und dieser war in Null Komma nichts verschwunden.
Bullen-Körpersprache, nehme ich an.
Ich setzte mich auf den Tischrand, die weiße Papierabdeckung unter mir raschelte. Mein Geruchssinn kam zurück, und ich stellte fest, daß ich wie ausgehungert war. Draußen trank irgend jemand Kaffee. Es roch wunderbar.
»Ich bin Sergeant Spellman, Städtisches Morddezernat«, sagte er. Aus der Nähe betrachtet, hatte er eine pockennarbige Haut, das letzte Relikt seiner Teenager-Akne, und sein Haar wurde grau. Ich erkannte ihn wieder. Wir waren uns ein oder zwei Jahre zuvor begegnet, als ich über den Mord an dem Roadmanager eines Country-music-Stars berichtete. Es stellte sich heraus, daß der Kerl sein Einkommen mit Spekulationen im Drogen-Import-Export aufbesserte, was damit endete, daß er einen Kopfsprung von der Brücke der

Interstate 265 in den Cumberland River machte. Das scheint zum Berufsrisiko zu gehören.
»Ich bin Harry Denton«, stellte ich mich vor und streckte ihm die Hand hin. »Wir kennen uns.«
Er schaute mich fragend an, dann schüttelte er mir die Hand. »Ach ja, der Zeitungsreporter.«
»Exzeitungsreporter. Ich bin jetzt Privatdetektiv.«
»Tut mir leid, daß ich Sie so lange warten ließ, aber wir mußten erst die Spurensicherung oben abschließen. Sie kennen ja die Routine.«
Eigentlich kannte ich die Routine nicht, aber ich war bereit, ihm zu glauben. »Also, wie sieht das Programm jetzt aus?« fragte ich.
»Hat der Arzt Sie entlassen?«
»Hat er. Wenn ich noch mehr Zeit in diesem Krankenhaus verbringe, überlebe ich das vielleicht nicht.«
Spellman grinste. »Ich hasse Krankenhäuser auch. Keine zehn Pferde bringen mich zu einem Arzt. Sind Sie in der Lage, ein paar Fragen zu beantworten?«
Ich schaute auf die Uhr. Es war ein Uhr zwanzig. »Jetzt sofort?«
»Wir befragen Zeugen gerne so schnell wie möglich«, erläuterte er. »Wenn Sie die Nacht über gut schlafen, morgen früh ausgiebig frühstücken und wieder zurück zur Tagesordnung gehen, verspreche ich Ihnen, daß Sie sich nicht mehr an die Dinge erinnern werden, die Sie jetzt noch wissen.«
»Bin ich verhaftet?«
Spellman grinste wieder. »Haben Sie etwas getan, das Ihre Verhaftung rechtfertigen würde?«
»Nein, sicher nicht.«
»Dann ist dies nur eine Befragung.«
Ich rieb mir die Augen und spannte dabei die Gesichtshaut

an, um wieder etwas Gefühl hineinzubringen. Doch das einzige, was ich spürte, war der brennende Schmerz an meinem Hinterkopf.
»Arbeiten Sie immer so spät?« erkundigte ich mich.
»So wie Ärzte auch. In manchen Nächten hat man Bereitschaft, in anderen nicht.«
»Hat die Presse schon Wind davon bekommen?«
»Falls nicht, wird sich das bald ändern.«
»Haben Sie die nächsten Angehörigen benachrichtigt?«
»Warum lassen Sie nicht mich die Fragen stellen, Mr. Denton?«
»Ich habe nur gemeint, man sollte sie vielleicht anrufen.«
»Was haben Sie damit zu tun?«
Ich schaute zu ihm auf. Auch unter seinen Augen waren dunkle Ringe. Ich nehme an, alle Leute sehen mitten in der Nacht so aus.
»Fletchers Frau ist meine Auftraggeberin«, antwortete ich. Zumindest hatte ich genügend Durchblick, um zu wissen, daß an diesem Punkt die Geheimhaltungspflicht gegenüber dem Auftraggeber von einem Privatdetektiv nicht vorgeschoben werden konnte. »Sie hat mich engagiert, um Fletcher aus der Klemme zu helfen.«
Sergeant Spellmans Blick flog von seinem Notizbuch zu mir und dann wieder zurück. »Ja«, sagte er. »Wir müssen miteinander reden.«
So fand ich mich kurz vor zwei Uhr dieses verfluchten Morgens auf dem Weg zur Polizeiinspektion.

KAPITEL 6

Spellman bot mir an, mich in die Innenstadt mitzunehmen, und ich war zu müde, um es abzuschlagen. Wir verließen den Parkplatz des Medical Center und fuhren auf die 21st Avenue. Die weißen und neonfarbenen Lichter der Notaufnahme wurden rasch von den orangefarbenen der Straßen und den Leuchtreklamen der Restaurants, Läden und rund um die Uhr geöffneten Pancake-Kneipen abgelöst. Um zwei Uhr morgens ist Nashville eine merkwürdige Mischung aus schlaflosen Musikern, Schichtarbeitern vom Friedhof und Menschen, die auf der Suche nach Liebe oder Ärger sind und denen relativ egal ist, was sie zuerst finden.

Ich setzte mich in den Ford Crown Victoria, ein Zivilfahrzeug, und lehnte meinen Kopf zurück. Jedesmal, wenn wir durch ein Schlagloch fuhren, hatte ich das Gefühl, er würde in zwei Teile gespalten, aber ich war zu müde, um aufrecht zu sitzen.

»Was geschieht nun?« erkundigte ich mich und beugte mich kurz vor.

»Wir wollen nur Ihre Aussage, das ist alles.« Spellman lenkte den Wagen gekonnt durch den Verkehr auf dem Broadway. Ich dachte daran, wie einer der etwa fünfundzwanzigjährigen Rolling Stones in einer Songzeile lamentierte: »Don't people ever want to go to bed …?«

»Es gibt nicht viel zu berichten. Ich stieß einfach auf diesen Kerl …«

»Nicht jetzt«, sagte Spellman. »Warten Sie, bis wir in der Stadt sind.«

Ich lehnte mich wieder zurück, als wir die Interstate 40

überquerten und am Bahnhof vorbeifuhren. Mein Onkel, derjenige, nach dem ich benannt bin, arbeitete vor seinem Tod jahrzehntelang für die L & N-Eisenbahn, damals, als die Automobilhersteller sich noch nicht dazu verschworen hatten, die Züge der Vergessenheit anheimfallen zu lassen.
Zehn Minuten später folgte ich Spellman ins Polizeipräsidium und die mit erdfarbenen Teppichen ausgelegten Gänge entlang zum Zeugenvernehmungsraum. Es herrschte dort mitten in der Nacht absolute Stille, eine kalte Stille.
Ich setzte mich an einen Tisch vor einen tragbaren Kassettenrecorder. Spellman nahm mir gegenüber Platz und öffnete sein Notizbuch. Dann beugte er sich über den Tisch und machte sich am Kassettenrecorder zu schaffen.
»Wollen Sie was trinken? Kaffee, oder vielleicht eine Cola?«
»Eine Tasse Kaffee wäre prima«, antwortete ich. »Milch, ein halbes Stück Zucker.«
Er erhob sich und verließ einen Augenblick den Raum. An der Wand hinter mir hing ein Spiegel. Ich fragte mich, wer mich von der anderen Seite wohl beobachtete, und kam zu dem Schluß, daß ich besser weder in der Nase bohrte noch mich am Schritt kratzte.
Spellman kehrte zurück, in jeder Hand einen Styroporbecher. Von dem Kaffee stieg Dampf auf.
»Wir haben nur Milchpulver. Man kann hier keine Milch aufbewahren. Nach einiger Zeit fängt sie an zu stinken.«
»Macht nichts.«
Ich nippte am Kaffee, während sich Spellman wieder mit dem Kassettenrecorder beschäftigte. Dann drückte er auf die Aufnahmetaste, sagte seinen Namen und Titel, Datum und Uhrzeit und bat mich anschließend, meinen vollen Namen und meine Adresse zu nennen.
Danach öffnete Spellman sein Notizbuch und überflog eine Seite mit Stichpunkten. »Erzählen Sie mir, was geschah, und

zwar von dem Moment an, als Sie ins Medical Center kamen, bis zu dem, in dem Sie Dr. Fletchers Leiche fanden«, forderte er mich auf.
Ich begann zu berichten. Es war merkwürdig, die Erinnerungen an alle Ereignisse des Abends zusammenzukramen und wiedererstehen zu lassen. Wie die meisten Menschen nehme ich nur recht wenig von den Dingen um mich herum wahr, wenn ich durchs Leben gehe. Es gibt heutzutage soviel Anregungen und Streß, daß man nie etwas zustandebringen würde, wenn man auf alles achtete. Und außerdem würde es einem den Verstand rauben, genauso, wie wenn ein New-Age-Exzentriker Ihnen sagte, Sie sollen jeden Tag so leben, als wäre es Ihr letzter. Himmel, das ist unmöglich. Sie würden so mit Ereignissen vollgestopft, daß Sie explodieren würden und es tatsächlich Ihr letzter Tag wäre.
Es dauerte ein paar Minuten, bis ich alles erzählt hatte. Ich versuchte mich wie ein Profi an jede Einzelheit zu erinnern. Es war unmöglich, aus Spellmans Gesichtsausdruck zu schließen, was er dachte. Er saß in seinem braunen Hemd mit dem geblümten braunen Schlips da wie eine Sphinx des Gesetzesvollzugs, machte ein paar Notizen hier, ein paar Notizen dort und beobachtete, wie sich das Tonband drehte.
Dann änderte sich sein Ton. Plötzlich wollte er Details wissen.
»Wo haben Sie Ihr Auto geparkt?«
»In einer Seitenstraße der 21st Avenue, ein oder zwei Blocks von der Klinik entfernt.«
»Welche Seitenstraße?«
Ich überlegte einen Augenblick. »Ich kenne ihren Namen nicht. Hören Sie, das hier ist Nashville, Mann. Ich sah einen Parkplatz und stellte mich drauf.«
»Sie wissen nicht, wo Ihr Auto steht?«

»Natürlich weiß ich, wo mein Auto steht. Ich weiß nur den Straßennamen nicht.«
»Wer hatte noch Kenntnis davon, daß Sie ins Krankenhaus fahren wollten?«
»Niemand.«
»Sie haben niemanden angerufen?«
»Ich lebe allein, und meine Wirtin schlief.«
»Sie haben nicht Ihre Freundin angerufen? Vielleicht, um ihr zu sagen, daß Sie sie später treffen würden?«
»Im Moment habe ich keine.«
Er hob eine Augenbraue. »Keine Beziehungen zu Frauen, hm?«
Ich zog ebenfalls eine Braue hoch. Was zum Teufel ging hier vor?
»Ich sagte *im Moment*. Ich meinte nicht nie.«
»Wer ist Ihr Auftraggeber?«
Ich zögerte, dann erinnerte ich mich daran, daß er es ja bereits wußte. »Rachel Fletcher, Conrad Fletchers Frau.«
Er feuerte seine Fragen los, als wäre es die Risikorunde in einer Fernsehshow: »Wann hat sie Sie beauftragt?« – »Wo?« – »Wieviel hat Sie Ihnen bezahlt?«
»Warum haben Sie bis zweiundzwanzig Uhr gewartet, bis Sie zur Notaufnahme gingen?«
»Vorher tat mein Knöchel noch nicht so weh.«
»Warum haben Sie sich auf die Suche nach Fletcher gemacht?«
Ich spürte, wie mir wieder schwindlig wurde. »Ich weiß nicht. Nicht wirklich. Ich dachte, ich sollte mich mit dem Mann in Verbindung setzen. Vielleicht mit ihm sprechen. Ich wollte es auf mich zukommen lassen und dann reagieren. Das war wohl keine so gute Idee.«
»Schildern Sie mir noch einmal den Ablauf der Ereignisse im Flur.«

»Ich hörte ein Geräusch hinter mir und drehte mich um. Eine Schwester kam gerade aus einem der Zimmer.«
»War dies das Zimmer, in dem Fletcher lag?«
»Kann sein«, antwortete ich. »Ich bin mir nicht sicher. Es war dunkel, und sie stand am anderen Ende des Gangs.«
»Haben Sie einen Blick auf sie werfen können?«
»Ich erinnere mich vage daran, mich gewundert zu haben, daß sie weder ein Klemmbrett noch sonst etwas in der Hand hielt. Sie stand nur da und starrte mich an.«
»Und dann?«
»Sie wirkte steif, verlegen. Dann schloß sie den obersten Knopf ihres Kittels und strich diesen glatt. Ich wandte mich einen Augenblick ab, und als ich wieder in ihre Richtung sah, war sie verschwunden. Wohin, weiß ich nicht, vielleicht in ein anderes Zimmer oder ins Treppenhaus. Jedenfalls kam mir das alles sehr merkwürdig vor. Also ging ich den Flur hinunter, und dann fand ich ihn.«
Als nächstes stellte er die entscheidende Frage: »Warum hat Rachel Fletcher Sie engagiert?« Nach kurzem Zögern beschloß ich, daß es nun wohl genug sei. »Das fällt unter die berufliche Schweigepflicht«, antwortete ich. »Das sind persönliche Informationen meines Klienten.«
Spellman wurde rot im Gesicht. Vor fünfundzwanzig Jahren hätte er ein paar Folterknechte geholt, um mich in die Mangel zu nehmen. Aber das waren noch Zeiten, wie man so sagt, und jetzt ist jetzt, und ich mußte Spellman zugute halten, daß er die Ruhe bewahrte.
»Die berufliche Schweigepflicht wird bei Privatdetektiven nicht anerkannt. Wir können Sie entweder bei der Staatsanwaltschaft unter Eid aussagen lassen oder die Sache enger sehen und Sie wegen Behinderung der polizeilichen Ermittlungen anzeigen.«
Es kam mir vor, als lächelte er ganz leicht.

»Wofür entscheiden Sie sich?«
Ich lächelte zurück, hatte aber das Gefühl, daß diese Runde so oder so an ihn ging. Also erklärte ich: »Sie sagte mir, Fletcher sei ein krankhafter Spieler und stecke bis zum Hals bei irgendeinem Buchmacher drin. Sie wußte nicht, bei wem. Sie erzählte, er werde bedroht, und ich sollte herausfinden, was los war, und mich darum kümmern, daß der Kerl stillschweigend und leise sein Geld bekam.«
»Glauben Sie das?« fragte Spellman. »Einer der besten Chirurgen der medizinischen Fakultät läßt sich mit Buchmachern ein?«
»Ich habe schon ganz andere Dinge erlebt.« So wie er auch. Spellman lehnte sich auf seinem Stuhl zurück. »Warum ist sie zu Ihnen gekommen? Sie haben Ihren Laden doch erst aufgemacht und stehen noch nicht einmal in den gelben Seiten. Wie hat sie Sie gefunden?«
Wieder zögerte ich. Ich wußte, daß ich mich schon dadurch in eine kritische Lage gebracht hatte, daß ich den Fall überhaupt angenommen hatte. Manchmal habe ich eine etwas langsame Auffassungsgabe, aber ich hatte genügend Menschenverstand, um zu erkennen, daß ich eines nicht tun durfte, nämlich versuchen, hier etwas zu vertuschen.
»Rachel und ich gingen auf dem College miteinander. Es war ziemlich ernst. Dann tauchte dieser Fletcher auf, und plötzlich schaute ich in den Mond. Sie und Fletcher heirateten und zogen nach New York. Als er dann hier an das Krankenhaus berufen wurde, kehrten sie zurück. Ich hatte keinen Kontakt mehr zu ihnen, doch Rachel hatte meinen Namen als Verfasser von Artikeln in der Zeitung gelesen, und als sie in Schwierigkeiten war, ermittelte sie meine Adresse.«
Spellman machte sich ein paar Notizen, dann strich er sich mit der Hand über die rauhe Wange. »Also hat dieser

Fletcher Ihnen die Freundin weggeschnappt. Jahre danach bittet Sie die Lady um Hilfe. Wenig mehr als vierundzwanzig Stunden später ist er auf dem Weg in die Pathologie.« Er hielt kurz inne, starrte durch mich hindurch und meinte dann: »Interessant.«

Ich verlor die Beherrschung. »Herrgott, Spellman, benutzen Sie doch mal Ihren Kopf! Wer wäre denn so dumm, jemanden umzubringen und sich dann im selben Zimmer mit dem noch warmen Leichnam erwischen zu lassen?! Was denken Sie eigentlich? Daß ich Fletcher um die Ecke gebracht habe und dann gegen die Wand gerannt bin, um mir ein Alibi zu verschaffen?«

Spellman klappte sein Notizbuch zu. »Das haben wir schon überprüft. Die Ärzte sagten, es wäre für Sie schwierig gewesen, sich diese Art von Verletzung selbst zuzufügen, und außerdem gab es nichts in dem Zimmer, was Ihnen die Arbeit erleichtert hätte.«

Ich rutschte auf dem Stuhl hin und her und hatte dabei das Gewicht wohl falsch verlagert. Der Ruck ging durch den kaputten Knöchel, das ganze Bein hinauf bis in den Oberkörper. Mein Hals verkrampfte sich. Ich drehte den Kopf und hörte die Knochen knacken und zusammenstoßen wie Murmeln in einer Box. Die minimale Erleichterung, die dieses aufgesprühte Zeug meinem Schädel verschafft hatte, war schon lange verflogen. Was für eine Nacht!

»Sie meinen das ernst, wie? Sie glauben, ich habe ihn umgebracht?«

Spellman schüttelte den Kopf und streckte die Hand aus.

»Moment mal, davon war absolut nicht die Rede. Wir brauchen nur von allen die Aussage. Bis jetzt wissen wir ja nicht einmal, was ihn tötete. Das werden erst die Ergebnisse der gerichtsmedizinischen Untersuchung zeigen. Der Rest ist dann Routine. Aber Sie müssen zugeben«, fuhr er fort, »daß das alles etwas verdächtig wirkt. Was ist, wenn der Gerichtsmediziner herausfindet, daß Fletcher, sagen wir einmal, mit einem Kissen erstickt wurde? Und Sie waren der einzige in dem Zimmer.«

»Aber ich war nicht der einzige! Wer immer mir diesen Schlag auf den Kopf versetzt hat, war auch dort!«

»Aber Sie haben nicht gesehen, wer es war, und kein Mensch hat beobachtet, daß jemand das Zimmer verließ. Alle anderen Personen des Stockwerks konnten für den ganzen Abend über ihren Aufenthaltsort Rechenschaft ablegen. Also was passierte mit *dieser* Person?«

Ich musterte ihn so kühl wie möglich. »Ich könnte mir denken, daß er, da er Conrad Fletcher ermordet hatte, so rasch wie möglich das Weite gesucht hat.«

Ich stand auf. Es wirkte wohl herausfordernd, aber tatsächlich hatte ich nur Krämpfe in den Beinen. Wie dem auch sei, es war mir jetzt egal.

»Ich habe nun etwa so viele Fragen beantwortet, wie ich heute nacht zu beantworten bereit war«, erklärte ich. »Wenn es Ihnen recht ist, werde ich jetzt einen Freund anrufen, damit er mich zu meinem Auto fährt.«

»Wir sind sowieso fertig«, sagte Spellman. »Wenn Sie wollen, kann Sie auch ein Beamter hinbringen.«

»Nein, danke«, entgegnete ich. »Ich muß jetzt wieder ins Zivilleben zurückkehren.«

»Kein Problem, mein Lieber«, meinte Walter, als wir das Polizeipräsidium verließen. Seinen BMW hatte er auf der Straße abgestellt, auf einem Platz direkt vorne auf dem James Robertson Parkway. »Ich genieße es, um drei Uhr morgens geweckt zu werden.«

Es war ganz schön gemein von mir, ihn so früh aus dem Bett zu holen, aber ich brauchte einen Freund, mit dem ich

sprechen konnte und der außerdem Rechtsanwalt war. Walter war der einzige, der beiden Anforderungen gerecht wurde.
»Wie fühlst du dich?«
»Wie der Tod auf einem Sodacracker«, antwortete ich der Wahrheit entsprechend.
»So gut siehst du auch wieder nicht aus.«
»Danke. Ich schulde dir etwas«, keuchte ich und versuchte auf meinem kaputten Bein mit ihm mitzukommen. Walter machte alles, was er tat, wie besessen.
»Ich halte mich an dir schadlos, wenn dein Knöchel wieder geheilt ist.«
Walter sperrte die Fahrertür seines BMWs auf und stellte den Alarm ab. Dann drückte er auf einen Schalter in der Armlehne, und der Knopf an der Beifahrerseite sprang nach oben. Ich stieg ein, den Geruch der Ledersitze in der Nase. Die Nacht war unter den Straßenlaternen noch immer in helles Orange getaucht. Selbst die übliche nächtliche Parade der Obdachlosen, Sonnenverbrannten und Wahnsinnigen hatte abgenommen.
»Bald wird es hell«, sagte ich.
»Harry.« Walter hielt kurz inne, bevor er den Zündschlüssel umdrehte. »Für dich ist die Sache abgeschlossen, oder?«
»Ich weiß nicht. Kannst du dir vorstellen, daß diese Idioten glauben, ich hätte Fletcher umgebracht?«
Walter ließ den Wagen an, dann legte er den Gang ein. Der BMW fuhr so weich los, wie eine Auster den Schlund hintergleitet. »Haben sie dich auf deine Rechte hingewiesen?«
»Nein.«
»Dann glauben sie nicht wirklich, daß du es getan hast. Sie setzen dich einfach ein bißchen unter Druck, stellen eine Menge detaillierter Fragen. Sie wollen, daß du bei deiner Aussage soviel wie möglich von dir gibst, selbst wenn es

irrelevant ist. Auf diese Weise können sie nach einem oder zwei Jahren wieder auf dich zurückkommen und deine Zeugenaussage in Zweifel ziehen, wenn du unter Verdacht gerätst.«
»Um mehr zu haben, womit sie arbeiten können, wie?«
»Genau«, bestätigte er. »Hast du gesehen, wer dir eins über den Schädel gegeben hat?«
»Wenn das der Fall gewesen wäre, hätte ich es den Bullen gesagt. Aber nein, keine Chance.«
»Mach dir keine Sorgen, du bist aus dem Schneider.«
Ich fummelte an einer Reihe schwarzer Knöpfe an meiner Armlehne herum und ließ das Fenster herunter. Eine dicke Duftwolke aus der Gipsfabrik strömte in den Wagen. Es war, als stecke man den Kopf in eine frisch geöffnete Tüte Hundekuchen. Dies ist meines Wissens die einzige Stadt, in der direkt im Zentrum Müllverbrennungsanlagen, Gipsfabriken, Wärmekraftwerke und alles, was stinkt, versammelt ist.
»Ich weiß nicht«, meinte ich.
»Du weißt was nicht?«
»Ob ich aus dem Schneider bin oder nicht.«
»O nein!« seufzte er. »Dieses Glitzern in deinen Augen kommt mir bekannt vor. Du wirst an dem Hurensohn dranbleiben, stimmt's?«
»Ja, ich denke, das werde ich.«
»Hör mal, du Arschloch, wieso glaubst du, daß Fletchers Killer es nicht noch einmal tun würde?«
»Vielleicht ...«
»Harry, als dein Anwalt rate ich dir, nach Hause zu fahren, einen Tequila zu trinken und ein Last-Minute-Wochenende auf die Bahamas zu buchen.«
»Ich hasse Tequila.«
»Dann eben etwas anderes.«

»Es mag lächerlich erscheinen, Walter, aber ich blicke der Midlife-crisis mitten ins Gesicht. Ich habe das Gefühl, ich bin ein Versager.«

»Ach was!« sagte er. »Nun mach mal halblang. Du hast in letzter Zeit zu viele Psychobücher gelesen.«

»Nein, ich meine es ernst. Wir beide sind zusammen aufs College gegangen. Du fährst einen BMW. Du bist ein erfolgreicher Anwalt. Selbst wenn du nicht Sozius wirst, hast du noch immer eine Zukunft. Ich hingegen lebe in East Nashville auf einem Speicher, fahre einen sechs Jahre alten Ford und habe eine Exfrau, die über mich gegenüber jedem, der es hören will, ihr Gift verspritzt.«

»Harry, seitdem man dich bei der Zeitung entlassen hat, tust du dir selbst leid.«

»Das ist es nicht, Walt. Das hier ist anders.« Ich starrte aus dem Fenster, als wir über den Church Street Viaduct fuhren. Unter uns erwachten die Obdachlosen, die in der Schlucht schliefen, zum Leben.

»Ich möchte wissen, ob ich etwas gut machen kann, auch wenn es sich nur um den Job eines billigen, schäbigen Schnüfflers handelt.«

Walter lachte. »Der schäbige Teil wird leicht. Beim Rest weiß ich nicht. Eines solltest du dir merken: Die Cops nehmen automatisch an, daß Rachel Conrad getötet hat. Wenn du dich mit ihr einläßt, glauben sie, du bist darin verwickelt.«

»O nein!« seufzte ich. »Nicht du auch noch!«

»Bist du sicher, daß du nicht in Wirklichkeit nur mit deinem Schwanz denkst?«

Ich schaute Walter an. Manchmal konnte er ein richtiger Scheißkerl sein.

KAPITEL 7

Walters billige Psychoanalyse ließ mich zwar erst wütend werden, aber in Wahrheit war mir der Gedanke auch schon gekommen. Rachel Fletcher taucht bei mir mit dieser Geschichte auf, daß ihr Mann mit Buchmachern im Clinch sei und ich ihm aus der Klemme helfen könne und all das Zeug. Als nächstes erfahre ich, daß er tot ist. Wenn da nicht etwas faul war! Es stank zum Himmel.

Wäre ich ein richtiger Detektiv, wäre ich nach Hause gegangen, hätte mir ein paar Gläser Bourbon genehmigt und ein Päckchen Zigaretten ohne Filter geraucht. Dann hätte ich mich ein Stunden aufs Ohr gehauen. Aber von Bourbon krieg ich schreckliches Sodbrennen, und die letzte Zigarette habe ich mit zwölf geraucht – und zwar hinter der Garage meiner Großeltern. Mein Vater wollte mir zuerst eine Tracht Prügel verpassen, aber er fand dann doch, es sei Strafe genug, daß ich mich zwanzig Minuten lang übergeben mußte.

Und ich benötigte ohne Zweifel mehr als ein paar Stunden Schlaf. Ich gestehe es nur ungern ein, aber wenn ich eine Nacht nicht meine acht Stunden am Stück schlafe, bin ich am nächsten Tag überhaupt nicht zu gebrauchen. Vermutlich bin ich ein Schwächling.

Als ich nach East Nashville zurückkam, war es fast vier Uhr morgens. Ich beschloß, mich eine Weile zu verkriechen, um wieder Kräfte zu sammeln. Ich ließ sämtliche Rolläden herunter, machte mir eine Tasse heiße Schokolade, stellte das Telefon ab und legte mich ins Bett. Ich segelte in den Schlaf, während über den Bildschirm irgendein Geiseldrama im Mittleren Osten flimmerte.

Als ich wieder aufwachte, waren die Seifenopern an der Reihe. Irgend jemand war irgend jemandem untreu oder irgendein ähnliches melodramatisches Gewäsch. Ich war zu benommen, um zu wissen oder wissen zu wollen, worum es ging. Ich griff nach der Fernbedienung, und sogleich herrschten wohltuende Dunkelheit und Stille.
Nur konnte ich nun keinen Schlaf mehr finden. Ich lag eine Weile da, aber nichts tat sich.
Plötzlich blinkte die rote Anzeige des Anrufbeantworters. Ich drückte auf den Knopf. Die künstliche Stimme auf dem Chip verkündete: »Hallo, Sie ... haben ... zwei ... Nachrichten.«
Als nächstes hörte ich Rachel. »Harry, bist du da? Harry? Die Polizei war hier. Sie haben es mir gesagt ... O Gott, Harry ...« Es folgte eine lange Pause, dann ein erstickter Schluchzer. »Ruf mich an.«
Lonnie Smith, der Kumpel mit dem Car-hunting, war der zweite Anrufer. »He, Alter, ich hätte da einen in Shelbyville. Bist du interessiert? Transamerica, Cabrio, die Fahrt sollte Spaß machen. Ich bringe den Truck zurück, du kannst den Pontiac nehmen. Ruf mich an!«
Na großartig. Ich befinde mich mitten in einem Mordfall, und nun wollte Lonnie auch noch, daß ich ein Auto klaute.

Auf der Titelseite der Morgenzeitung war eingerahmt eine kurze Bekanntgabe von Conrads Tod. Offensichtlich war alles zu spät passiert, um ausgiebig behandelt zu werden. Ich hatte jedoch den Verdacht, daß die Abendzeitung voll davon sein würde. Also ging ich davon aus, daß die Reporter auch meinen Anrufbeantworter im Büro traktiert hatten, und beschloß, diesem eine Zeitlang fernzubleiben.
Statt dessen wollte ich die Chance nutzen und Dr. Marsha

Helms aufsuchen. Ich hatte Marsha vor etwa fünf Jahren kennengelernt, als ich für die Zeitung über eine Mordsache berichtete. Damals war ich gerade von der Lifestyle-Seite zur Lokalredaktion gewechselt, und es war für mich die erste richtige Gelegenheit, mit der Gesetzesbürokratie der Stadt in Kontakt zu kommen. Marsha half mir sehr, gab mir eine Menge Insiderinformationen, Einzelheiten, die ich vermutlich überhaupt nicht wissen sollte.
Marsha ist recht groß, etwa fünf Zentimeter größer als ich, und auffallend. Sie hat tiefschwarzes Haar und trägt eine Brille mit rotem Rand. Auch wenn sie keine klassische Schönheit ist, ist sie attraktiv und hat eine Persönlichkeit, die man diplomatisch ausgedrückt wohl am besten als unkonventionell bezeichnen würde. Was sonst sollte man von einer Lady erwarten, die ihren Lebensunterhalt damit verdient, Leichen aufzuschneiden?
Im dichten Mittagsverkehr fuhr ich über die Memorial Bridge auf die andere Seite des Flusses, vorbei am Polizeipräsidium und dann in Richtung First Avenue. Die teilweise gepflasterte Straße verläuft hinter all den alten Häusern der Second Avenue, dort, wo vor hundert Jahren Schmiede arbeiteten und Viehfutter verkauft wurde. Jetzt sind hier wunderschön renovierte Restaurants, Bars und Tanzclubs. Städte werden ja ständig saniert, aber selten so ansprechend wie hier. Die Menschen wirkten frei und fröhlich. Touristen und Geschäftsleute, Straßensänger und Stadtangestellte in einem Strudel von Aktivität. Ich fuhr an einem Fort Nashborough nachempfundenen Gebäude und dem Riverfront Park vorbei auf die First Avenue, die dann zur Hermitage Avenue wird. Eines der Dinge, die diese Stadt auszeichnen, ist, daß man sich heillos verirren kann, wenn man nicht dahinterkommt, daß sich hier Straßennamen mitten im Straßenblock ändern – und daß der Old Hickory Boulevard

weder einen Anfang noch ein Ende hat. Er ist einfach irgendwo überall.

Entlang der Biegung, direkt hinter dem Haus, in dem sich jede Woche ein anderes orientalisches Restaurant mit einem anderen Besitzer befindet, liegt das Metro General Hospital. Es ist ein Gebäude aus dem 19. Jahrhundert, vollgepfropft mit den Übeln des 20. Jahrhunderts: elfjährige, von ihrem Vater, Bruder oder Cousin geschwängerte Mädchen, Junkies, Alkoholiker, AIDS-Patienten, die noch nie etwas von einer Krankenversicherung gehört haben, selbst wenn sie es sich hätten leisten können, Opfer von Messerstechereien, von Autounfällen und Flugzeugabstürzen – alle landeten im General Hospital.

Ich bog links ab, fuhr am Haupteingang der Klinik vorbei und dann auf einen nicht ausgewiesenen Parkplatz. Einen kleinen Hügel hinauf, hinter einer Anhöhe, die das Gebäude von der Straße trennt, befindet sich das Gerichtsmedizinische Institut.

Das Leichenschauhaus von Nashville ist ein merkwürdiger Ort. Ich weiß nicht, ob Leichenschauhäuser überall so aussehen, aber in dieser Stadt gleicht es mehr einem Bunker. Die Türen sind schwer gepanzert, und die wenigen Fenster, die es gibt, sind kugelsicher. Das Personal drinnen besitzt die Bestandteile eines ziemlich guten Arsenals, und sie wissen alle, wo die Kugeln landen.

Im Prinzip ist das ein Witz. Ich meine, wer sollte sich schon den Einlaß in ein Leichenschauhaus erzwingen?! Gott helfe jedoch dem, der es versuchen sollte.

Kay Delacorte saß an ihrem Schreibtisch und musterte mich durch das Panzerglas. Sie machte ein Gesicht wie ein Kind, das gerade in ein Obsttörtchen gebissen hat, und drückte auf den Knopf an der Wand neben ihrem Schreibtisch.

»Was wollen *Sie* denn hier?«
Ich bemühte mich, sie wie ein verlorener kleiner Junge anzusehen. »Kommen Sie schon, Kay. Kann ich rein?«
Sie kicherte, wobei sich ihr Lachen über den Lautsprecher wie eine Störung anhörte. Kay ist klug, komisch, mit einem Sinn für Humor. Mit über vierzig ist sie die älteste Beschäftigte des Leichenschauhauses, für die Angestellten eine Kombination von Urmutter und Sozialdirektorin.
»Wozu?«
»Ich möchte mit Doc Marsha sprechen.«
»Sie möchte aber nicht mit Ihnen sprechen.« Jetzt ließ Kay mich zappeln. Das gehörte zum Spiel.
»Kommen Sie schon, Kay. Sie sind unvorsichtig. Wenn Sie so weitermachen, erinnern Sie mich an meine Exfrau.«
»Da sei Gott vor!« rief sie aus und drückte auf einen anderen Knopf. Der Türsummer gab ein jammerndes Geräusch von sich. Ich packte den Türgriff und zog. Die Eingangstür zum Leichenschauhaus ist so schwer, daß man sie mit beiden Händen greifen und die Füße fest gegen den Boden stemmen muß, um sie überhaupt aufzubekommen.
Die Bunkertür öffnete sich, und ich betrat das stark klimatisierte Gebäude. Mich fröstelte leicht, als ich aus der heißen Sonne hier hereinkam. Jedesmal, wenn ich in dieses Gebäude ging, war es so kalt wie eine Fleischkühlung. Wortwörtlich.
»Sie haben ganz schöne Nerven, hier nach so langer Zeit wieder aufzutauchen«, neckte mich Kay. Zumindest hoffte ich, daß sie mich nur neckte, was bei ihr schwer zu erkennen war.
»Ich weiß, daß es schon lange her ist. Aber seitdem mich die Zeitung rausgeschmissen hat, hatte ich wenig Gelegenheit, hierherzukommen.«
Sie erhob sich, und ich ging zu ihrem Schreibtisch hinüber.

Sie umarmte mich kurz und gab mir einen flüchtigen Kuß auf die Wange.
»Ich habe Ihren Namen in der Zeitung gelesen«, sagte sie.
»Ist alles in Ordnung?«
»Ich bin ein bißchen müde und habe noch Schmerzen, aber es ist nichts Schlimmes. Ich nehme an, Sie wissen, warum ich hier bin?«
»Ja, und Sie haben Glück, daß Dr. Krohlmeyer oben in East Tennessee ist.«
Dr. Henry Krohlmeyer, der sämtliche Abschlüsse hatte, die man so haben muß, einschließlich dem bei der Stanford Medical School, war der Obermetzger, der amtliche Gerichtsmediziner der Stadt. Er hätte mich angesichts der Ereignisse wohl rausgeschmissen. Meine Anwesenheit war im höchsten Maße unpassend, das wußte ich.
»Er ist nicht da?« fragte ich überrascht.
»Ein Seminar. Er kommt erst morgen zurück.«
»Also habt ihr Fletcher noch gar nicht seziert?«
»Dr. Helms hat das erledigt. Dr. Krohlmeyer segnet die Autopsie ab, wenn er zurückkommt.«
»Meinen Sie, sie wird mit mir sprechen?«
»Ich frage sie, Harry. Ich tue, was ich kann.«
Kay ging nach hinten in Marshas Büro, das kleinere der beiden, über die die Pathologen verfügten. Auf der anderen Seite befand sich ein Raum, den sich drei gerichtsmedizinische Ermittlungsbeamte teilten.
Nach kurzer Zeit kam Kay zurück und grinste verschlagen übers ganze Gesicht. »Ja, Sie können, wenn Sie wollen. Aber sehen Sie sich vor.«
Ich hatte eine Ahnung, wovon sie sprach. In der Zeit vor meiner Scheidung hatten Marsha und ich ziemlich stark miteinander geflirtet. Da ich immer noch der Täuschung

unterlag, ich sei verheiratet, hatte ich einen Rückzieher gemacht. Ich Trottel!
Ich lächelte Kay an, dankte ihr und hinkte nach hinten.
»Wissen Sie«, sagte sie hinter mir, »Sie brauchen Urlaub. Sie sehen beschissen aus.«
Ich drehte mich zu ihr um. »Das höre ich zur Zeit ständig.«
»Sie sollten es ernst nehmen.«
Marsha saß hinter einem übervollen Schreibtisch. Rechts von ihr standen auf dem Fensterbrett unter einer weiteren Panzerglasscheibe etwa ein Dutzend Pillenfläschchen, jedes einzelne mit einem schwarzen Filzstift beschriftet und mit einer Kugel bestückt, die sie aus einem ihrer Kunden gezogen hatte. Eine grausige Arbeit, dachte ich, aber die Leute hier scheinen darauf abzufahren. Tatsächlich befanden sich in Marshas Büro noch andere makabre Erinnerungsstücke: ein Menschenschädel, ein großes Glas mit einem in Formaldehyd konservierten menschlichen Fötus sowie eingerahmte Bilder von grausamen Mordszenen.
»Wer dekoriert denn bei euch?« fragte ich. »Die Addams Family?«
Sie lächelte mich an und zeigte dabei eine Reihe perfekt weißer Zähne. Marsha Helms war sogar noch hübscher, als ich sie in Erinnerung hatte. Vielleicht lag das daran, daß ich mich gerade mitten in einer langen Trockenperiode befand, vielleicht aber war sie auch einfach so hübsch, und ich hatte es nur bisher nicht bemerkt.
»Hallo, Harry.« Sie stand auf und auf und auf und auf. Meine Güte, war sie groß. Sie streckte die Hand aus, und ich ergriff sie. »Ich freue mich, dich wiederzusehen.«
»Ich freue mich auch, Marsh. Wie geht's denn so?«
»Viel Arbeit. Der Sommer ist lang und heiß. Die Mordrate liegt schon jetzt vierzehn Prozent über der des letzten Jah-

res, und wir haben den schlimmsten Teil des Sommers noch nicht einmal hinter uns.«

Und nun hatte ich, wenn auch unabsichtlich, dazu beigetragen, die Sachlage noch ein wenig zu verschlimmern.

»Das hörte ich.« Ich setzte mich auf den abgewetzten Bürostuhl ihr gegenüber.

»Du hinkst. Was ist passiert?«

»Oh, nur ein komplizierter Bruch. Ich habe sie gebeten, den Knochen wieder zurückzustopfen und einzuwickeln.«

Wir sahen uns einen Augenblick an, doch glücklicherweise war es keine bedeutungsschwere Pause. »Du bist tatsächlich ein ganzer Kerl. Ich nehme an, das entwickelt sich automatisch, wenn man ... Privatdetektiv wird.«

»Du hast davon gehört?«

»Ja. Was ist bei der Zeitung passiert?« Marsha schlug die Beine übereinander und lehnte sich zurück. Sie trug einen langen schwarzen Rock, der unter ihrem weißen Kittel hervorschaute. Tolle Beine, dachte ich, kurzzeitig abgelenkt. Sorry, ich konnte nicht anders.

»Ich habe die falschen Leute abgesägt. Ich nehme an, es ist ein Verhaltensproblem meinerseits.«

»Ich wundere mich, daß du überhaupt so lange dabeigeblieben bist. Mir ist auch das von dir und Lanie zu Ohren gekommen.«

»Ja«, entgegnete ich. Mir war nicht wohl dabei, denn ich hasse es, an alte Wunden zu rühren. Die neuen reichen mir völlig. Was sollte es. Dies gehörte sowieso alles der Vergangenheit an. Dinge loszulassen, ist schwierig, aber sie festzuhalten, ist sogar noch schwieriger. »Ich bin froh, daß es vorüber ist.«

»Ziemlich hart?«

»Teilweise.«

Sie blickte auf ihren Schreibtisch. »Du hättest mich anrufen

sollen. Wir hätten miteinander reden können, und vielleicht hättest du bei mir auch eine Schulter gefunden, um dich auszuweinen.«
Ich überlegte einen Augenblick. Dies waren ermutigende Neuigkeiten, vor allem für einen Mann in meiner Lage. Ob meine Wirtin wohl etwas dagegen hätte, wenn ich manchmal abends Gesellschaft mitbringen würde? Ich hatte sie nie gefragt. Es war mir einfach nicht in den Sinn gekommen.
»Das sollte ich vielleicht von Zeit zu Zeit tun.«
Sie schaute mich wieder an, doch jetzt war das Lächeln aus ihrem Gesicht verschwunden. »Aber das ist nicht der Grund, weshalb du gekommen bist?«
»Nein, Marsh. Du hast Fletcher seziert, nicht wahr?«
»Ich war dort. Ich war bei der Spurensicherung dabei. Zu dem Zeitpunkt warst du schon weg.«
»Ich habe einen Schlag auf den Kopf abgekriegt, und da haben sie mich in die Notaufnahme gebracht.«
»Also, was willst du wissen?«
»Was hat ihn getötet, Marsh?«
»Dir ist doch klar, in welche Schwierigkeiten ich kommen kann, wenn ich dir das sage?«
Ich beugte mich auf meinem Stuhl nach vorn, ein unsicherer Versuch, durch Körpersprache das Gefühl von Aufrichtigkeit zu vermitteln. Es gelingt mir nie, diese Schau abzuziehen, aber ich probiere es immer wieder.
»Marsha, ich möchte es deshalb wissen, weil ich darin verwickelt bin. Es wird ohnehin in den Mittelpunkt des öffentlichen Interesses rücken, also möchte ich wenigstens wissen, wessen ich belangt werde. Was immer du mir sagst, dringt nicht durch die vier Wände dieses Büros.«
Sie stand auf, fuhr mit der Hand an einem Stapel Ordner entlang und zog einen heraus, der ziemlich weit oben steckte. »Also gut. Ich tue dies nur, weil Dr. Krohlmeyer nicht im

Büro ist und Charlie gerade einen Toten von einem Autounfall herfährt.«
Sie ging an mir vorbei, und ihr Kittel streifte meinen Arm. Ich folgte ihr aus dem Büro in den Sezierraum. Zwei Kipptische mit hellen Oberlampen standen glänzend, kalt und sauber dort.
Weiter links lagen die Werkzeugsätze auf weißen Handtüchern, daneben die brutale Knochensäge auf einem eigenen Regalbrett. Marshas Absätze klapperten laut auf dem gefliesten Boden, als wir aus dem Sezierraum in das Aufnahmezimmer der Neueingänge gingen.
»Wir haben ihn kurz nach Mitternacht hereingekriegt. Ich habe ein paar Stunden geschlafen und bin erst um fünf Uhr hergekommen, um die Autopsie vorzunehmen. Er ist jetzt im Kühlraum. Der Leichenbestatter soll ihn gegen zwei abholen. Bist du bereit?«
»Wen hast du noch da drin?«
»Einen Selbstmord, der ist gegen halb sechs heute morgen eingegangen. Wir haben ihn noch nicht einmal gereinigt. Aber er sieht nicht zu schlimm aus. Ein kleines Kaliber unter dem Kinn. Er ist in einem Stück.« Ihre linke Augenbraue hob sich. »Mehr oder weniger ...«
Himmel, dachte ich, hoffentlich falle ich nicht vor ihr in Ohnmacht.
»Na, komm schon«, sagte sie grinsend. »Zumindest steckt kein Lenkrad in seiner Brust.«
»Okay. Laß uns loslegen.«
Sie zog an dem schweren Metallschloß der Kühlraumtür, und wir gingen in den kalten Raum. Anders als in Filmen und im Fernsehen gab es in dieser Leichenhalle keine Reihe sauberer Schubladen, wo in jeder einzelnen eine Leiche steril ruhte. Dies war lediglich ein riesiger Kühlschrank mit überall verstreuten Bahren. Auf einer rechts von uns lag ein

junger Mann barfuß in abgewetzten Jeans und einem geöffneten blauen Arbeitshemd, auf dem eine erstaunlich geringe Menge Blut verteilt war. Und unter seinem Kinn befand sich ein häßliches dunkles Loch mit Verbrennungsspuren.
Etiketten am Zeh, die neueste Mode für Teenies von heute.
Weiter links lag Conrad Fletcher auf einer Bahre. Ich zögerte einen Augenblick und holte tief Luft, um mich innerlich zu stählen. Selbst aus drei, vier Metern Entfernung konnte man den häßlichen Y-förmigen Schnitt des Autopsieskalpells sehen, der an beiden Schultern begann und in der Oberkörpermitte zusammenlief, von wo aus er sich nach unten fortsetzte. Ich hatte noch nie bei einer Autopsie zugeschaut, aber ich wußte, wie sie ablief. Und ich wußte, daß die Eingeweide und das Gehirn aus dem Körper, der ausgestreckt auf dem Tisch lag, herausgeschnitten worden waren. Was auch Conrad Fletcher ausgemacht haben mochte, war lange dahin, und die steife blaugraue Leiche auf dem Tisch war nur ein Überrest. Das sagte ich mir, als ich da stand und den schwachen Versuch machte, mich von dem schrecklichen Anblick zu erholen.
»Bist du in Ordnung?« fragte Marsha.
»Ja, ich brauchte nur einen Moment. Ich konnte mich noch nie daran gewöhnen.«
»Ach geh, Harry, dieses hier ist wirklich nicht so tragisch. Du hast schon Schlimmeres gesehen.«
»Ich weiß. Das ist aber bereits eine Weile her.«
Sie ging zum Tisch hinüber. Über seine Geschlechtsteile war ein kleines Tuch gelegt, obwohl Schamgefühl hier etwas war, das entweder nicht zählte oder nicht besonders geschätzt wurde. Es gab kein sauberes weißes Tuch, das ihn von Kopf bis Fuß bedeckte. Es sah so aus, als wäre jemandem

im nachhinein noch schnell eingefallen, etwas über seinen Intimbereich zu werfen.

Marsha ging um die Bahre herum und stand da, die Arme über der Aktenmappe verschränkt, die sie vor sich hielt. Ich schlenderte hinüber und stellte mich auf die gegenüberliegende Seite der Bahre. Conrad befand sich zwischen uns, ohne daß ihm bewußt wurde, daß er das Thema des Tages war. Ich betrachtete sein Gesicht. Es war ein wenig eingefallen, seine Augenlider waren heruntergezogen. Er hatte eine komische Farbe. Der Balsamierer hatte noch keine Zeit gehabt, ihn zu verschönern. Ich war froh, daß er genügend Haar besaß, um den Schnitt, der in der Kopfhaut von einem Ohr zum anderen verlief, zu verbergen. Auf diese Weise hatte Marsha erst die Schädeldecke entfernt und dann das Gehirn entnommen.

Sie sich bei dieser Arbeit vorzustellen, war schon merkwürdig.

»Es war nicht schwer, es herauszufinden«, sagte sie. Sie hielt die Arme nun nicht mehr verschränkt und öffnete die Akte. »Das hätte selbst ein Praktikant nach dem ersten Jahr größtenteils feststellen können.«

Ich fühlte plötzlich Schwindel wie eine Welle über mich schwappen, während ich auf die riesigen Stiche quer über Conrads Brust starrte.

»Wie machst du das nur?« fragte ich mit einem komischen Gefühl im Magen.

»Du hättest ihn sehen sollen, bevor ich ihn wieder zunähte«, antwortete sie lässig.

Ich schaute zu ihr auf. Sie blickte auf ihre Notizen. »Also, was hat ihn getötet?« fragte ich.

»All die klassischen Symptome: die blaue Sprenkelung des Gehirngewebes, Paralyse der Muskulatur von Speiseröhre und Kehlkopf, reduzierte Ventilation der Lungenalveolen

und eine progressive chronische Verstopfung des Bronchialtrakts.« Sie sah mich an, als erwartete sie, daß ich verstand, wovon sie sprach.
»Okay«, sagte ich.
»Mucusbildung in den Lungen«, fuhr sie fort. »Eine Anoxie wie aus dem Bilderbuch. Akute respiratorische Paralyse.«
»Und was heißt das übersetzt, Marsh?«
»Mein lieber Harry«, sagte sie und warf mir einen Blick zu, »dieser Mann ist in seinem eigenen Rotz ertrunken.«
Ich versuchte mein Gehirn funktionieren zu lassen und all dies zu verstehen und vor allem mich nicht zu übergeben.
»Wie, du glaubst, jemand hat ihn erstickt?« Ich dachte an Spellmans Bemerkung über das Kopfkissen.
»Niemand hat ihn erstickt«, entgegnete Marsha. »Er wurde vergiftet.«
»Vergiftet?«
»Akute respiratorische Paralyse ...«
Ich starrte auf den kalten, toten, vergifteten Conrad Fletcher hinunter. Zum erstenmal tat mir der Kerl leid.
»Was für ein Gift?«
Sie ging um das Fußende der Bahre herum, dann steckte sie ihre dünne Hand in die rechte Kitteltasche. »Die Giftanalyse dauert ungefähr eine Woche. Die Entnahmen sind heute früh ans T. B. I.-Labor geschickt worden. Ich nehme an, daß es sich, da es im Krankenhaus passiert ist, um ein Narkotikum handelt. Pavulon vielleicht. Noch wahrscheinlicher ist Succinylcholin oder Protocurarin ...«
»Was zum Teufel ist Suc ... Suc ...«, stotterte ich. »Und Protocurarin?«
»Das sind äußerst wirksame Narkotika. Synthetisches Curare. Sie werden bei Patienten verwendet, die auf alles andere

allergisch reagieren. In hoher Dosis verabreicht, lähmen sie die Atemwege. Das paßt. Aber wir müssen hier trotzdem die Laborergebnisse abwarten.«
»Synthetisches Curare. Pfeile mit vergifteter Spitze?«
»Ich tippe da eher auf eine 20er Spritze«, sagte sie und zog ein Vergrößerungsglas aus der Tasche ihres Kittels.
»Meinst du das ernst?«
Marsha legte die Aktenmappe auf Conrads haarige Beine. Sie strich mit der Hand an seinem Bein, über sein Knie bis zum Schenkel nach oben und suchte einen Moment nach etwas, dann sah sie mich an.
»Schau! Direkt hier.«
Ich beugte mich hinunter und blickte durch das Vergrößerungsglas, das sie mir hinhielt. Um die Augen darauf einzustellen, bewegte ich den Kopf rauf und runter, und dann entdeckte ich es. Es war ohne jeden Zweifel ein Loch in der Haut mit einer kleinen Schwellung drum herum.
»In der Hose ist ebenfalls ein Loch. Deckungsgleich.«
Ich stand auf und sah ihr direkt in die Augen, zum erstenmal heute ohne wollüstige Gedanken. »Warum sollte ein Arzt da liegen und es zulassen, daß jemand eine 20er Spritze in ihn hineinjagt – und auch noch durch seine Hose?«
»Vielleicht kannst du mir das sagen?«
»Hat ihn jemand bewußtlos geschlagen?«
»Es sind keinerlei Spuren von Gewalteinwirkung an ihm. Noch nicht einmal eine Abschürfung an der Kopfhaut. Er fiel nach hinten aufs Bett.«
»Wurde er betäubt?«
»Ich weiß es nicht. Ich bin darin kein Experte. Aber alle Formen von Betäubung, die ich bisher gesehen habe, hinterlassen entweder Brandspuren oder Einstiche.«
Wir gingen aus dem Kühlraum und dann langsam zurück

in Marshas Büro. Im Flur erinnerte ich mich an etwas, an das ich zuvor nicht gedacht hatte.

»Als ich ihn das erstemal sah, atmete er noch.«

»Möglich«, erwiderte sie und betrat ihr Büro. »Das Zeug tötet nicht sofort.«

Sie ging hinter ihren Schreibtisch und legte die Aktenmappe wieder auf den Stapel. »Willst du einen guten Witz hören?«

»Sicher«, sagte ich. Das Lächeln in ihrem Gesicht war hinterlistig und frech.

»Er hatte kurz zuvor Sex«, verkündete sie fast triumphierend. »Zehn, vielleicht fünfzehn Minuten vor seinem Tod.«

Mir fiel die Kinnlade herunter. »Wie kannst du das wissen?«

Sie hob den Zeigefinger, und ihre Stimme war eine schlechte Imitation von Major Strasser, der Victor Laszlo mitteilt, daß er *nirgendwo* hingeht.

»Wirrr haben Mittel und Wege, Sie zum Sprrrechen zu brrrringen.«

»Marsh, das ist nicht komisch.«

»He«, fuhr sie fort, »der Kerl ist in Glanz und Glorie dahingegangen. Außerdem weißt du, was sie uns über einen Steifen in der Schule beigebracht haben, oder?«

»Okay«, sagte ich. »Ich geb auf.«

»Rigor mortis«, erläuterte sie, wobei sie von einem Ohr zum anderen grinste. »Ist nur einer, der von oben bis unten einen Steifen hat.«

KAPITEL 8

Ich wußte, daß ich nach Green Hills rausfahren sollte, um Rachel aufzusuchen. Ihre Stimme auf dem Anrufbeantworter klang verzweifelt. Aber ich war noch nicht soweit.

Außerdem war ich am Verhungern. Nach dem Verlassen der eiskalten Leichenhalle schien es draußen noch heißer zu sein. Zwischen der Temperatur und meinem leeren Magen kündigte sich ein erheblicher Mangel an Blutzucker an.

Ich fuhr über den Fluß und rüber zur Main Street. Fast umgehend veränderte sich das Stadtbild. Downtown Nashville hätte fast jede Stadt in Amerika sein können: Wolkenkratzer, Regierungsgebäude, Einkaufszentren, Busbahnhöfe. Begibt man sich jedoch auf die andere Seite des Flusses, befindet man sich, weniger als eine Meile weit entfernt, mitten im heruntergekommenen Teil von Nashville. Das ist jetzt meine Flußseite, die der Arbeiterklasse, der blauen Kittel, die Seite, die nur langsam saniert wird. Keine *Wohnanlagen*, ein großartiger Euphemismus für die Ghettos der Reichen, keine Achtzigtausend-Dollar-Eigentumswohnungen, nur alte Häuser, Bars und Restaurants in der Nachbarschaft und Leute, die sich auf der Veranda vor dem Haus ein Bier aus der Dose genehmigen. Ich war täglich aufs neue davon fasziniert.

Das war ein ganz schöner Unterschied zu meinen Zeiten als verheirateter Yuppie im Green Hills der High-Society. Doch ich empfinde das nicht als großen Verlust. Außerdem wäre der qualmende Ford zwischen all den Mercedes und Jaguars schrecklich fehl am Platz.

Hinter der Biegung vor der High-School wird die Main

Street zur Gallatin Road. Ein paar Meilen weiter gibt es ein winziges chinesisches Restaurant mit dem besten Szechuan-Hähnchen, das mir je die Schleimhäute durchgepustet hat. Ich fuhr auf den Parkplatz neben einen zwanzig Jahre alten, verrosteten Pickup, auf dessen Ladefläche zwei Bullterrier angebunden waren. Ob ihr Blick neugierig oder hungrig war, konnte ich nicht erkennen, doch ich ging auch nicht nahe genug hin, um es herauszufinden. Inzwischen hatte ich mir die Jacke ausgezogen, die Ärmel hochgekrempelt und beschlossen, damit zu leben, daß mein Hemd vor Schweiß nur so triefte. Als der Duft sanft über den dicht fahrenden Verkehr herüberwehte, fing mein Magen an zu knurren.

»Walum velsuchen Sie nicht einmal andeles?« fragte Mrs. Lee, als ich ihr vom Ende der Theke aus zulächelte. Ich hatte noch gar nicht bestellt, doch sie wußte, was ich nehmen würde.

»Und mir das beste Szechuan-Hähnchen von dieser Seite Shanghais durch die Lappen gehen lassen? Auf keinen Fall.«

»Sie wülden Shanghai nicht mal elkennen, wenn es hintel Ihnen auftauchen und Ihnen in den Hinteln beißen wülde!«

Sie wischte sich mit dem Ärmel über die Stirn, dann warf sie den grünen Beleg ihrer Tochter hin, einer etwa sechzehn Jahre alten asiatischen Schönheit, die ich mit begierigen Blicken ansah, seitdem ich in diesem Stadtviertel wohnte. Nun, vielleicht war doch nicht das Hähnchen der Grund, weshalb ich immer wieder hierherkam …?

Sie muß ihren Mann angewiesen haben, mein Essen extra scharf zu würzen. Vielleicht wollte sie mich von meiner Berechenbarkeit heilen. Sobald ich in das Hähnchen biß, bildeten sich Schweißperlen auf meinem Gesicht. Ich merk-

te, wie sich die Haut oben in der Mundhöhle löste. Jeder Atemzug fühlte sich in meiner Nase wie ein Flammenwerfer an. Es war köstlich. Ich nahm ein paar von den fetteren Teilen des Hähnchens, tauchte sie in ein Glas Wasser, um einen Großteil des Pfeffers herunterzuspülen, wickelte sie in eine Serviette und steckte sie in die Tasche. Dann verschlang ich den Rest der Mahlzeit, trank meine Cola Light und brachte den Teller zur Theke zurück.
»Diesmal hätten Sie mich fast drangekriegt«, sagte ich.
»Wovon splechen Sie?« fragte sie energisch. Mrs. Lee war wie immer hektisch und schlecht gelaunt.
»Es war ausgezeichnet«, lobte ich, griff über die Theke und tätschelte ihr die Hand. »Bis später.«
Jetzt erschien mir die vor Hitze kochende Luft draußen normal. Ich zog meine Krawatte noch ein bißchen weiter herunter und öffnete die Tür des Fords. Die Bullterrier waren verschwunden, und der Parkplatz war für die Menschheit wieder sicher. Ich ließ mich vorsichtig auf den heißen Vinylsitz nieder, und nachdem der Escort ein paarmal tief geröhrt hatte, als wäre er ein Alfa, fuhr ich hinaus in den Verkehr.
Ich nahm die Gallatin Road Richtung Inglewood. Dieser Teil der Stadt zählt mehr Trödler, Schrottlager, billige Fuselläden und Pfandhäuser pro Kopf als jeder andere Ort, den ich je gesehen habe. Der Riverside Drive bog rechts ab, verlief etwa eine Meile oder so parallel weiter, hieß plötzlich anders, machte eine Kurve links in eine Seitenstraße, deren Namen ich ständig vergesse, und führte dann zurück in einen wirklich heruntergekommenen Stadtteil.
Vielleicht ist er auch gar nicht so heruntergekommen. Ich habe mich nur noch nicht daran gewöhnt, von Schrottplätzen, Puffs, illegalen Müllkippen und Hauptquartieren von Rockergangs umgeben zu sein. Auf der linken Straßenseite,

neben einem Betonblock, in dem sich in einem Teil Billy und Sam's Autowerkstatt befand und im anderen das Clubhaus der Death Rangers, stand ein verblichener alter Wohnwagen mitten auf einem desolaten, geschlossenen Schrottplatz. Ein zwei Meter fünfzig hoher Maschendrahtzaun umgab das Grundstück, auf dem der Schrott von Generationen abgewrackter Autoträume vor sich hin rostete, überwuchert von Unkraut und Gestrüpp.

Ich fuhr zum Eingang, parkte, stieg aus, rüttelte am Tor, um etwas Lärm zu machen, und wartete darauf, daß Shadow, eine alte Schäferhündin, aus ihrem Versteck vor der Sonne auftauchte, wo auch immer es sich befinden mochte. Sie trottete hinter dem Wohnwagen hervor, die Ohren gespitzt, leicht nach links geneigt, was vom Alter kam und dem genetischen Hüftleiden, das diese Rasse so sehr zu quälen scheint.

Sie war langsam, entspannt, aber ich wußte, daß sie dies nur war, weil ich mich jenseits des Zauns befand. Sobald ich mich unerlaubt oder unerkannt auf die andere Seite begeben würde, würde sie mir an die Gurgel springen.

»Hallo, Shadow«, sagte ich und legte eine Hand ans Gitter. »He, Baby, was gibt's Neues?«

Sie hielt in etwa zwei Metern Entfernung an, schnüffelte und musterte mich. Dann kam sie langsam näher und streckte ihre riesige schwarze Nase zu meiner Hand hin. Sie schnüffelte noch ein paarmal, und plötzlich fing ihr Schwanz an zu wackeln wie ein Wecker, der rasselt. Sie winselte ein wenig und wich zurück, damit ich das Tor öffnen konnte. Ich hob die Kette vom Haken, drückte das Tor ein Stück auf und betrat den Platz. Shadow sprang sofort an mir hoch, legte mir die Pfoten auf die Schultern, leckte mir das Gesicht und rieb die Schnauze an mir. Ich griff in die Tasche, holte die Serviette heraus und wickelte das Hähnchen aus.

Ich ging einen Schritt zurück, und Shadow saß vor mir, leckte sich und sah mich begierig an. »Gib Laut, Shadow, gib Laut.« Sie ließ ein griesgrämiges Knurren hören, das zu einem Bellen wurde.
»Gutes Mädchen!« Ich formte aus dem Hähnchen eine Kugel und warf es in die Luft. Bevor es noch ganz oben war, hatte sie es schon verschlungen.
»Wo ist dein Herrchen, Shadow?« fragte ich. Warum spricht man bei Hunden und kleinen Kindern eigentlich immer so bescheuert? »Wo ist dein Herrchen, Baby?«
Die Sonne brannte nun wirklich herunter, und der Boden unter meinen Füßen zeigte schon Risse. Ich schaute zum Wohnwagen hinüber. Trotz der Rostflecken und der stumpfen, verwitterten Farbe tat mir das reflektierende Licht in den Augen weh. Ich ging zu dem blaßgrünen, klotzigen Ding, und Shadow trottete neben mir her. An einem Ende des Wohnwagens kämpfte ein Fenster mit eingebauter Klimaanlage darum, der Luft Feuchtigkeit zu entziehen. Ich klopfte einmal und öffnete die Tür.
Lonnie stand drinnen. Er hatte mir den Rücken zugewandt, sich leicht nach vorn gebeugt und starrte auf etwas, das sich auf dem Tisch befand. Sein Kopf fuhr herum, er sagte: »Pst!« und winkte mich heran. »Und mach die Tür bitte leise zu«, flüsterte er.
Lonnies Büro, das manchmal auch gleichzeitig seine Wohnung war, bestand aus einem Haufen Papier, gebrauchten Autoteilen, verstreuten Büchern, Fett, Tabakflecken und leeren Bierflaschen. Lonnie war der schlauste Car-hunter, den ich je getroffen hatte, aber er hatte einen merkwürdigen Geschmack.
»Was ist los?« fragte ich wirklich leise.
»Pssst!« zischte er. »Experiment.«
Lonnie war barfuß und trug eine Jeans und ein T-Shirt. In

seiner ausgestreckten Hand hielt er ein paar Borsten, die er einem Besen ausgerupft hatte. Er bewegte sich langsam zu dem massiven Holztisch hin, der ihm normalerweise als Schreibtisch diente, aber für das Schauspiel des Tages abgeräumt worden war.

Ich bemühte mich, in dem schwachen Licht zu erkennen, worum es sich hierbei handelte. Hinter uns tuckerte die Klimaanlage wie eine alte Dampflokomotive. Er trat langsam nach vorne, griff zur Mitte des Tisches, drehte dann den Kopf herum und ging ohne hinzusehen noch ein wenig näher heran.

Ich beugte mich hinunter und schaute um ihn herum, genau in dem Augenblick, in dem die Borsten ein Häufchen berührten, das auf dem Holz aussah wie verschmutztes Speisesalz. Es ertönte ein ohrenbetäubender Knall, gefolgt von einem weißen Blitz und einem beißenden Gestank, der Mrs. Lees Szechuan-Hähnchen dagegen so mild erscheinen ließ wie Weizengrütze. Ich machte einen Sprung zurück und krachte gegen die Tür. Einen Moment war ich geblendet, dann warf ich mich mit einem Aufschrei auf den Boden.

»Himmel, Arsch und Zwirn!« schrie Lonnie, der neben mir lag. Ich schaute zu seinem Arm hinüber, um festzustellen, ob ich ihn von nun an Stummel würde nennen müssen. »Es funktioniert!«

Sein Arm war intakt, was ich von meinen Ohren nicht behaupten konnte. Der Rauch löste sich auf, und ich erhob mich. Ein versengter, etwa dreißig Zentimeter breiter Kreis hatte sich zwei bis drei Zentimeter in den Holztisch eingefressen.

»Du Arschloch!« brüllte ich. »Warum hast du mich nicht gewarnt?«

»Verdammt noch mal«, keuchte er und stand auf, »ich

wußte nicht, daß es so knallen würde. Ich meine, in dem Buch ...«
»Herrgott, Lonnie«, stöhnte ich, »welches ist es diesmal? *Das Kochbuch eines Anarchisten?*«
Er schaute mich mit strahlenden Augen an. »Nein, Mann. Ich habe gerade eine Ausgabe vom *Leben des armen James Bond* bekommen.«
Ich sah mich in dem Raum um. Auf der von Motten zerfressenen Couch lag aufgeschlagen ein Paperback in der Größe eines Telefonbuchs. Ich hob es auf.
»ANTI?« fragte ich, nachdem ich einen Blick darauf geworfen hatte.
»Ammonium-Stickstoff-Trijodid. Das Zeug ist so scharf wie eine Pistole. Eigentlich ist es mehr ein Fulminat als ein Sprengstoff. Unglaublich leicht herzustellen.«
Ich überflog den Artikel. »Versuchst du dich umzubringen?« Es war nicht das erstemal, daß mir beim Eintreten in Lonnies Spielhütte fast der Kopf weggeblasen wurde. Zuletzt hatte er Ersatznapalm aus Dieseltreibstoff und Styroporbechern hergestellt.
»Mensch, das ist toll! Alles, was man tun muß, ist, Jodkristalle in reinem Ammoniak zu schwenken und dann das Zeug durch einen Kaffeefilter laufen zu lassen. Was übrigbleibt, ist ANTI. Solange es naß ist, ist es harmlos, aber wenn es trocknet, ist es das teuflischste Zeug, das du je gesehen hast.«
»Einfach großartig«, bemerkte ich und ließ das Buch auf die Couch fallen. »Eines Tages werde ich hierherkommen, um deinen Arsch mit dem Spachtel von der Wand zu kratzen.«
Lonnie schnappte sich einen fettigen Lumpen und wischte sich damit die Hände ab. Meine Ohren klingelten noch von seiner kleinen Demonstration, und meine Nase war gefüllt mit dem, was ich nun als den Gestank von Ammoniak mit einer kleinen Note Brandgeruch identifizierte. Es war ein

bißchen so, als wäre man auf einer Mülldeponie, auf der sie gerade Pampers verbrennen.
Lonnie griff in seinen verbeulten, dreißig Jahre alten Kühlschrank und holte ein Bier heraus. »Fährst du mit mir nach Shelbyville?«
»Diesmal hab ich keine Zeit.«
»Ich hab mir die Morgenausgabe des *Banner* geholt und deinen Namen darin gesehen. Bist du sicher, daß du nicht eine Weile aus der Stadt verschwinden willst?«
Lonnie öffnete die Dose und hielt sie mir hin. Ich machte eine ablehnende Handbewegung. Er zuckte mit den Schultern und trank einen Schluck.
»Nein, diesmal nicht. Ich bin vor allem hergekommen, um dich um eine Information zu bitten.«
»Eine Information?«
»Ja. In Zusammenhang mit dem Mord.«
»Wenn du einen Funken Menschenverstand besitzt, kommst du mit mir nach Shelbyville, holst den Trans Am ab, fährst im offenen Cabrio zurück und machst dir eine schöne Zeit. Vergiß diesen Scheißmord. Du siehst im Moment aus wie der angewärmte Tod. Das sollte kein Dauerzustand werden.«
»Eine coole Rede von einem Kerl, der in seinem eigenen Büro Bomben zündet.«
Lonnie hob die Dose wieder zum Mund und trank den Rest in einem Zug leer. Dann warf er sie hinter sich in den Flur, der zum Schlafzimmer führte, und ließ einen langen, tiefen Rülpser los.
»Okay, was willst du?«
»Der Arzt, der ermordet wurde, arbeitete am University Med Center und war an der medizinischen Fakultät. Seine Frau sagte, er sei ein krankhafter Spieler gewesen. Hat seine Seele einem Buchmacher verkauft.«

»Na und?«
»Wer wäre da zuständig? Wer kontrolliert die Gegend hinter der 21st Avenue, Division, im West End?«
Lonnie preßte die Lippen zusammen und runzelte die Stirn. Das hieß, daß er es wußte, aber noch mit sich kämpfte, ob er es mir sagen sollte.
»Wenn du nicht aufpaßt, steckst du bald bis zum Hals drin, weißt du das?«
»Ich paß schon auf.«
»Okay, es ist deine Beerdigung. Weißt du, wo die Division vom Broadway abgeht?«
»Ja, an dem Straßendreieck.«
»Genau. Du läufst also die Division bis zu den Gaststätten runter, bis zu der vegetarischen Hippiekneipe auf der linken Seite. Kennst du die?«
»Ja, aber es handelt sich dabei um die Adventisten des Siebenten Tages, Lonnie, nicht um vegetarische Hippies.«
»Wie auch immer. Es gibt dort einen kleinen Supermarkt. So einen mit Sachen des täglichen Bedarfs wie Bier, Brot, Milch, Zigaretten. Der Name von dem Typen, dem der Laden gehört, ist Hayes. Bubba Hayes. Er wiegt etwa dreihundert Pfund, ist tätowiert und hat Pomade im Haar. Früher war er mal Prediger. Ich nehme an, er ist inzwischen vom Glauben abgefallen. Jedenfalls kontrolliert er das ganze Viertel.«
»Wenn Fletcher gewettet hat, dann wäre das über ihn gelaufen?«
»Ja. Und wenn nicht über ihn, dann weiß Bubba, über wen. Er hat das ganze Viertel unter sich und hat einen Bodyguard, einen ehemaligen Footballprofi. Der hat früher für die Falcons gespielt. Sein Name ist Mr. Kennedy.«
»Okay«, erwiderte ich. »Mr. Kennedy. Ich werde nach ihm

Ausschau halten. Ich will mit dem Kerl ja nur reden, feststellen, ob Rachel mir die Wahrheit erzählt hat.«
Lonnie stieg von dem Hocker, auf den er geklettert war, wieder herunter, kam zu mir herüber und klopfte mir auf die Schulter.
»Paß du besser auf deinen Arsch auf«, warnte er. »Du bist ein guter Fahrer. Ich würde nur äußerst ungern auf dich verzichten.«
»Mach's nicht so dramatisch, Lonnie. Das hier ist das richtige Leben, kein Fernsehspiel. Ich bin weder Jim Rockford, noch befinden wir uns bei *Columbo*. Ich mach schon keinen Mist.«
»Na gut«, meinte er, hob das *Leben des armen James Bond* hoch und blätterte darin. »Sei trotzdem vorsichtig. Ich habe mir sagen lassen, Bubba Hayes sei ein echter Al Capone, ein echter Scheißgangster.«

KAPITEL 9

Reverend Bubba Hayes oder Al Capone oder wer zum Teufel er auch sein mochte war jedoch noch nicht gleich an der Reihe. Erst mußte ich meinen Anrufbeantworter im Büro abhören und dann so schnell wie möglich einen Sprung zu Rachel machen. Unten an der Gallatin Road war ein Wagen, der beim Taco Bell rausgefahren war, von einem alten Typ mit einem verrosteten blauen Cadillac Coupé de Ville, der eine grüne Zigarre rauchte, gerammt worden. Ich brauchte zwanzig Minuten, bis ich die Stelle passiert hatte, und dann kam ein Trauerzug aus einem Beerdigungsinstitut. Als ich etwa zwölf Blocks von Lonnie weg war, war ich schon schweißgebadet, und der Ford kochte.

Zehn Minuten fuhr ich in dem dreistöckigen Parkhaus an der Seventh Avenue auf der Suche nach einem Parkplatz im Kreis herum. Dabei handelt es sich um dasjenige, in dem mir die monatlichen Mietzahlungen das Recht zu parken einräumen. Schließlich fand ich im obersten Stock eine winzige Lücke. Ich quetschte den Escort hinein und krabbelte zwischen den beiden Wagen heraus. Verschwitzt und benommen von den Abgasen, ging ich die Betonrampe zur Straße hinunter.

An der Kreuzung Seventh Avenue und Church Street standen in allen vier Richtungen die Autos Stoßstange an Stoßstange. Es wurde gehupt, geschwitzt, und die Motoren bliesen Abgase in die Sommerhitze. Südstaatenstau vom Grill.

Ich zwängte mich zwischen zwei Autos hindurch zur Straßenmitte und kam in dem Augenblick zum Gehsteig, als gerade zwei kleine, alte Ladies mit blau gefärbtem Haar in einem New Yorker Chrysler bei dem Versuch, den Verkehrsstau zu umfahren, ein Halteverbotsschild streiften. Ich konnte einen Blick auf die Fahrerin werfen: dicke Brille, zuviel Rouge, künstliches Gebiß, das sie entblößt hatte wie ein Kampfhund.

Ich ging weiter zu meinem staubigen, heruntergekommenen Haus und stieg die Treppe zu meinem Büro hinauf, langsam Stufe für Stufe. Als ich im obersten Stock ankam, war ich reif für eine weitere Fahrt in die Notaufnahme. Unten in der Halle hörte ich Slim und Ray darüber streiten, wie die zweite Zeile im Refrain lauten sollte: »Hey, baby, I'm coming back home!« oder »Hey, darlin', you're on your own ...« Ich beschloß, diesmal auf meinen üblichen kleinen Schwatz zu verzichten.

Leise öffnete ich die Tür zu meinem Büro und schlüpfte rasch hinein. Mit ein wenig Glück würde mich eine Zeitlang niemand belästigen. Ich fühlte mich eher ungesellig, was auch kein Wunder war nach einer Nacht mit derart wenig Schlaf, einem kaputten Knöchel und schmerzenden Wundklammern oben auf meinem Kopf.

Das rote Licht auf meinem Anrufbeantworter zuckte wie Popcorn in einer Heißluftpopcornmaschine. Ich lockerte meine Krawatte und öffnete die beiden oberen Knöpfe meines Hemds. Wenn ich den Schlips noch weiter herunterzog, würde ich darüberfallen. Ich setzte mich auf den Stuhl und lehnte mich zurück, während ich den Anrufbeantworter abhörte.

Die erste Nachricht stammte von meiner alten Zeitung. »He, ich weiß, daß wir vermutlich die letzten auf Erden sind, mit denen du sprechen willst, aber wir könnten verdammt gut ein Interview mit dir über den Mord an Fletcher gebrauchen.« Es war die Stimme des Lokalredakteurs Ed Gibson.

Ed hatte mein Fortgehen bedauert. Er war eigentlich immer anständig zu mir gewesen. Man hatte ihn angewiesen, mich zu feuern. Sie zwangen ihn dazu. Er hat drei Kinder und tat nur seinen Job. Ich konnte das verstehen. Zur Hölle mit ihm!
Die zweite Nachricht stammte von Channel 4, die dritte von Channel 2, die vierte von Channel 2, die fünfte von Channel 2, die sechste von Channel 5, der endlich durchkam, nachdem Channel 2 aufgegeben hatte.
Drei weitere Nachrichten von den Medienhaien, dann ertönte Rachels Stimme: »Wo warst du? Ich habe den ganzen Tag versucht, dich zu erreichen, aber dein Telefon ist entweder belegt, oder ich habe diese verfluchte Maschine am Apparat. Bitte ruf mich an.«
Ich öffnete mein Notizbuch und überflog die Namen, die mit F begannen. Dann tippte ich ihre Nummer ein und ließ es zweimal läuten.
»Hallo?«
»Ich möchte bitte mit Rachel Fletcher sprechen.«
»Es tut mir leid, aber Mrs. Fletcher ist derzeit nicht zu sprechen.«
Die Stimme am anderen Ende wurde schwächer, da der Hörer vermutlich schon wieder in Richtung Gabel wanderte.
»Warten Sie!« schrie ich. »Könnten Sie ihr bitte sagen, daß Harry Denton am Apparat ist. Sie hat bei mir angerufen.«
Zu spät. Ein lautes Klicken, dann das Freizeichen. Ich fragte mich, wer das war? Es klang wie eine ältere Frau. Vermutlich dachte sie, ich sei ein weiterer Reporter. Meine Post, die der Postbote durch den Schlitz gestopft hatte, lag immer noch dort auf dem Boden. Ich hob den Stoß auf – die Rechnung meiner Haftpflichtversicherung, die Telefonrechnung und sechs Briefe für den Müll. Hurra!

Es blieb mir nichts anderes übrig, als mich der Sache zu stellen. Aus irgendeinem Grund widerstrebte es mir, zu Rachels Haus zu fahren. Weil ich sie enttäuscht hatte? Vielleicht hatte Walter recht, jetzt war sie zu haben. War ich fies genug, einer trauernden Witwe nachzusteigen? Aber konnte es nicht auch sein, daß sie gar nicht trauerte? An diese Alternative wollte ich überhaupt nicht denken.

Die Aussicht, wieder ganz hinauf ins Parkhaus steigen zu müssen, war auch nicht gerade verlockend. Aber es war schon fast später Nachmittag, und die Regel hier ist, daß die Rush-hour direkt nach dem Mittagessen beginnt, und je länger man wartet, desto schlimmer wird der Verkehr.

Ich warf mir mein Jackett über die Schulter und marschierte zurück in die Hitze. An der Kreuzung fand immer noch das gleiche Spiel statt, nur hatten sich die Akteure geändert. Ich kämpfte mich zwischen den Stoßstangen und den tutenden Hupen hindurch und bahnte mir den Weg zum Parkhaus, wo der Ford kaum genügend Zeit gehabt hatte, abzukühlen. Und nun fuhr ich hinaus in die Mutter aller Verkehrsstaus.

Eigentlich war es gar nicht so schlimm. Dreißig Minuten später bog ich von der Hillsboro Road in die Golf Club Lane ab. Dieser Teil der Stadt war mein alter Stammplatz, früher, als ich verheiratet war und einen Job mit regelmäßigem Einkommen hatte. Das schien etwa einhundert Jahre herzusein, und es wurde mir klar, daß der einzige Grund, weshalb ich es hinausgeschoben hatte, Rachel zu sehen, der war, daß ich mich ganz einfach auf dieser Seite der Schienen nicht mehr wohl fühlte.

Die Häuser in der Golf Club Lane sind keine Villen, aber versuchen Sie das einmal den Familien aus Laotse zu erzählen, die zu fünfzehn in einer Doppelhaushälfte mit drei Zimmern leben, die jeder Beschreibung spotten. Ich dros-

selte die Geschwindigkeit, suchte die Hausnummern, bis ich einen riesigen schwarzen Briefkasten mit Fletchers Namen entdeckte.
Heilige Hannah, Ärzte müssen gut verdienen! Eine lange geteerte Auffahrt führt etwa siebzig Meter an einem sorgfältig gemähten Rasen entlang zu einem dreistöckigen Ziegelhaus mit einem Schornstein an jedem Ende. Die durch Holzgitter abgetrennte Veranda auf der linken Seite war größer als meine ganze Wohnung. Schmiedeeisernes Mobiliar stand links in einem kleinen gepflegten englischen Garten. Die Newport-Society würde so etwas zu würdigen wissen.
Etwa sechs Autos parkten auf der tiefschwarzen Auffahrt, kein einziges davon war ein sechs Jahre alter, Öl verbrennender Ford Escort. Der billigste Wagen war – abgesehen von meinem – ein Buick für etwa fünfundzwanzigtausend Dollar. Vermutlich gehörte er der Putzfrau.
Ob sie wohl die Polizei rufen würden, bevor ich überhaupt Gelegenheit haben würde, mich zu identifizieren? Ich fuhr die ganze Auffahrt hinauf, denn ich stellte mir vor, daß sie weniger peinlich berührt sein würden, wenn ich den Wagen hinter dem Haus parkte, wo er von der Straße aus nicht zu sehen war. Ich konnte nur hoffen, daß nicht zuviel Motoröl auf den Asphalt tropfte. Das wäre vom kraftfahrzeugtechnischen Standpunkt genauso schlimm gewesen, wie in einem überfüllten Aufzug einen fahren zu lassen.
Dann sah ich ihn, den weißen Crown Victoria, ohne jeden Zweifel ein Zivilfahrzeug der Polizei. Wenn sie mir die Cops auf den Hals hetzen wollten, mußten sie nicht lange suchen. Die Tür des Fords machte ein kreischendes Geräusch, als ich sie aufdrückte. Ich schaute zurück über das hintere mit Bäumen bepflanzte Grundstück, das von einem etwa drei Meter hohen Zaun umgeben war. Direkt hinter dem Haus

befand sich ein Gebäude mit Garage, Werkstatt und Büro. Zwischen ihm und der Hintertür des Hauptgebäudes war ein gepflasterter Hof. Alles in allem eine ziemlich nette Behausung.
Ich schwankte, ob ich zur Vordertür gehen sollte, und beschloß dann, daß es besser wäre, das Haus durch die Küche zu betreten. Ich ging die zwei Stufen zur Tür hinauf und klopfte. Die riesige Holztür mit dem Buntglas öffnete sich, und ich blickte auf eine böse dreinschauende Green Hill-Matrone.
»Was wollen *Sie* denn hier?« fragte sie gebieterisch. Sie hatte einen starken Südstaatenakzent, eine leichte Spur Orange in dem schütter werdenden Haar und eine so dicke Schicht Make-up im Gesicht, daß sich schon stellenweise Risse zeigten. Sie stand jedoch aufrecht da, entschlossen, mich in meine Schranken zu verweisen.
»Ich bin Harry Denton«, erklärte ich, »und möchte zu Rachel.«
»Mrs. Fletcher spricht heute nicht mit der Presse. Sie hätten sich die Fahrt sparen können, wenn Sie vorher angerufen hätten.«
»Das habe ich getan, aber Sie haben den Hörer ja gleich wieder aufgelegt. Ich komme von keiner Zeitung, ich bin ein Freund von ihr. Sie hat eine Nachricht auf meinem Anrufbeantworter hinterlassen.«
Eine nachgezogene Augenbraue fuhr nach oben, Diamantohrringe baumelten hin und her. »Ich werde nachfragen, ob Mrs. Fletcher Sie empfangen möchte. Treten Sie ein.«
Ich machte einen Schritt in die Küche. »Bleiben Sie hier«, befahl die Matrone.
Ich stand in Habachtstellung. »Sehr wohl, Ma'am.«
Meine Großmutter mütterlicherseits hatte auf andere auch diese Wirkung. Sie schaffte es, einen in seine Schranken zu

verweisen, nur indem sie den Ton wechselte. Wenn ich daran dachte, bekam ich eine Gänsehaut.

Ich sah mich in der Küche um. Der Garlandherd nahm einen großen Teil der Wand ein. Gleich hinter dem Eingang stand ein Edelstahlkühlschrank und daneben ein Metzgerblock in der Größe eines Doppelbetts. Den Boden schmückten mexikanische Ziegelfliesen. Das war ein Lebensstil, den man selbst als etablierter Chirurg am Ende seiner Karriere nur schwer würde aufrechterhalten können. Ich fragte mich, wie das für einen Mann in meinem Alter möglich war? Conrad verdiente sicher gut, und doch, wie schaffte er es, all dies zu bezahlen?! Vor allem mit einem sogenannten Spielerproblem.

Meine Überlegungen wurden unterbrochen, als Rachel eintrat. Ihr Gesicht wirkte müde, das Haar hatte sie streng nach hinten gekämmt. Madame Matrone tauchte hinter ihr auf, als erwartete sie, daß ich über Rachel herfallen würde.

»Harry«, sagte Rachel mit angespannter, nervöser Stimme. »Wo bist du gewesen? Die Polizei ist hier. Es ist schrecklich.«

Sie trat zu mir und schlang die Arme um mich. Ihr Haar war frisch gewaschen. Alles an dieser Frau, die nach all den Jahren noch immer jung aussah, duftete nach Sauberkeit.

»Ich habe ihren Wagen gesehen. Es tut mir leid, daß ich so lange gebraucht habe, um herzukommen. Die Polizei hat mich den größten Teil der Nacht festgehalten, und seither habe ich nur Feuerwehr gespielt.«

Sie trat einen Schritt zurück und schaute mir direkt in die Augen. »Bist du in Ordnung? Ich habe gehört, du hast einen Schlag auf den Kopf bekommen?«

»Ja«, sagte ich. »Ich bin okay. Es war nur eine lange Nacht.«

Rachel schaute sich meinen Hinterkopf an. »O mein Gott, das ist ja eine böse Platzwunde. Aber es sieht so aus, als

hätten sie im Krankenhaus gute Arbeit geleistet. Ich bin so erleichtert.«
Ich legte ihr die Hände auf die Schultern. »Rachel, ich kann dir gar nicht sagen, wie leid mir die Sache mit Conrad tut. Wenn ich irgend etwas dagegen hätte machen können, hätte ich es getan. Aber als ich ihn fand, war es zu spät.«
Jetzt traten ihr Tränen in die Augen, als wäre es ihr gelungen, nicht mehr an ihn zu denken, bis ich die Erinnerung erneut weckte. »Du hast alles getan, was dir möglich war, Harry, das weiß ich.«
»Rachel, es gibt da ein paar Dinge, über die wir sprechen müssen.«
»Später«, flüsterte sie. »Wenn die Polizei weg ist.«
Sie drehte sich zu der Matrone um und streckte eine Hand zu ihr hin. »Harry, das ist meine Nachbarin, Mrs. Goddard. Sie ist eine gute Freundin und hat mir heute dabei geholfen, die Reporter vom Grundstück fernzuhalten. Mrs. Goddard, das ist Harry Denton, ein alter Freund von mir. Wir sind zusammen aufs College gegangen.«
»Hallo, Mrs. Goddard«, sagte ich und streckte ihr die Hand hin. Die Matrone nahm sie huldvoll und schüttelte sie ohne Unterlaß.
»Es tut mir leid, daß ich vorhin so kühl zu Ihnen war, Mr. Denton. Ich konnte ja nicht wissen, daß Sie nicht zu diesen lästigen Reportern gehören.«
»Nein, Ma'am, ich gehöre nicht dazu, aber ich kann mir vorstellen, daß sie den ganzen Tag hier herumlungern.«
»Wie Fliegen auf einem Nachttopf, junger Mann.« Sie grinste breit. Vielleicht hatte die vornehme Mrs. Goddard auch eine verruchte, zumindest jedoch eine freche Seite.
Vom Wohnzimmer her hörte ich Stimmen, weibliche Stimmen, die exaltiert und gefühllos klangen.

»Himmel«, sagte Rachel, »die Nachbarn, die Polizei. Ich schwöre, ich bin am Ende meiner Kraft.«
»Wo ist Spellman jetzt?«
»Ich habe ihn ins Arbeitszimmer geführt. Sie haben mich gefragt, wo ich war, Harry. Als hätte ich etwas mit Conrads Tod zu tun.« In ihrer Stimme schwang Angst, Verzweiflung und Erschöpfung. Die Haut war über ihren Wangen gespannt, ihr Blick nervös, und unter den Augen zeigten sich rote Ringe.
»Rachel, vielleicht solltest du einen Anwalt herrufen?«
Ihre Augen wurden nun sogar noch dunkler. »Du auch, Harry?«
»Rachel, ich ...«
»Ich brauche keinen Anwalt, verdammt noch mal.«
Sie wandte sich ab und stürmte an Mrs. Goddard vorbei in die Diele. Ich folgte ihr ins Arbeitszimmer. Spellman und irgendein anderer Polizeibeamter, den ich nicht kannte, standen verlegen dort herum.
»Hallo, Lieutenant«, sagte ich.
»Denton«, entgegnete Spellman und nickte mir zu.
»Harry, diese Gentlemen nehmen an, daß ich etwas mit dem Tod meines Mannes zu tun habe«, erklärte Rachel, die sich sehr bemühte, ruhig zu bleiben.
»Das haben wir nicht gesagt, Mrs. Fletcher. Es ist reine Routine, in Fällen wie diesen die Alibis aller Personen zu überprüfen, die damit zu tun haben.«
»Mrs. Goddard hat ja bestätigt, daß ich die ganze Nacht hier war. Ich habe das Haus überhaupt nicht verlassen.«
»Das ist richtig, Lieutenant«, stimmte Mrs. Goddard von hinten zu. Ich drehte mich um. Die Matrone schien mir nicht die Art von Frau zu sein, die lügen würde, um den Hintern eines anderen zu retten. »Wir haben bis elf Bridge gespielt. Nachdem Mrs. Russell, Mrs. Winters und eine wei-

tere Mitspielerin gegangen waren, blieb ich noch bis Viertel vor zwölf, um Mrs. Fletcher beim Geschirrspülen und Aufräumen zu helfen, weil ich ja nur zwei Häuser entfernt wohne.«
Ihre Stimme war fest. Wenn diese Dame sagte, daß sie mit Rachel fast bis Mitternacht Bridge gespielt hatte, dann hatte sie das auch getan. Ich fühlte, wie sich in mir eine Anspannung löste und mir das Atmen ein wenig leichter fiel.
»Sie sehen also, Lieutenant«, fuhr die Matrone fort, »daß wir den ganzen Abend mit Mrs. Fletcher verbracht haben. Sie konnte ja nicht gut an zwei Orten gleichzeitig sein. Selbst Sie müßten in der Lage sein, das zu verstehen, oder?«
»Lieutenant«, sagte Rachel, »wenn Sie jetzt damit fertig sind, mich des Mordes zu beschuldigen, würde ich gerne weiter um meinen Mann trauern.«
»Mrs. Fletcher, wir ...«, begann Spellman.
»Ich denke, Sie sollten nun gehen«, unterbrach ihn Mrs. Goddard. Das war keine Bitte. Spellman klappte seinen Notizblock zu, sah seinen Partner kurz an und machte zwei Schritte Richtung Tür.
»Verlangen Sie jetzt nicht von mir, die Stadt nicht zu verlassen, Lieutenant?« erkundigte sich Rachel bitter.
Spellman drehte sich um. »Nein, Ma'am, das werde ich nicht von Ihnen verlangen.« Es ist selten, dachte ich bei mir, daß ein Kommissar vom Morddezernat ein Zimmer mit eingekniffenem Schwanz verläßt. Irgendwie machte es mir Spaß. Nicht, daß ich Spellman nicht mochte. Es verschaffte mir nur eine Art perverses Vergnügen zu sehen, wie die Mächtigen auf die ihnen zustehende Stellung zurechtgestutzt wurden.
»Warum lassen Sie die beiden jungen Leute nicht alleine miteinander sprechen? Ich werde rausgehen und schauen, ob dort irgend etwas gebraucht wird.«

Rachel, die mir den Rücken zuwandte, verfolgte Mrs. Goddard mit den Augen, als diese den Raum verließ. Nachdem sie außer Sicht war, drehte sie sich zu mir um, und in ihrem Gesicht war Erleichterung zu lesen.
»Ich hab mir solche Sorgen um dich gemacht. Was ist letzte Nacht in der Klinik geschehen?«
»Ich habe ein Geräusch gehört«, flüsterte ich, »und ging in das Zimmer. Es war dunkel, und so suchte ich nach dem Lichtschalter. Als ich es angemacht hatte, sah ich Conrad ausgestreckt auf dem Bett liegen. Er atmete aber noch. Ich beugte mich über ihn, um festzustellen, wie schwer er verletzt war. Da kam jemand von hinten und schlug mich bewußtlos. Einen Augenblick war ich ohne Besinnung, gerade lange genug für die andere Person, um zu entkommen.«
Sie hielt entsetzt eine Hand vor den Mund. »Du meine Güte! Die Polizei hat mir nicht gerade viele Einzelheiten erzählt. Das meiste, was ich weiß, habe ich aus der Zeitung.«
»Das ist es nicht, worüber wir uns jetzt Gedanken machen sollten, Rachel. Ich muß genau wissen, wie das mit Conrads Spiel war. Ich glaube, ich habe eine Spur, wem er Geld schuldete, aber wir ...«
»Nein, ich will das nicht mehr.«
»Was willst du nicht mehr?«
»Du bist fertig, Harry. Ich möchte es abschließen.« Ihre Stimme war angespannt in dem Versuch, energisch zu klingen, ohne von den Leuten im anderen Raum gehört zu werden. »Ich möchte nicht, daß derjenige, der Conrad getötet hat, auf dich schießt. Das könnte ich nicht ertragen. Du mußt die Sache aufgeben.«
»Das geht nicht, Rachel.« Ohne nachzudenken, legte ich meine Hände auf ihre Schultern, eine unbewußte, spontane Bewegung. Ich drückte sie sanft. Ihre Schultern waren ver-

krampft. »Nicht jetzt. Ich muß herausfinden, was wirklich geschah.«
»Das mußt du nicht! Ich möchte nicht, daß du dabei auch noch verletzt wirst.«
»Rachel, ich …«
»Wir sprechen später darüber. Nicht hier mit all den … alten Klatschweibern. Komm heute nacht noch mal. Ich werde wach sein.«
Ich trat einen Schritt zurück. »Bist du sicher, daß das eine gute Idee ist?«
Sie stemmte die Hände in die Hüften. »Natürlich ist das in Ordnung. Wir sind erwachsen, oder etwa nicht? Wir brauchen keine Anstandsdame. Ich mache das Licht aus. Komm einfach die Auffahrt herauf, und parke, wo du jetzt stehst. Ich lasse die Hintertür geöffnet.«
»Rachel, bist du ganz sicher, daß das okay ist?«
»Ich möchte einfach von dieser Seite keinen Tratsch hören. Sie glauben, daß sie einem helfen, aber in Wirklichkeit treiben sie mich zum Wahnsinn. Meine Eltern kommen morgen abend her, und Connies müssen von Europa hierher zurückfliegen.« Sie strich ihren blonden Pony aus der Stirn. »Mein Gott, das wird eine lange Woche.«
»Ich weiß, daß du erschöpft bist. Willst du nicht doch lieber allein sein?«
Sie schaute zu mir auf und runzelte die Stirn. »Heute nacht um elf«, sagte sie. »Ich erwarte dich hier.«

KAPITEL 10

Ich begab mich wieder in den dicken Verkehr auf der Hillsboro Road und fragte mich noch immer, wie zum Teufel Connie Fletcher es bewerkstelligte, die Hypothek für das Haus zu zahlen, ganz zu schweigen von den Edelkarossen, Ferien, Kleidern, Partys, dem Gärtner, der Putzfrau und all den Dingen, die dazugehören, einen solchen Lebensstil aufrechtzuerhalten.

Ich zog den Wagen fast instinktiv auf die linke Fahrbahn, überquerte die Interstate-440-Brücke und fuhr Richtung Uniklinik. Ich dachte ständig, daß ich irgendwie herausfinden mußte, was mit dem verstorbenen Dr. Conrad Fletcher und seinem Berufsleben wirklich los war. Wenn er bei seinem Buchmacher Schulden hatte, hatte er es vielleicht jemandem erzählt, einem Freund, vorausgesetzt, er hatte einen. Aus den Reaktionen der Leute zu schließen, die ich im Krankenhaus getroffen hatte, war Conrad Fletcher nicht gerade der Typ, der Freunde hatte. Und doch hoffte ich jemanden zu finden, den er angepumpt oder an dessen Schulter er sich ausgeweint oder dem er sein Herz ausgeschüttet hatte. Er war schließlich ein Mensch. Selbst Ärzte müssen sich von Zeit zu Zeit aussprechen, auch ihnen kann nicht nur Smalltalk genügen.

Plötzlich erinnerte ich mich an etwas. Ich hatte mich so intensiv auf Conrad und Rachel konzentriert, daß ich vergaß, eine Verbindung zwischen ihrem Leben und meinem herzustellen. Der engste Freund meines Vaters, bevor meine Eltern sich nach Hawaii zurückzogen, war Arzt, Dr. Eugene Hughes. Wir nannten ihn Dr. Gene. Dr. Gene war Kinderarzt, und er und seine Frau bekamen noch einen Nachzüg-

ler, ein Überraschungskind, als ihre anderen Kinder schon fast erwachsen waren. Sein Name war James, und er besuchte nun selbst die Medical School.
Nun raten Sie mal, wo. Ich hätte mich ohrfeigen können, als ich in Richtung Hillsboro Village fuhr. Dr. Hughes wohnte etwa zehn Minuten entfernt. Ich lenkte den Wagen in die Wedgewood Avenue, die zur Blakemore wird, bevor sie erneut den Namen wechselt und sich in die 31st Avenue verwandelt. Dann bog ich links in die West End Avenue ab, die nach ein oder zwei Meilen Harding Road heißt, fuhr am St. Thomas Hospital vorbei und rechts in die White Bridge Road, die auf der anderen Seite der Kreuzung zunächst zum Woodmont Boulevard und hinter der Interstate schließlich zur Robertson Road wird. Was für eine Stadt!
Ich verlor in bezug auf die Straßennamen die Orientierung und tuckerte die steilen Kurven und gewundenen Straßen des Stadtviertels namens Hillwood hinauf. Dr. Hughes' Haus war groß und grau, daran erinnerte ich mich noch. Ich war schon seit Jahren nicht mehr dort gewesen. Das letztemal war das bei der Party anläßlich der Pensionierung meines Vaters. Mein Vater und Dr. Hughes waren zusammen im Krieg geflohen und seitdem Freunde.
Da, an der Ecke, dachte ich, als ich auf eine steile, nach unten gerichtete Zufahrtsstraße kam. Ich trat auf die Bremse. Es sah so aus, als sei ich richtig. Wenn nicht, konnte ich nur hoffen, daß sie hier nicht so viele Schußwaffen hatten. Dr. Hughes züchtete Hunde, und sie gehörten zu den schönsten Jagdhunden, die ich je gesehen habe. Ich habe wohl an jenem Tag nach Eichhörnchen gerochen, oder vielleicht hatten sie auch den Geruch von Shadow gewittert. Jedenfalls rasteten die Hunde aus, als ich aus dem Auto stieg. Ich begab mich auf den Weg, der zur Eingangstür führte.
Ich mußte zweimal läuten, bis Dr. Hughes öffnete. Die Brille

war ihm auf die Nasenspitze gerutscht, und er hielt eine Zeitung in der Hand. Er stand da und versuchte mich, den Sohn seines besten, ältesten Freundes, zu erkennen.
»Ich bin Harry, Dr. Gene. Harry Denton.«
Er schien im ersten Augenblick zu erstaunt, um etwas zu sagen. Doch dann erklärte er: »Ach, natürlich bist du das, mein Junge. Ich wollte gerade herausfinden, ob du es nach all dieser Zeit wirklich bist.«
Er hielt mir die Tür auf, und ich trat ein. Der Unterschied zwischen dem Lebensstil eines Kinderarztes und dem eines gestylten Chirurgen drängte sich hier förmlich auf. Dr. Hughes' Haus war zwar groß und bequem, aber es war eindeutig bewohnt. Die Möbel waren alt, die meisten aus den Fünfzigern oder frühen Sechzigern, mit vielen Spuren, die darauf hindeuteten, daß er die Hunde ins Haus ließ, wenn niemand da war.
»Schön, dich zu sehen, Harry. Es ist lange her.« Seine Stimme klang vergnügt, jedoch leicht vornehm, wie das für gebildete Männer aus den Südstaaten typisch ist, wenn sie älter werden. Es ist, als unterlägen sie dem Zwang, sich in diesem Stadium des Lebens wie Gentlemanfarmer anzuhören, als wären all ihre Urgroßväter im Sezessionskrieg Generäle gewesen. Wenn jeder, der von sich behauptete, einer seiner Vorfahren sei im Sezessionskrieg ein General gewesen, die Wahrheit sagte, wäre dieser ganze verdammte Krieg nur mit Männern geführt worden, die Sterne am Kragen trugen.
»Es freut mich auch, Sie zu sehen, Dr. Gene. Wie ist es Ihnen ergangen?«
»Gut, mein Junge, gut.«
Dr. Hughes' Frau war vor etwa fünf Jahren gestorben. Bis zum Abschluß von James' Studium in Emory hatte er in dem großen Haus allein gelebt. Jetzt, da James wieder zurück war,

um die Medical School zu besuchen, wohnten beide hier. Und obwohl ich mir sicher bin, daß etwa jede Woche jemand kam, um sauberzumachen, war offensichtlich, daß Hauswirtschaft für die beiden Männer nicht an erster Stelle stand.

»Dr. Gene«, sagte ich, nachdem er die Tür geschlossen hatte und wir ins Wohnzimmer gegangen waren, »ich bin sozusagen geschäftlich da.«

Auf dem Kaminsims befand sich ein Foto von ihm und meinem Vater, ein altes Schwarzweißbild aus dem Krieg; beide trugen Flugkappen aus Leder und Fallschirme und standen vor einer P-40.

Er runzelte die Stirn und machte mir ein Zeichen, daß ich mich auf die Couch setzen solle. Er selbst ließ sich in seinem Sessel nieder und schwenkte die Zeitung, die er noch immer in der Hand hielt, vor sich hin und her.

»Ich habe über dein Geschäft gelesen. Und ich habe auch gehört, daß du den Job bei der Zeitung verloren hast, aber ich wußte nicht, daß du jetzt als Privatdetektiv arbeitest.«

So, wie er das sagte, hörte es sich an, als sei es Zuhälterei. Dabei war ich noch ein ganzes Stück davon entfernt, Zuhälter zu werden. Mindestens sechs bis sieben Wochen. Ich zuckte mit den Schultern. »Die gleiche alte Geschichte. Am Anfang schien es eine gute Idee zu sein.«

»Aber jetzt bist du dir da nicht mehr so sicher.«

»Genau, Sir. Ich bin mir nicht so sicher. Doch ich möchte weiterhin dabeibleiben, und wenn es nur dazu diente, meinen eigenen Namen sauberzuhalten.«

»Wirst du dieses Mordes verdächtigt?« Während er fragte, rutschte ihm die Brille noch ein wenig weiter hinunter.

»Eigentlich nicht. Doch ich bin mir sicher, Sir, daß die Polizei ein Auge auf mich hat.«

»Aber du hast doch nichts damit zu tun, oder doch?«
»Natürlich nicht.«
»Nun, warum läßt du dann nicht einfach die Finger davon? Wenn du dich einmischst, gerätst du nur in noch größere Schwierigkeiten.«
Ich spürte, wie mir das Blut in den Kopf schoß. Was glaubte er eigentlich, wer er war? Nur weil er und mein Vater vor nahezu fünfzig Jahren miteinander gekämpft und getrunken und sich gemeinsam durch die europäischen Kriegsschauplätze gevögelt hatten, gab ihm das noch lange nicht das Recht ...
»Ich mische mich nicht ein«, entgegnete ich und unterbrach damit meinen eigenen Gedankengang. »Aber ich werde einige Hintergründe ausleuchten. Ich kann Dinge tun, die die Polizei nicht kann. Ich will herausfinden, was mit Dr. Fletcher geschehen ist. Das ist wichtig, und dafür werde ich bezahlt.«
Er schnaubte verächtlich. »Du glaubst, du kannst mehr als die Polizei?«
»Nein, Sir, nur mache ich es anders.«
Er schwieg einen Moment, um jedem einzelnen seiner folgenden Worte die angemessene Bedeutung zu geben. »Harry, du stammst aus einer guten Familie, hast eine gute Ausbildung und einen messerscharfen Verstand. Du hast eine faszinierende Karriere hinter dir, und aus irgendwelchen Gründen hast du beschlossen, dich selbst zu zerstören. Und nun dies ... diese Detektivgeschichte. Das gefällt mir nicht.«
»Ich weiß Ihre Sorge zu würdigen, Dr. Hughes, aber vorläufig ist das nun mal mein Beruf. Ich bin jetzt ein erwachsener Mann, Sir, und gehe meinen eigenen Weg.«
»Und was für einen!« entgegnete er aufgebracht. »In schmierigen Motels in der Murfreesboro Road herumzu-

schleichen, um Fotos von Ehebrechern und Prostituierten zu schießen!«
»Doc, zwischen den Motels in der Murfreesboro Road und den Villen in Belle Meade besteht kein großer Unterschied. Nur eine andere Klasse von Lokus, das ist alles.«
»Du bist zynisch geworden.«
»Nein, Sir, nur Realist.«
»Weiß dein Vater von diesem Schlamassel?«
»Noch nicht. Und ich wäre Ihnen sehr dankbar, wenn Sie ihm nichts davon sagten.«
Er griff nach oben, nahm die Brille von der Nase und drehte sie an einem Bügel im Kreis. »In Ordnung. Aber ich möchte, daß du mich wissen läßt, wenn ich irgendwie helfen kann. Dein Vater und deine Mutter haben dir nie einen Paten besorgt, also habe ich irgendwie das Gefühl, daß ich diese Aufgabe übernehmen sollte.«
»Ich danke Ihnen dafür, Dr. Hughes. Und Sie können mir tatsächlich helfen, indem Sie mich mit James sprechen lassen.«
»Was hat James damit zu tun?«
»Nichts, Sir. Ich will lediglich herausfinden, was die Medizinstudenten von Dr. Fletcher hielten. Ich suche nur nach Hintergrundinformationen.«
»Ich möchte nicht, daß mein Sohn da hineingezogen wird.«
»Das wird er nicht.«
Ich blieb unten, während Dr. Hughes sich nach oben begab, um seinen Sohn zu holen. Ich hörte Wasser laufen, und so nahm ich an, daß James gerade duschte. Ich lief im Wohnzimmer hin und her und ging dann in die Küche. Die Reste des frühen Abendessens standen aufeinandergestapelt neben der Spüle. Ich schaute auf meine Uhr und stellte fest, daß es fast sieben war und daß auch mir der Magen ein bißchen knurrte.

Als James herunterkam, hatte er ungebügelte khakifarbene Hosen an, welche er zwar schon zugeknöpft, in die er aber noch keinen Gürtel gezogen hatte. Er trug weder ein Hemd noch Schuhe und fuhr sich mit einem Handtuch durchs nasse Haar.

»Hallo, Harry«, begrüßte er mich. James war zehn Jahre jünger als ich und noch ein paar Reservejahre dazu. Ich erinnerte mich an ihn als Kind und stellte fest, daß ich ihn einige Jahre nicht gesehen hatte. An diesem Abend erschien er mir zum erstenmal erwachsen.

»Hallo, James, was gibt's Neues?«

»Immer das gleiche, immer das gleiche.« Er nahm meine Hand und drückte sie. Er hatte das rotbraune Haar seiner Mutter, die dunkelbraunen Augen seines Vaters und war ein gutaussehender junger Mann, intelligent, mit einer vielversprechenden Zukunft. Ich merkte, daß ich ihn beneidete.

»Wie ist es auf der Medical School?«

»Hart. Aber ich bin jetzt schon im dritten Jahr, und es sieht ganz so aus, als würde ich es schaffen. Inzwischen ist vieles nur Routine. Man beißt sich durch. Nächstes Jahr werde ich mich um eine Assistenzstelle rangeln.«

»Großartig. He, wo ist denn dein Dad hin?«

James schaute sich um. »Oben in seinem Büro, nehme ich an. Er kam nur hoch und sagte, du wolltest mich sprechen. Er schien irgendwie angespannt.«

»Daran bin ich schuld«, erwiderte ich. »Ihm gefällt meine derzeitige berufliche Laufbahn nicht.«

James zuckte zusammen. »O Mann, das tut mir leid. Ich hasse das an ihm. Er scheint zu glauben, daß er immer weiß, was für andere am besten ist.«

Ich lächelte ihn an. »Er meint es gut. Ich habe mich nur durch die Sache mit Fletcher in die Bredouille gebracht.«

James wickelte das Handtuch um den Kopf und schüttelte

ihn heftig. »Ja, es ist wie ein Lauffeuer durch die Schule gegangen. Nicht das mit dir, meine ich, sondern, daß Fletcher ermordet wurde.«

»Ich wollte deine Sicht der Dinge als die eines Insiders hören, James.«

James zog das Handtuch vom Kopf und wickelte es sich um die Schultern. »Ich hatte Unterricht bei Fletcher. Das war Pflicht. Wir hatten keine Wahl. Vermutlich hätte ich ihn nächstes Jahr turnusgemäß in Chirurgie bekommen. Wer auch immer ihn getötet hat, er hat den Zeitpunkt wunderbar gewählt und uns allen einen Gefallen getan.«

»Ich habe das Gefühl, daß ihn nicht viele Leute mochten.«

»Er war grob, ausfallend, vermutlich jähzornig. Beliebt? Nein, das war er wohl nicht.«

»Ganz schön diplomatisch«, bemerkte ich. »Hast du eine Idee, wer ihn genügend gehaßt haben könnte, um ihn umzubringen?«

»O Gott, Harry!« seufzte er. »Wer haßte ihn *nicht* genug, um ihn umzubringen?!«

»James«, sagte ich und zog mein Notizbuch und meinen Stift heraus, »könntest du ein wenig genauer sein?«

»Da wäre zunächst einmal«, begann er und machte dann eine lange Pause, »da wäre zunächst einmal ich.«

KAPITEL 11

»Wie?« fragte ich, und mir fiel das Notizbuch auf den Boden. Ich bückte mich, um es aufzuheben.
James legte sich das Handtuch hinten um den Hals und zog an beiden Enden.
»Wenn Dr. Fletcher beschloß, einen nicht zu mögen, war man auf immer und ewig auf seiner Abschußliste. Und es war verdammt einfach, auf diese Liste zu gelangen. Manchmal *wußte* man noch nicht einmal, daß man sich etwas zuschulden hatte kommen lassen.«
»Und du warst auf der Liste?«
Er nickte zustimmend. »Seit dem ersten Jahr. Zu der Zeit gab er Anatomie. Er haßte es und unterrichtet es auch nicht mehr.«
»Das ist offensichtlich«, unterbrach ich ihn.
James lächelte. »Ja, stimmt. Jedenfalls gehörte ich zur großen Masse und hätte es auch gerne dabei belassen. Irgendwie wurde ich jedoch ausgesondert. Er drillte uns immer. Es war mehr wie in der juristischen Falkultät als in der medizinischen. Erinnerst du dich an *The Paper Chase?*«
»Ja.«
»Gegen Fletcher wirkt Professor Kingsfield wie eine mütterliche Schwuchtel. Er hat mich einmal in der Vorlesung auseinandergenommen, als er mich in einem schwachen Augenblick erwischte. Den Rest des Semesters war ich die Zielscheibe seines Spotts. Am Ende verpaßte er mir eine schlechte Note, obwohl all meine anderen Leistungen erstklassig gewesen waren. Als ich zu ihm ins Büro ging, um mich zu beschweren, machte er mich erneut nieder. Offen-

bar war ihm noch niemals vorher jemand so gekommen. Er drohte, er werde mich von der Schule werfen lassen.«
»Wäre er dazu imstande gewesen?«
»Ich habe es ihn schon tun sehen. Ich denke, ich habe nur überlebt, weil mein Vater ein ehemaliger Student der Schule ist. Politischer Scheiß, das ist alles.«
»Ich hatte keine Ahnung, daß sich die Leute in Medical Schools gegenseitig so unterbuttern.«
James lächelte. »Wach auf, Harry. Es geht um einiges. Weißt du, wieviel ein Arzt im Laufe seines Lebens verdienen kann?«
Als ich Dr. Hughes und Sohn eine Stunde später verließ, hatte ich einige Seiten meines Notizbuchs mit Eifersüchteleien, Betrug, Niedertracht, sexuellen Belästigungen und Gefühlen von Abneigung gefüllt. Der Kampf um Forschungsgelder, Ämter, Preise und Anerkennung bringt bei Menschen das Schlimmste zum Vorschein. Ich hatte immer diese naive Vorstellung, daß die geheiligten Hallen der Universität, in denen das Streben nach Lernen und Wissen an erster Stelle stand, frei waren von jeglicher mörderischer Verrücktheit.
Richtig, Ace. Und wo ist nun dieses Grundstück mit Meerblick in Arizona, das ich mir anschauen soll?
Es war schon spät, und ich mußte unbedingt etwas essen. Das ist eine merkwürdige Sache mit meinem Blutzuckerspiegel. Ich scheine nie hungrig zu werden, und dann breche ich innerhalb von Minuten in kalten Schweiß aus, fange an zu zittern und würde alles essen, was man mir vorsetzt. Ich spürte, daß sich jetzt ein solcher Blutzuckersturz anbahnte. Glücklicherweise fuhr ich Richtung Stadtmitte. Ich bog links ab, vorbei am Park zum Elliston Place, entdeckte eine Parklücke vor Rotier's und schnappte sie mir, bevor jemand anders die Chance dazu hatte.

Mrs. Rotier machte bereits seit Jahrzehnten für die hiesigen Studenten Doppelcheeseburger auf Baguette. Schon seit der High-School hatte ich sie verspeist. Sie ist die Ersatzmutter für die Hälfte der Bevölkerung von Nashville unter einundzwanzig, eine zierliche Frau mit dem Stoffwechsel einer außer Kontrolle geratenen Lokomotive. Ihre erwachsenen Kinder arbeiten zusammen mit ihren Ehepartnern bei ihr im Restaurant. Es ist einer der Orte im ständig sich weiterbewegenden Strom der Stadt, der sich nie zu verändern scheint.
Ich schlüpfte in eine rote PVC-Box in der hinteren Ecke. Eine Reihe von Rotier-Bedienungen ist notorisch mißgelaunt, was jedoch der sogenannten Atmosphäre des Lokals keinerlei Abbruch tut, im Gegenteil. Was sollte Mama schließlich machen? Sie feuern?
Ich hatte das Glück, an diesem Abend eine von ihnen zu erwischen. Etwa dreißig Sekunden, nachdem ich mich gesetzt hatte, rutschte eine Karte, die von jemandem hinter mir durch die Luft geschleudert worden war, vor mir über den Tisch.
»Beeilen Sie sich, ich habe nicht die ganze Nacht Zeit!« sagte sie, in der einen Hand einen Bestellblock, in der anderen einen zersplitterten billigen Kugelschreiber. Ich lächelte. Es war ein schönes Gefühl, zu Hause zu sein.
Ich schlug die Karte auf und überflog sie. »Roastbeef mit Sauce, Kartoffeln, gedünsteten Tomaten, gebratenen Okras. Tee ohne Zucker.« Ich ratterte die Bestellung herunter, so schnell ich konnte.
Während ich aufs Abendessen wartete, versuchte ich mein Geld zu verdienen, indem ich meinen nächsten Schritt abwägte. Das Problem war, daß ich nicht wußte, was zum Teufel ich tun sollte. Ich konnte bei Bubba vorbeifahren – wie war sein Nachname noch? Ach ja, Hayes. Oder ich

konnte ein paar Leute aufspüren, die James Hughes erwähnt hatte. Ich öffnete mein Notizbuch und sah meine Eintragungen durch.

Einige davon konnte ich von vornherein ausschließen. Der Dekan der medizinischen Fakultät mag zwar verärgert gewesen sein über das Gerücht, Conrad habe mit seiner Frau geschlafen, aber er hätte ihn nicht töten müssen. Ein Dekan verfügte über bessere, effizientere Methoden, um das Leben eines seiner Professoren zu zerstören.

Ich starrte auf zwei Namen, die ich aufgeschrieben hatte: Jane Collingswood und Albert Zitin. James erzählte mir, daß sie beide als Assistenten unter Conrads direkter Aufsicht gestanden hatten. Es hatte eine Menge Reibereien gegeben, und es ging das Gerücht, daß er drauf und dran war, Dr. Collingswood rauszuwerfen. An dem Tag, an dem Conrad starb, war es zu einem riesigen Krach gekommen. Zitin und Collingswood hatten draußen im Flur, direkt vor den Patienten und der Belegschaft, eine lautstarke Auseinandersetzung mit Conrad. Jeder im vierten Stock West hatte es hören können. Es ging ziemlich unbeherrscht zu. Darum wußte James überhaupt davon. Spannungen und Feindseligkeiten gab es unterschwellig in allen Ebenen der Institution, aber offene Kriegsführung vor den Patienten war eine echte Verletzung des Protokolls.

Eine andere Sorge war in meinem Hinterkopf, seitdem mich die Polizei verhört hatte. Als ich die chronologische Abfolge der Ereignisse schilderte, erwähnte ich auch die Frau, die ich aus dem Zimmer, in dem ich Conrad fand, hatte kommen sehen. Aber irgendwie war es mir, als erinnerte ich mich ... schwer zu sagen, woran. Es ist fast, als hätte ich eine zweite Person gesehen. Nicht daß ich jemanden genau hätte erkennen können, verstehen Sie. Aber ich sah diese Frau, eine attraktive junge Frau in einer Schwesternuniform. Das

ist natürlich der Grund, warum ich sie erst einmal bemerkte. Aber vor meinem geistigen Auge war da noch etwas anderes, nur war ich nicht in der Lage, es zu rekonstruieren.
Ich hörte, wie sich jemand neben mir räusperte. »Wollen Sie das jetzt oder nicht?« Als ich aufschaute, stand die Bedienung mit einem dampfenden Teller und einem Getränk neben mir. Sie war offensichtlich schon eine Weile da und hatte gewartet, daß ich auf die Erde zurückkehrte.
»Oh, Entschuldigung.« Ich nahm rasch das Notizbuch vom Tisch.
»Schon gut«, sagte sie. »Brauchen Sie sonst noch was?«
Ich warf einen Blick auf den Teller. Es war alles da und sah großartig aus. »Alles in Ordnung, danke.«
Ihr Gesicht verzog sich zu etwas, das einem menschlichen Lächeln ähnelte. »Na, dann legen Sie mal los.«
Das Essen war vorzüglich, wie zu Hause, als meine Mutter noch kochte. Unten im Süden nennt man das Meat-and-three, Hausmannskost, und es gibt nichts Besseres, um in einer lausigen Erwachsenenwelt ein wenig Trost zu finden.

Die Sonne war an diesem späten Sommerabend längst untergegangen, als ich von der 21st Avenue in die Division abbog und Richtung Music Row fuhr. Ein ganzes Stück davor fand ich einen Parkplatz unter einem Riesenahorn, dessen Äste schwer über der Fahrbahn herunterhingen. Dieser Teil der Division war nachts ruhig, weit entfernt von den Touristenhorden, die die Country Music Hall of Fame, das Barbara Mandrell Country und die vielen heruntergekommenen Souvenirläden bevölkerten, welche die Straßen den ganzen Weg hinunter zur Interstate 40 säumten. Es sieht so aus, als kaufte sich jeder Lkw-Fahrer, der nach Nashville kommt und einen Plattenvertrag abschleppt, einen Andenkenladen. Aber was soll's? Es gab dem Wort

Kitsch eine neue Bedeutung und Tiefe, und ich hatte schon mehrmals auf die Bremse treten müssen, um nicht einen Kerl mit haarigen, in Bermudashorts steckenden Beinen und knochigen Knien zu überfahren, der mir vors Auto lief, weil er ein Schild mit der Aufschrift NUR EINEN TAG HIER – ELVIS' CADILLAC erblickt hatte.
Und sie nennen Los Angeles La-la-Land, Land der Seltsamkeiten.
Zwei Punker mit Sicherheitsnadeln in den Wangen liefen durch die Dunkelheit. Diese Stadt fand den Anschluß ans 20. Jahrhundert schnell, aber wir waren immer noch ausreichend out, um Sicherheitsnadeln in den Wangen schockierend zu finden. Ich wartete, bis sie sich auf dem Gehsteig weit genug entfernt hatten, daß ich sicher sein konnte, daß sie sich nicht umdrehen und mich überfallen würden. Dann überquerte ich die Straße. Etwa einen Block vor mir leuchtete hell ein Neonschild auf dem kleinen Parkplatz von Bubbas Laden.
BUBBA'S! IHR 24-STUNDEN-SUPERMARKT war auf dem blinkenden Schild zu lesen, und die rot-blauen Reflexe wirkten wie ein optischer islamischer Aufruf zum Gebet für diejenigen, denen Bier, Zigaretten, Wegwerfwindeln und Snacks ausgegangen waren. Darunter stand in leuchtendem, nüchternem Weiß die Garantie:
WIR SCHLIESSEN NIE!
Ich ging durch die schwere Türe, bestehend aus Metall und Glas, und betrat den schmutzigen Linoleumboden von Bubba's. Auf Werbeplakaten für Wegwerffeuerzeuge waren Fotos halbnackter Frauen abgebildet, außerdem Staatsflaggen und mein persönlicher Liebling, ein zusammengebrochener alter soldatischer Rebell mit einem Drink in der einen Hand und der ersten Flagge der Konföderation, den Stars and Bars, in der anderen, mit der Aufschrift: »Vergessen?

Niemals!« An der ganzen Wand gegenüber dem Eingang standen mit Bier gefüllte Kühlschränke. In Drahtkörben befand sich jede vorstellbare Sorte pappiger Kuchensnacks, haltbar gemachter Crackerhappen und Kartoffelchips. Der Laden war ein wahrer Cholesterintempel: Büchsenfleisch, gehackter Schinken, Beefsticks, Dörrfleisch, eingelegte Schweinsfüße, Wiener Würstchen und so weiter. Wortwörtlich die reinsten Brechmittel.

Ein dünner Weißer mit fettigem Haar, dreckigem T-Shirt und tätowierten Armen stand hinter der Theke. Er war unter dem an der Wand hängenden Zigarettenständer kaum sichtbar, aber ich konnte genug von ihm sehen, um zu erraten, daß er vermutlich erst kürzlich die Justizvollzugsanstalt Tennessee absolviert hatte. Ich schlenderte zu ihm hin und versuchte, lässig zu wirken.

»Was kann ich für Sie tun?« fragte er.

»Ist Bubba da?«

Er schaute mich an, mißtrauisch, daß jemand mit Schlips tatsächlich den Boß sehen wollte. Vielleicht hätte ich ihn im Auto lassen oder noch besser nach Hause fahren und einen Blaumann anziehen sollen.

»Wer möchte das wissen?«

»Mein Name ist Harry. Harry Denton. Bubba kennt mich nicht, aber ich glaube, er wird mit mir sprechen wollen.«

Die Augen des Verkäufers wanderten zu meiner Kinnspitze. Es sah so aus, als hätte der Typ Schwierigkeiten damit, anderen Leuten ins Gesicht zu sehen. »Darüber weiß ich nichts.«

»Warum rufen Sie nicht Mr. Kennedy und fragen ihn, ob das in Ordnung geht?« Damit hatte ich meinen Trumpf ausgespielt. Wenn ich wußte, wer Mr. Kennedy war, mußte ich ein Insider sein. Zumindest hoffte ich, daß er das glaubte.

Er starrte einen Augenblick durch mich hindurch. Hinter mir öffnete sich die Eingangstür, und zwei Teenager mit dünnen Stoppelbärten und schlechter Haut kamen herein, Jeff-Spiccoli-Typen auf dem Weg nach Birmingham. Ich wandte mich wieder dem Verkäufer zu.
»Wie sieht es nun aus? Kann ich ihn sprechen?«
»Ja, ich ...«
»Rufen Sie ihn lieber«, sagte ich. »Er kann immer noch ablehnen. Denn wenn sich herausstellen sollte, daß er mich wirklich sehen möchte, und Sie ihn nicht gerufen haben, was dann?«
Er schaute mich an, und sein Blick sagte: Weißt du, was du mich kannst, du schlaues Arschloch? Aber dann wandte er mir den Rücken zu und hob einen schwarzen Hörer hinter dem Regal ab. Er flüsterte etwas ins Telefon, lauschte einen Moment, was auf der anderen Seite gesagt wurde, und legte dann auf.
»Mr. Kennedy kommt sofort«, verkündete er und ging gleich darauf zu den beiden Kerlen.
Ich trat zwei Schritte nach hinten und schaute mich in dem Geschäft um. Ein guter Ort für einen Überfall, dachte ich bei mir. Ich fragte mich, wie oft so etwas in diesem Laden schon passiert war. Allerdings waren sich, wenn Bubba hier Geschäfte machte, die Junkies wahrscheinlich darüber im klaren, daß dies kein lohnendes Objekt darstellte.
Ich bemerkte eine Metalltür in einer Ladenecke links neben den Kühlschränken mit dem Bier und gegenüber der Theke am Ausgang. Ich hatte sie vorher nicht gesehen, und dann wurde mir klar, daß der Zigarettenständer an der Wand sie vermutlich mit Absicht verdeckte.
In ihrer Mitte befand sich ein kleiner, in Metall gefaßter Ring, ein Spion.
Kurz darauf öffnete sich die Tür, und ein schrecklich großer

Schwarzer, der größte, den ich je gesehen hatte, kam heraus. Wenn ich so darüber nachdenke, hätte er auch herauskommen können, ohne erst die Tür zu öffnen. Dieser Sexprotz mußte zwischen hundertzwanzig und hundertvierzig Kilo wiegen, alles nur Muskeln. Er trug ein sauberes, teures, modisches Polohemd und verwaschene Jeans, die ihm wie angegossen paßten. Er hatte konservativ kurzgeschnittenes Haar und um den Hals eine erstaunlich geschmackvolle Goldkette. Was machte ein gutaussehender Mann wie er an einem Ort wie diesem?
Er kam auf mich zu. Ich kämpfte gegen das Bedürfnis an, die Beine in die Hand zu nehmen, da ich mir vorstellte, daß ein ehemaliger Profifootballer mich im Hundertmeterlauf wohl noch immer überholen konnte. »Sie suchen mich?« fragte er ernst mit leiser Stimme. Er war ein Mann, der keinen Spaß verstand, das begriff ich ziemlich schnell. Schließlich bin ich Detektiv.
»Eigentlich«, piepste ich, denn mein Hals war plötzlich wie ausgetrocknet, »suche ich Bubba Hayes.« O Gott, ich wünschte, ich wäre mit einer tieferen Stimme zur Welt gekommen.
»Mr. Hayes ist im Augenblick beschäftigt. Vielleicht könnte ich Ihnen an einem anderen Tag einen Termin geben, wenn Sie mir erklären, worum es sich handelt.«
»Ich bin Detektiv«, sagte ich und versuchte meine Stimme eine Oktave tiefer anzusetzen, ohne wie ein kompletter Idiot zu klingen. »Ich untersuche den Tod von Dr. Conrad Fletcher. Und dabei ist mir zu Ohren gekommen, daß Dr. Fletcher und Mr. Hayes ein paar Geschäfte miteinander getätigt haben sollen.«
Dieser Mann hatte das ausdruckloseste Gesicht, das ich je gesehen habe. Es war wie aus Stein geschnitzt, mit einem dünnen Ebenholzfurnier. Ich konnte genausowenig sehen,

was er dachte, wie ich durch die Metalltür sehen konnte, aus der er gekommen war. Er blickte mich einen Moment durchdringend an, dann sagte er: »Hier lang.«
Er drehte sich geschmeidig und schnell herum und schritt zurück zur Tür. Ich umrundete ein Gestell mit Törtchen und folgte ihm. Die Metalltür schwang mit Wucht nach innen und traf mich an der Schulter. Wir betraten einen engen Gang, der in den hinteren Teil des Gebäudes führte. Es war dunkel, muffig, verschimmelte Holzkisten waren an der Wand gestapelt, und überall standen Bierkästen herum. Der schale Geruch von Bier, Müll und möglicherweise saurer Milch drang mir in die Nase. Ich stellte mir vor, wie Ratten umherhuschten, obwohl das vielleicht nicht nur Phantasie war.
Vier Schritte vor mir bewegte sich der imponierende Mann geräuschlos vorwärts. Am Flurende befand sich eine Tür. Mr. Kennedy erreichte sie, stoppte und wandte sich unvermittelt um. Ich lief fast in ihn hinein, aber er erwartete mich mit ausgestreckten Armen.
»Sind Sie beim Morddezernat?« fragte er. »Wo ist Ihr Kollege?«
»Nein, ich …«
»Staatsanwaltschaft?«
»Nein, ich bin Privatdetektiv, Mr. Kennedy.«
»*Privatdetektiv!*« Er verdrehte angewidert die Augen, dann bewegte er sich so schnell, daß ich dem Ganzen nicht folgen konnte. Plötzlich stand ich mit dem Gesicht zu einer eiskalten, staubigen verschimmelten Steinwand. »He, warten Sie einen Moment …« Er packte mich an den Armen, preßte sie mit der Innenseite gegen die Wand und kickte meine Beine auseinander. »Was zum Teu…«
Er fuhr mit den Händen an meinen Hosenbeinen einzeln außen von oben nach unten und innen wieder nach oben

und griff mir in den Schritt. Danach tastete er meinen Oberkörper seitlich ab. Er zog meine Brieftasche heraus, untersuchte sie, leerte meine Jackentaschen und holte das kleine Notizbuch aus meiner Hemdtasche. Der Mann war ein Profi.

Er packte mich am Genick und zog mich von der Wand weg. Als ich mein Gleichgewicht wiederhatte, sah ich ihn wütend an. »Sind Sie jetzt fertig?«

Er faßte hinter mich und klopfte zweimal an die Metalltür, dann drehte er den Knopf und öffnete sie.

Ich betrat das Büro eines Bankdirektors, zumindest ähnelte es einem solchen. Was für ein Unterschied in der Inneneinrichtung! Ein riesiger Mahagonischreibtisch dominierte die Raummitte. Ein Lederchefsessel und ein Couchtisch aus Kirschholz mit einem Ledersofa und Queen-Anne-Stühlen füllten den Rest des Raums. An einer Wand standen ein Farbfernseher und eine Stereoanlage, an der in meinem Rücken befand sich eine Getränkebar.

Hinter dem Schreibtisch saß Bubba Hayes. Erinnern Sie sich an Meat Loaf, den Typen, der in den siebziger Jahren »Paradise by the Dashboard Lights« sang? Stellen Sie sich Meat Loaf zwanzig Jahre älter und fünfzig Pfund schwerer vor, und schon haben Sie Bubba Hayes.

In was für eine Situation hatte ich mich da hineinbegeben! Wir drei starrten einander einen Augenblick an. Ich räusperte mich und wollte gerade etwas sagen, als mir das Zerrbild eines Jabba the Hutt zuvorkam. »Ich hörte, daß Sie mit mir sprechen wollen, junger Mann«, gurgelte er.

Mrs. Rotiers Roastbeef mit Sauce schlug in meinem Magen einen Purzelbaum. »Mr. Hayes, mein Name ist Harry Denton, und ich bin Detektiv. Ich untersuche den Tod von Conrad Fletcher, dem Arzt, der letzte Nacht im Medical Center ermordet wurde.«

»Ich weiß, wer er ist. Ich lese Zeitung.«
Bubbas Stimme war sonor und füllte das Büro mit der gleichen entschlossenen Resonanz, die sie auch einst von der Kanzel aus gehabt haben mußte.
»Ob Sie mir wohl diesbezüglich ein paar Fragen beantworten könnten?«
Bubba lehnte sich in dem massiven Ledersessel zurück. Die Räder ächzten unter seinem Gewicht, hielten ihm aber stand. »Das kommt auf die Fragen an. Sie sind kein Polizeibeamter, haben also keinerlei Anspruch.« Bubba lächelte und zeigte dabei ein paar rissige gelbe Zähne. »Stimmt's, mein Junge?«
Ich begann es langsam lästig zu finden, mich wie ein Komparse in einem Remake von *Smokey und der Bandit* zu fühlen. Ich bin fünfunddreißig Jahre alt. Es ist lange her, daß mich jemand Junge nannte.
»Seine Familie hat mich gebeten, der Sache nachzugehen. Von ein paar engen Freunden des Doktors erfuhr ich, daß er ein … nun, ein Spielerproblem hatte.«
Bubba beugte sich vor, wobei sich seine Körperfülle wie ein fleischfarbener, wandernder Gletscher vorwärts schob. Dann erhob er sich und kam in verblüffender Geschwindigkeit um den Schreibtisch herum. Nun stand er mir gegenüber, in vielleicht einem halben Meter Entfernung. Die Haut seines Gesichts war straff gespannt, ganz leicht gerötet, fast durchsichtig, wie die Haut eines monströsen Geckos.
»Was hat das mit mir zu tun?« fragte er, wobei seine Stimme irgendwo aus der Tiefe des Fleischbergs kam.
»Ich hörte, daß Sie diesen Stadtteil kontro…«
Plötzlich sah ich aus dem Augenwinkel etwas kommen. Viel zu spät wurde mir klar, daß das, was da durch die Luft flog, zu Bubba gehörte. Er erwischte mich mit seiner rechten

Faust, die die Größe eines kleinen Schinkens hatte, voll in der Magengrube.
Sofort schoß alle Luft aus meinem Körper. Wenn Sie es jemals erlebt haben, daß Ihnen jemand einen Schlag versetzt hat, daß Ihnen die Luft wegbleibt, kennen Sie das Gefühl. Haben Sie es jedoch noch nie erlebt, sollten Sie sich glücklich schätzen.
Ich verlor den Boden unter den Füßen, und mir wurde schwarz vor Augen. Ich hatte ein Gefühl von Schwerelosigkeit, und dann schlug mir plötzlich der dicke grüne Teppich ins Gesicht.
Ich kämpfte dagegen an, daß mir das Abendessen hochkam, obwohl ich mich im nachhinein frage, weshalb. Ich hätte dem Kerl den ganzen Teppich vollkotzen sollen. Das hätte ihm recht geschehen.
Ich rollte auf die Seite und blieb in einer embryonalen Stellung am Boden liegen. Eine Hand legte ich auf meinen schmerzenden Magen, die andere war unter meinem Kopf. Als ich mich umdrehte, sah ich Bubbas Gesicht etwa vierzig Zentimeter von meinem entfernt. Wie er sich so weit zu mir beugen konnte, ohne zu fallen, war ein Rätsel, das ich nie zu lösen in der Lage sein würde. »Sie stellen eine Menge Fragen, junger Mann«, zischte er. Dann packte er mich am Hemd und zog mich so heftig hoch, daß es mir ganz aus der Hose rutschte.
Das nächste, an das ich mich erinnerte, war, daß ich wieder auf meinen Füßen stand. Ich wünschte, er hätte sich endlich entschieden! Er hielt mich hoch, weil ich nicht atmete und den Schock noch nicht überwunden hatte, geschlagen worden zu sein. Was heißt, daß der Schmerz auch noch nicht eingesetzt hatte. Doch gleich darauf tat es schon höllisch weh, obwohl es eben erst begonnen hatte.
Bubba zog mich auf Augenhöhe und blies mir seinen heißen

Atem mitten ins Gesicht. Etwas kam über mich, vermutlich ein Anfall schlechten Benehmens. »O Mann, was haben Sie denn zu Abend gegessen?« keuchte ich. »Haben Sie schon mal was von Mundwasser gehört?«
Natürlich flog ich nun wieder durch die Luft. Diesmal landete ich auf einem Stuhl, der an der Wand stand, gleich neben Mr. Kennedy, der alles mit ausdrucksloser Miene betrachtete. Ich prallte hart auf dem Stuhl auf, wobei mein Kreuz fast die ganze Wucht des Stoßes abbekam, aber mein Kopf knallte an die Wand, genau dort, wo die Schwester gestern abend die Wundklammern befestigt hatte.
Ich spürte, wie ein Bohrer sich hinten durch meinen Schädel fraß, und sah richtiggehend rot. Der schneidende Schmerz drohte mir einen Moment das Bewußtsein zu rauben. Es tat so weh, daß ich den ersten Schlag völlig vergaß.
Benommen schüttelte ich den Kopf, um wieder zu mir zu kommen, was ein böser Fehler war, denn so etwas funktioniert nur im Film. Nach einer Sekunde oder einer Stunde, ich weiß es nicht genau, tastete ich den Hinterkopf ab und stellte fest, daß meine Hand davon blutig war.
Nun war ich wirklich sauer. Dieser fette Bastard hatte meinen Kopf erneut aufgeprügelt. Jetzt war ich nicht mehr der nette Junge von nebenan.
»Wieso haben Sie das getan?« knurrte ich, und meine Stimme klang ohne mein Dazutun plötzlich tiefer.
»Ich wollte Ihnen klarmachen, welche Qual mir der Name dieses Mannes bereitet, und zwar so, daß Sie es nicht mißverstehen konnten.« Bubba sprach wie ein Gentlemanfarmer, wenn er wollte. Ich war überrascht, aber immer noch genauso wütend.
»Bei allem, was ich weiß, könnte ich ein Cop sein«, sagte ich.
»Haha!« lachte er. »Ich kenne jeden einzelnen Polizeibeam-

ten in dieser Stadt. Und, mein Junge, Sie sind keiner von denen. Nicht mal im Traum.«
Ich legte auf jede Armlehne einen Arm und schob mich wieder auf die Füße. Ich hatte, um es mit ganz einfachen Worten zu sagen, schlichtweg genug.
»Setzen Sie sich«, befahl Bubba.
Ich blieb stehen. »Hören Sie, Bubba, ich hab diesen Scheiß nicht nötig. Sie und dieser Typ, den sie wohl aus einem Werbespot für Exportbier rausgeschmissen haben, können von mir aus zur Hölle fahren. Wenn Sie nicht mit mir sprechen wollen, okay. Dann sprechen Sie eben mit den Bullen.«
Ich machte einen Schritt zur Tür.
»Setzen Sie sich«, wiederholte Bubba. Und einen Moment später: »Ich sagte, Sie sollen sich setzen.«
Ich ging um ihn herum und ließ mich auf dem Sofa nieder. Okay, ich setzte mich, aber da, wo ich wollte.
Bubba begab sich zu seinem Schreibtisch zurück und ließ sich auf den Sessel fallen. »Nun, was, glauben Sie, könnte ich der Polizei erzählen?«
Ich schüttelte den Kopf. »Nein, Sir, so läuft das nicht.«
»Was wollen Sie damit sagen, junger Mann?«
»Nach dem Empfang, den man mir hier bereitet hat, habe ich nicht das Bedürfnis, Ihre Fragen zu beantworten. Wenn hier überhaupt Antworten gegeben werden, dann von Ihnen.«
Bubba lächelte, als könnte er nicht glauben, daß ich nach alldem noch immer eine große Lippe riskierte. Er kennt mich eben nicht besonders gut.
»Eines muß man Ihnen lassen, junger Mann. Sie sehen zwar nach nichts aus, aber Sie haben ganz schön Mut.«
»Soweit ich weiß«, fuhr ich fort und ignorierte, was wohl ein Kompliment sein sollte, »gab es in Fletchers Leben zwei

Arten von Menschen, diejenigen, die ihn genug haßten, um ihn umzubringen, und diejenigen, die nur darüber phantasierten.«

Bubba schaute in Mr. Kennedys Richtung und lächelte. »Durch besondere Liebenswürdigkeit zeichnete er sich nicht aus.«

»Ich treffe dauernd auf Leute, die glauben, die Welt stünde besser da ohne ihn. Um Ihnen die Wahrheit zu sagen, Bubba, ich wollte nur herausfinden, ob Sie dazugehören.«

Bubba griff unter den Schreibtisch und zog am Schritt seiner Hose. »Der Mann hatte ein Problem. Er spielte gern und haßte es zu verlieren.«

»Ja?«

»Ja. Ich habe schon früher Ärzte mit dieser Angewohnheit kennengelernt. Es sind mehr davon betroffen, als Sie denken. In meinem Gebiet hatte ich eine ganze Menge. Als Fletcher anfing, war er weder schlimmer noch besser als die meisten. In der Saison setzte er auf Football, Profibasketball und einige Collegespiele.«

»Als er anfing?«

»Einige Leute kommen einfach nicht damit zurecht. Ich sagte ihm einmal, er brauche dringend Hilfe. Natürlich am Telefon. Er ist nie hergekommen.«

Ich überlegte eine Sekunde. »Wieviel schuldete er Ihnen?« Bubba zögerte. Das gab mir das Gefühl, daß es ganz schön viel sein mußte, vielleicht sogar ein paar tausend Dollar. Er beugte sich über den Schreibtisch, sah mich eindringlich an und antwortete dann: »Der Mann schuldete mir nicht ganz einhunderttausend Dollar.«

Als ich wieder Luft bekam, stieß ich einen Pfiff aus.

»Jesus im Himmel!«

»Jesus hatte nichts damit zu tun, junger Mann. Zumindest nicht, was das Ende der ganzen Sache betrifft. Allerdings

nehme ich an, daß Jesus und Fletcher im Augenblick in ein ziemlich ausführliches Gespräch vertieft sind.«
In Erwartung dessen, was mir die folgende Frage bringen würde, biß ich zunächst mal die Zähne zusammen. Dann stellte ich sie.
»Welche Summe würde wohl in den Geschäften, die Sie tätigen, dafür sorgen, daß jemand kaltgemacht würde?«
Farbe schoß in Bubbas fettes Gesicht. »Gelobt sei Jesus Christus!« rief er aus. »Ich habe gesündigt, Gott im Laufe meines Lebens gelästert, aber niemals, niemals die Todsünde begangen, einem anderen Menschen das Leben zu nehmen. Außerdem«, fügte er hinzu, »würde ein Arzt auf lange Frist zahlen. Er würde nicht wollen, daß sein ehrwürdiger Name in den Schmutz gezogen wird.«
»Also würden Sie einen Arzt nur erpressen. Und was wäre mit einem Lkw-Fahrer, der Ihnen so viel schuldet?«
»Ich würde niemals zulassen, daß mir ein Lkw-Fahrer so viel schuldet«, knurrte Bubba. »Jetzt muß ich das Geld natürlich abschreiben. Geschäftskosten.«
»Aber Sie haben ihn nicht getötet?«
Wieder wurde er ganz rot. »Die Antwort auf diese Frage ist *nein,* junger Mann. Stellen Sie sie nicht noch einmal.«

KAPITEL 12

Ich war, wie wir hier im Süden sagen, hundearschmüde. Schlafmangel, das Herumrennen im Kreis und die einigen Male, die ich bewußtlos geschlagen worden war, hatten all meine Reserven aufgebraucht. Ich wollte nur noch nach Hause, das angetrocknete Blut abwaschen, mir eine kühle Kompresse auf den Kopf legen und dann nichts wie ins Bett.

Aber da war Rachel. Ich war bereits auf dem Weg die Demonbreum Street zum Highway hinunter, als ich mich an unsere Verabredung erinnerte. Ich schaute auf die Uhr. Es war zehn Uhr dreißig. Die Zeit reichte gerade aus, um es zurück zur Golf Club Lane zu schaffen, der von Bäumen gesäumten dunklen Straße, die vermutlich mehr Sicherheitseinrichtungen pro Quadratmeter hatte als das Pentagon.

Ich machte eine Drehung von hundertachtzig Grad über die Freeway-Brücke, genau vor dem Nackttanzclub, der 50 HÜBSCHE & 3 HÄSSLICHE anpreist, und fuhr zurück in den edlen Teil der Stadt.

Zwanzig Minuten später befand ich mich wieder auf dem schwarzen Asphalt von Rachels Auffahrt. Diskret schwaches Licht führte mich zu dem dunklen Garten hinter dem Gebäude. Ich fuhr ums Haus herum und parkte. Als der Motor abgeschaltet war, herrschte tiefe Stille. Da waren keine Güterzüge, die einen Block weiter vorbeifuhren, keine quietschenden Reifen, keine plärrenden Radios, keine Gewehrschüsse, die durch die Nachtluft zischten. Oh, wie ich das hier hasse.

Ich stieg die Stufen hinauf zur Küchentür und klopfte leise.

Ein paar Sekunden darauf kam Rachel an die Tür. Das Licht in der Küche war schummrig. Rachel trug Bluejeans und ein weißes T-Shirt. Ihr Haar fiel locker auf die Schultern, und sie hatte kein Make-up aufgetragen. Sie schien sich endlich etwas entspannt zu haben.
»Hi«, begrüßte sie mich und lächelte, ein müdes Lächeln, aber immerhin ein Lächeln. Ich fand, sie hielt sich recht gut. Ich weiß nicht, wie es mir unter diesen Umständen gegangen wäre.
»Bist du okay?« fragte ich, bevor ich eintrat. »Ich meine, ist es in Ordnung, daß ich hier bin?«
»Natürlich«, antwortete sie und hielt mir die Tür auf. »Es sind alle weg. Endlich.«
Ich ging hinein. Sie schloß die Tür hinter mir und kam dann auf mich zu.
»O Gott, was für ein Tag«, seufzte sie. »Könntest du mich einfach einen Moment in den Arm nehmen?«
Ich legte meinen Arm um ihre Schultern und spürte durch mein Hemd, wie sie atmete. Jede Bewegung ihrer Brust war tief, erschöpft. Es war schön, sie zu spüren. Ich mußte mich zusammenreißen. Schließlich war ihr Mann gerade ermordet worden.
»Das fühlt sich gut an«, flüsterte sie einen Augenblick später. »Es ist lange her, seit mich jemand im Arm gehalten hat.«
»Die haben dich ganz schön durch den Wolf gedreht, was?«
»Das kannst du dir gar nicht vorstellen. Als die Polizei anfing mich zu fragen, wo ich letzte Nacht gewesen sei und wie Conrad und ich uns verstanden, das war einfach zuviel. Dann kamen noch die Anrufe dazu und die Termine. Ich mußte zur Bank rennen, alle unsere Konten schließen und in meinem Namen wiedereröffnen, bevor die Bank sie im Rahmen der Testamentsvollstreckung sperrte. Die Versi-

cherungsleute, die Anrufe von der Universität, vom Krankenhaus, von Conrads Freunden in New York und Boston.«
»Neuigkeiten verbreiten sich schnell, nicht wahr?«
Sie wiegte sich sanft in meinen Armen und lehnte sich an mich, als brauchte sie jemanden, der sie aufrecht hielt. »Ja. Glücklicherweise ging Dr. Lingo zum Leichenschauhaus, um den Toten zu identifizieren. Aber morgen bringen sie ihn raus ins Beerdigungsinstitut.« Sie hob den Kopf. »Du mußt auch ziemlich fertig sein.«
»Es waren ein paar harte Tage, ja.«
»Kann ich dir einen Drink machen?« fragte sie und löste sich von mir.
»Dann schlaf ich vielleicht ein.«
»In dem Fall kannst du dich auf die Couch legen«, sagte sie. »Also, was magst du?«
Sie langte hinüber und drehte an dem Dimmer, mit dem man die Küchenlampen ein- und ausschaltete. Das Licht wurde hell genug, daß wir uns gut gegenseitig betrachten konnten. Sie schaute in dem Licht sogar noch besser aus, ich dagegen offenbar schlechter.
»Was ist denn mit dir passiert? Was ist das? Harry, du hast Blut auf dem Hemd.«
Ich schaute an mir hinunter. Ein paar rote Spritzer waren auf meinem weißen Hemd zu sehen. Verdammt, das Zeug kriegt man nur schwer raus, und ich habe nicht mehr viele gute Hemden.
»Ich hatte einen kleinen Zusammenstoß mit jemandem, und dabei bin ich ein- oder zweimal an die Wand geknallt. Glücklicherweise habe ich einen harten Schädel.«
»O mein Gott, laß mal sehen.« Sie drehte mich herum. »Das schaut bös aus, Harry. Was soll ich nur mit dir tun?«
Sie verschwand in dem kleinen Bad direkt neben der Küche. Ich hörte, wie sie im Medizinschrank herumkramte. »Ra-

chel, es ist nichts Schlimmes«, sagte ich. »Vermutlich muß ich es nur abwaschen.«
»Nichts Schlimmes! Du machst wohl Scherze! Die Wundklammern hängen herum wie Wäsche auf der Leine. Du hast Glück, wenn du nicht doch noch genäht werden mußt.«
»Es ist wirklich okay.« Jetzt, da sie den Drink erwähnt hatte, wollte ich ihn mehr als alles andere.
Sie kam mit Wasserstoffperoxid, einer Binde und antibiotischer Salbe zurück. »Setz dich dort hin.« Sie zeigte zum Küchentisch.
Es war einfacher, sich zu setzen, als mit ihr darüber zu streiten.
»Du bist schrecklich«, schimpfte sie. »Kannst du nicht mal irgendwo hingehen, ohne gleich in der ersten Minute in Schwierigkeiten zu geraten?«
»Im allgemeinen habe ich mit ein, zwei Minuten keine Probleme. Bei einer Stunde forciere ich es jedoch.«
Ihre Hände waren ganz sanft und professionell. Sie war der einzige Mensch, der mich in den letzten beiden Tagen berührt hatte, ohne mir Schmerzen zu verursachen.
»Du bist ein Profi«, sagte ich.
»Danke. Das bin ich übrigens wirklich. Ich habe mir früher damit meinen Lebensunterhalt verdient.«
»Wie, damit, zerschundene Privatdetektive zusammenzuflicken?«
»Nein, du Dummkopf! Ich bin nach der Heirat mit Conrad noch mal auf die Schule gegangen, während er seine Assistenzzeit hatte. Ich habe ein Diplom als Krankenschwester.«
Ich wandte mich um. »Du warst Krankenschwester?«
»Ja, ich arbeitete ganztags, bis wir hierher zurückzogen.« Sie drehte meinen Kopf wieder mit dem Gesicht nach vorne.

»Das tut jetzt vielleicht ein bißchen weh. Ich entferne die alten Klammern und ersetze sie durch neue.«

Ich stellte mich auf starke Schmerzen ein, spürte aber nur einen kleinen Stich. »Du bist gut. Warum hast du aufgehört zu arbeiten?«

»Ich weiß nicht. Connie verdiente eine Menge. Ich arbeitete halbtags, aber es bestand nicht die Notwendigkeit wie in der Zeit, als er noch in der Ausbildung war. Ich hasse es, Klischees zu verwenden, aber das war wirklich die gute alte Zeit. Die Jahre, in denen wir noch unbekümmert waren. Wir waren jung, steckten bis über beide Ohren in Schulden und lebten von Hamburgern. Manchmal auch ohne Hamburger.«

Ich lachte. Sie wischte mir den letzten Rest des getrockneten Bluts von der Stirn und versorgte alles mit Pflaster. Sie knüllte die Verpackung der Binde zusammen und warf sie fort. Ihre Stimme wurde fast wehmütig.

»Connie und ich, wir liebten uns damals. Es lief alles bestens. Und dann ist irgendwo irgendwas passiert. Mir ist nie ganz klargeworden, was.«

Ich überlegte einen Augenblick. »Ich würde vorschlagen, du machst mir jetzt den Drink, und dann möchte ich gerne mehr darüber hören.«

Sie verschwand einen Augenblick hinter dem Küchenschrank und tauchte mit einem perfekt eisgekühlten herrlichen Scotch Soda wieder auf.

»Oh, du hast dich erinnert«, sagte ich.

»Trinkst du keinen Scotch mehr?« Sie war plötzlich verlegen. »Ich kann dir auch etwas ...«

»Nein, das ist völlig in Ordnung«, erwiderte ich.

»Möchtest du ins Arbeitszimmer gehen?«

»Ja, wenn du nicht glaubst, daß die alten Klatschweiber dein Haus ausspionieren.«

Sie lachte in sich hinein, als sie aufstand und ihren Stuhl unter den Küchentisch schob. »Die sind schon im Bett.«
Wir verließen die Küche und gingen einen langen mit Teppich ausgelegten Flur hinunter. Das Wohnzimmer auf der linken Seite war dunkel und leer. Ich konnte jedoch genügend sehen, um festzustellen, daß teure Antiquitäten darin standen, Möbel, die man sich nur leisten konnte, wenn man außergewöhnlich gut verdiente und kinderlos war.
»Wie kommt es, daß ihr keine Kinder habt?«
Sie stieg die Stufen in das tiefergelegene Arbeitszimmer hinunter und drehte einen Knopf an der Wand. Die Lichter gingen an. Ohne Beamte vom Morddezernat war der Raum wesentlich gemütlicher. In der Mitte stand eine Couch und an der Wand gegenüber ein Breitbildfernseher. Außerdem waren da noch überall Bücher, eine teure Stereoanlage und Regale mit LPs und CDs.
Sie setzte sich auf die Couch und stellte ihren Drink auf einen kleinen Tisch daneben. »Connie wollte keine«, antwortete sie. »Und offen gesagt verspürte ich das Bedürfnis auch nicht. Also wurde nie darüber geredet.«
»Was ist zwischen euch geschehen?« fragte ich und ließ mich mit ein bißchen Abstand zwischen uns neben ihr nieder. Instinktiv wußte ich, daß ich zwar neben ihr sitzen wollte, aber nicht *zu* nahe.
»Wir waren zwölf Jahre miteinander verheiratet«, sagte sie nach einem Moment. »In dieser Zeit kann viel passieren. Der Streß des Berufs, vor allem als Arzt. Connie arbeitete achtzig bis hundert Stunden in der Woche. Manchmal sahen wir uns tagelang überhaupt nicht. So etwas belastet eine Ehe. Es ist ein brutales System, aber da läßt sich nichts dagegen tun. Heiraten ist ein Risiko.«
»Das kann ich mir vorstellen.«

Ich nippte an meinem Drink. Sie hatte ihn stark gemixt, mit Scotch, der so alt war wie ihre Ehe. Er brannte etwa drei Sekunden im Hals, dann explodierte er in reines Vergnügen. Gott sei Dank trinke ich nicht viel. Mir schmeckt es viel zu gut.

»Und dann waren da die anderen Frauen. Untreue ist ein weiteres Berufsrisiko in medizinischen Berufen. Denk mal darüber nach. Männer und Frauen, intelligent und gebildet, werden unter hohem Druck in einer angespannten, dramatischen Umgebung zusammengeworfen, in der Tag für Tag Leben gerettet werden oder verlorengehen. Das ist Romantik pur. Ich bin nicht blind. Conrad sah gut aus und war charmant, wenn er wollte. Und ich kenne Schwestern, vor allem junge, die ausflippen, wenn sie in einem Operationsteam am offenen Herzen arbeiten dürfen. Das ist der wahre Kitzel des Risikos.«

»Rachel«, erkundigte ich mich vorsichtig und zögernd, »waren es nur vorübergehende Seitensprünge, oder hatte Conrad längere Beziehungen?«

Sie blickte in ihren Wodka Tonic. Auf der einen Glasseite lief das Kondenswasser wie Tränen durch ihre Finger und Hände hinunter.

»Ich weiß nicht«, sagte sie langsam. »Ich weiß, daß es mehrere gab, doch nicht, wie viele, und auch nicht, wie ernst es war.«

Ich wollte sie trösten. Ihre Ehe mit Conrad war vielleicht nicht gut gewesen, aber es war offensichtlich, daß sie immer noch irgendwo für ihn Gefühle hatte. Und es war ebenfalls offensichtlich, daß eine Menge Schmerzen mit seinem Tod in Rachel Fletchers Leben traten, die nie verschwinden würden.

»Rachel, es tut mir so leid«, sagte ich, rutschte auf der Couch etwas näher zu ihr, stellte den Drink auf den Tisch vor uns

und legte meinen Arm auf die Rücklehne. Sie schaute etwa dreißig Sekunden an mir vorbei ins Leere, und dann trafen sich unsere Blicke. Nun stellte auch sie ihr Glas weg und schmiegte sich an mich.
Ich drückte ihren Kopf lange Zeit an meine Schulter. Wir sagten kein Wort, man hörte nur das Ticken der Großvateruhr, die im Wohnzimmer hing und uns daran erinnerte, daß die Zeit verging.
»Ich hatte vergessen, wie gut du dich anfühlst«, flüsterte sie schließlich und legte ihre Arme um mich. Ich hatte sie ebenfalls in die Arme genommen und meine Hände in ihrem blonden Haar vergraben. Okay, vielleicht war hier noch etwas möglich, das über das reine Trösten hinausging. Aber es war schon spät, und für uns beide war der Tag lang gewesen. Wer kann es zwei Menschen schon übelnehmen, wenn sie nach dem bißchen Trost greifen, den sie in dieser Welt bekommen können?
Sie ließ mich einen Moment los, dann hob sie den Kopf mit einem Blick, den ich nicht mehr gesehen hatte, seit wir zusammen auf dem College und miteinander befreundet waren, noch jung, unerfahren, leidenschaftlich und unberührt von all dem Schlimmen, das uns umgab.
Ich hatte das Bedürfnis, sie zu küssen, wußte aber zugleich, daß ich, wenn ich sie einmal küßte, bis über beide Ohren in der Sache drinstecken würde.
»Das ist keine gute Idee«, sagte ich. Noch nie war es mir so schwergefallen, etwas auszusprechen.
»Warum?«
Ich schob mich von ihr weg, solange ich es noch konnte.
»Nicht jetzt, Rachel. Nicht jetzt, da all diese Dinge passieren. Vielleicht, wenn es vorbei ist, wenn sich alles beruhigt hat.«
»O Harry, ich hatte vergessen, was für ein hochherziger alter Narr du bist.«

Ich grinste sie an. »Hochherziger alter Narr stimmt.«
Ich trank aus, und wir sprachen noch ein wenig miteinander. Schließlich war ich total erschöpft. Es war schon fast Morgen, und ein sehr langer Tag lag hinter mir.
»Ja, ich muß auch früh aus dem Bett«, sagte sie. »Wenn ich meine üblichen fünf Kilometer laufen möchte, bevor der ganze Wahnsinn beginnt, sollte ich es besser zeitig tun.«
»Oh, du joggst?«
»Nun, nicht professionell, aber als ich eine Medical-School-Witwe war, fing ich wieder an zu laufen. O Gott, ich kann nicht glauben, daß ich das gesagt habe!«
»Medical-School-Witwe?«
»So bezeichneten sich die Frauen der Studenten der medizinischen Fakultät. Wir rissen immer Witze darüber, nannten es einen Fall für lebensrettende Sofortmaßnahmen, wenn unsere Männer heimkamen. Der Schock brachte uns fast um.«
»Der Schock brachte euch fast um, hm?« Ich lächelte, froh darüber, daß sie Spaß machen konnte. Das war sicher ein gutes Zeichen.
»Fahrt fort, mein tapferer weißer Rittersmann, Ihr, der Ihr Euch der Unbill und den Fallstricken eines abscheulichen Geschicks aussetztet, um diejenige zu retten, die Ihr einst liebtet.« Sie legte ihren Arm um meine Taille, und wir gingen in die Eingangshalle hinunter.
»Okay. Ich werde ziemlich gut dafür bezahlt«, scherzte ich.
»Billig für das, was es ist. Es ist heutzutage schwierig, Hilfe zu bekommen.«
»Kann ich dein Wohnzimmer mal sehen?« fragte ich, einem Impuls folgend. Sie hielt an, griff nach innen und machte Licht. Auf einem Stutzflügel standen massenweise gerahmte Fotos. Das Mobiliar war so teuer und kultiviert, daß ich es noch nicht einmal einzuordnen vermochte. An den Wän-

den hing Kunst, die wohl kaum bei dem Hotelverkauf verhungernder Künstler erworben worden war. Es entsprach ungefähr dem, was ich erwartet hatte.
Außerdem waren da noch viele Bilder von der Familie und von Freunden in einer Vitrine in der Ecke. Ich betrat das Zimmer und schaute mir alles an, mehr aus Neugierde als aus irgendeinem anderen Grund.
»Ich habe früher viel gejoggt«, sagte ich, das vorherige Thema wieder aufnehmend. »Vielleicht machen wir ja mal zusammen einen Lauf.«
»Das klingt großartig«, erwiderte sie. »Ruf mich an.«
Sie stellte sich auf die Zehenspitzen und gab mir einen flüchtigen Kuß auf den Mund. Es war ein Schwesternkuß, nicht so einer wie der, den ich so dumm war in dem anderen Zimmer abzuweisen. Und trotzdem war es schön.
Rachel fühlte sich gut an. Es war immer noch etwas zwischen uns. Ich bin Detektiv. In solchen Dingen kenne ich mich aus.
Als ich langsam die Auffahrt hinunterfuhr und mich auf den Weg zu einer langen Ruhepause in meine miese kleine Wohnung auf der anderen Seite der Stadt machte, kam mir der Gedanke, daß bei all den Familienfotos mit Freunden, Neffen, Nichten, Eltern, Großeltern, Haustieren und den alten Klassenaufnahmen etwas fehlte.
Ich konnte mich nicht erinnern, auch nur ein einziges Foto von Conrad gesehen zu haben.

KAPITEL 13

Am nächsten Morgen war es bereits elf, als ich ins Büro kam. Ich hatte entdeckt, daß die Selbständigkeit eindeutige Vorteile in sich barg, auch wenn man nie wußte, wann das nächste Gehalt eingehen würde.
Die Schwellung an meinem Bein war so gut wie weg, und der Schlaf in der vergangenen Nacht hatte den Schmerz fast völlig verschwinden lassen. Wenn ich meinen Knöchel in einer bestimmten Weise drehte, tat er weh, also prägte ich mir ein, diese Bewegung zu vermeiden. Die Schwellung an meinem Hinterkopf war inzwischen auch verschwunden, und es gelang mir, den größten Teil des Verbands zu verdecken, indem ich meine Haare nach hinten drüberkämmte. Ich war entschlossen, den Tag so normal wie möglich zu verbringen.
Zuerst machte ich mir eine Kanne Kaffee, dann setzte ich mich an den Schreibtisch, lehnte mich zurück und sah die Post durch. Nichts Aufregendes, sicherlich nichts potentiell Lukratives. Es waren auch keine Nachrichten auf dem Anrufbeantworter. Ich wußte es zu schätzen, daß ich mich entspannen konnte, aber mir war auch klar, daß Rachels Geld nicht ewig reichen würde. Ich nahm an, daß ich schon sehr bald wieder mit Lonnie Autos zurückführen mußte.
Fast eine Stunde trank ich Kaffee und blickte aus dem Fenster. Ich fühlte mich so schal wie Bier in einer seit zwei Tagen offenen Dose. Durch den gelblichen Film, der sich innen auf dem Fenster durch jahrelanges Zigarettenrauchen und außen durch Luftverschmutzung festgesetzt hatte, beobachtete ich den Verkehr, wie er in einem nicht enden wollenden pulsierenden Fluß von Rauch, Farbe und Lärm

vorwärts rollte. Die Straße war heute verstopfter als sonst dank eines langen schwarzen Lincoln, der unten in der Seventh Avenue, die von der Church abgeht, im Halteverbot stand. Rücksichtsloses Arschloch.
Ich beobachtete das Schauspiel der hupenden Autos und hochgereckten Mittelfinger, während ich mir meinen nächsten Schritt überlegte.
Überall, wohin ich gegangen war, war ich behindert worden. Wenn Bubba Hayes Connie Fletcher nicht um die Ecke gebracht hatte, wer war es dann? Und warum?
Ich brauchte Antworten. Außerdem brauchte ich etwas zu essen. Ich schaute auf die Uhr und stellte fest, daß es fünf vor zwölf war und ich zu meiner Lunchverabredung mit Walt Quinlan noch zwölf Minuten Fußmarsch zurückzulegen hatte.
Durch leicht kreative Verstöße gegen die Verkehrsregeln und mit etwas Glück kam ich gerade rechtzeitig zum Satsuma's in der Union Street, um mich in eine Schlange von Rechtsanwälten zu stellen, die darauf warteten, eingelassen zu werden. Walter war der dritte in der Reihe, und ich ging an einer Gruppe von Geldschefflern in grauen Anzügen vorbei zu ihm.
»Tut mir leid, daß ich zu spät komme.«
»Kein Problem, Mister«, sagte Walter gutgelaunt. »Heute gibt es weiße Bohnensuppe und Putenbrust. So einen Tag kann man gar nicht verderben.«
»Du wirkst außerordentlich fröhlich.«
Walt, der eine seidene Paisley-Krawatte trug, lächelte verschmitzt.
»Ich habe beschlossen, daß es auf der Welt nicht das Wichtigste ist, zum Sozius gemacht zu werden, das ist alles.«
Und das von einem Anwalt! dachte ich.
»Gütiger Himmel, laß das nur die anderen Schlipsträger

hier nicht hören.« Ich schaute mich in der Menge um. »Sie würden dich verklagen.«
»Keine Sorge, die Situation ist bestens unter Kontrolle. Wenn alles so läuft wie geplant, bin ich saniert. Endgültig ...«
»Endgültig? Was führst du im Schilde?«
Doch statt einer Antwort lächelte Walt nur schelmisch. Die Schlange bewegte sich um vier Personen vorwärts. Wir waren die nächsten bei der Tischzuweisung.
»Okay«, sagte ich nach einem Augenblick. »Vergiß es.«
Er verschränkte die Arme, wobei sich die schwarzen Ärmel seines Armani-Anzugs leicht über seinen Unterarmen kräuselten.
»Du heckst irgendeinen Deal aus, stimmt's?« Ich grinste ihn an.
Die Platzhosteß, der eine verschwitzte Haarsträhne in die Stirn fiel, bahnte sich einen Weg durch die Menge und schaute uns an. »Raucher oder Nichtraucher?«
Walter verschlang, wie er vorhergesagt hatte, kurz darauf seine Putenbrust. Ich schob die weißen Bohnen auf Maisbrot mit meiner Gabel zusammen und spülte das Ganze mit Eistee hinunter, der so süß war wie Ahornsirup.
»Ahh«, seufzte Walter und wischte sich den Mund mit seiner Serviette ab. »Das ist Leben auf der Überholspur.«
Ich lehnte mich zurück. Nun war ich sogar noch müder und lustloser als vorhin im Büro. Ich hatte gehofft, das Mittagessen würde meine Lebensgeister wieder wecken. Statt dessen wünschte ich mir nur noch ein Bett. Daß das jedoch unmöglich war, sagte mir das bißchen Selbstdisziplin, das ich aufbrachte. »Die Besuchszeit beginnt heute um zwei«, erwähnte ich.
»Gehst du hin?«
Walter schaute mich ganz verwirrt an, als wüßte er einen

Augenblick lang nicht, wovon ich sprach. »O ja«, sagte er dann und schüttelte den Kopf, »nach der Arbeit. Wann gehst du?«
»Ich nehme an, daß Rachel Punkt zwei im Beerdigungsinstitut sein wird. Ich werde kurz danach dort auftauchen. Sie braucht bestimmt moralische Unterstützung.«
Walter lehnte sich auf seinem Stuhl zurück und fuhr sich mit der Zunge über die Schneidezähne. »Und dafür bist du genau der Richtige, nicht wahr?«
Ich sah ihn einen Augenblick lang an. »Vielleicht. Bei Rachel zu sein, kann zur Gewohnheit werden. Wenn die Zeit dafür reif ist.«
Seine Augen verengten sich zu Schlitzen. »Sei vorsichtig, mein Freund. Du hast keine Ahnung, worauf du dich da einläßt.«
»Im Gegensatz zu dir?«
Walter lächelte. »Du hast recht, ich weiß auch nicht, worauf du dich einläßt. Aber an deiner Stelle wäre ich auf der Hut.«
»Wenn du an meiner Stelle wärst, würdest du nicht diesen Anzug tragen. Wieviel hat er übrigens gekostet?«
»Wenn du es unbedingt wissen willst ...«, begann er.
»Ich weiß es«, unterbrach ich ihn. »Glaub mir, ich weiß es.«

Es gelang mir, in meinem Büro ein paar Stunden totzuschlagen, vor allem, indem ich im Geiste im Kreis lief. Dann holte ich den Ford aus dem Parkhaus und machte mich auf den Weg ins West End. Es war kurz vor drei, mitten am Nachmittag, was bedeutet, daß die Rush-hour in der Innenstadt schon begonnen hatte.
Es dauerte zwanzig Minuten, bis ich an die Gabelung kam, wo die Division vom Broadway abgeht.
Ist schon ulkig, dachte ich, daß das Beerdigungsinstitut, in dem Conrad Fletcher liegt, nur ein paar Blocks von Bubba

Hayes' Einkaufsparadies entfernt ist. Noch immer war von all den Leuten, denen ich begegnet war und die Conrad Fletcher nicht mochten, Bubba Hayes der einzige, von dem ich mir vorstellen konnte, daß er ihn umgebracht hatte. Und dennoch sagte mir eine innere Stimme, daß er kein Mörder war. Vielleicht war es die Art, wie er sprach. Vielleicht lag es aber auch daran, daß er mich wieder zu Brei schlagen würde, wenn ich ihm nicht glaubte. Auf jeden Fall hatte ich das Gefühl, daß er zwar möglicherweise mehr wußte, als er sagte, aber Connie Fletcher nicht umgebracht hatte.

Ich stellte den rauchenden Ford auf dem Parkplatz hinter dem Beerdigungsinstitut ab. Zum letztenmal war ich hiergewesen, als ein entfernter Onkel vor einigen Jahren gestorben war. Als Kind hatte ich schreckliche Angst vor Beerdigungen, was sich auch jetzt, da ich erwachsen bin, nicht geändert hat.

Ich ging zur Hintertür des Beerdigungsinstituts, vorbei am Empfang, wo Frauen mit käsigen Gesichtern hinter einer Telefonkonsole saßen, die der Telefonzentrale bei IBM in nichts nachstand. Ich wußte nicht, daß es in Beerdigungsinstituten so geschäftig zugeht.

Dieses spezielle Beerdigungsinstitut ähnelte mehr einer Villa aus der Vorkriegszeit, mit einer geschwungenen Treppe im zentralen Foyer, die nach oben in die Büros führte, und Empfangszimmern rechts und links von der großen Eingangshalle, wo die trauernden Familien sich vor dem im allgemeinen geöffneten Sarg versammelten. Beerdigungen, vor allem Beerdigungen in den Südstaaten, sind pompöse, vor Schmerz triefende Dramen, eine vergnüglich leidenschaftliche Katharsis. Ich war bei Beerdigungen, bei denen dicke Frauen sich die Perlen vom Hals rissen und bewußtlos in Schweißlachen niedersanken, mit Schaum vor dem Mund und unverständliches Zeug brabbelnd. Und das Essen ... mein Gott, das Essen. Eines Tages wird einem armen Verkäufer aus einem Penny-Markt, der einst die Schule abgebrochen hat, um zwei Uhr morgens von einem Bekloppten das Hirn ausgepustet, und was tun die Familienangehörigen? Sie schreien in Agonie, reißen sich die Haare aus, fordern die Todesstrafe und fallen dann über das Essen her wie ein Haufen Linebacker im Frühlingstraining.

Ich hoffte, daß bei dieser Beerdigung so etwas nicht vorgesehen war. Vor jedem Raum befand sich eine schwarze Informationstafel mit kleinen weißen Buchstaben. Vor dem vordersten Raum links stand Dr. C. Fletcher.

Ich ging leise hinein, wobei der dicke rote Teppich das Geräusch meiner Schritte schluckte. Lange blaue Vorhänge hingen von den viereinhalb Meter hohen Fenstern, die vom Boden bis zur Decke reichten, herab. Viktorianische Wohnzimmerlampen mit Glasschirmen, in denen violettgraue Engelchen eingraviert waren, beleuchteten schwach den Raum. Dieser war vollgestopft mit Blumen, und die Luft war dick und schwer von ihrem Duft.

Und ich war der einzige dort. Abgesehen natürlich von Conrad, der auf der anderen Seite in einem Bronzesarg lag. Der war jedoch nicht besonders unterhaltsam.

Ich schaute verstohlen auf meine Uhr. Die Besuchszeit hatte schon vor fast einer Stunde begonnen. Wo waren sie alle? Selbst im Tod schien es, als wollte niemand zuviel Zeit in Dr. Fletchers Nähe verbringen.

Ich ging rückwärts aus dem Raum und sah mir die Besucherliste an, indem ich die erste Seite auf einem weißen Pult nahe der Tür aufschlug. Dort standen drei Namen, einer davon mit Doktortitel. Das war alles. Conrad würde bei diesem Rhythmus keinen Besucherrekord brechen.

Wieder zurück im Besuchsraum, ging ich hinüber zum Sarg. Connie lag mit weißem Hemd, gestreifter Krawatte und gebügeltem blauen Anzug darin. An seinem linken Revers steckte eine Nadel, vermutlich die eines amerikanischen Ärzteverbands. Zumindest glaube ich, daß es so etwas war, da sich eine Schlange um den Stab wand.

Ich möchte so viel über ihn sagen, daß er entschieden besser ausschaute als das letztemal, als ich ihn gesehen hatte. Er hatte wieder etwas Farbe im Gesicht, das ein bißchen voller wirkte – vermutlich war es von den Leuten des Beerdigungsinstituts aufgepolstert worden –, und die häßlichen tiefen violetten Ringe unter den Augen waren verschwunden.

Ja, er sah viel besser aus. Nicht, daß es eine Rolle gespielt hätte.

Ich trat einen Schritt vom Sarg weg und dachte bei mir, daß es schon recht merkwürdig war, sonst niemanden hier anzutreffen. Es war noch früh; die meisten Leute konnten wohl erst nach Feierabend kommen. Ja, das war es. Das mußte es sein.

Auf der Rückseite des Beerdigungsinstituts war als Service eine Cafeteria eingerichtet worden, so daß die Trauernden und Hinterbliebenen zwischen den hysterischen Anfällen einen heißen Kaffee trinken oder eine rauchen konnten.

Ich ging dorthin, und nun wurde mir auch klar, warum der Empfangsraum leer war. Alle waren hier, um eine Pause zu machen.

Rachel saß, eine Cola vor sich, an einem Resopaltisch. Sie hatte ein schwarzes Kleid mit Spitzenkragen an. Als ich kam, starrte sie gerade hinunter auf ihre Hände und bemerkte mich erst gar nicht. Mrs. Goddard, Rachels fürsorgliche Nachbarin, war bei ihr. Als sie mich erblickte, stupste sie Rachel an.

»Harry!« Rachel stand auf und trat auf mich zu. »Ich bin ja so froh, daß du gekommen bist!«

Ich nahm sie in die Arme, wie das in Beerdigungsinstituten

im allgemeinen zum Trost üblich ist. Nach ein paar Sekunden trennten wir uns wieder.
»Wie geht es dir?« fragte ich.
»Vor allem bin ich müde. Richtig hart wird's werden, wenn die Familie kommt. Meine Eltern treffen um achtzehn Uhr ein, und Connies sind vermutlich jetzt am Flughafen.« Sie lächelte gequält, hängte sich bei mir ein, und wir gingen aus der Cafeteria. »Aber ich schaffe es schon«, sagte sie. »Ich brauche nur ein wenig Zeit.«
»Ja«, stimmte ich zu. »Du wirst es überstehen.«
Wir schlenderten lässig in den Empfangsraum. Bei den Beerdigungen, denen ich bislang beigewohnt hatte, war es üblich, daß die nächsten und am meisten trauernden Familienmitglieder jeden Besucher zum Sarg führten, damit dieser seinen Respekt zollen konnte, indem er sagte, wie natürlich der Tote doch wirke. Ich haßte diesen Brauch zutiefst, vor allem, weil kein Toter jemals natürlich wirkt. Sie schauen einfach tot aus.
Zwei andere Personen hielten sich bereits in dem Raum auf. Sie standen nahe beieinander ein paar Schritte vom Sarg entfernt. Die Frau war fast auf den Zentimeter so groß wie ich und hatte auffallend schwarzes Haar, das ihr über die breiten Schultern fiel. Selbst von hinten konnte man erkennen, daß sie eine gutaussehende Frau war. Der Mann neben ihr reichte ihr kaum ans Kinn. Er trug einen zerknitterten khakifarbenen Anzug und hatte an der Taille bereits leicht angesetzt. Sein hellbraunes Haar war schütter. Ein merkwürdiges Paar, die beiden, dachte ich. Dadurch, daß sie so nahe beieinanderstanden, spürte man, daß sie sich nicht fremd waren.
Rachel führte mich um sie herum zum geöffneten Sarg. Sie starrte auf Conrad hinunter, drückte fest meinen Arm und stieß einen Seufzer aus.

»Mein Gott, ich kann es nicht glauben«, meinte sie schniefend und zog mich an sich. Ich legte den Arm um sie. Sie versuchte weitgehend erfolglos, einen Schluchzer zu unterdrücken.
»Es tut mir so leid, Rachel«, sagte ich. Und das war die Wahrheit.
Sie hob den Kopf und straffte den Hals, als sammelte sie Kraft für die nächsten zwei Tage.
»Ich weiß, Harry. Ich bin froh, daß du da bist. Das bedeutet mir sehr viel.« Sie machte einen Schritt zurück und drehte sich vom Sarg weg. »Es ist sehr bedauerlich, daß ein solches Ereignis dich wieder in mein Leben zurückgebracht hat«, fuhr sie fort, »aber es ist schön, daß du wieder mein Freund bist.«
»Das war noch nie anders, Rach. Dinge geschehen eben, wie sie geschehen, das ist alles.«
Sie sah mich lange ernst an, ein Blick, der gleichzeitig beunruhigt und traurig, furchtsam und schmerzlich wirkte.
»Vielleicht ist es noch nicht zu spät, es diesmal richtig zu machen«, sagte sie fast flüsternd.
Es brachte mich ein bißchen in Verlegenheit, so mit Conrad Fletchers Frau zu sprechen, während ich vor seinem Sarg stand. Dann dachte ich: Was soll's, er kann uns doch nicht hören.
»Ja«, flüsterte ich zurück, »vielleicht.«
Hinter uns räusperte sich jemand. Plötzlich fiel mir wieder ein, daß wir nicht allein waren. Ich drehte mich um. Der Mann im khakifarbenen Anzug sah uns verlegen an, wobei das schwache Licht seine fahle Blässe unschmeichelhaft unterstrich. Die Frau jedoch war genauso elegant und hübsch, wie ich mir das von der Rückansicht her vorgestellt hatte. Sie hatte eine glatte, makellose Haut, und ihre Züge

waren scharf und wunderschön klar. Ihre Wangenknochen hätten Katharine Hepburn vor Neid erblassen lassen.
»Mrs. Fletcher?« fragte er.
»Ja«, antwortete sie und streckte die Hand aus. »Ich bin Rachel Fletcher.«
»Und ich bin Al Zitin. Dr. Al Zitin. Und das ist Dr. Jane Collingswood. Wir waren Dr. Fletchers Assistenten. Uns tut die ganze Geschichte so leid.«
Zitin und Collingswood, dachte ich, was für eine nette Überraschung.

KAPITEL 14

Die Stimme in meinem Kopf sagte: Denk schnell, Junge. Rachel war den beiden offensichtlich noch nie begegnet, und sie konnte nicht wissen, daß Jane Collingswood und Albert Zitin fest in die Reihen der Conrad-Hasser gehörten. Ich wußte, daß sie drauf und dran war, mich ihnen vorzustellen, aber als wen?
Wollte ich, daß sie erfuhren, daß ich Detektiv war? Wollte ich, daß sie es *nicht* erfuhren? Ich wünschte, ich hätte mehr Bücher zu diesem Thema gelesen ...
»Danke, daß Sie gekommen sind«, erklärte Rachel und streckte nun Jane Collingswood ihre Hand hin.
»Das war für uns alle ein schrecklicher Schock. Wir alle liebten und achteten ihn.«
Ich glaubte ein leichtes Zucken in Zitins rechtem Auge zu sehen. Dr. Collingswood hingegen war wie eine wunderschöne Eisskulptur.
»Das ist Harry Denton«, stellte Rachel mich vor und zeigte auf mich.
»Hallo«, sagte ich schnell, bevor sie weiterreden konnte. »Ich bin ein alter Freund der Familie und freue mich, Sie kennenzulernen.«
Wir schüttelten die Hände und tauschten eine Zeitlang Artigkeiten aus. Dann drehten wir uns alle zum Sarg, als handelte es sich um eine Choreographie. Es war ein zutiefst beklemmender Augenblick.
»Wir kamen nur, um ihm unsere Ehrerbietung zu erweisen«, erklärte Al Zitin, »und müssen gleich wieder ins Krankenhaus zurück.«

»Ja«, pflichtete Jane Collingswood ihm bei. »Es tut mir leid, daß wir nicht sehr lange bleiben können.«
»Wann ist der Gottesdienst?« fragte Zitin.
»Morgen um drei. Wir sahen keinen Sinn darin, die Sache zu verzögern. Das war für uns alles schlimm genug, auch wenn wir es nicht in die Länge ziehen.«
Jane Collingswood schaute Rachel kurz an, dann sagte sie: »Ich finde, daß Sie sehr tapfer sind. Ich weiß nicht, wie ich es ertragen würde, wenn ich in so einer Situation wäre.«
Ich wußte es. Jane Collingswood würde selbst das Sinken der *Titanic* überleben. Ihr Blick war tief, intelligent, entschlossen. Und ihre Augen waren ungeheuer hübsch.
»Lassen Sie sich da nicht täuschen«, erwiderte Rachel. »Ich habe auch meine schwachen Momente. Aber ich weiß, daß Connie gewollt hätte, daß ich nicht zusammenklappe. Er legte einen strengen Maßstab an, sowohl was sich als auch was die anderen betraf.«
Da war wieder das Zucken in Zitins Auge. »Ja, das ist sicher richtig. Er war ein strenger Zuchtmeister.«
»Aber, wie schon erwähnt, auch sich selbst gegenüber«, fügte Jane Collingswood hinzu.
»Wir vermissen ihn alle«, schloß Zitin.
»Ja, wir vermissen ihn alle.«
»Danke«, sagte Rachel und nahm beider Hände in die ihren. »Connie hat seine Arbeit viel bedeutet. So wie Menschen auch. Er hätte sich gefreut, daß Sie heute gekommen sind.«
Ich registrierte Rachels unglaubliche Freundlichkeit, aber auch, daß jetzt eine stattliche Zahl Besucher in den Kondolenzraum strömte. James Hughes, der einen zerknitterten grünen Sportmantel über einem weißen Hemd trug, der aussah, als hätte er in ihm geschlafen, kam gerade mit vier

weiteren Personen, offensichtlich Medizinstudenten, herein. Von den anderen kannte ich keinen.
Ich wandte meine Aufmerksamkeit wieder Rachel zu. »Danke vielmals, daß Sie gekommen sind«, sagte sie in dem Moment.
»Wir sind gerne gekommen«, entgegnete Jane Collingswood, die Rachel nun ihre Hand entzog und sie mir hinstreckte. »Ich habe mich gefreut, Sie kennengelernt zu haben, Mr. Denton.«
»Ich ebenso«, erwiderte ich und nahm ihre Hand. Jane Collingswood war eine rätselhafte, reservierte Frau, die sich nicht in die Karten blicken ließ. Ist sie in der Lage, einen Menschen zu töten? fragte ich mich. »Ich bedaure, daß wir uns unter diesen Umständen kennenlernen mußten.«
Zitin streckte mir ebenfalls die Hand hin. Ich schüttelte sie. Seine Handflächen waren feucht, sein Griff unsicher. »Vielleicht sehen wir uns ja irgendwann wieder«, meinte er.
»Das hoffe ich.« Zitin hinterließ bei mir nicht den Eindruck eines Mannes, der die Nerven hatte, jemanden kaltblütig zu ermorden. Doch er war auch Arzt, und als solcher wüßte er, was zu tun wäre.
Rachel schaute über Zitins Schulter zu den Leuten, die hereinströmten, dann entfernte sie sich von ihm, um sich um die anderen Gäste zu kümmern. Wie besteht man nur eine solche Feuerprobe? fragte ich mich. Ich beobachtete, wie Zitin und Collingswood sich in Richtung Tür bewegten. Ab und zu blieben sie stehen, um mit ein paar Kollegen zu sprechen. Die Leute schüttelten traurig die Köpfe, als fragten sie sich, wie etwas so Schreckliches ihre sichere Berufswelt in Unordnung hatte bringen können.
Ich folgte ihnen mit den Augen, bis sie den Raum verließen, dann durchquerte ich die Menge so rasch wie möglich und heftete mich an ihre Fersen. In dem Raum hatten sie sich

langsam, ehrerbietig, würdig bewegt. Aber sobald sie den Flur betreten hatten, klapperten ihre Absätze auf dem Boden. Ich ging schneller, um in drei bis vier Metern Abstand hinter ihnen zu bleiben, dann beobachtete ich, wie sie auf denselben Parkplatz zusteuerten, auf dem ich mein Auto abgestellt hatte.
Diesmal mußte ich wirklich improvisieren. Ich wollte mit ihnen sprechen und Fragen so stellen, daß ich Hinweise darauf bekam, ob sie mit der ganzen Sache etwas zu tun hatten. Aber welche Fragen? Wie konnte ich sie aushorchen, ohne sie so mißtrauisch zu machen, daß sie sich ganz verschlossen?
Verdammt, ich würde wohl mal Unterricht darin nehmen müssen. Aber dann erinnerte ich mich an etwas, das ich vor langer Zeit als Zeitungsreporter gelernt hatte, etwas, das mir geholfen hatte, das Mißtrauen und den Verdacht zu zerstreuen, den sämtliche Leute Reportern gegenüber zu hegen scheinen. Wenn alle Stricke reißen, sag die Wahrheit.
Ich befand mich unmittelbar hinter ihnen, als Zitin den Schlüssel in seinen 300 Z steckte. Er ging um das Auto herum zur Beifahrerseite und öffnete Jane die Tür.
»Entschuldigen Sie«, sagte ich. »Haben Sie vielleicht einen Augenblick Zeit?«
Sie drehten sich zu mir um, und Jane schaute mich kühl an. Zitins Blick huschte zu mir, dann zurück zu ihr, und das wiederholte sich einige Male. Er war schon jetzt nervös.
Ich trat noch einen Schritt auf den dunkelblauen Sportwagen zu und fragte mich, wie es kam, daß sich Assistenzärzte diese Art fahrenden Untersatz leisten konnten. Aber vielleicht stammte er ja aus einer wohlhabenden Familie?
»Ja, Mr. ...«, sagte sie. »Denton war Ihr Name?«
»Ja, Harry Denton.« Ich zögerte einen Augenblick, dann setzte ich alles auf eine Karte. »Was ich vorhin sagte, ist wahr.

Ich bin ein alter Freund der Familie. Ich kenne Rachel und Connie schon, seit wir zusammen studierten. Aber ich bin auch Privatdetektiv, und Rachel hat mich gebeten, Conrads Tod zu untersuchen.«

Okay, ganz bei der Wahrheit blieb ich also nicht. Rachel hatte mich in Wahrheit engagiert, um ihm den Ärger mit seinem Buchmacher vom Hals zu schaffen. Aber da alles immer relativ ist, war diese Wahrheit der tatsächlichen so nahe, daß sie vorläufig ausreichen würde.

Zitin wurde sichtlich rot. Er war etwa so ruhig wie ein Vierzehnjähriger, der sich mit dem *Playboy* des letzten Monats im Bad eingeschlossen hat und dabei erwischt wird. Janes Augen verengten sich zu Schlitzen, während sie mich ansah. Ich glaubte, daß sie sich irgendwo zwischen mißtrauisch und sexy bewegte, bis ich feststellte, daß mir die Sonne über die Schulter schien und sie blendete. Innerlich mußte ich grinsen, denn ich erinnerte mich an das, was mein Vater mir im Zusammenhang mit seiner Zeit als Flieger im Zweiten Weltkrieg gesagt hatte: Komm deinem Feind immer mit der Sonne im Rücken entgegen.

»Privatdetektiv«, wiederholte sie. »Ich lag also richtig, als ich das Gefühl hatte, Ihren Namen schon einmal gehört zu haben. Sie waren derjenige, der die Leiche entdeckte.«

»Ja, das stimmt so in etwa.«

»Ich würde meinen, Sie sollten sich vielleicht mehr Gedanken darüber machen, welche Nachforschungen die Polizei über Sie anstellt«, entgegnete sie kühl.

»Nun, ich habe ein, zwei Unterredungen mit ihr gehabt.«

»Das kann ich mir denken. Und was wollen Sie von uns?«

Zitin trat, wie ich bemerkte, nervös von einem Bein aufs andere. Ich bin kein Experte für Körpersprache, aber wenn jemand Angst hat, sehe ich es.

»Ich versuche mir ein Bild von Dr. Fletchers Beziehungen

zu seinen Krankenhauskollegen und in der Medical School zu machen. Ich hörte, daß Sie und Dr. Fletcher sich nicht unbedingt gut verstanden, und da habe ich mich gerade gefragt, ob Sie bereit wären, mir darüber etwas zu erzählen.«
Zitin schürzte die Lippen, scheinbar irritiert, als würde er irgendwo erwartet und durch mich daran gehindert, hinzugehen. Was vermutlich auch so war.
»Im Moment paßt es nicht besonders gut«, meinte Jane. »Wir haben beide Termine.«
»Kann ich vielleicht irgendwann im Krankenhaus vorbeischauen?«
»Wir sind zur Zeit schrecklich eingespannt«, kam es wie aus der Pistole geschossen von Zitin.
»Es wird nicht lange dauern.«
»Ich weiß nicht ...«, begann er.
Jane unterbrach ihn. »Ich nehme an, daß Sie es verdächtig finden werden, wenn wir nicht mit Ihnen sprechen, stimmt's?«
Ich lächelte sie an. »Vermutlich.«
»Dann nehme ich mir die Zeit, mit Ihnen zu reden. Melden Sie sich beim Empfang. Man wird mich verständigen. Bist du damit einverstanden, Albert?«
Zitin blickte finster drein, denn er wollte einerseits nichts damit zu tun haben, andererseits sie aber auch nicht brüskieren. »Ja, ich glaube schon.«
Ich bedankte mich bei ihr.
Jane Collingswood stieg schon ins Auto, als sie sagte: »Da ist noch eine Sache.«
Ich drehte mich um. »Ja?«
»Die meisten von uns kamen vor allem her, um sich zu vergewissern, daß er auch wirklich tot ist.«
»Jane!« mahnte Zitin. Er stolperte förmlich über die eigenen Füße, als er ihr ins Auto half. Dann ging er zur Fahrer-

seite, setzte sich hinters Steuer, legte einen Kavaliersstart auf dem Parkplatz hin und rauschte ohne zu bremsen in den Verkehr. Ich stand grinsend in der heißen Sonne.
Ich konnte verstehen, warum er in sie verliebt war.

Zurück im Beerdigungsinstitut, erblickte mich James in der Eingangshalle.
»Ich habe gesehen, daß du Dr. Collingswood und Dr. Zitin kennengelernt hast«, sagte er, als wir in einer Ecke weitab von den anderen, in der Nähe der geschwungenen Treppe, standen.
»Ja, aber sie wollten nicht mit mir sprechen. Wir haben uns für später verabredet. Und jetzt erzähl mir, wieso du hier bist! Du mochtest Fletcher nicht gerade. Warum erweist du ihm die letzte Ehre?«
James senkte leicht den Kopf, und eine Locke seines langen Haars fiel ihm in die Stirn. »Die meisten von uns sind hergekommen, um sich zu vergewissern, daß der Kerl auch wirklich tot ist.«
»Du bist der zweite, der das in den letzten fünf Minuten zu mir gesagt hat. Was ist hier los, Mann? Wie kommt es, daß alle Fletcher haßten? Aber ehrlich.«
James schaute sich um, um sicherzugehen, daß niemand ihn hören konnte.
»Die medizinische Fakultät ist hart genug, auch ohne von so einem oberschlauen Hurensohn schikaniert zu werden, weil er einen nicht mag.«
»Jetzt mach mal halblang, James.«
Er wurde etwas zornig, behielt aber einen kühlen Kopf. »Ich bin kein Dummy, Harry. Und ich arbeite mir den Arsch ab. Was ich nicht gut kann, ist, anderen in den Hintern kriechen. Und die einzige Art, bei Fletcher irgend etwas zu erreichen, war, entweder genau das zu tun oder, wenn man

zu der Art Frauen gehörte, für die er sich interessierte, die Beine breit zu machen.«
»Das ist heutzutage eine ziemlich ernstzunehmende Anschuldigung«, erwiderte ich. »Wie kommt es, daß er sich noch keine Anklage wegen sexueller Belästigung eingehandelt hat? Frauen finden sich damit nicht mehr so ab wie früher.«
»Ich habe keinen Zweifel, daß das eines Tages passiert wäre, auf die eine oder andere Art. Tatsächlich haben sich ein paar Frauen vorgewagt, aber schließlich verließen sie alle auf mysteriöse Weise die Schule, bevor irgend etwas anderes geschehen konnte. Verstehst du, Harry, er wußte, daß sich für jeden Medizinstudenten alles nur darum drehte, die Medical School zu überleben. Weißt du, was passiert, wenn man auf der Med School durchrasselt, Harry? Man arbeitet als Vertreter der Pharmaindustrie, oder man endet damit, daß man so einen Laden wie diesen hier verwaltet ...« Er machte mit seinem Arm eine die Umgebung einschließende Bewegung. »Fletcher hatte so seine eigene Art, einem etwas zu verdeutlichen«, fuhr James fort. »Er wußte, daß die meisten von uns alles tun würden, um auf der Med School bleiben zu können. Und er war grausam und politisch mächtig. Ich weiß nicht, ob er Fotos vom Dekan zusammen mit einer Braut hatte oder so etwas, aber niemand stellte sich Fletcher in den Weg. Ich haßte den Kerl, das gebe ich zu. Es ging das Gerücht, daß er versuchte, Jane Collingswood rauszuwerfen. Er war scharf auf sie und spielte angeblich mit dem Gedanken, sie zu feuern, wenn sie nicht mit ihm in die Falle hüpfte.«
Ich konnte Jane Collingswood nur schwerlich mit dem Begriff »in die Falle hüpfen« in Zusammenhang bringen. High-School-Cheerleader taten so was. Bei Jane Collingswood war etwas viel Eleganteres gefragt.

»Und Zitin ist offensichtlich in sie verknallt«, sagte ich.
»Das ist das halbe Krankenhaus«, entgegnete James. »Aber ich bin mir nicht sicher, ob Zitin weiter gediehen ist als der Rest von uns.«
»Und auch Fletcher hatte kein Glück.«
»Er war drauf und dran, Janes Leben zu ruinieren. Zumindest beruflich. Wenn man durch die Assistenzzeit fällt, ist man zwar immer noch Arzt, aber es ist nicht sehr wahrscheinlich, daß man mit einem solchen Vermerk im Lebenslauf noch irgend etwas anfangen kann.«
»Was hattest du noch über das hohe Einkommen von Ärzten gesagt?«
James lächelte. »Wenn sie gut sind, dann trifft das zu.«
»Genügend Geld, um dafür jemanden umzubringen?«
Er schüttelte den Kopf. »Wach auf, und sieh die Realität. Ohne mit der Wimper zu zucken, Harry, ohne mit der Wimper zu zucken.«

KAPITEL 15

Ich verdrückte mich still und leise, ließ den Ford an und fuhr hinaus auf die Kreuzung zwischen Division und der 21st Avenue, nahe der Rechtsfakultät, dann in die 21st Avenue, bis ich einen Parkplatz vor dem Medical Arts Building fand. Ich hatte keine Vorstellung, wann die Schichtablösung im Krankenhaus war, aber das würde ich schon herausfinden.

In dem Beerdigungsinstitut hatte ich vor meinem geistigen Auge wieder und wieder die Nacht mit Fletchers Ermordung abgespult. Ich lief den langen Gang entlang, dann sah ich jene Schwester aus einem Zimmer kommen. Ich konnte es nicht mit Sicherheit sagen, aber ich meinte mich zu erinnern, daß es dasselbe Zimmer war, in dem ich Fletcher gefunden hatte. Doch die Beleuchtung war schummrig, es war spät, ich war müde, und mein Bein tat mir weh. Meine Augen sind nicht mehr so gut wie früher, und wenn man auf einem langen Gang mit zahlreichen identischen pastellfarbenen Türen auf beiden Seiten steht, dann wirkt alles verschwommen.

Plötzlich kam es mir, und ich hätte mich ohrfeigen können, daß mir das nicht schon früher aufgefallen war. Das wäre es wohl, wenn ich in den letzten Tagen nicht genügend Schläge für das ganze nächste Jahr eingesteckt hätte.

Ich erinnerte mich an die Schwester und an den vielleicht zwei Sekunden dauernden Blick, den ich auf sie werfen konnte, als sie den obersten Knopf ihrer Schwesterntracht zumachte und nervös die Falten glattstrich. Aber woran ich mich vor allem erinnerte, war, daß Marsha Helms, meine Bekannte bei der Pathologie, gesagt hatte, daß Conrad

Fletcher es geschafft hatte, die hormonelle Achterbahn ein letztes Mal zu besteigen, bevor ihn jemand erledigte. Ohne zu taktlos sein zu wollen, möchte ich doch anmerken, daß mir Conrad nicht der Typ zu sein schien, der in seine rechte Hand verliebt war. Also war wohl die Schwester meine Kandidatin, und alles, was ich jetzt noch tun mußte, war, sie zu finden.

Auch der Zeitfaktor spielte eine Rolle. Ich hatte gegenüber der Polizei einen Vorteil, nämlich den, daß Marsha mir die Autopsieergebnisse schon vorher zugespielt hatte. Normalerweise ging der vollständige Autopsiebericht erst dann an die Polizei, wenn die toxikologischen Untersuchungen abgeschlossen waren, und das dauerte mindestens zweiundsiebzig Stunden. Und das hieß, daß ich bis zum Ablauf der zweiundsiebzig Stunden der einzige war, der wußte, daß Conrad Fletcher seine letzten Augenblicke auf dieser Erde damit verbracht hatte, sich sexueller Leidenschaft hinzugeben. Wenn ich aus meinem Wissen Nutzen ziehen wollte, mußte ich mich beeilen.

Es war einfach ein Riesenspaß, wieder in der Klinik zu sein. Meine Erinnerung an Fletchers Todesnacht wurde sogar noch lebhafter. Ich lief den Gang hinunter, vorbei am Informationsschalter, zu den Aufzügen, dann hinauf in den vierten Stock. Instinktiv begann mein Knöchel zu pochen, als würde die reine Rückkehr ins Horrorhospital eine Schmerzaura mit sich bringen.

Ich lächelte erneut über die Ironie des Schicksals, das einen Arzt an seinem Arbeitsplatz hatte ermorden lassen. Es war irrsinnig lustig, solange man nicht der Arzt war, der sterben mußte. Krankenhäuser sind ein guter Ort zum Sterben, zumindest wurde mir das gesagt. Vermutlich ebenso gut wie jeder andere Ort.

Ich hielt kurz am Schwesternzimmer an, wo dieselbe Frau,

die vor zwei Tagen dagewesen war, immer noch vor dem Computerterminal saß und Zahlen eingab, während der grüne Schein des Bildschirms vor ihr tanzte. Sie schaute sich nicht um. Es war noch so früh, daß Besuchern der Aufenthalt erlaubt war. Hinter der Glasscheibe war sonst niemand, und so machte ich kehrt und lief denselben Gang hinunter wie in der Todesnacht. Mein Nackenhaar kräuselte sich.
Wagen mit Tabletts standen rechts und links des Flurs. Schwestern huschten mit Fieberkurven, Stethoskopen und Klemmbrettern hin und her. Das Personal war jetzt geschäftig, bevor die Patienten in die Vergessenheit glitten und ihre Familien über Nacht die Klinik verließen. Ich war dankbar für die Betriebsamkeit und all die Besucher, die auf den Gängen rumliefen. In dem Chaos fiel ich weniger auf.
Ich schaute mir unauffällig alle Gesichter an, die mir begegneten, bemüht, daß mich niemand erkannte. Ich suchte nach der Schwester oder anderen Personen, die sich in jener Nacht dort befunden haben mochten. Die Polizei hatte mit Sicherheit alle befragt, aber sie wußte nicht, was ich wußte. Zumindest *noch* nicht. In diesen Gängen lief irgendwo eine Frau herum, die die letzten Augenblicke mit einem Mann verbracht hatte, der jetzt tot war. Vielleicht war sie seine Mörderin, vielleicht auch nicht. Auf jeden Fall wollte ich mit ihr sprechen.
Das einzige Problem war, daß niemand, den ich sah, so ausschaute wie sie. Ich ging weiter. Das rote Schild am Flurende leuchtete immer noch wie zuvor. Ich versuchte mich daran zu erinnern, welche Tür ich geöffnet hatte, als ich Fletcher fand. Ich glaubte, es sei die letzte gewesen, und ich war nur noch drei Meter davon entfernt, als sich ebendiese Tür öffnete und sie heraustrat.
Wir blieben beide abrupt stehen, und als sich unsere Blicke trafen, erkannten wir einander. Sie starrte mich einen Mo-

ment lang mit offenem Mund an und drückte das Klemmbrett fest an ihre Brust.
»Sie ...«
»Ja, ich«, sagte ich. Dann wurde mir klar, daß es sich bei ihr nicht um die Schwester handelte, die aus dem Zimmer gekommen war, sondern um die junge Schwester, die mich gefunden hatte, nachdem ich einen Schlag über den Kopf bekommen hatte.
»Hallo«, begrüßte ich sie und streckte ihr die Hand hin. »Ich hatte noch keine Gelegenheit, mich bei Ihnen für die Hilfe neulich nachts zu bedanken. Wenn Sie nicht gekommen wären, weiß ich nicht, wie lange ich noch dort liegengeblieben wäre.«
Sie nahm eine Hand vom Klemmbrett und gab sie mir, ohne die meine zu drücken. Auf ihrem Namensschild stand JACQUELYN BELL.
»Oh, das war doch selbstverständlich«, sagte sie. »Wie fühlen Sie sich?«
»Viel besser.« Ich lächelte sie so liebenswürdig an, wie es mir möglich war. Vielleicht konnte sie mir helfen. »Die Beule am Kopf ist fast weg. Übrigens habe ich nach Ihnen gesucht, Schwester Bell. Gibt es hier einen Ort, an dem wir miteinander sprechen können? Unter vier Augen, meine ich. Es wird nicht lange dauern.«
»Ja«, sagte sie zögernd. Ihre Stimme war gedehnt, die Stimme eines jungen Mädchens, das auf dem Land aufgewachsen und in Nashville zur Schule gegangen ist und sich in die Großstadt verliebt hat, ein teures Auto fuhr, das es sich nicht leisten konnte, in einem vorwiegend von Singles bewohnten Apartmentblock lebte und seine Wände mit männlichen Pin-ups pflasterte. »Wir sind zur Zeit ziemlich beschäftigt.«
»Es ist wichtig, Miss Bell. Sie gehören zu den wenigen

Personen, die wirklich wissen, was sich in jener Nacht hier abgespielt hat.«

»Warten Sie einen Moment. Ich habe keine Ahnung, was sich da abgespielt hat. Das habe ich der Polizei auch schon gesagt. Ich habe nur Sie gefunden und ...«

»Nein, das ist es nicht, was ich meine. Natürlich wissen Sie nicht, was mit Dr. Fletchers Mörder geschah. Ich spreche von dem, was sich abspielte, nachdem Sie mich auf dem Gang gefunden haben.«

Ich machte eine verlegene Pause und überlegte, wie ich es in Worte fassen könnte. »Hören Sie, Jacquelyn. Darf ich Sie Jacquelyn nennen?«

Sie nickte.

»Kommen Sie schon. Ist das Zimmer hier leer? Vielleicht können wir einen Moment da hineingehen?« Sie blickte sich nervös um, als wäre ich ein geiler alter Bock, der ihr vor dem Pausenhof ihrer Schule ein Bonbon angeboten hätte. »Es wäre wirklich besser, wenn wir allein miteinander sprechen könnten. Was ich Ihnen zu sagen habe, ist nicht für fremde Ohren bestimmt.«

Nun hatte ich sie. Ihre Neugierde gewann die Oberhand, und sie öffnete die Tür neben uns und führte mich in ein leeres Krankenzimmer. Wir standen in dem schwachen Licht der Leuchtröhre am Kopfende des Betts.

»Ich heiße Harry Denton und bin Privatdetektiv.« Ich zog meine Lizenz aus der Tasche und ließ sie aufschnappen, mit der auffallenden Gold-Chrom-Marke, die ich bei einem Versandhaus erstanden hatte. Die Marke war unglaublich beeindruckend. Und völlig wertlos.

»Privatdetektiv?« flüsterte sie neugierig.

»Ja. Ich war in der Nacht hier, um Dr. Fletcher zu suchen. Seine Familie hatte mich engagiert, weil sie der Meinung war, er sei in Schwierigkeiten. Und sie wollte, daß ich ihm

da raushelfe. Jedenfalls war ich dabei, ihn zu suchen, aber ich war ein bißchen zu langsam. Jemand erwischte ihn, bevor ich zum Zuge kam, und brachte ihn um.«
Sie nickte. »Ja, das ist mir bekannt.«
»Was Sie nicht wissen, ist jedoch, daß ich ... nun, sagen wir, einen Freund habe, der mich einen Blick auf die Autopsieergebnisse werfen ließ, bevor sie an die Polizei weitergegeben werden.«
Sie riß die Augen auf – eine junge Frau, die alles darum gegeben hätte, etwas zu erfahren, das sonst niemand wußte. »Und?«
»Fletcher hatte, bevor er getötet wurde, und zwar direkt davor, da hatte er ... Geschlechtsverkehr, Jacquelyn.«
»Das ist doch nicht Ihr Ernst?« rief sie verblüfft aus. »Sie meinen ...?« Und sie zeigte hinter sich.
»Ja«, bestätigte ich. »In diesem Zimmer.«
»Wow! Ich wußte, daß er ein widerlicher Lüstling war, aber jemanden direkt hier auf dem Boden ... Das ist die Höhe!«
»Nun, Sie wußten, was für ein Typ er war, stimmt's?« Wenn das keine Zeugenbeeinflussung war ...
»Allerdings. Das war allgemein bekannt. Er hat's bei jeder versucht. Ein richtiger Schleimscheißer war er.«
»Ja, das war er wohl. Aber seine Familie liebte ihn. Fragen Sie mich nicht, weshalb. Und sie hat mich engagiert, um herauszufinden, wer ihn tötete.«
»Aber was ist mit der Polizei?«
»Nun, Sie wissen ja, wie die Polizei ist«, antwortete ich in vollem Vertrauen, daß sie nicht die leiseste Vorstellung davon hatte. »Sie hat ihren eigenen Zeitplan, ihre eigenen Methoden. Manchmal decken sich die Interessen von Polizei und Familie nicht. Ich bin damit beauftragt, die Interessen der Familie zu vertreten, sicherzustellen, daß sie wahr-

genommen werden. Das verstehen Sie doch, oder? Wenn so etwas in Ihrer Familie passieren würde, selbst einem Mitglied, das Sie nicht mögen, würden Sie wollen, daß Ihre Interessen geschützt werden. Oder etwa nicht?«
Sie überlegte einen Augenblick. »Ich habe tatsächlich einen Cousin, der mich stark an Fletcher erinnert. Wenn ihn jemand tötete, ja, dann würde ich wollen, daß meine Familie geschützt wird.«
»Also helfen Sie mir, Jacquelyn. Ich muß herausfinden, wer es war, mit dem Fletcher ein Verhältnis hatte, wenn man es so nennen mag. Sie wissen, was sich hier oben abspielt. Wer könnte es sein?«
Jacquelyn machte ein paar Schritte zurück und legte das Klemmbrett aufs Bett. Sie war jung, hübsch, naiv und fand es aufregend, im Mittelpunkt der Aufmerksamkeit zu stehen.
»Nun«, säuselte sie, »ich habe ein paar Gerüchte gehört.«
Sie neckte mich jetzt, nur wußte ich es, war mir aber nicht sicher, ob wiederum sie es wußte. »Was für Gerüchte?« fragte ich und trat ganz ruhig einen Schritt auf sie zu. Vielleicht erwartete sie, daß ich sie anmachte. Möglicherweise sollte ich das tun. Was haben Krankenzimmer nur an sich, daß sie die Leute so scharf werden lassen? Dann erinnerte ich mich daran, daß Rachel behauptet hatte, daß sich da einiges abspielt, sobald die Patienten dem Personal den Rücken zukehren. »Also, was haben Sie gehört?« Jetzt flirteten wir und hatten dabei unseren Spaß.
Ich legte kurz den Charme eines Humphrey Bogart auf, der in *Tote schlafen fest* die Buchladenverkäuferin becirct. Dann wollte ich sehen, ob ich meine Doghouse-Riley-Imitation noch zusammenbrachte.
»Nun«, flüsterte sie mit geschürzten Lippen, »wir haben um Mitternacht Schichtwechsel. In der Regel gehen wir dreimal

in der Woche alle zusammen rüber in die Commodore Lounge im Holiday Inn. Aber in letzter Zeit war eines der Mädchen von meiner Schicht nach der Arbeit nicht dabei. Es sagte mir jemand, sie habe ein Verhältnis mit einem der Ärzte. Einem verheirateten.«

Ich grinste sie an, was dazu führte, daß auch sie ihr Gesicht zu einem teuflischen Grinsen verzog. »Und Sie meinen, dabei hat es sich möglicherweise um Fletcher gehandelt?«

»Das heißt zwar nicht, daß er der einzige Arzt war, der seine Frau betrog, aber wenn Sie mich fragen, dann steht er ganz oben auf der Liste.«

»Jacquelyn, Darling, ich habe Sie ja gefragt. Und ich bin froh, daß ich es getan habe. Sie waren mir eine große Hilfe. Wer ist sie?«

Jacquelyn schwieg nun einen Augenblick. Entweder spielte sie die Zurückhaltende, oder sie fragte sich tatsächlich, ob sie zuviel geredet hatte. Ich versuchte eine List zu finden, um sie dazu zu bewegen, fortzufahren.

Plötzlich schüttelte sie den Kopf und stemmte die Hände in die Hüften. »Warum eigentlich nicht? Ich bin mir sicher, LeAnn hat mit der Sache nichts zu tun. Sie ist ein liebes Mädchen. Ich kenne sie jetzt einige Monate. Sie ist unglaublich süß.«

Ja, dachte ich, so gottverdammt knackig. »Wie ist LeAnns Nachname? Ich möchte mir ihr sprechen.«

»Oh, ich bin mir sicher, da ist alles in Ordnung. LeAnn wird nichts dagegen haben. Ihr Nachname ist Gwynn, LeAnn Gwynn.«

Ich buchstabierte den Familiennamen laut, um sicher zu sein, daß ich ihn richtig verstanden hatte. Dann fragte ich: »Wo ist LeAnn jetzt? Hier auf dem Stockwerk?«

»Nein, heute abend hat sie frei.«

»Können Sie mir sagen, wo sie wohnt?«

»Nun, nicht genau. Ich war noch nie bei ihr, aber irgendwo in der Franklin Road.«
»Ich schaue im Telefonbuch nach.«
»Sie hat eine Geheimnummer. Sie hat mir erzählt, daß so ein Kerl sie immer anrief und belästigte. Der übliche Mist, wissen Sie. Ich mußte meine Nummer erst letzten Monat ändern lassen.«
»So was! Tut mir leid, das zu hören.«
»Das braucht es nicht«, entgegnete sie. »Der Mann war ein Scheißkerl.«
»Wie erreichen Sie sich dann in Notfällen?«
»Oh, das ist leicht. Wenn wir Personal zu den Geschäftszeiten oder nachts anrufen wollen, kann der Informationsdienst die Nummer per Computer abfragen. Nur soll das niemand wissen. Hören Sie, Harry, wir sind heute abend drüben im Commodore. Warum kommen Sie nicht auf einen Drink mit?«
Ich war alt genug, um ihr Vater zu sein, oder zumindest ihr wesentlich älterer Bruder. Um der Wahrheit die Ehre zu geben, bin ich in dem Alter, wo der Gedanke, an einem Tisch mit zweiundzwanzigjährigen Krankenschwestern zu sitzen, mich mehr einschüchtert als begeistert. Du meine Güte, was sollte ich denn zu ihnen sagen?
»Im Commodore um Mitternacht, hm? Gut, ich werde versuchen zu kommen.«
Sie lächelte. »Ich muß jetzt zurück an die Arbeit. Wir sehen uns heute nacht.«
»Okay. Und danke für Ihre Hilfe.«
Sie lächelte unheimlich süß und unschuldig, als sie aus der Tür ging. Vielleicht lag es daran, daß ich die Dinge mal wieder in einem zu schlechten Licht sah, aber wenn Jacquelyn Bell ein unschuldiges junges Mädchen war, dann war ich ein linkshändiger japanischer Stabhochspringer.

Ich ging wieder den Gang Richtung Schwesternzimmer hinunter, hielt am Münzfernsprecher vor den Aufzügen und blätterte in dem dicken Telefonbuch, das an einer Kette baumelte. Doch da stand weder eine LeAnn Gwynn noch eine L. Gwynn oder eine Variation davon drin.
Der Aufzug vor mir öffnete sich, und eine ganze Gruppe kam heraus. Einer der Männer hatte einen weißen Arztkittel an, auf dem mit grünem Garn auf der linken Brusttasche DR. MED. GORDON EVANS gestickt war und darunter NEUROCHIRURGISCHE ABTEILUNG. Ich klappte das Telefonbuch zu, ging den Flur entlang und fand ein weiteres leeres Zimmer. Dort hob ich den Hörer ab und wählte die Null. Einen Augenblick später ertönte eine Stimme aus der Telefonzentrale: »Kann ich Ihnen behilflich sein?«
»Ja, hier spricht Dr. Gordon Evans, Neurochirurgie, im vierten Stock West.«
»Ja, Dr. Evans?«
»Ist das Personalbüro noch geöffnet?«
»Nein, Sir. Es schließt um Viertel vor fünf.«
»So ein Mist! Wir haben einen Patienten, der seit gestern Medikamente erhält, aber die Schwester, die für den Papierkram zuständig war, hat nicht notiert, um welche Uhrzeit damit begonnen wurde. Ich fürchte, wir sind alle in Schwierigkeiten, wenn wir nicht herausfinden, wann die Medikation begann. Und das ist mir nicht möglich, weil die Schwester heute frei hat und niemand hier oben ihre Geheimnummer kennt.«
»Ich kann sie über den Computer abfragen, Dr. Evans. Wie heißt sie?«
Ich lächelte. Es gibt Buchstaben, die eine magische Wirkung haben, wie zum Beispiel Dr. med.
»Schwester Gwynn, G-W-Y-N-N. Vorname LeAnn.«
»Okay, bleiben Sie bitte einen Augenblick am Apparat.«

Kurz darauf war sie wieder dran. Ich notierte die Nummer. Es war zweifellos ein Anschluß in Melrose. »Ist das alles, Dr. Evans?«
»Im Moment ja, danke.«
»Gern geschehen«, erwiderte sie.
Ich war mir sicher, daß das zutraf.

KAPITEL 16

Ich konnte in mein Büro zurückkehren und im Post-Adreßbuch nachsehen, aber diese verdammten Dinger sind bekannt dafür, daß sie entweder veraltet oder ganz einfach falsch sind. Und in diesem Fall mußte ich absolut auf Nummer Sicher gehen.

Ich legte den Hörer auf und horchte angestrengt, in der Hoffnung, daß man mich während der nächsten Minuten nicht unterbrechen würde. Ich zog meinen Notizblock aus der Tasche, blätterte bis zu Lonnies Nummer und wählte sie.

Zu Lonnies Talenten gehörte – außer dem Car-hunting und der Herstellung explosiver Mischungen mit üblichen Haushaltsmitteln –, daß er ausgezeichnet mit Computern umgehen konnte. Er vermochte mit einem Computer mehr anzustellen als alle anderen, die ich je getroffen hatte. Das einzige Problem war, daß er im allgemeinen Stillschweigen darüber bewahren mußte.

Das Telefon läutete einige Male, dann hörte ich den Anrufbeantworter mit dem üblichen Text, gefolgt von dem deutlichen Signalton des Geräts.

»Drei zwei sieben«, sagte ich, schaute auf das Telefon vor mir und nannte die letzten vier Ziffern. Alle Krankenzimmer hatten eine Direktwahl.

Ich legte auf. Wenn Lonnie sich irgendwo in der Nähe befand, würde ich innerhalb der nächsten fünfundvierzig Sekunden einen Rückruf erhalten. Ich blieb etwa zwei Minuten wie angewurzelt neben dem Bett stehen, schaute auf die Uhr und wollte schon aufgeben, als das Telefon klingelte.

»Ja?« Es war Lonnie.
»Ich benötige deine Hilfe. Bist du gerade beschäftigt? Vielleicht mit dem Bau eines Atomsprengkopfs?«
»Kommt drauf an. Worum geht es?«
»Ich habe eine Telefonnummer und brauche die Adresse dazu.«
»Und die wäre?«
Ich las ihm die Nummer vor, dann hörte ich ihn weggehen. Ich stand weitere zwei Minuten herum und dachte mir Ausreden aus, für den Fall, daß die Sicherheitsbeamten der Klinik hereinkommen würden. Doch da war Lonnie wieder dran.
»5454 Franklin Road, Apartment 3 F. Ich glaube, das sind die Ponta Loma-Apartments.«
»Danke. Ich schulde dir was.«
»Keine Sorge, ich treibe meine Schulden gelegentlich ein.«
Dann wurde auf der anderen Seite sofort aufgelegt. Lonnie hatte mehrere Telefonleitungen, die auf seinen Schrottplatz führten. Bei dieser sprach man nicht zu lang und erwähnte niemals Namen.
Ich spähte aus der Tür. Der Flur war leer, und ich brauchte nicht lange, um mich von dort zu verdrücken.
Es war fast sieben, und ich starb vor Hunger. Es gab zwei Möglichkeiten: Entweder ging LeAnn Gwynn an ihrem freien Abend aus, und dann war sie sicherlich schon weg, oder sie blieb zu Hause. In beiden Fällen hatte ich Zeit zu essen. Ich hatte Lust auf ein spätes Frühstück, und so ging ich die 21st Avenue hinunter zum IHOP, dem International House of Pancakes. Restaurants schießen in dieser Stadt aus der Erde wie Pilze und verschwinden genauso schnell, wie sie gekommen sind, aber das IHOP war wie auch das Rotier's eine Einrichtung, die es immer geben würde. Ich hatte hier schon viele Mahlzeiten zu mir genommen,

und mein Cholesterinspiegel wußte ein Lied davon zu singen.
Ich trank meine dritte Tasse Kaffee aus, starrte auf den Teller, von dem ich das Eigelb und den Pancakesirup sauber heruntergewischt hatte, und machte mir klar, daß LeAnn Gwynn, sollte sie etwas mit Conrads Tod zu tun haben, wohl kaum mit mir darüber plaudern würde. Außer natürlich, wenn sie glaubte, ich besuche sie in amtlicher Mission. Ich hatte so etwas noch niemals zuvor getan. Doch schaffte ich die Gratwanderung, könnte ich damit davonkommen. Ich nahm meine Lizenz wieder aus der Tasche und schaute sie an. Paßbild, Phantasiemarke.
Zum Teufel, warum nicht?
Ich konnte nicht behaupten, ich sei Polizeibeamter, aber war es mein Fehler, wenn jemand derartige Schlußfolgerungen zog?

Ich fuhr die Eigth Avenue hinaus, bis sie zur Franklin Road wurde, vorbei am alten Melrose Theatre, den Einkaufszentren, Pfandhäusern, Spirituosenläden, Supermärkten und unter dem Autobahnkreuz hindurch. Die Dunkelheit hatte sich in dem Viertel der Stadt, in dem vorwiegend weiße Proleten vom Land wohnten, breitgemacht, und eine Sozialsiedlung in der Nähe fügte dem eine ausreichende Note Gefahr hinzu, so daß achtbare Bürger sich der Straße fernhielten. Und um das Bild zu vervollständigen, befand sich auch noch die beliebteste Schwulenbar der Stadt in diesem Viertel. An den meisten Abenden waren die Parkplätze ganze Straßenzüge entlang voll gestellt mit Autos von Leuten, die ins Mine Shaft Cabaret gingen.
Ich fuhr in den Ponta Loma hinein, einen in den frühen siebziger Jahren erbauten Apartmentkomplex, und verlangsamte die Geschwindigkeit. Damals war er wohl tod-

schick, aber er alterte nicht sehr vorteilhaft. Im Immobiliencrash der späten Reagan- und frühen Bush-Jahre haben Orte wie Ponta Loma wirklich gelitten. Die neuen Wohngebäude hatten offene Kamine, Deckenventilatoren, Saunas und Whirlpools. Vor zwanzig Jahren galt das Ponta Loma als vorbildlich, weil es zwei Schwimmbecken besaß. Ich bin im allgemeinen vorsichtig mit vorschnellen Urteilen, aber es war mir schleierhaft, warum LeAnn Gwynn hier lebte. Ich dachte immer, Krankenschwestern verdienten gut. Sie sollte sich etwas Besseres leisten können als das.

Ich fuhr langsam durch die Parkplätze und suchte nach Haus F. Es überraschte mich nicht, daß es hinter Haus E und vor Haus G lag. Und Sie dachten, ich würde mit dem Detektivkram nicht zurechtkommen!

Das zweistöckige Gebäude war lang und schmal, und von einem Flur innen gingen beidseitig Apartments ab. Wenn LeAnns Wohnung die Nummer 3 F hatte, befand sie sich wohl im ersten Stock. Lag sie auf der rechten Seite, dann hatte sie einen großartigen Blick auf den Parkplatz und die Müllcontainer. War sie jedoch links vom Flur, schaute man auf ein weiteres Gebäude. Ein nettes Leben, LeAnn. Kein Wunder, daß sie es während der Arbeit mit einem verheirateten Mann trieb.

Ich parkte den Wagen und machte die Lichter aus, dann saß ich ein paar Minuten da und versuchte ein Gefühl für den Ort zu bekommen. Es war ruhig. Keine Kinder tobten über den Parkplatz, kein Planschen ertönte vom Pool, keine Partys wurden auf dem Gemeinschaftsplatz gefeiert. Es war absolut nicht das, was ich erwartet hatte.

Jedes Gebäude hatte eine Reihe goldlackierter Briefkästen, wie man sie üblicherweise in Wohnblocks findet. Ich suchte nach 3 F. Es war ein kleines weißes Schild vorhanden, aber

weder LeAnn noch der Hausverwalter hatten sich die Mühe gemacht, ihren Namen darauf zu schreiben.
Wenn ich weiter hier vor LeAnns Wohnung herumhing, erfuhr ich mit Sicherheit nichts. Das erinnerte mich an meine Tage bei der Zeitung, wenn ich eine Story recherchierte und mich darauf vorbereitete, jemanden zu interviewen, der vermutlich nicht interviewt werden wollte. Ich wurde dann nervös, mein Magen verkrampfte sich, und ich trieb mich draußen herum und dachte mir Ausreden aus, um nicht hineingehen zu müssen. Es war manchmal schlimmer als ein Vorstellungsgespräch, obwohl das vielleicht ein wenig übertrieben ist. Schließlich ist das wie der Kopfsprung ins kalte Wasser. Das beste ist, sich die Nase zuzuhalten und einfach hineinzuspringen.
Ich klopfte an die Tür von Apartment 3 F.
In der Wohnung hörte ich sanfte Musik, die Art von Musik, die man beschönigend Light Rock nennt – Aufzugmusik für die geburtenstarken Jahrgänge.
Ich klopfte erneut, doch ich vernahm weder Schritte noch änderte sich die Lautstärke der Musik. Ich wollte schon aufgeben, als der Spion an der Tür dunkel wurde. Ich schaute genau dorthin, um sie wissen zu lassen, daß ich sie gesehen hatte.
»Miss Gwynn«, sagte ich, »kann ich Sie einen Augenblick sprechen?«
Der Spion wurde wieder hell. Dann drehte jemand einen Schlüssel um. Die Tür öffnete sich einen Spalt und wurde von einer der windigen Sicherheitsketten gehalten, die man mit einem lauten Rülpser hätte sprengen können. Ich zog die Lizenz und meine Marke heraus.
»Miss Gwynn, ich bin Detective Harry Denton. Ich würde Ihnen gerne ein paar Fragen stellen, wenn Sie erlauben.«

Jesus, Maria und Joseph, dachte ich. Spellman wird mich in der Luft zerreißen, wenn er davon hört.

Das halbverdeckte Gesicht hinter der Tür musterte die Lizenz, die Marke und mein Bild. »Haben Sie einen Durchsuchungsbefehl?« fragte sie.

Einen Durchsuchungsbefehl? Was zum Teufel hatte sie da drin?

»Nein, Ma'am«, antwortete ich und lächelte so nichtssagend, wie ich nur konnte. »Ich brauche keinen Durchsuchungsbefehl. Ich möchte Ihnen bloß ein paar Fragen stellen, und das wird auch nicht viel Zeit in Anspruch nehmen.«

Ihr Haar war kohlrabenschwarz, glatt, kurz geschnitten und mit Spray fixiert. Sie war ein wenig kleiner, als ich sie in Erinnerung hatte, aber schließlich hatte ich sie ja auch nur aus der Ferne gesehen. Eigentlich war ich mir noch nicht einmal sicher, daß es sich bei ihr wirklich um die Frau vom Flur handelte. Sie starrte mich eine Weile durch den Türspalt an, dann schloß sie die Tür. Ich hörte das Klicken der sich lösenden Kette, und gleich darauf drehte sich der Türknauf. Sie öffnete die Tür und stand einen Augenblick einfach nur so da. In dem Moment wußte ich, daß sie es war. LeAnn schaute mich merkwürdig an, als versuchte auch sie, mich unterzubringen. Daß ihr das gelang, wollte ich nun wirklich nicht. Es war also höchste Zeit, sie abzulenken.

»Ich weiß, Miss Gwynn, daß es für einen Besuch ein bißchen spät ist, aber wenn man einen Mord untersucht, vor allem einen Mord an einer so prominenten Person, dann kann man sich keine Verzögerungen erlauben. Darf ich eintreten?«

»Sicher«, sagte sie angespannt und schneidend. Sie hielt mir die Tür auf. Ich trat ein und sah mich um, dann machte ich einen Schritt zur Seite, während sie die Tür schloß und mich zur Couch führte.

Die Wohnung war ein zusammengestoppelter Mischmasch von gemieteten Möbeln, Schnäppchen, die sie über die Jahre von einem Platz zum anderen Platz geschoben hatte, und Krimskrams, den ihr Freunde und ihre Familie geschenkt hatten, weil sie sich etwas Neues gekauft hatten und ihre alten Sachen loswerden wollten.

Auch LeAnn Gwynn war eine Überraschung. Wie ich schon sagte, hatte ich sie noch nie aus der Nähe gesehen. Aber wenn Conrad Fletcher eine miese, widerliche, düstere Affäre mit einer heißen, leidenschaftlichen, lüsternen, nymphomanischen Krankenschwester hatte – und von diesem Szenario war ich bisher immer ausgegangen –, dann wäre LeAnn Gwynn die letzte gewesen, die ich in dieser Rolle vermutet hätte. Sie wäre noch nicht einmal in die engere Auswahl gekommen. Sie war zwar attraktiv, aber auf eine ganz gewöhnliche Art. Weder strahlte sie eine überwältigende sexuelle Energie aus, noch war sie lasziv. Es gab an ihr keine chirurgisch aufgewerteten Körperteile. Und sie hatte sicherlich nicht den teuren, edlen Geschmack, der wohl Conrad Fletcher eigen war. Eigentlich hatte LeAnn, wenn man es recht bedachte, überhaupt keinen Geschmack, außer diese Wohnung war eine Art Fassade, die sie benutzte, um alle irrezuführen.

Sie trug Jeans und ein weißes Männerhemd, das bis zur Schenkelmitte reichte. Mir schoß der Gedanke durch den Kopf, ob das Hemd Conrad gehörte, beschloß jedoch, mir diese Frage zu verkneifen. Sie ging zum Radio hinüber – ein Hi-Fi-Bodenmodell aus den späten Fünfzigern oder frühen Sechzigern – und drehte Gott sei Dank den gräßlichen Rock leiser. Dann setzte sie sich in den Sessel mir gegenüber, auf dem Zierdeckchen lagen, was sein abgenutztes Polster jedoch kaum verbarg.

»Was kann ich also für Sie tun, Lieutenant, Sergeant ...?«

»Nein, bitte nur Detective. Detective Denton.«
Sie lächelte unsicher durch eine vermutlich zehn Jahre alte Brille mit einem Plastikgestell, das mittlerweile total unmodern war.
»Okay, Detective Denton, was kann ich für Sie tun?«
Ich holte meinen Block und einen Kugelschreiber aus der Tasche. »Ich untersuche den Tod von Dr. Conrad Fletcher und hörte im Verlauf der Ermittlungen, daß Sie ihn kennen.« Kurze Pause. »*Wie* gut kannten Sie Dr. Fletcher?«
Sie schlug die Beine übereinander, wobei eine abgetragene Sandale nach vorne rutschte und am Fußende hängenblieb. Ich konnte ihre Angst spüren und merkte, daß ihre Ruhe nur oberflächlich war. Schließlich seufzte sie, als wäre sie erleichtert, es endlich loszuwerden.
»Hören Sie, Mr. Denton, wenn Sie die Antwort hierauf nicht schon wüßten, wären Sie gar nicht hier.«
Sie bekam wieder etwas Farbe im Gesicht. Ich sah jetzt, daß ihr Teint fast oliv war und ihre Augen beinahe so schwarz wie das Haar. Wenn ihr Gesicht entspannt war, war sie sogar auf eine Art hübsch, aber um ihre Augen waren die ersten Krähenfüße zu sehen und auch ein paar Falten um ihren Mund. Sie war älter, als sie ausschaute.
Ich legte den Stift und den Notizblock hin. »Da wir das nun geklärt hätten«, sagte ich, »wollen Sie mir vielleicht etwas darüber erzählen?«
»Ich weiß nicht, was Sie gehört haben, aber das meiste davon stimmt nicht.«
»Warum erzählen Sie mir nicht, wie es wirklich war?« schlug ich vor, wobei ich versuchte, meine Stimme warm und freundschaftlich klingen zu lassen.
Sie lehnte sich zurück, fast als wollte sie sich entspannen.
»Ja, ich war mit Conrad befreundet. Und ich bin mir sicher, daß all die dummen Gänse in der Klinik hocherfreut waren,

schmutzige Wäsche waschen zu können. Aber zwischen uns war es anders.«
»Anders? Inwiefern?«
»Ich lernte Conrad Fletcher vor etwa einem Jahr kennen, als ich in der I. C. U. assistierte. Dort trafen wir uns. Er war, wie Ihnen bestimmt jeder gesagt hat, fordernd, unsensibel, taktlos, ein Mann, für den man nicht leicht Sympathie empfand. Leider scheine ich immer bei dieser Art von Mann zu landen. Zum Beispiel in meiner ersten Ehe.«
»Ja?«
Sie seufzte wieder, ein Laut, der irgendwo zwischen Trauer und Verzweiflung lag. Es war schon seltsam. Ich war hierhergekommen in der Überzeugung, es mit einem widerlichen Vamp zu tun zu haben, und statt dessen saß jetzt ein ausgesprochen netter Mensch vor mir, ein weiteres Opfer.
»Ich habe eine Tochter und einen Sohn, Mr. Denton, und einen Exmann, der seit der Scheidung nicht eine einzige Unterhaltszahlung für sie geleistet hat. Die Kinder leben bei meiner Mutter in Alabama. Mein Sohn leidet unter Muskeldystrophie. Ich habe wieder angefangen, als Krankenschwester zu arbeiten, weil ich es mußte, aber ich konnte nicht gleichzeitig soviel arbeiten, wie ich das tue, und meine Kinder erziehen. Jeden Pfennig, den ich übrig habe, stecke ich in ihre Schulausbildung und in seine Arztkosten. Was auch erklärt, warum ich ... hier lebe.«
Ich begann mich wie die gute Imitation eines Arschlochs zu fühlen.
»Ich fahre jedes zweite Wochenende zu meinen Kindern. Ich rauche nicht, trinke wenig Alkohol, nehme keine Drogen und treffe mich nicht übermäßig oft mit verheirateten Männern.«
Ich beugte mich vor, stützte die Ellbogen auf die Knie und versuchte sie durch meine wenn auch nur schwach be-

herrschte Körpersprache zu entspannen. »Wie haben Sie Conrad kennengelernt?«
»Wir haben uns in der I. C. U. getroffen. Er tobte und raste wie üblich, kommandierte alle herum, machte sich unbeliebt. Und es gelang ihm auch, jede einzelne Frau des Personals zu beleidigen. Auf demselben Stock, in dem sich die I. C. U. befand, war ein Ärztezimmer. Eines Abends hatten wir eine Frage zu einem von Conrads frisch operierten Patienten, und es erwähnte jemand, daß er sich noch auf dem Stockwerk befinde. Keine der anderen Schwestern war bereit, allein zu ihm ins Ärztezimmer zu gehen. Der Grund war nicht so sehr, daß sie Angst hatten, sondern daß sie sich nicht die Hände schmutzig machen wollten.«
»Ja, ich verstehe«, sagte ich. Und das tat ich.
»Also meldete ich mich freiwillig. Ich ging davon aus, daß ich der letzte Mensch wäre, den er anmachen würde. Jedenfalls begab ich mich ins Ärztezimmer. Es war spät nachts, kurz vor Mitternacht, vor dem Schichtwechsel. Wir fragten uns alle, warum er noch da war, statt nach Hause zu fahren.«
Sie stand nervös auf und trat hinter den Stuhl. Ich folgte ihr mit dem Blick und sah etwas in ihr und in dem Bild, das ich mir von Conrad gemacht hatte, das ich niemals zuvor gesehen hatte.
»Er saß mit dem Rücken zur Tür auf einem Stuhl, wie man sie in Konferenzzimmern findet, die Ellbogen auf die Stuhllehne gestützt. Er war völlig bewegungslos, saß nur da und starrte aus dem Fenster über den Campus. Es war sehr dunkel, denn der Campus ist nachts nur schwach erleuchtet. Dr. Fletcher starrte also praktisch ins Leere.«
Ihr Blick schweifte nun auch einen Moment lang ab in der Erinnerung an das, was sie gesehen hatte. »Ich trat vor ihn hin und schaute ihn an«, fuhr sie fort. »Er schien wie in Trance. Und er weinte, Tränen liefen ihm übers Gesicht.«

Conrad Fletcher *weinte?* dachte ich.
»Aber er war ganz ruhig. Er gab kein Geräusch von sich, kein Schluchzen, gar nichts, es flossen nur Tränen. Ich kniete mich vor ihm hin und fragte ihn, ob er okay sei. Ich dachte, er habe vielleicht einen Schlaganfall. Er schaute mich lange an, ohne zu antworten. Dann griff er nach meiner Hand und hielt sie fest. Ich zuckte zusammen. Ich meine, ich dachte einen Moment lang, es sei nur wieder einer seiner alten Tricks. Aber er suchte bloß nach einer Art menschlichem Kontakt, glaube ich. Er war sehr sanft und lieb. Er sagte zunächst nichts, sondern hielt nur meine Hand. Schließlich entschuldigte er sich mit den Worten: ›Es tut mir leid.‹ Und er schüttelte den Kopf und riß sich irgendwie am Riemen. Ich fragte ihn nach seinem Patienten, er gab mir einige Anweisungen, und das war's. Vorerst ...«
»Was geschah danach?«
»Ich arbeitete nicht mehr in der Nachtschicht und begegnete ihm mehrere Tage nicht. Dann hatte ich wieder Spätschicht und sah ihn eines Nachts im Flur. Wir waren allein. Er kam zu mir und begann zu reden. Ich dachte wieder, daß er mich vielleicht anmacht, aber um Ihnen die Wahrheit zu sagen, ich bin einfach nicht die Art Frau, die oft angemacht wird.«
Nur weil die meisten Männer keinen Geschmack haben, dachte ich.
»Er erzählte mir von seiner Ehe und fragte mich, wie ich so lebe. Sobald er sein Theater bleiben ließ, nicht mehr herumschrie und sich nicht mehr aufführte, als wäre er der Allmächtige, konnte er recht verwundbar und sehr charmant sein. Er war kein glücklicher Mann. Eigentlich tat er mir leid. Das ist komisch, finden Sie nicht? Daß mir jemand anders leid tat. Er fragte mich, ob ich, wenn ich mit dem Dienst fertig sei, einen Kaffee mit ihm trinken gehen wolle.

Wohlgemerkt Kaffee, nichts Alkoholisches. Wir fuhren getrennt, jeder mit seinem Auto, und trafen uns in einem Restaurant, das die ganze Nacht geöffnet hat. Er war sehr korrekt, fiel nie aus der Rolle. Wir redeten ein paar Stunden miteinander. Ich lud ihn auf einen letzten Schluck zu mir ein, und er blieb über Nacht.«
Sie wandte sich ab und war eindeutig verlegen. Dieser Teil, das konnte ich sehen, war schwer für sie. Sie machte ein paar Schritte vor und zurück, dann drehte sie sich wieder mir zu.
»Ich weiß nicht, warum ich es tat. Ich hatte so etwas noch nie zuvor gemacht. Bei Gott, meine Urteilsfähigkeit in bezug auf Männer war noch nie brillant, aber kein Mann hatte jemals zuvor so mit mir gesprochen. Viele Männer haben *zu* mir gesprochen, aber er war der einzige, der je *mit* mir geredet hat. Die anderen sehen es nicht an ihm, weil er es sie nie sehen lassen wollte, aber er konnte sehr lieb sein. Was es für ihn leichter machte, war, daß ich ihn in jener ersten Nacht in einem schwachen Augenblick allein im Ärztezimmer überraschte. Es ist kein Geheimnis, daß Ärzte selbstsüchtig sind und mächtig erscheinen wollen. Conrad machte da keine Ausnahme. Aber aus irgendeinem Grund ließ er es sein, wenn er mit mir zusammen war.«
Wenn ich gesagt hätte, daß ich das nie erwartet hätte, wäre das der Bemerkung gleichgekommen, Saddam Hussein hätte nie geglaubt, daß irgend jemand seinen Arsch aus Kuwait kicken würde. Entweder war LeAnn Gwynn eine verdammte Lügnerin, oder ich hatte endlich jemanden gefunden, der den späten, großen Doc Fletcher irgendwie mochte. Wäre es möglich, daß es sich bei ihm doch um ein menschliches Wesen gehandelt hatte?
»Also wurde es etwas Ernstes?« fragte ich.
Sie hob den Kopf und blickte auf einen unsichtbaren Punkt über mir. »Ich kann nicht sagen, daß ich das wirklich weiß.

In letzter Zeit sahen wir uns häufig, aber ich habe ihn nie nach seiner Frau gefragt. Und wir haben auch nie über unser Verhältnis gesprochen. Ich weiß noch nicht einmal, ob ich in ihn verliebt war oder er in mich. Wir unterhielten uns und verbrachten Zeit zusammen. Und ja, Mr. Denton, wir hatten eine gigantische Zeit miteinander im Bett.«
So ganz konnte ich mir ein Grinsen nicht verkneifen. Ich hatte sie gebeten, ehrlich zu sein. Und bei Gott, das war sie gewesen.
»Warum glauben Sie, ist er immer wieder gekommen?«
»Das ist einfach. Ich weiß nicht, was ich ihm gab, aber was es auch gewesen sein mag, zu Hause bekam er es nicht.«
»Wo waren Sie in der Nacht, in der er ermordet wurde?«
LeAnn Gwynn schaute mich mit weit aufgerissenen Augen an. Ich bemerkte, daß sie Angst hatte.
»Wer sind Sie?«
»Miss Gwynn, ich sagte es Ihnen bereits. Ich bin ...«
»Nein«, unterbrach sie mich. »Ich erinnere mich jetzt an Sie. Verdammt noch mal, jetzt erinnere ich mich. Sie standen in dieser Nacht auf dem Flur. Ich habe mir gleich gedacht, daß ich Sie schon einmal gesehen habe!«
»LeAnn, ich ...«
»Wer sind Sie?« schrie sie. »Sie haben gesagt, Sie seien von der Polizei!«
»Nein, ich sagte, ich sei Detective.«
Mein Herz fing an zu rasen. Mir glitt die Sache aus den Händen.
»Sie sind nicht bei der Polizei?«
»Ich wurde von der Familie engagiert, um ...«
»*Sie* hat Sie engagiert! Ich glaube dieser verlogenen Hexe nicht. Sie hat Sie engagiert, um mir nachzuschnüffeln, damit Sie mir den Mord an Conrad anhängen.« Tränen traten ihr in die Augen. Die Zärtlichkeit, die sie vielleicht für

Conrad empfand, war nun von der Wut verdeckt, die sie mir entgegenbrachte. Auch ihre Angst war mit einem Mal verflogen, jetzt war sie nur noch sehr zornig. »Verschwinden Sie von hier!« befahl sie und ging zur Tür. »Und sagen Sie ihr, daß sie einen schweren Kampf vor sich hat, wenn sie versuchen sollte, mir diesen Mord in die Schuhe zu schieben.«
LeAnn drehte den Türknopf und riß die Tür auf, bevor ich eine Chance hatte, sie zu bremsen. Nicht, daß ich es tun wollte. Ich hatte mein Glück für einen Abend schon genügend herausgefordert.
»Miss Gwynn, ich versuche nur in Erfahrung zu bringen, was mit Fletcher passiert ist.«
Sie packte mich am Arm, drehte mich um meine eigene Achse, legte mir die Hand auf den Rücken und stieß mich aus der Wohnung. »Sagen Sie Rachel Fletcher, daß ich ihren Mann nicht getötet habe«, rief sie mir nach. »Ich mußte ihm zwar ein paarmal den Hintern versohlen, wenn er unartig war, aber umgebracht habe ich ihn nicht.«
Dann schlug sie die Tür zu.

KAPITEL 17

Die Interstate 65 zurück in die Stadt war so voll wie in der Rush-hour am Freitagnachmittag. Wo zum Teufel kam nur der ganze Verkehr her? Ich erinnere mich noch an Zeiten, als die Stadt um zehn Uhr nachts die Gehsteige hochklappte. Allerdings erinnere ich mich auch an Zeiten, als noch niemand einen Farbfernseher hatte.

Also wurde Conrad Fletcher von jemandem geliebt. LeAnn Gwynn behauptete zwar, nicht zu wissen, ob sie ihn liebte, aber ich erkannte Liebe, wenn ich sie sah. Irgend etwas sagte mir, daß ich soeben den einzigen Menschen getroffen hatte, der Connie vermissen würde.

Es war spät. Ich sollte nach Hause fahren und mich aufs Ohr hauen. Aber die Unterhaltung mit LeAnn Gwynn hatte mich zutiefst beunruhigt. Als Zeitungsreporter habe ich gelernt, daß die schlechteste Art, einer Story nachzujagen, die ist, von vornherein eine Vorstellung davon zu haben, wie die Story aussehen wird. Aber ich wußte auch, daß jeder, selbst der leidenschaftlichste Reporter oder Detektiv, dies tut. Es ist so natürlich, wie man sich, wenn man draußen dunkle Wolken sieht, einen Regenschirm schnappt. Man sieht Wolken und geht davon aus, daß es regnen wird.

Nur regnet es eben nicht immer. Manchmal bricht die Sonne durch und erleuchtet die Landschaft auf eine Weise, wie man es niemals zuvor gesehen hat. Und so fühlte ich mich jetzt. Die Sachlage hatte sich geändert.

Nicht, daß ich gewußt hätte, was ich dagegen tun könnte. Aber all meine Vermutungen waren in Frage gestellt.

Erstens war da eine Seite an Connie, von der ich vorher nichts geahnt hatte. Egal, wie er anderen erschien, es gab

eine Person, die ihn als liebenswert und verwundbar sah und – wie hatte sie es noch genannt? – als *charmant*.
Zweitens, und dies war die subtilste, aber auch verwirrendste Enthüllung: Ich war davon ausgegangen, daß Conrad Fletcher nachts herumrannte und mit jeder Krankenschwester in die Koje hüpfte, die dazu bereit war, bei Bubba Hayes Wetten abschloß und Sexorgien feierte, und nun stellte sich heraus, daß er vielleicht statt dessen in dunklen Krankenhausräumen saß, während ihm die Tränen übers Gesicht liefen.
Warum?
Diese Frage konnte nur ein Mensch beantworten. Ich hoffte, daß sie noch wach war. Ich bog mit einem Ruck nach rechts ab, ein bißchen zu kurz vor der langen schwarzen Limousine rechts hinter mir, und machte einen Schlenker, um die Einfahrt in den Four-Forty Parkway noch zu kriegen. Ich hörte jemanden hupen, nachdem ich die Limousine geschnitten hatte, und bemerkte, daß er die Richtung änderte, um mir zu folgen.
Großartig, dachte ich, ich habe auch ohne einen Streit mit einem anderen Fahrer schon genug Ärger. Für so was ist Nashville eine schlechte Stadt. In New York City ist die Hupe ein Kommunikationsmittel zwischen Fahrern, hier unten ist es eine Einladung zu einer Schießerei. Und ich war nicht in der Stimmung.
Ich drückte auf die Tube und zog davon, wobei die Ventile des Fords unter der Haube wie Flamencotänzer klapperten. Als ich etwa hundertzehn Stundenkilometer fuhr, warf ich einen Blick in den Rückspiegel und sah, daß er zurückgefallen war. Ich nehme an, der Typ war zu dem Schluß gekommen, daß es die Sache nicht wert war. Er hatte recht.
Ich schoß auf die Ausfahrt zur Hillsboro Road und fügte mich dann wieder in den Verkehrsfluß ein. Vor mir lagen

gut bewacht die gepflegten, exklusiven Villen von Green Hill im Dunkeln.
Ich fuhr rechts in die Golf Club Lane und drosselte die Geschwindigkeit. Nach ein paar Blocks bremste ich noch mal ab, bevor ich in Rachels Auffahrt einbog. Das Haus war bis auf ein paar Lichter ganz dunkel.
Ich schaltete wegen der leichten Steigung einen Gang runter. Als ich die Hälfte des Wegs zurückgelegt hatte, sah ich es. Ich trat abrupt auf die Bremse und machte die Scheinwerfer aus.
Ein Auto stand in der Auffahrt. Es war silbermetallic, vielleicht ein BMW oder ein Mercedes. Es war zu dunkel, um das festzustellen. Außerdem ragte nur das Wagenheck aus dem Garten hinter dem Haus, und das Nummernschild war auch nicht zu erkennen.
Rachel hatte Besuch. Ich sah auf die Uhr. Es war zweiundzwanzig Uhr fünfzehn. Ich saß einen Moment da und fragte mich, ob ich raufgehen und an die Tür klopfen sollte.
Wie dem auch sei, ich hatte vorher nicht angerufen, und es wäre unsagbar aufdringlich, mitten in der Nacht da hineinzuschneien. Das ging schon aus Gründen der Höflichkeit nicht. Außerdem waren es vermutlich entweder ihre oder Conrads Eltern. Sie würden es kaum gutheißen, wenn ein unbekannter Mann unerwartet der Witwe einen Besuch abstattete. Sie könnten das vielleicht falsch auffassen. Schließlich war morgen Conrads Beerdigung. Aus Respekt sollte ich zumindest weitere vierundzwanzig Stunden warten, bevor ich bei ihr einzog.

Was folgte, war eine ruhelose Nacht voller Träume: Conrad lag wieder unter mir, die Polizei tauchte auf, der Schlag auf meinen Kopf, wie ich auf dem Boden des Krankenhauses lag und die junge blonde Schwester über mir kniete, nur daß diesmal Rachel die Schwester war, dann war es LeAnn Gwynn und schließlich Marsha Helms. Ich wachte aus einem Traum auf, in dem ich auf dem Seziertisch lag und Marsha sich über mich beugte.

Ich war in Schweiß gebadet und hatte mich im Leintuch verheddert, während die ratternde Klimaanlage am Fenster sich mühte, Kaltluft in meine Dachwohnung zu blasen. Ich sah auf die Uhr. Es war kurz nach sieben. Heute, in weniger als sieben Stunden, würden sie Conrad beerdigen, und ich hatte noch nicht einmal eine Ahnung, wer er war. Ich befreite mich aus dem Laken und stolperte hinüber zur Klimaanlage. In besonders feuchtschwülen Nächten neigte das Scheißding dazu, zuzufrieren. Ich schaltete sie aus und zog die Plastikabdeckung herunter. Dann begab ich mich in das, was als meine Küche fungierte, schaltete die Kaffeemaschine ein und ging ins Bad.

Normalerweise dusche ich nicht morgens als erstes. Ich wache lieber langsamer auf, lasse den Tag mit einer Tasse Kaffee und der Zeitung in Ruhe angehen. Aber an diesem Morgen brauchte ich einen kräftigeren Wachmacher als Koffein. Das heiße Wasser rann über mich und fühlte sich herrlich an, wärmte mich auf und brachte wieder Farbe in mein Gesicht. Dann schloß ich die letzten fünfzehn Sekunden den Warmwasserhahn und ließ das kalte Wasser wie stechende Nadeln auf mich prasseln.

Eine Tür in meiner Wohnung führte auf einen wackligen Treppenabsatz, von wo man über eine verrostete Treppe zum Garten hinter dem Haus meiner Wirtin gelangt. Ich stieg sie hinunter und hob meine Zeitung, die auf dem Rasen lag, auf, dann schleppte ich mich mühsam zurück, um meinen Kaffee zu trinken.

Auf der Titelseite befand sich ein kurzer Artikel im Lokalbereich mit der Überschrift: »Ermordeter Arzt wird heu-

te beerdigt.« Über die Todesursache stand nichts drin, so daß ich hoffte, daß die Autopsieergebnisse noch nicht vorlagen.
Je mehr ich darüber nachdachte, desto mehr glaubte ich, daß die Hölle losbrechen werde, wenn Marshas Verdacht sich bestätigte, und ich wußte von früheren Jahren, daß das im allgemeinen der Fall war. Dann würden sich die Ermittlungen von fast überhaupt keinen offiziellen Verdächtigen auf eine ganze Fuhre davon verlagern. Man würde wohl davon ausgehen, daß nur Krankenhauspersonal an die Medikamente herankommen konnte, die Marsha als Todesursache vermutete. Das bedeutete, daß faktisch jeder in der Klinik als Täter in Frage kam: James Hughes oder jeder andere Medizinstudent; die überaus hübsche Dr. Collingswood oder der in sie vernarrte Dr. Zitin oder jeder einzelne der übrigen Assistenzärzte; jede Schwester, die Conrad angemacht hatte, einschließlich LeAnn Gwynn, die ihn liebte.
LeAnn Gwynns Geschichte, die am Abend zuvor noch so überzeugend gewirkt hatte, hielt im Tageslicht nicht mehr so ganz stand. Ich glaubte alles, was sie gesagt hatte, außer ihrer letzten Behauptung. Vielleicht hatte sie ihn nicht getötet, aber wenn sie es doch getan hatte, war sie nicht die erste, die ihren Liebhaber um die Ecke gebracht hatte. Es konnte doch sein, daß er die Beziehung beenden wollte. Morde waren schon aus geringeren Motiven begangen worden.
Und was war das für eine Sache mit dem Hintern, den sie ihm versohlte? Machte sie bloß Spaß, oder hatte Conrad zu allem Überfluß auch noch eine perverse Seite?
Ich hob den Hörer ab und wählte die Nummer des Leichenschauhauses. Vermutlich war es noch zu früh für Marsha Helms, aber ich wußte, daß meine alte Freundin Kay

Delacorte dort sein würde. Schichtwechsel ist um sieben, aber sie kam immer mindestens eine halbe Stunde früher, um sicherzustellen, daß alles unter Kontrolle war.
»Gerichtsmedizinisches Institut«, sagte sie.
Ich senkte meine Stimme. »Hallo, Darling.«
»Wenn das nicht der Countrysänger Conway Twitty ist!«
»In Fleisch und Blut, meine Liebe«, erwiderte ich, diesmal mit meiner normalen Stimme.
»Ja, aber in wessen Fleisch und Blut?« Sie lachte laut los. »Ein schlechter Witz für ein Leichenschauhaus. Zu früh.«
»Das sehen Sie richtig. Hören Sie, Kay, ich muß Marsha sprechen. Ist sie schon da?«
Es entstand eine lange, angespannte Pause. Kay nahm mich wieder auf die Schippe.
»Ist es diesmal geschäftlich oder zum Vergnügen?«
Ich überlegte einen Augenblick. »Vielleicht beides.«
»Ja? In welcher Reihenfolge?«
»Eindeutig zuerst das Vergnügen. Das Vergnügen überwiegt immer, wenn ich euch sehe.«
»Sie aalglatter Bastard, Sie! Bleiben Sie am Apparat, ich verbinde Sie.«
Einen Augenblick später hob Marsha ab. Ihre Stimme war zu munter und vergnügt, um völlig real zu wirken. Entweder freute sie sich, von mir zu hören, oder sie war noch nicht ganz wach.
»Morgen, Harry. Wie geht's?«
»Großartig, Baby. Und dir?«
»Für dich immer noch Dr. Baby. Und es geht mir gut.«
»Fährst du zu Conrad Fletchers Beerdigung?«
»Ich hasse Beerdigungen«, antwortete sie, und ihre Stimme zitterte schon bei dem Gedanken daran vor Abscheu. »Sie sind so morbid.«
»Und davon zu leben, andere zu sezieren, ist es nicht?«

»He, das ist nur Busineß. Außerdem gewöhnt man sich nach einiger Zeit daran. Es ist wie das Spielen mit einem Puzzle.«
»Ich habe noch nie ein Puzzle gesehen, bei dem die Teile durch die Finger rutschen, wenn man versucht, sie aufzuheben.«
»Um Ihre Frage zu beantworten, Mr. Besserwisser, nein. Ich gehe nicht auf Conrad Fletchers Beerdigung. Wenn ich bei jeder Leiche, die hier durch die Tür kommt, auf die Beerdigung gehen würde, wäre das ein zweiter Beruf für mich.«
»Ein gutes Argument. Nun, ich muß leider hin. Ich kannte den Kerl nicht nur, sondern er gehört bei mir zum Geschäft.«
»Also, viel Spaß. Sing ein Kirchenlied für mich mit.«
»Hör mal, Marsh, ich muß um zwei Uhr beim Beerdigungsinstitut sein. Ich dachte, vielleicht möchtest du vorher essen gehen. Was meinst du?«
Es entstand eine Pause am anderen Ende der Leitung.
»Wonach suchst du diesmal?«
»Nach nichts«, antwortete ich, was zumindest teilweise der Wahrheit entsprach. »Ich habe mich nur an das erinnert, was du neulich gesagt hast. Daß ich dich mal anrufen soll. Was meinst du nun? Komm schon, essen mußt du sowieso.«
»Wohin möchtest du denn?«
»Egal. Was für dich einfach zu erreichen ist. Irgendwo in der Nähe der Klinik. Vielleicht die Sushi-Bar in der Second Avenue.«
»Du willst mit einer Gerichtsmedizinerin in eine Sushi-Bar gehen? Du mußt krank sein, Harry.«
Ich lachte. »Okay, also das Restaurant bei dir gegenüber. Was ist es diese Woche, thailändisch oder koreanisch?«
»Ich glaube, koreanisch.«
»Großartig. Wie wär's mit zwölf?«

Ich hörte einen Stoßseufzer durchs Telefon. »Ich werde es vermutlich bereuen, aber okay. Zwölf Uhr ist gebongt.«

Ich hatte Marsha Helms noch nie außerhalb der Arbeit gesehen, aber ich kannte sie gut genug, um nicht überrascht zu sein, als sie mit einem schwarzen Porsche 911 Turbo Carrera Cabriolet mit einem Nummernschild mit den Buchstaben LEI CHEN auf den Parkplatz fuhr. Alles, was ich tun konnte, war, den Kopf einen Augenblick auf den Tisch zu legen und zu denken: Na großartig, ich habe ein Rendezvous mit einer Frau, die Autopsien geil findet.

Ich blickte gerade rechtzeitig auf, um mitzukriegen, wie sie die Wagentür schloß und sich dabei beugte. Abgesehen von ihrem merkwürdigen Sinn für Humor, war Marsha attraktiv und sah von Tag zu Tag besser aus. Anders als einige andere sehr große Frauen, die ich im Laufe meines Lebens kennengelernt hatte, versuchte Marsha nicht, ihre Körpergröße zu verstecken.

Ihre Kleidung wirkte, als hätte ein genialer Schneider sie geradewegs für sie entworfen. Sie neigte zu dunklen Farben, aber diese waren nicht gedeckt, sondern kühn und gewagt. Ich konnte nicht umhin, sie anziehend zu finden, so wie bei der Addams Family Gomez Morticia, wenn sie französisch sprach.

Sie betrat das Restaurant, und ihre Schritte hatten einen Schwung, der ihre grausige Arbeit Lügen strafte. Vielleicht lernt man das Leben um so mehr zu schätzen, wenn man ständig mit Toten zu tun hat. Wenn ich so darüber nachdachte, fühlte ich, wie meine Sinne geschärfter und lebhafter waren, seit ich Conrads Tod untersuchte. Die visuellen Eindrücke waren deutlicher, Stimmen klarer, durchdringender, die Dinge schmeckten intensiver. So hart das ganze Geschäft auch war, genoß ich es zum erstenmal, seit ich mit dieser Arbeit begonnen hatte. Ich tendierte stets dazu, von einer Obsession zur anderen zu wechseln, was mir dabei geholfen hatte, ein ziemlich guter Reporter zu sein. Vielleicht begannen meine Fähigkeiten allmählich auf den neuen Beruf überzugehen. Ja, vielleicht würde ich eines Tages sogar in der Lage sein, mir damit meinen Lebensunterhalt zu verdienen?

Aber möglicherweise schmeichelte ich mir nur. Schließlich war ich seit der Mordnacht keinen Schritt weitergekommen, was die Beantwortung der Frage betraf, wer Conrad getötet hatte. Ich hatte nur mittlerweile eine Ahnung, wie viele Leute es gerne getan hätten. Egal, wie ich mich auch bemühte, ich konnte nicht aufhören, mir das Gehirn zu zermartern. So viele Fragen blieben, darunter auch die, warum Conrad dort gelegen hatte und jemand eine Spritze in sein Bein stoßen konnte, ohne daß er sich dagegen wehrte.

Mein innerer Monolog wurde dadurch unterbrochen, daß der ältliche Wirt Marsha zum Tisch begleitete. Ich stand auf, lächelte sie anerkennend an und fühlte mich merkwürdig befangen, als sie sich setzte.

Wir tauschten Artigkeiten aus, während sie eine Stoffserviette entfaltete und auf ihren Schoß legte. Ich hatte einen Tisch an einem großen Fenster mit Blick auf die Hermitage Avenue gewählt, wo jetzt der Mittagsverkehr wie ein endloser Strom vorbeifloß. Der Frühnebel war von der Sonne weggebrannt worden, und der Himmel strahlte in leuchtendem Blau. Es würde ein phantastischer Tag werden.

»Komisch«, sagte ich, »ich bin ein bißchen nervös.«

»Ich auch. Ich habe dich noch nie außerhalb ...«

»Ja. Übrigens, ich finde deinen Wagen toll.«

Sie lächelte schüchtern. »Du darfst ihn gerne mal fahren.«

Der Ober kam. Wir bestellten australischen Chardonnay und koreanische Gerichte, von denen ich noch nie gehört

hatte – für uns beide eine ungewöhnliche Schwelgerei. Das Mittagessen ist für mich selten ein Abenteuer, aber ich war hocherfreut, daß sich dieses zu einem entwickelte. Wir redeten über dies und das und tauschten Geschichten aus, so wie das Leute tun, die zum erstenmal ein Rendezvous miteinander haben. Ich bin fünfunddreißig Jahre alt, geschieden und ein dekorierter Veteran des Beziehungskriegs, aber ich werde immer noch nervös, wenn ich das Gefühl habe, es wird gleich passieren.
Allerdings bin ich auch alt genug, die Nervosität zu genießen, zu feiern, daß mir noch immer jemand Schmetterlinge im Bauch verursachen kann, selbst wenn es nur fürs Mittagessen ist. Und vielleicht bildete ich mir auch etwas ein, aber sie schien sich zu amüsieren.
»Übrigens«, fragte ich, als wir unseren Kaffee austranken, »was ist mit dem toxikologischen Bericht über Fletcher geschehen?«
Sie schaute über den Tassenrand, und ihre Augen wurden dunkler. »Nun, ich habe mich schon gefragt, wann du die Sache aufs Tablett bringen würdest.«
»Halt, warte einen Moment, Marsh. Das ist nicht der Grund, weshalb ich dich zum Essen eingeladen habe.«
»Ach, wirklich nicht?« Sie knallte die Tasse auf den Tisch. Die kleine Stimme in meinem Kopf murmelte einen Fluch. Sie schien tatsächlich wütend zu sein.
»Nein. Natürlich bin ich daran interessiert und will es wissen. Aber du mußt mir glauben, daß ich dich schon lange einladen wollte.«
Sie wirkte ein bißchen versöhnlicher. Der Wein und die teuflisch guten Gerichte hatten uns beide milder gestimmt. »Nun, ich sage dir etwas«, meinte sie. »Ich glaube es dann, wenn ich dir die Information gebe und du es trotzdem wieder tust.«

»Wenn das der Deal ist, schlage ich ein.«

»Das ist der Deal.« Sie lächelte, beugte sich über den Tisch und senkte ihre Stimme zu einem verschwörerischen Flüstern. »Der Bericht ist letzte Nacht hereingekommen. Ich hatte recht: Protocurarin. Ich habe die Blutkonzentration vergessen, aber er war bis zu den Kiemen voll damit. Wer auch immer ihn vergiftet hat, wollte kein Risiko eingehen. Er hat ihn sauber vollgepumpt.«

»Woher kann es stammen?«

»Nun, Sherlock Holmes, da er in einem Krankenhaus narkotisiert wurde, würde ich sagen, daß das ein ausgezeichneter Ort ist, um mit der Suche zu beginnen.«

»Wird das Zeug verschlossen aufbewahrt?«

Sie überlegte kurz. »Es ist sicher ein Narkotikum. Ich vermute, ja, zusammen mit anderen Narkosemitteln. Aber soviel ich weiß, wird es nur selten bei chirurgischen Eingriffen verwendet. Es würde bestimmt nicht routinemäßig in einem Arzneimittelschrank aufbewahrt.«

»Ist der Bericht schon an die Polizei gegangen?«

»Ja. Sofort heute früh. Das Morddezernat gibt am späten Nachmittag eine Pressekonferenz. Sie meinten, daß sie sie als Zeichen der Achtung vor der Familie erst nach der Beerdigung geben sollten.«

»Sehr rücksichtsvoll von ihnen«, sagte ich. »Vermutlich würden sie die ganze Sache sowieso am liebsten geheimhalten.«

»Das funktioniert nie. Dazu ist die Story zu groß. Die Medien würden sie in der Luft zerreißen.«

Ich schaute auf die Uhr. Conrads Beerdigung fand in weniger als einer Stunde statt. Ich zog meine Kreditkarte heraus, diejenige, die am wahrscheinlichsten noch nicht gesperrt war, legte sie oben auf die Rechnung. Dann folgte ich einem Impuls, beugte mich über den Tisch und küßte

Marsha. Es war keiner mit großer Leidenschaft, sondern einfach ein Kuß. Aber unzweifelhaft ein richtiger Kuß, nicht nur ein freundschaftlicher auf die Wange.
»Danke«, sagte ich.
Sie lächelte mich an. »Jederzeit wieder.«

KAPITEL 18

Conrad Fletcher hatte sich einen wunderschönen Tag für seine Beerdigung ausgesucht.
Der silberne Leichenwagen und die beiden schwarzen Limousinen standen schon neben dem Beerdigungsinstitut bereit, und auf beiden Seiten des Parkplatzes befanden sich Fahrzeuge eines privaten Sicherheitsdienstes. Auch die Fernsehsender waren anwesend. Der Mord an Conrad wurde von den Mediengeiern für besonders faszinierend und pikant erachtet, obwohl sie noch nicht einmal die ganze Geschichte kannten.
Der Parkplatz hinter dem Haus füllte sich rasch. Ich stellte den Ford zwischen zwei größeren Autos ab, blieb aber noch sitzen und beobachtete die Vorgänge diskret. Ich erkannte einige Ärzte, ein paar andere Angestellte des Krankenhauses, und einige der jüngeren Leute, bei denen es sich vermutlich um Conrads Studenten handelte, hatte ich auch schon mal gesehen. Ich fragte mich, wie das Verhältnis von denen, die trauerten, zu denen, die sich freuten, war, beschloß dann jedoch, daß diese Art von Spekulation hier fehl am Platz war.
Im Inneren des Beerdigungsinstituts glich die Menge mehr Zuschauern bei einer langweiligen Messe oder Tagung als einer Gruppe in Trauer versunkener Seelen. Die Leute liefen ziellos umher, machten den idiotischen Small talk, der schon immer das Bindeglied menschlicher Interaktion war, seit wir damit aufhörten zu grunzen und Stöcke gegeneinander zu schwingen. Von Zeit zu Zeit kippte eine laute Stimme in Gelächter um, verstummte aber wieder genauso schnell. Ich schlenderte den äußeren Rand der Menge

entlang, dann bahnte ich mir langsam den Weg nach vorne zum Beerdigungsinstitut. Conrads Sarg war in die Kapelle gebracht worden, um die größere Menschenansammlung aufzunehmen. Trotz der Feierlichkeit der Situation war selbst in der Kapelle von Melancholie wenig zu spüren. Und plötzlich ertappte ich mich dabei, wie ich hoffte, daß bei meinem Abgang von dieser Welt zumindest ein paar Bekannte so aussehen würden, als wären sie betroffen, auch wenn sie nur so taten.
Ich ging wieder in die Lounge. Der kleine Raum war vollgepackt mit Leuten und total verräuchert vom Zigarettenqualm. Mir brannten die Augen, und es schien, als wäre die gegenüberliegende Wand kaum sichtbar. Neben dem Getränkeautomaten stand, mit einer Dose in der Hand, Walter Quinlan in einem schwarzen Anzug.
»Hallo, Walter«, sagte ich, ging zu ihm hin und streckte die Hand aus. Er wirkte gestreßt, gar nicht so überschwenglich wie neulich.
»Hi, Harry. Wie geht's dir?«
»Ich werd's überstehen, Mann.« Er schüttelte mir fest die Hand. »Ich freue mich, dich zu sehen. Ich habe mich gefragt, ob ich irgend jemanden treffen würde, den ich kenne.«
»Keine Sorge, sie sind alle da.«
»Du wirkst abgespannt. Was ist los?«
»Ich denke, all das hier. Ich hasse Beerdigungen.« Seine Augen wirkten entzündet. Hatte er geweint? Das schien nicht wahrscheinlich. Walter war nicht der Typ dafür. Es war wohl eher so, daß er sich ein paar Drinks genehmigt und nachts schlecht geschlafen hatte.
»Bist du schon lange hier?«
Er zögerte einen Augenblick. »Vielleicht eine Stunde.«
»Hast du Rachel bereits gesehen?«

»Ja. Und ich bin auch neulich abends gekommen. Tut mir leid, daß ich dich verpaßt habe.«
»Mir auch. Ich mußte früher weg, hatte noch was zu erledigen.«
Er packte mich am Arm und zog mich näher zu sich heran. In dem überfüllten Raum mit dem Geräuschpegel der sich um uns herum unterhaltenden Gäste würde sowieso niemand hören, was wir sagten, aber Walter wollte sichergehen.
»Bist du immer noch an der Sache dran, Harry?« flüsterte er.
»Ja, natürlich.«
»Harry, ich möchte, daß du damit aufhörst. Es bringt Rachel noch um. Sie will das nicht.«
»Wie meinst du das?« fragte ich. »Sie will doch, daß Conrads Mörder gefaßt wird, oder?«
»Ja, das will sie. Unbedingt. Aber schon der Gedanke daran, dir könnte was passieren, macht sie ganz krank. Und du hast die schlechte Angewohnheit, an Orten zu sein, wo du nicht sein solltest.«
Ich spürte eine Anspannung in meinen Schultern und hätte ihm am liebsten gesagt, er solle sich um seine eigenen Angelegenheiten kümmern. Schließlich war das eine Sache, die nur Rachel und mich etwas anging. Walter war jedoch mein Anwalt und außerdem mein Freund. Also hatte er wohl das Recht, sich einzumischen, wenn er das wünschte.
»Walter, das haben wir schon mal durchgekaut. Ich kann für mich selbst sorgen. Das ist mir wichtig, verdammt noch mal. Und ich gebe nicht auf.«
»Mach doch, was du willst, du Blödmann«, brauste er auf und ließ meinen Arm mit einem Ruck los. »Aber wenn du verletzt wirst, komm nicht zu mir und bitte um Hilfe.«
Ich ging ohne ein weiteres Wort fort. Er wird sich wieder beruhigen, dachte ich. Heute sind alle gereizt.

In der Kapelle stand Rachel in einem einfachen schwarzen Kleid, das Haar zu einem Knoten gebunden, mit gerade genug Make-up, um die dunklen Ringe unter ihren Augen zu verdecken. Sie befand sich im hinteren Teil des Seitenschiffs, ein paar Schritte vom Sarg und dem immer größer werdenden Berg von Kränzen und Blumen entfernt. Die Trauergäste hatten keine Tränen vergossen, aber ich wette, daß sie einige Scheckbücher geplündert hatten. Es war ein großartiger Tag für Floristen.
Ich stand eine Weile mitten im Seitenschiff, in der langen Reihe der Leute, die darauf warteten, ihr Beileid auszusprechen, als ich Howard Spellman hinten in der Kapelle entdeckte. Er saß abseits in einer Ecke, am äußersten Ende der letzten Kirchenbank. Ich verließ die Schlange, ging auf dem grünen Teppich wieder zurück und dann direkt auf ihn zu. Er beobachtete mich, ohne aufzustehen, und ich nahm neben ihm Platz.
»Lieutenant Spellman«, sagte ich. »Wie schön, Sie wiederzusehen.«
»Hallo, Denton.«
Ich folgte seinem Blick Richtung Heiligtum. Er beobachtete Rachel und Leute, die ich nicht kannte, wie sie ihr die Hand schüttelten.
»Ihre Familie?« fragte ich.
»Die beiden links sind ihre Eltern. Der Mann rechts von ihr mit den grauen Haaren ist sein Vater. Fletchers Mutter ist, wie ich gehört habe, gegangen. Es war zuviel für sie.«
»Wer ist dieser große Typ dort hinten?«
»Ich glaube, das ist Mrs. Fletchers Bruder. Der Mann und die Frau am anderen Ende sind Fletchers Geschwister.«
»Fletcher hatte Geschwister?« fragte ich.
Spellman drehte sich zu mir um. »Er war ein menschliches Wesen, wissen Sie.«

»Das hörte ich.«
»Und Menschen haben nun mal Brüder, Schwestern, Cousins und Cousinen.«
»Komisch, ich hätte geglaubt, daß Fletcher ein Einzelkind war. Vielleicht war es die Kombination, daß er Einserschüler war und man nur schwer mit ihm zurechtkommen konnte.«
»Er war der älteste.«
Ich schaute auf die Uhr. Die Beerdigung würde in etwa fünfzehn Minuten beginnen.
»Wenn ich den Weg durch die Kondolenzschlange noch vor dem Rausschmiß schaffen will, gehe ich jetzt besser. Bleiben Sie bis zum Ende da?«
Spellman schaute zu mir auf, als ich mich erhob. »Nicht, wenn das heißt, daß Sie hierher zurückkommen und sich wieder neben mich setzen.«
»Ich hoffe, Lieutenant, Sie denken nicht, daß meine Anwesenheit hier die des Killers ist, der an den Ort seiner Tat zurückkehrt.«
Er starrte mich mit versteinertem Gesicht an. Ich verstand den Wink und ging. Wenn ein Cop zwanzig Jahre im Morddezernat arbeitet, muß er ja irgendwann abschlaffen. Ich hatte nur gedacht, ich könnte seinem farblosen, freudlosen Leben etwas Humor zurückgeben.
Die Schlange bewegte sich mit fortschreitender Zeit ein wenig schneller. Bei Beerdigungen fühle ich mich so unwohl, daß meine Gedanken unzusammenhängend, zerhackt in völlig unpassenden Mustern ablaufen, um nicht länger zu spüren, was tatsächlich passiert. Es ist eine Art geistiger Tick. Glücklicherweise können wir uns nicht gegenseitig in die Köpfe gucken. Die Welt wäre dann noch verrückter, als sie sowieso schon ist.
Schließlich stand ich vor Rachel. Ich umarmte sie, fühlte ihren warmen, vibrierenden Körper. Dies, so dachte ich,

gehört zu ihren schwersten Pflichten. Erstaunlicherweise hatte sie noch nicht den Punkt erreicht, wo sie auf Autopilot stellte. Sie nahm tatsächlich immer noch die Beileidsbekundungen jedes einzelnen wahr, spürte den Verlust, den Konflikt der Verzweiflung, der Trauer und einer guten Dosis Wut, die wir alle Toten gegenüber empfinden. *Du wagst es, vor mir zu sterben, du gemeiner Hund!*
Sie schluchzte, während ich sie festhielt, ihr Gesicht war angespannt, ihre Augen ohne Tränen. Die Tränenkanäle können nicht mehr hergeben, als sie zu produzieren in der Lage sind, aber das Herz weint weiter.
Ich fühlte ganz intensiv für sie mit, wollte sie mit meinen Armen umschlingen, sie wegholen von diesem düsteren Ort. Ich verspürte sogar dieses alte, vertraute Brennen im unteren Bereich, das sie immer in mir verursacht hatte. Ich mußte dagegen ankämpfen, um es zu unterdrücken. Nichts ist besser dazu geeignet, in der Partyzeit von der Liste der gerngesehenen Gäste gestrichen zu werden, als bei einer Beerdigung einen Ständer zu bekommen.
»Danke, daß du gekommen bist«, sagte sie und ließ mich los.
»Was kann ich tun, um dir zu helfen?«
»Du kannst dafür sorgen, daß bei dir selbst alles in Ordnung ist, mein Freund sein und mich besuchen, wenn dies vorüber ist.«
»Ich werde all deine Wünsche erfüllen.«
Ich kämpfte mich durch den Rest der Schlange, schüttelte traurig den Kopf und gab den Leuten recht, daß das doch eine schreckliche Tragödie sei. Dann nahm ich etwa in der Mitte des Seitenchors Platz. Ich blickte mich um und sah Dr. Collingswood und Dr. Zitin nebeneinander sitzen. James Hughes befand sich weiter hinten in einer Gruppe anderer Medizinstudenten. Ich schaute mich suchend nach LeAnn Gwynn um und entdeckte sie im hinteren Bereich der

Kapelle zusammen mit Jacquelyn Bell und einer Reihe viel jüngerer Schwestern. Es fehlte nur noch Bubba Hayes, um das Bild komplett zu machen, aber ich bezweifle, daß Buchmacher die Angewohnheit haben, auf Beerdigungen ihrer Kunden zu erscheinen. Wie hätte er schließlich sein Geld kassieren sollen?
Ja, ich stimmte mit dem Urteil von Conrads Familienmitglied aus der Kondolenzschlange überein, daß dies eine schreckliche Tragödie war. Aber zumindest für eine Person, und vermutlich war diese Person hier im Raum, war dies keine schreckliche Tragödie.
Es war für sie nichts weiter als ein gut erledigter Job.

KAPITEL 19

Ich kann mich nicht entscheiden, ob ich der geborene Lügner war oder ob es sich ganz einfach um eine Fähigkeit handelte, die ich mir aus der Notwendigkeit und den Gegebenheiten der Praxis heraus erworben hatte. Ich nehme an, daß es ein Glück war, daß ich auch von Geburt an ein Gefühl für moralische Werte mitbekommen hatte, denn für mich bestand kein Zweifel, daß ich einen ziemlich erfolgreichen Gauner abgegeben hätte, wenn ich die Neigung dazu gehabt hätte.
»Hier spricht Dr. Evans, Neurochirurgie«, sagte ich zu der Dame in der Telefonzentrale, die Nachtdienst hatte.
»O ja, Dr. Evans«, erwiderte sie. »Ich erkenne Ihre Stimme.«
»Ich versuche zwei Assistenten zu finden, die heute nacht hier Dienst haben sollen. Haben Sie eine Möglichkeit, deren Dienstplan zu überprüfen?«
»Sie wissen doch genau, daß ich das kann, Dr. Evans.«
Ich überlegte rasch, dann lachte ich. »Natürlich weiß ich, daß Sie das können. Ich meinte, ob ich Sie vielleicht gerade in einem ungünstigen Augenblick erwischt habe?«
»Aber nein, Herr Doktor. Heute nacht ist es hier ruhig. Wen suchen Sie?«
»Dr. Albert Zitin und Dr. Jane Collingswood.«
»Bleiben Sie bitte am Apparat.«
Ich lehnte mich auf meinem Bürostuhl zurück und legte die Füße auf den Schreibtisch. Draußen ließ der Verkehr allmählich nach, und die Temperatur sank langsam unter dreißig Grad. Conrads Beerdigung hatte lange gedauert, wenn man die Fahrt hinaus nach Mount Olivet und all das

rechnete. Ich war von Anfang bis Ende geblieben. Für Rachel, wie ich mir selbst sagte. Die meisten hatten es jedoch vorgezogen, dies nicht zu tun. Und abgesehen von der Familie, ein paar Leuten vom Fernsehen und den hohen Tieren der Universität, standen vermutlich weniger als zwanzig Personen am Grab.

»Dr. Evans?« ertönte die freundliche Stimme wieder.

»Ja.«

»Dr. Zitin ist heute nacht nicht auf Bereitschaft, und Dr. Collingswood ist in der Notaufnahme.«

»Danke«, sagte ich ebenfalls freundlich. »Ich bin Ihnen wirklich dankbar für Ihre Hilfe.«

»Dafür bin ich ja da«, erwiderte sie und legte auf.

Dr. Collingswood war also in der Notaufnahme. Ich würde den Teufel tun und mir wieder mein Bein anstoßen, um sie zu treffen. Von der Schwellung war nichts mehr zu sehen, und ich war nun fast vierundzwanzig Stunden ohne Schmerzen gewesen. Was übrig blieb, waren ein paar böse blaue und gelbe Streifen, die mir vermutlich mindestens einen Monat erhalten bleiben würden.

Ich stellte mein Paar gesunde Beine wieder auf den Boden und erhob mich. Am Ende des Flurs konnte ich Stimmen und das Klimpern einer Gitarre hören. Slim und Ray veranstalteten ihre nächtliche Songwriter-Cocktailstunde. Ich dachte, ich könnte mal wieder bei ihnen reinschauen. Seit dem Tag, an dem Rachel Fletcher in mein Büro kam, hatte ich mit keinem von beiden viel geredet. Sie waren in Ordnung; ich sollte den Kontakt pflegen.

Ich hängte meine Jacke über die Stuhllehne und krempelte die Hemdsärmel hoch. In Slims und Rays Büro war legere Kleidung an der Tagesordnung. Ich würde wohl der einzige sein, der nicht in Jeans war, ganz zu schweigen von meinem Schlips. Ich wollte gerade das Büro verlassen, als ich

draußen quietschende Reifen und eine Hupe hörte. Die Gebäudeecke versperrte die Sicht teilweise, aber offenbar hatte irgend jemand die Kurve zwischen der Church und der Seventh zu eng genommen und war fast mit einem Wagen zusammengestoßen, der im Parkverbot in der Beladezone des Drugstores an der Ecke stand. Ich hatte mich schon abgewandt, sah aber dann doch noch mal hin.
Es war ein Lincoln, ein Riesenschlitten.
War es dasselbe Auto, das schon neulich abends in der Ladezone gestanden hatte? Und vielleicht auch jenes, das mir letzte Nacht auf der Allee gefolgt war? Ich war mir nicht sicher, aber irgendwo klingelte es bei mir Alarm.
Ich stand da, musterte das Auto und versuchte den Fahrer zu erkennen. Doch die Fenster waren gerade genug abgedunkelt, und die Sonne schien genau in dem Winkel auf die Scheiben, der es unmöglich machte, hineinzusehen.
Ging ich jetzt hinunter und klopfte an die Scheibe, konnten zwei Dinge geschehen. Wenn die Person in dem Wagen mich beschattete, würde ich sie enttarnen, und niemand wußte, was dann geschehen würde. Wenn der Kerl mich jedoch nicht beschattete, würde er glauben, ich sei ein weiterer verrückter Städter.
Ich wandte mich vom Fenster ab. In den letzten Tagen hatte ich ein paarmal ein langes schwarzes Auto gesehen, aber war es dieses Auto? Und wo war es mir aufgefallen? Wenn ich mich nur erinnern könnte.
Die Jungs am Ende des Flurs schlugen eine andere Melodie an. Von Slims und Rays Büro aus blickte man vorne aus dem Gebäude. Ich konnte, wenn ich durch ihr Fenster sah, den Lincoln sogar noch besser im Auge behalten.
Ich ging den Flur hinunter. Ihre Tür war einen Spalt geöffnet, aber ich klopfte dennoch.

»Jo!« rief innen eine Stimme, und das Klimpern verstummte.
»Selber jo«, sagte ich und trat ein.
»He, Harry, du dreckiger Waschbär. Wo bist du gewesen, Junge?« Ray sprang, die Gitarre in der linken Hand, hinter einem Schreibtisch auf. Er streckte seine Rechte aus und bewegte meine wie den Griff einer Pumpe heftig auf und ab.
»Das muß ja heute ein besonderer Abend sein«, sagte ich. »Du hast die Martin draußen.«
Rays wertvollster Besitz war eine dreißig Jahre alte Martin D-28. Sie war ein Kunstwerk, so erhalten und gepflegt wie an dem Tag, an dem sie brandneu war. Selbst ein unmusikalischer, ignoranter tauber Klotz wie ich wußte, daß sie ein Klassiker war.
»Ja, wir haben an diesem neuen Song gearbeitet. Ich glaube, das wird unser nächster Hit, stimmt's nicht, Slim?«
Slim schaute von seiner Ovation auf, lächelte mich an und schüttelte den Kopf. Er war in diesem Team eindeutig nicht der Gesprächige. Ich bezweifle, daß ich ihn in den Monaten, die ich ihn kannte, schon fünfundzwanzig Worte hatte sagen hören.
Es waren noch weitere vier Personen in dem kleinen Büro. Eine Wasserstoffperoxidblonde in abgetragenen Jeans und einem T-Shirt, zwei Cowboys und ein Mädchen, das aussah wie sechzehn. Die Frau hielt eine alte Klampfe mit Nylonsaiten in der Hand, Cowboy Nr. 1 hatte eine Hemdtasche voller Mundharmonikas und Cowboy Nr. 2 eine Geige.
Ein mit Eis und Bierflaschen gefüllter Eimer stand auf dem Boden.
»Habt ihr was dagegen, wenn ich zuhöre?« fragte ich.
»Das müßtest du eigentlich besser wissen, alter Junge«, sagte Ray. »Und schnapp dir die links. Da steht dein Name drauf.«

Ich griff nach unten, zog eine bernsteinfarbene Pabst-Blue-Ribbon-Flasche aus dem Eimer und öffnete sie. Slim war ein interessanter Typ – ein, zwei Jahre jünger als ich, gebaut wie ein Bodybuilder, gewelltes hellbraunes Haar, blaue Augen, die einem durch und durch gingen. Er sah mehr als gut aus, gehörte fast zu den Männern, die man hätte hübsch nennen können, obwohl man ihm das besser nicht sagte.

Ray hingegen war dünn, irgendwo über vierzig, hatte schütter werdendes graues Haar und trug die Bremsspuren im Gesicht. Er war in den fünfziger Jahren nach Nashville gekommen, spielte fünfundzwanzig Jahre lang in Tootsie's Orchid Lounge unten im Lower Broad und im Stockyard Restaurant, bevor er den Job aufgab, um seine Leber zu retten. Jetzt schrieb er nur noch Songs, außer wenn er von Zeit zu Zeit im Grand Old Opry oder im Radio von Nashville zu hören war. Er hatte eine Menge durchgemacht, schien mir jedoch von allen Musikveteranen, die ich je getroffen hatte, derjenige zu sein, der die wenigsten Narben davongetragen hatte. Ich dachte immer noch, ich sollte ihn und Lonnie eines Tages zusammenbringen, aber Ray war zu sehr damit beschäftigt, Lieder zu schreiben, und Lonnie damit, Wagen zurückzuführen und hausgemachte Sprengstoffe herzustellen.

Das Bier war so kalt wie ein Bergbach im Januar, im Gegensatz zu der dicken, heißen Luft unseres alten Bürogebäudes. Alle Mieter sagten ständig, wir sollten uns bei der Hausverwaltung beschweren, aber niemand tat es. Außerdem stand der Herbst schon vor der Tür. Noch ein, zwei Monate, dann würde die schlimmste Hitze ohnehin vorüber sein. Wenn ich es ohne Klimaanlage im Auto auszuhalten vermochte, dann konnte ich es auch im Büro.

Ein alter Schwarzweißfernseher flimmerte im Hintergrund, als Slim und Ray, instrumental oder gesanglich von den vier

anderen begleitet, anfingen, ihren Song zu spielen. Ich kenne mich mit Country-music nicht besonders aus, aber ich muß zugeben, daß ich beeindruckt war. Es klang in meinen Ohren gut, eine Verbindung zwischen der traditionellen Country-music und modernem Pop, ohne all die überzogenen Studioeffekte und den anderen Mist, der heutzutage in der Musik zu finden ist. Slim und Ray spielten gerade die letzte Strophe des Lieds, als ich zum Fernseher rüberschaute. *The Scene At Six*, die lokale Nachrichtensendung, fing in dem Moment an, und der Aufhänger war Conrad.
»Entschuldigt mich, Leute, ich muß das hören.« Ich durchquerte das Zimmer und drehte den Ton so laut, daß ich die Sprecherin einigermaßen verstehen konnte.
»Freunde, die Familie und die Kollegen des Chirurgen und Universitätsprofessors Dr. Conrad Fletcher trauerten heute um ihn, während die Polizei in dem Mord auf neue, überraschende Hinweise gestoßen ist.« Das Gesicht der Nachrichtensprecherin war ernst, seriös, als bäte sie um unsere Freundschaft und unseren Glauben.
Ich drehte den Ton noch ein wenig lauter. Hinter mir verstummte die Musik.
»Die Ergebnisse von Dr. Fletchers Autopsie wurden heute von der Gerichtsmedizin von Nashville bekanntgegeben, und sie erhärten den Verdacht der Polizei, daß sich der Täter unter dem Krankenhauspersonal befindet. Weitere Informationen erhalten Sie nun von Daphne Fox.«
Die Station schaltete zu einem Videofilm mit einer Reporterin, direkt vor dem Krankenhaus, ein Universitätsgebäude im Hintergrund.
»Die Polizei berichtet, daß Harry Denton, der Privatdetektiv aus Nashville, aufgrund des Autopsieergebnisses nun nicht mehr zum Kreis der Verdächtigten gehört.«

Ray ließ hinter mir einen Hurraruf los, dann klopfte er mir auf die Schulter. »Das ist ja phantastisch, alter Junge! Wir wußten gar nicht, daß wir eine solche Berühmtheit unter uns haben!«
»Pst, Ray. Ich versuche zuzuhören«, sagte ich.
»Der zuständige Gerichtsmediziner erklärte heute, daß Dr. Fletcher durch die Injektion eines synthetischen Narkotikums, Protocurarin, getötet wurde, das laut Sicherheitsbeamten der Klinik nur Krankenhauspersonal zugänglich gewesen sei. Die Polizei hegt daher jetzt den Verdacht, Dr. Fletcher könne durch einen seiner Klinikkollegen ermordet worden sein.«
Das Videoband machte einen Sprung zu Lieutenant Spellman hinter einem Pult im Pressekonferenzraum der Polizei. »Ja, das ist richtig, Mr. Denton zählt nicht mehr zu den Mordverdächtigen.«
O Mann, dachte ich, ich wette, er mußte sich diese Worte mit einer Brechstange aus dem Mund zwingen. Es war mir jedoch gar nicht bewußt gewesen, daß ich tatsächlich verdächtigt worden war. Es schien einfach zu lächerlich. Wenn ich geahnt hätte, daß ich bei der Mordkommission ein solch hohes Ansehen genoß, hätte ich in den letzten Tagen vielleicht besser meinen Mund gehalten. Vor allem gegenüber Spellman ...
»Wir haben jedoch eine Reihe von Hinweisen und mehrere Spuren, die unter Berücksichtigung der Autopsieergebnisse und der toxikologischen Laborergebnisse des T. B. I. sehr hilfreich sein werden.«
Wieder sprang das Bild, diesmal zu Dekan Malone in der Medical School, der betroffen und schockiert wirkte. »Ich vermag mir überhaupt nicht zu erklären, wie so etwas in dieser Universität geschehen konnte. Ich möchte jedoch öffentlich erklären, daß wir auf jede erdenkliche Weise mit

der Polizei zusammenarbeiten wollen, um den Täter dieses schrecklichen Verbrechens seiner gerechten Strafe zuzuführen.«

Ich lachte. Wie würde das wohl im nächsten Jahr die Zahl der Studienanfänger beeinflussen? Wohin gehst du? Ich hörte, daß sie dich da nicht durchfallen lassen, sondern gleich umbringen.

Jetzt war wieder die Reporterin zu sehen. »Alle Spuren weisen laut Polizeiinformationen darauf hin, daß der Täter aus dem Krankenhaus kommt. Mit über fünftausend Beschäftigten und Medizinstudenten wäre es jedoch wahrscheinlicher, die berühmte Nadel im Heuhaufen zu finden als denjenigen, der Dr. Fletcher tötete. Für *The Scene At Six*. Mein Name ist Daphne Fox.«

»Ja«, flüsterte ich. »Vor allem, wenn der Heuhaufen zunächst einmal voller Nadeln ist.«

Ich drehte die Lautstärke wieder herunter. Als ich die Bierflasche zum Mund hob, bemerkte ich, daß alle im Zimmer mich anstarrten.

»Haben Sie ihn wirklich gefunden?« fragte das junge Mädchen.

Ich nickte.

»War es schrecklich?« erkundigte sie sich, wobei ihre gedehnte Stimme zuckersüß klang.

»Es war kein Honiglecken«, sagte ich und wünschte mehr als alles andere, nicht darüber sprechen zu müssen. »He, Ray, laß mich noch mal diesen Song hören, ja?«

Ray schlug die Martin an und füllte den Raum mit Klängen, die so klar, laut und schön waren wie Himmelsglocken. Während ich dem Lied lauschte, machte ich einen Schritt zurück zum Fenster und warf einen Blick über die Schulter. Der schwarze Lincoln stand noch immer in der Ladezone. Das Seitenfenster des Fahrers war nun etwa zur Hälfte nach unten gekurbelt, aber mein Blickwinkel war so, daß ich nicht hineinsehen konnte.

Ray und Slim hatten mit ihrem Lied wirklich einen Treffer gelandet. Der Refrain war packend, die Überleitung perfekt. Je länger ich Ray und Slim und den anderen zuhörte, desto mehr gefiel es mir. Die Arbeiten von Songwritern wie Bob McDill, Jim Glaser und Randy VanWarmer klangen für mich mehr wie Poesie als wie Pop. Und ich würde Garth Brooks, Randy Travis und Kathy Mattea jederzeit tausendmal Metallica und Poison und den obszönen MTV-Wohlfahrts-Raps vorziehen.

Die beiden sangen weiter, und ihre Stimmen verschmolzen in einer Harmonie, die so süß war wie Sonnenschein. Die Strophen waren einfach, aber sie waren echt, erdig und berührten mich. Was ich hier erlebte, beeindruckte mich schon sehr. Ray und Slim spielten am Liedende hintereinander Improvisationen, dann erfolgte abwechselnd Ton für Ton die Dissonanzauflösung, es erklang der Schlußakkord, und das Echo erstarb und machte im Büro der Stille Platz. Da ertönte ein Schrei.

KAPITEL 20

Wir saßen einen Moment lang wie erstarrt da. Das gehörte eindeutig nicht zum Lied. »Was zum Henker war das?« fragte Ray, das Wort Henker ganz gedehnt aussprechend.
Ich konnte noch nicht einmal sagen, woher der Schrei gekommen war, und zuckte mit den Schultern.
»Ich weiß nicht«, antwortete Slim. Es war eine der tiefschürfendsten Aussagen, die er je gemacht hatte.
»Woher kam der Schrei?« erkundigte sich die Wasserstoffperoxidblonde.
»Da brat mir einer den Storch«, meinte Cowboy Nr. 1.
Dann hörte ich ihn erneut, diesmal gedämpft, aus der Entfernung. Eine laute, menschliche Stimme, die aus vollem Hals und mit gesunden Lungen brüllte. Ich blickte zum Lincoln hinunter. Jetzt stand jemand neben dem Fahrerfenster mit einem Einkaufswagen voller Kartons, Lumpen und Müll und hielt ihn mit einer Hand fest, so daß er nicht die Straße hinunterrollte. Eine Pennerin, dachte ich genau in dem Augenblick, in dem sie den Einkaufswagen losließ, beide Hände seitlich an den Kopf hielt und einen weiteren Schrei ausstieß, bei dem einem das Blut in den Adern gefror. Der Einkaufswagen rollte die Seventh Avenue hinunter, gewann nach und nach Geschwindigkeit, dann fuhr er in ein Schlagloch und kippte um, so daß alle Besitztümer der Pennerin in weitem Bogen auf die Straße flogen und beide Spuren blockierten.
»Ray«, sagte ich. »Ich glaube, unten gibt es Ärger.«
Ray legte die Martin vorsichtig auf den Schreibtisch, dann folgte er mir in wenigen Schritten Abstand, als ich hinaus-

stürzte. Auf dem Treppenabsatz wurde mir klar, daß uns keine Zeit blieb, auf den Aufzug zu warten, und so machten wir kehrt und nahmen die Treppe, immer drei bis vier Stufen auf einmal. Kurz vor dem Erdgeschoß kam ich bei einem Sprung falsch auf. Ich verdrehte mir den kaputten Knöchel, und der Schmerz schoß mir wie ein Blitz seitlich das Bein hinauf. Ich krachte gegen die Wand, zog das Knie hoch und ließ einen Fluch los.
Das junge Mädchen hielt neben mir. Alle anderen liefen an mir vorbei in das, was sich inzwischen zur Massenhysterie ausgewachsen hatte.
»Ich bin okay«, brummte ich und rieb mir den Knöchel durch die Socke. »Los, gehen wir.«
Ich humpelte, so schnell ich konnte, zur Eingangshalle, dann durch die Vordertür und zum Gehsteig hinunter. Auf der anderen Straßenseite umlagerte bereits eine Menschenmenge den Wagen und die Pennerin, die weiterhin heulte wie ein Wolf, der den Verstand verloren hat. Sie hatte die Hände vors Gesicht geschlagen und starrte durch ihre schmutzigen Finger zum Himmel.
Der Verkehr war nun auf beiden Spuren zum Erliegen gekommen. Ich hüpfte über die Straße und bahnte mir einen Weg durch die Menschen nach vorn. Ray griff durch das offene Fenster in den Wagen, um die Tür zu entriegeln.
»Warte einen Moment, Ray«, schrie ich, als ich schließlich neben ihm war.
»Ich will ihm nur helfen«, sagte Ray und drehte sich zu mir um. »Wir müssen die Tür öffnen und ihn da rausholen.«
Ich schob ihn mit dem Ellbogen aus dem Weg und beugte mich hinab, um in den Wagen zu sehen. Ganz fern hörte ich Polizeisirenen, die von Sekunde zu Sekunde lauter wurden. In dem Wagen befand sich der zusammengesackte Körper eines riesigen schwarzen Mannes, der nach vorne

gefallen war und nur noch von der nach unten geklappten Armlehne gehalten wurde.

In seiner linken Kopfseite befand sich ein Loch in der Größe eines Pfennigs, direkt oberhalb seines Ohrs. Sternförmig um die Wunde waren auf seiner dunklen Haut graues Pulver und Verbrennungsspuren zu erkennen. Chemische Analysen würden, wie ich wußte, wesentlich mehr Informationen liefern.

Es war nicht viel Blut zu sehen, nur ein kleines Rinnsal auf der einen Gesichtshälfte. Er atmete nicht, soviel stand fest. Im Augenblick konnte ich nichts für ihn tun.

Ich beugte mich hinein, so weit es ging, um ihn besser zu sehen. Und dann erkannte ich den Mann, und mir wurde ganz weich in den Knien. Es war Mr. Kennedy, Bubba Hayes' rechte Hand.

Das heißt seine gewesene rechte Hand. Mr. Kennedy war von niemandem mehr etwas, außer vielleicht eine schwindende Erinnerung.

Sie brachten die Pennerin zum Middle Tennessee Mental Health Hospital, früher bekannt als Central-State-Irrenhaus. Offensichtlich war die Ansicht einer Leiche in einem Dreißigtausend-Dollar-Auto für sie zuviel. Wenn ich darüber nachdachte, konnte ich von mir eigentlich das gleiche behaupten.

Zum zweitenmal in weniger als einer Woche befand ich mich in einem Vernehmungszimmer des Polizeipräsidiums.

»Wissen Sie«, sagte Spellman, »immer wenn ich denke, ich bin Sie los, peng, find ich Sie bei einem weiteren Leichnam. Haben Sie einen Hang zu Toten, mein Sohn?«

Was ist los mit dir, fragte ich mich, und mit den Legionen anderer Männer aus den Südstaaten, die glauben, sie könnten jeden *Sohn* nennen, ganz egal, wie alt sie waren und wie gering die Chance war, daß man wirklich miteinander in verwandtschaftlichem Verhältnis stand? So wie ich in diesem Augenblick Spellman gegenüber fühlte, wäre ich bereit gewesen, meine Wurzeln bis zu den Einzellern hin zurückzuverfolgen, um jede Verbindung zu ihm abzustreiten.

»Lieutenant, ich saß in einem Raum voller Leute, bis wir den Schrei der Frau auf der Straße hörten, was Ihnen diese auch bestätigten. Ich kann nun wirklich beim besten Willen nichts mit diesem Tod zu tun haben.«

Er lockerte seine Krawatte. Es war spät, das Ende eines langen Tages. Wir waren beide müde und gestreßt. Ich hatte oben in Rays Büro ein Bier getrunken. Nun war ich reif für ein zweites.

»Wissen Sie, wer er war?« erkundigte sich Spellman.

»Ich habe nicht in seine Brieftasche geschaut.« Eine absolut wahre Aussage.

»Aber wir. Er hieß Kennedy. Roosevelt Kennedy. Ehemaliger TSU-Star, spielte in den frühen siebziger Jahren für die Falcons.«

»Das erklärt den Schlitten«, bemerkte ich.

»Nein, das tut es nicht, und Sie wissen es. In den letzten sechs, sieben Jahren hat er für Reverend Bubba Hayes gearbeitet. Haben Sie schon mal von ihm gehört?«

Ich zögerte zunächst, dann antwortete ich: »Der Name ist mir bekannt.«

»Das sollte er auch«, sagte Spellman. Er beugte sich vor, legte auf jede Armlehne eine Hand und kam meinem Gesicht ganz nahe. »Er kontrolliert die meisten Geschäfte im Universitätsbereich. Wir haben ein Auge auf ihn und wissen, daß er Conrad Fletchers Buchmacher war. Und wir wissen ebenfalls, daß Sie das wissen.«

»Und seit wann sind solche Kenntnisse illegal?«

»Das Wissen an sich ist nicht illegal«, antwortete er. »Aber die Behinderung von polizeilichen Ermittlungen ist es. Mir ist durchaus bekannt, daß Sie überall im Krankenhaus gewesen sind und Schwestern und Ärzte befragt haben, und auch, daß Sie eine Lady namens LeAnn Gwynn aufgesucht haben. Daraus könnte ich vermutlich einen Fall von Amtsanmaßung machen. Aber offen gesagt, ich habe keine Zeit für miese kleine Privatdetektive, die zu viele Folgen von *Magnum* gesehen haben.«

Er stand, ging ein paar Schritte und drehte sich dann wieder zu mir um. »Sie sind ein Klugscheißer, Denton, und ich mag Sie nicht besonders. Sie haben mein Nest beschmutzt, und auch das mag ich nicht. Und um die Dinge noch schlimmer zu machen, sind Sie inkompetent. Sie würden Ihren Arsch noch nicht einmal mit beiden Händen und einer Gebrauchsanweisung finden. Wenn mir noch einmal zu Ohren kommt, daß Sie sich in unsere Ermittlung einmischen, lasse ich Ihnen die Lizenz entziehen und stelle Sie unter Anklage. Kapiert, mein Sohn?«

Ich starrte ihn lange kalt an, und er starrte zurück.

»Sind Sie jetzt fertig?« fragte ich ihn schließlich.

»Vielleicht, vielleicht auch nicht.«

»In diesem Fall möchte ich jetzt meinen Anwalt.«

Er blickte mich zornig, ja angewidert an. »Verschwinden Sie von hier«, fauchte er.

Mr. Kennedy tat mir leid. Selbst wenn er der Bodyguard eines ehemaligen Predigers war, der inzwischen zum Buchmacher konvertiert war, hatte er etwas, das an einem einzigen Nachmittag mehr Klasse ausstrahlte, als manche in einem ganzen Leben zuwege bringen. Ich weiß nicht, warum er mich verfolgt hatte, aber ich bedauerte, daß ihn das sein Leben gekostet hatte. Die einzigen Personen, die in diesem Wettbewerb als Gewinner hervorzugehen schienen, waren wohl die Totengräber.

Noch mehr frustrierte mich, was der Tod von Mr. Kennedy für meine Ermittlungen nach Conrad Fletchers Mörder bedeutete. An erster Stelle stand die ganze Zeit Bubba Hayes, vor allem, da ich von seiner Unschuld überzeugt gewesen war. Aus meiner Arbeit bei der Zeitung wußte ich, daß der Kerl, der am saubersten wirkte, vermutlich am meisten zu verbergen hatte. Ich hatte zwar nichts in der Hand, um Bubba Hayes' Schuld zu beweisen, aber ich war sicherlich für alles offen.

Das einzige Problem, das sich nun stellte, war, daß es keinen Sinn machte, zumindest nicht auf der Grundlage dessen, was ich wußte und was ich beobachtet hatte. Bubba Hayes und Mr. Kennedy waren einander verbunden. Ich nahm an, daß sie anders nicht hätten zusammenarbeiten können angesichts der sonst vorhandenen Unterschiede zwischen ihnen. Sie waren wie zwei Bauteile einer Maschine, die so reibungslos und eng miteinander arbeiteten, daß es mühelos erschien. Warum also sollte Bubba Hayes jemanden wie Mr. Kennedy umbringen? Es ist heutzutage zu schwierig, qualifizierte Hilfe zu finden.

Es mußte jemand anders getan haben.

Ich lehnte mich auf meiner alten Couch zurück und legte meine Hand um eine lauwarme Flasche Bier. Spellmans verbale Bearbeitung nagte noch immer an mir, und der Knöchel tat mir auch wieder weh. Außerdem war ich sauer, daß mir der Tag so verhagelt worden war.

Ich begann ernsthaft daran zu zweifeln, daß ich Conrads Mörder finden würde. Ich hatte angenommen, eine relativ leichte Aufgabe vor mir zu haben, da ihn so viele haßten. Es wäre mein erster großer Fall gewesen, ein Fall, der mir auf einem sehr wettbewerbsintensiven Markt wohl zum ent-

scheidenden Durchbruch verholfen hätte. Privatdetektive gibt es nicht gerade wenige in dieser Stadt, die gelben Seiten sind voll davon. Aber es ging hier nicht nur ums Geschäft, obwohl es schon schlimm gewesen war, monatelang keinen einzigen Fall gehabt zu haben. Es ging um mehr.
Als wir heirateten, war Lanie, meine Exfrau, die stellvertretende Vizedirektorin der größten Werbeagentur der Stadt. Nach unserer Scheidung wurde sie zum Vizevorstand des Konzerns für ein Gebiet von fünfzehn Staaten. Es war nicht schwer zu erkennen, wie sie mit der Trennung zurechtkam. Lanie ist zäh, ehrgeizig und attraktiv. Außerdem ist sie zehn Jahre jünger als ich. Wir trafen uns, als sie noch neu im Geschäft war und Reporter dazu drängte, Presseverlautbarungen zu veröffentlichen. Sie brachte eines Tages ein paar davon vorbei, und ich bot ihr an, sie durch die Zeitung zu führen. Was sollte es, sie sah gut aus, und ich war damals solo. Schließlich lud ich sie zum Lunch in die Firmencafeteria ein. Es haute sie fast vom Stuhl, als mitten beim Essen der Verleger selbst zu mir kam und mir wegen eines Artikels, den ich gerade über mangelnde Sprinkleranlagen und die Verletzung der feuerpolizeilichen Vorschriften in einem der Bürogebäude in der Innenstadt verfaßt hatte, auf die Schulter klopfte. Wir redeten uns mit Vornamen an und alberten ein bißchen herum. Ich stellte sie ihm vor, und er küßte ihr ganz im europäischen Stil die Hand. Lanie dachte, sie habe das große Los gezogen und ich sei ein kleiner Dieter Kronzucker.
Sechs Monate später waren wir verheiratet. In der Zeitung erschien ein Feature über die Hochzeit. Eine der Fernsehstationen sendete sogar einen TV-Spot. Ihre Eltern erstarrten in Ehrfurcht vor alldem. Auch meine waren ganz schön von den Socken.
Erst nachdem wir etwa ein Jahr verheiratet waren, als verhei-

ratete Eheleute ein gemeinsames Girokonto hatten und eine gemeinsame Steuererklärung abgeben konnten, wurde Lanie klar, daß sie, die frisch vom College kam und gerade zwei Jahre Berufspraxis hinter sich hatte, schon jetzt mehr verdiente als ich. Ich erklärte ihr, daß die meisten Zeitungsleute auch unter den besten Bedingungen selten mehr als fünfunddreißigtausend Dollar verdienten, egal wie engagiert sie auch seien, und was meine Bedingungen betreffe, so seien diese nicht die besten. Und ich fügte noch hinzu, daß ich, auch wenn ich möglicherweise eines Tages in einer größeren Stadt zu einer größeren Zeitung wechseln würde, im Moment recht zufrieden sei und nicht plane, von dort wegzugehen.

Dann wurde sie zur stellvertretenden Vizedirektorin ernannt, und meine Schwierigkeiten begannen. Nun verdiente sie nicht nur besser, und zwar so viel, daß wir beide davon hätten leben können, sondern hielt mir vor, daß ich nicht mehr verdienen *wollte*. Sie konnte sich nicht vorstellen, daß ich all die Stunden arbeitete, so viele Artikel auf der Titelseite veröffentlichte und immer noch bereit war, mich mit einer jährlichen Lohnsteigerung von drei Prozent zufriedenzugeben.

Sie ermutigte mich, zum Fernsehen zu gehen, wo die wirkliche Kohle sitzt. Eine Zeitlang zog ich es in Betracht. Aber Fernsehjournalismus ist noch mehr Entertainment als Zeitungsjournalismus. Ich würde niemals den fröhlichen Mist ertragen können, der Abend für Abend die lokalen Nachrichten durchzieht, ohne daß es mich würgte. Früher oder später würde ich jemandem auf die Zehen treten und gefeuert werden, eine Sache, von der ich glaubte, daß sie mir bei der Zeitung nicht passieren könnte.

Die Wirklichkeit entwickelte sich jedoch dann anders. Jedenfalls überschattete mein Mangel an Ehrgeiz unsere

Ehe. Sehr bald waren wir nicht solvent genug für das Darlehen, das sie wollte, um das Haus draußen in Belle Meade zu kaufen, wir konnten keinen Urlaub in Europa machen, weil mir die Zeitung nicht so lange frei gab, und ich konnte mir nicht nur einen Jaguar nicht leisten, ich wollte noch nicht einmal einen ... Nun, die Dinge gingen rasch den Bach runter. Eines Nachts wurde ich gerufen, um über ein Großfeuer in einem Wohnblock zu berichten. Es gehörte zwar nicht zu meinem Ressort, aber der Lokalreporter, der für die Spätnachrichten zuständig war, war gerade auf achtundzwanzigstündigem Entzug in einer Alkohol-Entzugsanstalt. Als ich um fünf Uhr morgens zurückkam, hatte Lanie den Koffer gepackt und war ausgezogen. Sie reichte die Scheidung ein. Und das war, wie man so sagt, alles, was ich von ihr hörte.

Es wäre nicht so hart gewesen, wenn ich mich nicht aus der Zeitung hätte werfen lassen. Es lag eine gewisse Befriedigung darin zu wissen, daß Lanie, wenn sie ihren Alfa auf den Parkplatz ihrer Wohnanlage im West End fuhr, den Aufzug in ihr schön möbliertes Wohnzimmer nahm, sich ein Glas eines Zwanzig-Dollar-Weins einschenkte und sich zurücklehnte, um die Tageszeitung zu lesen, mein Name entgegenlachte, so daß er immer noch zu ihrem Leben und Gesichtskreis gehörte. Nun war mir selbst diese Befriedigung verwehrt.

Im allgemeinen erlaube ich es mir nicht, in Selbstmitleid zu verfallen. Aber mir war gar nicht klar gewesen, wieviel es mir bedeutete, ein Spitzenzeitungsreporter zu sein, wie sehr die Tatsache, meinen Namen auf der Titelseite zu sehen, so vieles wettmachte, nicht zuletzt meinen recht kümmerlichen Lohn. In einer unserer letzten Unterhaltungen erklärte Lanie rundheraus, daß sie mich verlasse, weil es mir an Ehrgeiz mangele. Sie sagte, daß ich Kontakte, die ich ge-

knüpft, und den Einfluß, den ich auf die Zeitung habe, verschwendet hätte, weil ich mich weigere, sie zu meinem Vorteil zu nutzen.
Vielleicht hatte sie recht. Ich konnte immer einen Job als PR-Agent bekommen und doppelt soviel verdienen wie bei der Zeitung. Und das hätte bedeutet: ein schöneres Auto kaufen, eine schönere Wohnung beziehen, nach dem Dinner bei Maudes Courtyard und Mario's im Nadelstreifenanzug einen Drink nehmen. Dieses Geschäft des Privatdetektivs war es einfach nicht wert. Ich hatte keine Ahnung, wo ich mich da hineinbegab, habe keine Vorstellung von dem, was ich tue, und richte vermutlich mehr Schaden an, als mir lieb ist, wenn ich nicht Leine ziehe, solange ich es noch kann.
Ich trank den letzten Schluck des abgestandenen, lauwarmen Biers. Irgendwie schien es passend, mitten in der Hauptstadt der Country-music zu sitzen und in mein Bier hineinzuweinen. Jetzt würde es nicht mehr lange dauern, und ich würde den Refrain eines George-Jones-Songs anstimmen. Nur daß ich den Text nicht kannte und es hart ist, George Jones zu singen, wenn man den ganzen Abend bloß in zwei Bier hineinweint. Ich mag Bier einfach nicht gern genug, um so viel davon zu trinken, daß ich bierselig werde. Verdammt, ich kann nicht singen, ich kann nicht trinken, ich versage als Detektiv. Vielleicht kann ich wenigstens schlafen.
Ich stand auf, humpelte – obwohl mir mein Bein eigentlich gar nicht mehr weh tat – in die Küche, um zu sehen, ob noch etwas Orangensaft im Kühlschrank war, und das Licht zu löschen. Vielleicht lief ja ein alter Film im Fernsehen.
Ein Blick auf die Küchenuhr sagte mir, daß es zwanzig nach zwölf war. Um diese Zeit wird es in dem Viertel endlich still. Unten hatte Mrs. Hawkins, meine Vermieterin, vermutlich

schon ihr Hörgerät herausgenommen, ihre vier Katzen aus dem Haus gelassen und sich unter ihre handgenähte Steppdecke gekuschelt. Ich fühlte mich allein, ein wenig einsam, aber das war okay. Vielleicht würde ich diese ganze Geschichte sausenlassen und etwas anderes mit meinem Leben anfangen.

Ich beugte mich vor, um das Licht in der Küche zu löschen und die Tür abzusperren. In dem Augenblick, in dem das Licht ausging, explodierte die Küchentür, und der schwere Messingtürknopf prallte gegen die dahinterliegende Wand. Eine schwarze Gestalt schoß aus der Dunkelheit auf mich zu, packte mich und schleuderte mich nach hinten. Ich flog einige Sekunden lang durch die Luft, dann krachte ich auf den Küchenboden, wo ich hilflos liegenblieb, während es hinter meinen Augenlidern wild flimmerte und in meinem Kopf hämmerte.

Nun spürte ich ein Gewicht auf mir und konnte die Arme nicht mehr rühren. Es drückte mir die Brust zusammen, nagelte mich am Boden fest, und von Sekunde zu Sekunde wurde die Welt um mich herum schwärzer.

Als ich begriff, daß ich keine Luft mehr bekam, fürchtete ich, dies könnte mein letzter klarer Gedanke sein.

KAPITEL 21

Ich fühlte mich, als wäre das ganze verdammte Haus über mir eingestürzt. Aber dann spürte ich in der Dunkelheit der Küche, in die durch die Fenster nur die Strahlen der entfernten Straßenlaternen drangen, heißen Atem in meinem Gesicht.

»Wir beide haben miteinander zu reden«, sagte eine schroffe, leise Stimme. Ich bemühte mich, sie zu erkennen, aber es gelang mir nicht. Doch was ich erkannte, war der spezielle Geruch, den die warme Atemluft hatte.

Bubba Hayes.

Ich war schon früher in Schwierigkeiten gewesen, ja, es hatte Augenblicke gegeben, in denen ich mich fragte, ob ich den nächsten Tag noch erleben würde. Wie damals, als ich die Undercoverstory über Vorstadtjugendliche schrieb, die Crack kaufen wollten, und mir bei einer Schießerei an einer Straßenecke fast der Kopf weggeblasen wurde. Aber noch nie hatte ich mich dem Sensenmann so nahe gefühlt wie in jenem Moment, als der über dreihundert Pfund schwere Bubba Hayes auf meiner Brust saß.

Eines mußte Bubba klar sein: Wenn er nicht dort heruntersieg, würde es bei einer vergleichsweise einseitigen Unterhaltung bleiben. »Ich ... kriege ... keine ... Luft«, gelang es mir zu flüstern.

Er beugte sich vor, sein dunkler, verschwommener Schatten tauchte schemenhaft über mir auf und verdeckte nun selbst den Schein der Straßenlaternen.

»Genau wie Mr. Kennedy. Wenn du nicht ebenfalls dorthin willst, wo er ist, tust du besser, was ich dir sage.«

Ich spürte nun die Panik eines Ertrinkenden in mir aufstei-

gen. Eine Sekunde hoffte ich, daß das Entsetzen und der dadurch entstehende Adrenalinschub mir die Kraft geben würden, ihn abzuschütteln, wie bei der alten kleinen Lady, die den Volkswagen über dem Mechaniker hochhob, als der Wagenheber nachgab und ihn unter sich begrub. Nachdem ich einige Muskeln bewegt hatte, wurde mir jedoch klar, daß ich keine Chance hatte. Er hatte mich fest im Griff. Meine Gedanken kamen nun langsamer. Ich wäre besser dran gewesen, wenn das Haus auf mich gestürzt wäre.
Es gelang mir, fast unmerklich zu nicken. Er muß die Bewegung gespürt haben. Einen Augenblick später kniete er sich hin, und sein riesiger Hintern hob sich von meiner Brust gerade weit genug, daß ich einmal verzweifelt und laut Luft holen konnte. Der Sauerstoffstoß machte mich leicht benommen, und das Strecken meiner Rippen schmerzte so sehr, daß ich fast schrie. Aber es war ein wunderbares Gefühl, wieder zu atmen.
»Ich habe nichts damit zu tun«, sagte ich. »Ich habe ihn nicht getötet.«
»Weißt du, wie lange er für mich gearbeitet hat?« fragte Hayes barsch. Ich hörte, wie etwas durch die Luft zischte, ein Geräusch wie von einem Golfschläger, dann knallte seine Hand auf meine Wange und erwischte auch noch die Nasenspitze. Merkwürdig, dachte ich, daß es mehr brennt als weh tut. Dann kam mir einer dieser lächerlich unwichtigen Gedanken, die das menschliche Gehirn in Krisenzeiten produziert, nämlich daß ich jetzt wußte, wie es sich anfühlte, wenn mein Kopf gegen ein heißes Waffeleisen stieß.
»Weißt du, was für ein guter Freund er mir war?« Wieder zischte es, und diesmal traf der Schlag die andere Wange. Irgend etwas Nasses lief seitlich an meinem Gesicht herunter. Ich hoffte, es war Blut und nicht Rotz. Ich haßte die Vorstellung, dieser Hurensohn könnte glauben, ich weinte.

Ich lag da, versuchte zu atmen und ging davon aus, daß seine Fragen rein rhetorisch waren. Ich hoffte, er werde die nächste Frage so laut stellen, daß Mrs. Hawkins eine Treppe tiefer ihn vielleicht auch ohne Hörgerät hören und die Polizei rufen würde.

Er nahm meinen Kopf mit beiden Händen, die im Dunkeln, als sie auf mich zukamen, aussahen wie Schmelztiegel, und drückte ihn auf den Boden.

»Wer war es?« zischte er. »Wer hat Mr. Kennedy umgebracht?«

»Ich weiß es nicht.« Ich spürte, wie seine Hände meinen Kopf nun noch fester umklammerten. Er hob ihn etwa fünf Zentimeter hoch, dann knallte er ihn wieder auf den Boden. Ich hatte das Gefühl einer Explosion, vergleichbar der, bei der Lonnies kleines hausgemachtes Bonbon einen Krater in seinen Bürotisch gerissen hatte. Ich wünschte, ich hätte jetzt einen Becher von dem Zeug. Ich würde uns beide in die Hölle pusten, nur um diesen Kerl von mir herunterzubekommen. Rasender Schmerz färbte alles rot, und ich dachte nur: So 'ne Scheiße, jetzt sind die Wundklammern wieder hin. Man wird mich doch noch nähen müssen.

»Wenn du ihn nicht umgebracht hast, dann weißt du, wer es war.«

Meine Arme lagen rechts und links neben meinen Beinen unter seinen riesigen Schenkeln. Ich bewegte eine Schulter am Boden. Wenn ich nur eine Hand ein paar Zentimeter nach oben bekommen könnte, wäre ich vielleicht in der Lage, ihn an den Eiern zu packen. Aber ich bekam sie nicht nach oben. Reverend Bubba Hayes hatte offensichtlich Erfahrung darin, seinen Körper als Waffe einzusetzen. Er hatte mich fest im Griff, und schlimmer als der Schmerz und die Angst war meine Wut darüber. Was zum Teufel dachte der Kerl, wer er war?

»Du wirst jetzt mit mir reden, mein Junge.« Er kam mit seinem Gesicht meinem ganz nahe. »Ich mußte heute abend seine Frau und seine Kinder aufsuchen. Weißt du, wie das war?«

Ich schnappte wortlos nach Luft. Er ließ mir jetzt etwas mehr Raum zum Atmen, aber es war noch immer kein Frühlingsspaziergang.

»So kann ich nicht reden«, stieß ich aus. »Ich muß mich aufrichten.«

Er lag jetzt wieder mit seinem ganzen Gewicht auf mir. Ich versuchte den Atem anzuhalten, damit er mir nicht alle Luft aus den Lungen preßte, aber das würde ich nicht lange durchhalten. Ich spürte wieder Panik in mir aufsteigen, nur war ich jetzt schon zu schwach, um daraus viel Kraft zu schöpfen. Vielleicht würde er mich am Ende töten. Und es ging mir so durch den Kopf, daß es wirklich dumm von ihm wäre, dies zu tun.

Es machte keinen Sinn. Sinnlos zu sterben erfüllte mich mit Schmerz und Trauer, und ich spürte, wie mir Tränen in die Augen traten. Hatte er jetzt meinen Widerstand gebrochen? Ich fragte mich, ob das die Art war, wie Menschen starben. Weinte und hoffte, daß es nicht so geschehen würde.

»Wenn ich dich aufstehen lasse, packst du aus, mein Junge. Und wenn du irgendeine Dummheit versuchst, brech ich dich in der Mitte durch. Verstanden?«

Der Atem, den ich angehalten hatte, entwich nun. Ich schüttelte den Kopf so enthusiastisch, wie ich nur konnte. Dann stieg er von mir runter.

Als ich mich von seiner Masse befreit fühlte, schlaffte ich total ab und wurde so schwach wie ein neugeborenes Kind. Mir war gar nicht bewußt gewesen, daß ich so stark Gegendruck ausgeübt hatte, aber jeder einzelne Muskel in mir war

angespannt gewesen. Ich war derart erschöpft, daß mir übel war.
Rechts von mir ertönte ein scharrendes Geräusch auf dem Linoleum, und dann hörte ich das Knarren des Bodens, als sich der Mann mit seinen über hundertfünfzig Kilo auf einen Zehn-Dollar-Küchenstuhl fallen ließ. Ich hob den Kopf, und in dem Lichtstrahl, der durch das Küchenfenster drang, sah ich Bubba Hayes an meinem Tisch sitzen, die Ellbogen aufgestützt und den Kopf in den Händen. Er schluchzte. Ich starrte ihn einen Augenblick mit offenem Mund an – ein dreihundert Pfund schwerer Verbrecher, der weinend an meinem Küchentisch saß. Wer hätte das gedacht? Ich rollte auf die Seite, stützte mich am Boden ab und drehte mich unter Schmerzen auf mein Hinterteil. Dann zog ich die Knie an die Brust, streckte meinen Oberkörper und versuchte herauszufinden, wie viele Rippen gebrochen waren. Dabei achtete ich darauf, ob ich einen stechenden Schmerz in der Brust verspürte, was ein Zeichen dafür gewesen wäre, daß meine Lunge was abbekommen hatte.
Reiß dich zusammen, sagte ich mir, stützte mich hinten mit den Händen auf und schaffte es, auf die Knie zu kommen. Alles drehte sich. Ich war offensichtlich dabei, mich wieder zu übernehmen. Ich beugte mich über den Boden, schnappte mir einen Stuhl und zog ihn zu mir. Mich an ihm festhaltend, schaffte ich es auf die Beine und ließ mich auf die weiche PVC-Auflage sinken.
»Was kommt jetzt?« fragte ich noch immer keuchend. Ich fühlte rechts einen starken Krampf und massierte die Stelle in dem Versuch, ihn wegzukriegen. Mit der anderen Hand nahm ich ein Geschirrtuch vom Küchentisch und wischte mir damit so vorsichtig wie möglich übers Gesicht. Als ich es danach ansah, war ein häßlicher dunkler Fleck darauf. Ich

schnüffelte und überprüfte, ob da noch etwas Feuchtes in meinem Gesicht war, aber das Blut in meiner Nase war bereits geronnen.
Bubba hob den Kopf. Selbst in der Dunkelheit konnte ich seine Augen wie scharfe Lichtpunkte sehen. Gott sei Dank blieb mir sein Blick erspart. Ich wäre vor Furcht wahrscheinlich völlig gelähmt gewesen.
»Ich will den Mann, der das getan hat«, sagte er, und er klang wie ein Bulldozer, der in einem niedrigen Gang einen Hügel hinauffährt. Seine Stimme war nicht fanatisch, nicht theatralisch, nur auf kalte, mörderische Weise wütend. Ich war nicht nur aus juristischen Gründen froh darüber, Mr. Kennedy nicht umgebracht zu haben.
»Nun, bisher haben Sie ihn nicht«, entgegnete ich. »Warum ließen Sie Mr. Kennedy mich beschatten?«
»Mr. Kennedy beschattete mehrere Leute. Du warst nur einer von ihnen.«
»Was haben Sie getan? Selbst den Privatschnüffler gespielt?«
Bubba ließ die Hände auf den Küchentisch krachen.
»Ich wollte wissen, was passiert ist. Es ist schlecht fürs Geschäft, wenn die Leute denken, daß sie um die Ecke gebracht werden, weil sie Bubba Geld schulden. Ich bin ein Mann mit moralischen Grundsätzen. Ich bringe niemanden um. Ich gebe den Menschen nur, was sie wollen.«
Ja, dachte ich, die gleiche dumme Entschuldigung, mit der sie alle kommen. Man mag es Sünde nennen oder auch Laster. Aber das würde ich Bubba natürlich nicht auf die Nase binden. »Wen hat er noch verfolgt?«
Bubba wandte sich von mir ab. Er würgte und keuchte nun selbst, entweder übermannt von seinen Gefühlen oder von der Anstrengung. Ich wußte es nicht und wollte es auch gar nicht wissen.
»Ich habe Mr. Kennedy vertraut. Er arbeitete selbständig.«

»Also wissen Sie nicht, wen er sonst noch beschattet hat?«
»Ich werde es herausfinden. Und wenn das geschehen ist ...«
Zwischen uns entstand ein Schweigen, das ebenso bedrohlich und kalt war wie schon das zuvor. Derjenige, der Mr. Kennedy umgebracht hatte, tat mir wirklich leid. Wenn der Killer Glück hatte, würde ihn der Arm des Gesetzes vor Bubba erreichen, und er würde nur den elektrischen Stuhl zu befürchten haben.
Doch nun brachte mich Bubba zum Nachdenken. Warum sollte jemand Mr. Kennedy töten?
»Es gibt nur zwei Gründe, weshalb ihn jemand umgebracht haben könnte«, sagte ich laut.
»Und die wären?«
»Entweder stand Mr. Kennedy kurz davor, herauszufinden, wer Conrad Fletcher auf dem Gewissen hat, oder er kam jemand anderem zu nahe, der seinerseits kurz davorstand, Fletchers Mörder zu entlarven.«
»Das ergibt keinen Sinn, mein Junge.«
»Doch, denken Sie mal nach.« Der Gedanke, daß ich vielleicht einer Auflösung näher stand, als ich glaubte, hatte mir neue Energie geschenkt, und ich erhob mich. Eines war gewiß: Wenn der erste Grund nicht der für den Mord an Mr. Kennedy war, dann mußte sich der zweite um mich drehen.
»Außer der Polizei«, fuhr ich nach einer Weile fort, »bin ich der einzige, der aktiv nach Conrads Mörder sucht. Wenn ich der Wahrheit nahe komme, muß der Täter seine Karten auf den Tisch legen. Und als Mr. Kennedy auf den Plan trat, war da eine weitere Person, die er unter Kontrolle zu halten hatte. Jetzt, da Mr. Kennedy aus dem Weg geräumt ist, sind nur noch ich und der Killer übrig.«
Reverend Bubba Hayes rutschte auf dem Küchenstuhl herum, und ein häßlicher Laut ertönte, als die Stuhlbeine sich

in den Boden bohrten. Wenn der Stuhl jetzt nicht unter ihm zusammenbrach, würde er die Nacht wahrscheinlich überleben. Aber er würde nie mehr derselbe sein wie zuvor.
»Was du da gesagt hast, ergibt einen Sinn, mein Junge.«
Ich schloß die Augen und versuchte mich trotz Schmerzen und Müdigkeit zu konzentrieren.
»Irgend etwas ist hier faul«, erklärte ich. »Und ich sehe es nicht. Ich bin näher an der Lösung, als ich dachte. Haben Sie gehört, Bubba? Die Antwort ist da draußen, nur sehe ich sie nicht.«
Er entgegnete etwas, aber ich achtete nicht mehr auf ihn. Ich rieb mir die Schläfen. Verdammt, es war hier irgendwo. Ich wußte es.
Es mußte so sein.

KAPITEL 22

Bubba Hayes' letzte Bemerkung, bevor er um drei Uhr morgens ging, war, daß er, wenn ich doch etwas mit Mr. Kennedys Tod zu tun hätte, dafür sorgen werde, daß ich die Welt aus einer Hundefutterdose heraus betrachten würde.
Mein Einsatz war also abrupt angestiegen. Ich wußte, daß ich nichts mit Mr. Kennedys Tod zu tun hatte, aber nun mußte ich Bubba davon überzeugen. Und wenn ich schon dabei war, sollte ich die Mordkommission davon überzeugen, daß ich auch Fletcher nicht umgebracht hatte. Spellman hatte zwar den Medien gegenüber gesagt, daß ich nicht mehr zu den Verdächtigen zählte, aber die Polizei, und das wußte ich aus eigener Erfahrung, konnte weniger als freimütig sein.
Alle dachten, daß ich jemanden auf dem Gewissen hatte. Ich fragte mich, ob ich meinen alten Job zurückhaben konnte. Ich möchte hier nicht als unverbesserlicher Optimist erscheinen, aber eine positive Nebenwirkung hatte Bubbas nächtlicher Besuch. Es war mir klargeworden, daß ich mit meinen Ermittlungen nicht so weit danebenlag, wie ich dachte. Das war gut so. Allerdings hatte ich zwei Leichen gesehen, die der Mörder ins Jenseits befördert hatte, und wenn er zweimal tötete, würde er es auch ein drittes Mal tun. Vielleicht würde es dann mich erwischen. Und das war schlecht.
Plötzlich hatte ich das Gefühl, daß ich mit wirklich ernsthaften Problemen konfrontiert war. Ich weiß nicht, weshalb, aber bisher war es mir irgendwie mehr als ein Spiel erschienen. Ich tanzte Ringelreihen und jagte etwas nach, als

befände ich mich in einem 3-D-Film, der Realversion von »Wer ist der Täter?«, und der Gärtner erledigte die Opfer mit der Rohrzange im Zeichenzimmer. Nur war es so, daß der Gärtner mich erledigte, wenn ich das Spiel verlor. Und diesmal war es Realität.

Und diese Dosis an Realität ließ mich die ganze Nacht nicht schlafen. Als Bubba sich schließlich die Metalltreppe zu Mrs. Hawkins' Hinterhof hinunterschleppte und dabei dankenswerterweise nicht die Hauswand abriß, schloß ich die Tür, lehnte einen Stuhl dagegen und nahm mir vor, morgen den zersplitterten Türstock zu reparieren. Dann überprüfte ich alle Fenster. Ich legte mich ins Bett, aber so nah, wie ich dem Schlaf kam, hätte ich mich genauso im nächsten County aufhalten können.

Schließlich, so gegen sechs, kroch ich wieder aus dem Bett und machte mir eine Kanne Kaffee. Ich sah in den Spiegel und stellte fest, daß meine Nase noch immer geschwollen war und sich ein paar widerliche Flecken aus getrocknetem Blut auf meiner Wange befanden. Und auch in meinem Haar war Blut, vermutlich von der alten Wunde an meinem Hinterkopf. Verdammt, die würde nie heilen, wenn die Leute mich ständig wie einen fünfzig Pfund schweren Sack Hundefutter durch die Gegend warfen.

Hundefutter. Schon wieder. Ein schlechter Scherz.

Ich drehte die Dusche voll auf und blieb unter dem Strahl stehen, bis das warme Wasser ausging. Ich hatte das Gefühl, jeder Muskel schmerzte in meinem Körper. Es schmerzten Stellen, die mir nicht mehr weh getan hatten, seit ich in meinem ersten Schuljahr Football gespielt hatte. Ich ging zweimal zum Training, zum dritten erschien ich nicht mehr. Mein Vater nannte mich einen Schlappschwanz, bis der Coach ihm sagte, daß ich mit hundertfünfundzwanzig Pfund das kleinste Kind sei, das er je in einem Schulfootballteam gesehen habe, und daß er erstaunt sei, daß ich zwei Tage durchgehalten hätte.

Auch in der letzten Nacht hatte ich mich wie ein Schlappschwanz gefühlt, zumindest bis Bubba Hayes bei mir auftauchte und die unerhörte Güte hatte, etwas gesunden Menschenverstand in mich hineinzuprügeln. Er würde nie erfahren, was für einen Gefallen er mir damit getan hatte, und obwohl etwas in mir war, das ihn gerne festgebunden hätte, um ihm ein oder zwei Stunden auf dem Kopf herumzuspringen, war ich ihm irgendwie dankbar.

Als ich im Rahmen des Möglichen wiederhergestellt war, trank ich den Kaffee aus und fuhr ins Krankenhaus. Ich hatte keine Ahnung, ob Jane Collingswood noch da war. Ich wußte nur, daß der Schichtdienst von Assistenzärzten ziemlich scheußlich war. Irgendwo würde ich sie und auch Zitin schon auftreiben. Es war an der Zeit für ein paar Antworten von ihnen.

Auf dem Freeway war der übliche mittägliche Stau. Als ich die Shelby Street Bridge überquerte, konnte ich sehen, daß der Verkehr sich in beiden Richtungen staute. Ich beschloß, auf diese Erfahrung zu verzichten, und fuhr durch die Innenstadt, vorbei an der Union Rescue Mission, zum Broadway. Auch dort war eine Baustelle, so daß es nur noch in Schrittgeschwindigkeit vorwärts ging. Der Ford begann heiß zu werden, die Anzeige stieg rasch in den roten Bereich. Ich lockerte die Krawatte, nachdem ich die Jacke schon auf den Beifahrersitz geworfen hatte, und krempelte die Ärmel bis über die Ellbogen hoch. Das Leben ging fast vierzig Minuten so weiter, bevor ich sechs Blocks von der Klinik entfernt einen Parkplatz fand.

Schlafmangel, physische Mißhandlungen, städtischer Streß – als ich endlich die klimatisierte Lobby des Medical Center betrat, war ich nur noch ein tropfendes Häufchen

Elend. Inzwischen kannte ich den Weg schon ziemlich gut, und so ging ich einen Flur hinunter und bog links in einen anderen ein, der so lang aussah wie ein Footballfeld. Am Ende des Flurs war an zwei geschlossenen beigen Metalltüren ein Schild mit der Aufschrift NOTAUFNAHME – NUR FÜR DIENSTPERSONAL und darunter ANDERE PERSONEN BITTE HAUPTEINGANG BENUTZEN.

Ich begab mich durch eine Glastür hinaus und zurück in die Hitze. Eine gebogene Auffahrt, die breit genug war, daß drei Krankenwagen nebeneinander Platz hatten, führte von der Straße unter ein Betonvordach und wieder zurück auf die Straße. Die Auffahrt war leer, außer einem orangeweißen Lieferwagen, auf dem seitlich in blauen Buchstaben NOTARZT stand.

Auf diesen Wagen wollte ich nicht mal im Traum hoffen. Ich lief an ihm vorbei zu dem Verbindungsgang, der zu einer Reihe Glastüren führte, dieselben, durch die ich in jener Nacht gegangen war, die nun schon so weit zurückzuliegen schien, damals, als das Leben einfacher war und niemand drohte, mich zu ermorden, ins Gefängnis zu sperren oder Vordrucke ausfüllen zu lassen.

In der Notaufnahme herrschte wie üblich geschäftiges Treiben. Das Personal war immer hektisch, selbst wenn nur ein paar Patienten mit Skateboard-Verletzungen im Wartezimmer herumsaßen. Die mußten alle süchtig nach Streß sein, sonst würden sie hier niemals durchhalten.

Inmitten dieses Wirbels saß hinter einem hohen, runden Schreibtisch, vor sich eine Reihe Klemmbretter, eine Ruhe ausstrahlende Frau. Ich ging zu ihr, und noch bevor ich überhaupt eine Chance hatte, den Mund aufzumachen, sagte sie: »Sie müssen diese Formulare ausfüllen, Sir.«

»Einen Moment mal ...«, begann ich.

»Wir können nichts für Sie tun, Sir, wenn Sie nicht diese Formulare ausfüllen.«
»Ich ...«
»Sir, Sie müssen diese Formulare ausfüllen, damit wir Ihnen helfen können.« Sie griff nach einem Klemmbrett mit einem Kugelschreiber und einem Stapel Papier, der bereits darauf befestigt war, und schob mir alles zu.
»Bitte seien Sie kooperativ.«
Ich muß so gewirkt haben, als bedürfte ich verzweifelt ärztlicher Hilfe. Es würde sicher schwer werden, diese Frau vom Gegenteil zu überzeugen.
»Ma'am«, sagte ich, zog meine Lizenz heraus und ließ meine Marke vor ihr aufspringen, schloß das Etui allerdings schnell wieder, bevor sie Zeit hatte, es genauer zu betrachten. »Ich bin Harry Denton und suche nach Dr. Jane Collingswood. Sie hatte letzte Nacht Dienst in der Notaufnahme. Wenn sie noch hier ist, würde ich gerne mit ihr sprechen.«
Sie taxierte mich einen Moment, ließ sich aber die Lizenz nicht noch mal zeigen. »Nehmen Sie da drüben Platz, Detective, und ich werde sehen, ob ich sie finden kann.«
Ich setzte mich in die Wartezone, während sich mein Magen bei dem Gedanken, mich wieder fast einer Amtsanmaßung schuldig gemacht zu haben, verkrampfte. Wenn die Leute hier annahmen, ich sei Polizist, war das ihr Problem. Spellman würde das jedoch vermutlich anders sehen.
Etwa zehn Minuten blätterte ich eine zwei Jahre alte Ausgabe von *Reader's Digest* durch. Dann erhob sich die Frau hinter ihrem Schreibtisch.
»Es ist jetzt ein bißchen ruhiger geworden, Detective«, sagte sie, »und Dr. Collingswood macht gerade eine Pause. Sie finden sie im dritten Stock im Ärztezimmer.«
Ich stand auf und warf die Zeitschrift auf den Tisch. »Danke«, sagte ich und wandte ihr den Rücken zu, bevor sie mich

noch eingehender mustern konnte, als sie es ohnehin schon getan hatte.
Wieder im Hauptgebäude, ging ich zum Informationsschalter. Die dicke Frau hinter dem Schreibtisch war überall verdrahtet: Kopfhörer, Telefonmikrofon, Walkman.
»Das Ärztezimmer im dritten Stock?« fragte ich. »Hier lang?« Ich zeigte den Korridor hinunter.
»Tut mir leid, Sir. Zum Ärztezimmer haben Patienten keinen Zutritt.«
»Das ist mir bekannt«, erwiderte ich leicht gereizt. »Ich bin Dr. Evans, Neurochirurgie. Ich kenne mich hier draußen nicht so aus.«
»Oh, sicher, Dr. Evans. Folgen Sie der roten Linie zu den zweiten Aufzügen. Dort fahren Sie in den dritten Stock und gehen dann rechts.«
Ich drehte mich um und eilte davon. Ärzte sind nicht dafür bekannt, daß sie sich höflich bedanken. Oben angekommen, verließ ich den Aufzug und bog rechts ab, am Schwesternzimmer und an einer Reihe Büros vorbei, und hielt vor einer Tür mit dem Schild: ÄRZTEZIMMER – NUR FÜR DIENSTPERSONAL.
Ich hatte die Nase voll von diesem ganzen Dienstpersonalkrampf. Ich zog meine Lizenz heraus und schaute sie an. Ja, ich war berechtigt.
Ich öffnete die Tür und trat ein. Das Zimmer war dunkel und kühl. Ein Farbfernseher stand auf dem Boden in einer Ecke und flimmerte leise vor sich hin. Es war ein gemütlicher Raum, gedämpft, pastellblauer Teppich, weich gepolsterte, wenn auch schon ziemlich abgenutzte Sofas an den Wänden und in der Mitte ein Holztisch und Cafeteriastühle. Zwei Personen lagen mit den Gesichtern zur Wand auf den Sofas und schliefen, wobei ihre Ärztekittel sich langsam im Rhythmus des Atems rauf und runter bewegten.

Jane Collingswood saß an einem Tisch und nippte an einem Styroporbecher, während sie in einer Zeitschrift blätterte. Sie bewegte sich nicht, als ich von der Seite den Raum betrat. Ich ging langsam auf sie zu und blieb hinter ihr stehen.
»Sie konnten wohl nicht schlafen?« fragte ich mit leiser Stimme.
Sie drehte sich auf dem Stuhl um. Es war beruhigend, daß selbst jemand, der so attraktiv war wie Jane Collingswood, von Zeit zu Zeit so ausschauen konnte, als sei er gerade von einer Sauftour zurück. Ihre Haut war auf unvorteilhafte Weise blaß, ihr Gesicht wirkte müde, ihre Augen waren eingesunken. Ich hatte gehört, daß sie die Ärzte durch die Hölle schicken, nur um zu sehen, ob sie es aushalten. Ich nehme an, daß das stimmt. Kein Wunder, daß so viele von ihnen Arschlöcher sind. Etwa so wie bei den Marinesoldaten.
»Was tun Sie hier?« fragte sie. Die Frage hätte gebieterisch geklungen, wenn sie dazu die Kraft gehabt hätte.
»Ich suche Sie«, antwortete ich, ging um den Tisch herum und setzte mich auf den Stuhl ihr gegenüber. Sie runzelte die Stirn, und die Bewegung ihres Kiefers machte Linien auf ihrer Haut sichtbar. Ihre Augen wurden dunkler, und sie schüttelte leicht den Kopf.
»Mr. ... wie war noch gleich Ihr Name?«
»Harry.«
»Nun, Mr. Harry, ich habe dreiunddreißig Stunden von einer Zweiundsiebzig-Stunden-Schicht hinter mir und möchte jetzt ein wenig allein sein, denn heute ist Freitag, und irgendwann gegen zweiundzwanzig Uhr dreißig erwarten wir wieder Notfälle.«
»Ich weiß nicht, wie Ärzte so etwas durchhalten«, sagte ich.
»Ich habe letzte Nacht nicht geschlafen und fühle mich, als

hätte mich jemand in einen Mikrowellenherd gesteckt und alle Knöpfe gleichzeitig gedrückt.«
Sie lächelte fast. »Im Augenblick, Mr. Harry, weiß ich auch nicht, wie wir das schaffen. Aber ich habe sicher keine Zeit, mit Ihnen Scherze zu machen. Wenn Sie mich nun bitte entschuldigen wollen.«
Ich überlegte eine Sekunde. Selbst wenn sie Fletcher getötet haben sollte, und ich begann gerade zu glauben, daß sie über genügend innere Kraft verfügte, um es zu tun, fühlte ich mit ihr. Aber ich konnte die Sache jetzt nicht ruhenlassen.
»Erzählen Sie mir von sich und Conrad Fletcher.«
Die Zeitschrift glitt ihr aus der Hand und fiel erst auf ihren Schoß, dann auf den Boden. »Wieso glauben Sie, daß es da etwas zu erzählen gibt?«
»Kommen Sie schon. Ich mag Sie. Sie sind klug, entschlossen und engagiert. Und ohne zu sexistisch klingen zu wollen, Sie sehen verdammt gut aus. Glauben Sie mir, von diesen Dingen verstehe ich etwas.«
Diesmal lächelte sie tatsächlich. »Sie können mir schmeicheln, soviel Sie wollen. Es gibt trotzdem nichts zu erzählen.«
»Ich weiß, daß er Ihnen nachstellte. Ich weiß, daß er mit Ihnen ins Bett wollte, und auch, daß er Ihre Stellung hier in der Klinik bedrohte.«
Sie wurde ganz blaß. »Wie haben Sie ...«
»Außerdem weiß ich, daß Albert Zitin in Sie verliebt ist und daß er Sie vor Fletcher beschützen wollte. Was ich nicht weiß, ist, wie sehr er Sie beschützte und ob Sie in diesem Zusammenhang überhaupt eines Schutzes bedurften. Offen gesagt, Sie wirken so, als könnten Sie ganz gut für sich selbst sorgen.«
»Sie halten es doch nicht wirklich für möglich ...«

»Okay, ich weiß nicht, wie die Medical School funktioniert, und kenne nicht jeden Schritt der Laufbahn eines Assistenzarztes. Aber ich weiß, daß diejenigen, denen Assistenzärzte unterstellt sind, große Macht haben und der Empfehlung eines Arztes, einen von ihnen zu entlassen, nachgekommen wird, zumal, wenn dieser Arzt auch noch der Chef ist.«
Jane Collingswood seufzte erschöpft. Dann verschränkte sie die Arme auf dem Tisch vor sich und legte den Kopf in die Armbeuge. Ich widerstand dem Drang, sie zu streicheln.
»Über kurz oder lang wird die Polizei von Ihren Auseinandersetzungen erfahren und Fragen an Sie stellen, denen Sie nicht werden ausweichen können.«
Sie lehnte sich auf ihrem Stuhl zurück, offenbar nicht mehr in der Lage, irgend etwas zu fühlen, keinen Schmerz, ja nicht mal Wut.
»Sie wird es bestimmt erfahren«, sagte sie so leise, daß ich sie kaum hören konnte. »Unser Medical Center ist eines der größten in diesem Teil des Landes. Wenn man sich aber anschaut, wie schnell sich Gerüchte verbreiten, könnte man meinen, es handelt sich um eine Bridgegruppe in der Nachbarschaft.«
»Komisch, wie das funktioniert, nicht wahr?«
»Nein, das ist gar nicht so komisch. Nicht, wenn man genauer darüber nachdenkt.« Sie schaute zu den beiden Ärzten, die auf den Sofas schliefen. »Ich liebte meinen Beruf, bis ich hierherkam und ihn traf. Ich habe das Gefühl, er hat mir alles verdorben.«
»Lassen Sie mich Ihnen noch einen Kaffee holen«, bot ich an.
Sie lächelte und schob mir ihren Becher hin. »Danke. Schwarz und ein Stück Zucker.«

Ich goß mir auch eine Tasse ein und ging mit dem Kaffee zum Tisch zurück. Wir brauchten beide etwas, um uns wach zu halten.

»Ich habe unten in Memphis Medizin studiert und wollte Chirurgin werden. Die Assistentenstelle hier war die Chance für mich.

Dann traf ich Fletcher. Den guten alten Dr. Fletcher, der beschloß, seine unglaublich begabten Hände am besten dazu zu benutzen, all diejenigen zu betatschen, die sich das gefallen ließen. Als ich ihn traf, war er sehr nett zu mir, hilfsbereit, aufmerksam und freundlich. Nicht so, wie er sich sonst Studenten gegenüber verhielt. Die Chirurgie ist wie alle anderen Bereiche auch nicht perfekt. Fehler passieren, aber man korrigiert sie und lernt aus ihnen.«

Sie machte wieder eine Pause und nippte an ihrem Kaffee.

»Ich rede einfach drauflos, ich weiß. Aber ich bin zu müde, um noch einen vernünftigen Gedanken zu fassen.«

»Das ist in Ordnung. Machen Sie es, so gut Sie können«, erwiderte ich.

»Conrad Fletcher bat mich etwa sechs Wochen, nachdem wir uns kennengelernt hatten, um ein Rendezvous. Damals wußte ich noch nicht einmal, daß er verheiratet war. Ich ging mit ihm essen, aber nicht mehr. Ich hatte mein ganzes Leben damit verbracht, mich darauf vorzubereiten, Ärztin zu werden. Für eine Beziehung hatte ich im Moment keine Zeit. Später vielleicht. Als ich merkte, daß Fletch, der Lüstling, mehr wollte, hab ich ihn sofort in die Schranken verwiesen.«

»Und was geschah dann?«

»Wie Sie vielleicht schon erraten haben, änderte sich die Situation. Auf einmal waren die kleinsten Fehler riesige Katastrophen. Er wurde kalt und böse, ganz offensichtlich nahm er mir übel, daß ich ihn abgewiesen hatte. Jeden Tag, so schien es, fand er einen weiteren Grund, mich zu kritisieren.«

Jane Collingswood strahlte selbst jetzt, da sie sich müde und unbehaglich fühlte und eine Geschichte erzählte, die für sie sicherlich nicht angenehm war, Würde aus. Das imponierte mir, und zugleich machte es mich mißtrauisch.

»Schließlich hatten wir direkt vor einer Gruppe von Studenten im vierten Jahr eine Auseinandersetzung. Er nannte mich inkompetent und drohte mich rauszuwerfen. Ja, er fragte, ob ich meine medizinische Ausbildung in Auschwitz erhalten hätte.«

»Das hat er zu Ihnen gesagt?«

»Vor Patienten, Krankenschwestern und Studenten. Und er sagte es nicht nur so, er brüllte es heraus. Das war der Augenblick, als Albert eingriff. Er erklärte, niemand dürfe sich so etwas erlauben, und er lasse es nicht zu, daß Fletcher mich derart beleidige. Er sagte, er werde sich beim Leiter der Medical School beschweren und den ganzen Weg bis hin zum Universitätsrektor gehen, wenn sich das als notwendig erweise.«

»Was hat Fletcher darauf erwidert?«

»Daß Albert sich in acht nehmen solle, wenn er nicht den Wunsch verspüre, eines Tages wie ich als Vertreter eines Pharmaherstellers zu enden.«

Ich rieb mir die Schläfen. Herrgott, Conrad hatte wahrhaft Stil im Umgang mit Menschen. »Wann war das?«

Jane Collingswood schwieg eine Weile mit zusammengepreßten Lippen. Als ich ihr Zögern spürte, blickte ich auf. Ihre müden Augen wirkten angestrengt und noch dunkler als zuvor. Schließlich antwortete sie: »Am Tag, bevor er getötet wurde.«

»Also hatten Albert Zitin und Sie am Tag vor Conrads Ermordung eine öffentliche Auseinandersetzung mit ihm.

Und in diesem Streit bedrohte jeder jeden. Ich bin überrascht, daß die Polizei Sie noch nicht vernommen hat!«
Sie hob die Kaffeetasse hoch und trank den Rest aus.
»Das hat sie, Mr. Harry«, entgegnete sie und stellte die Tasse hin. »Das hat sie. Nur weiß bis jetzt niemand, warum das alles geschah. Sie sind der erste, dem ich es erzählt habe.«
»Sind Sie in Albert Zitin verliebt?«
Sie lächelte und schaute fast schüchtern nach unten. »Albert ist unheimlich nett, und er mag mich sehr. Auf meine Weise mag auch ich ihn sehr. Aber ob ich ihn liebe?« Sie erhob sich und schob ihren Stuhl nach hinten. »Ich weiß es nicht.«

KAPITEL 23

Das Problem bei diesem ganzen Durcheinander war, daß ich immer dann, wenn ich das Gefühl hatte, Conrad Fletchers Mörder auf der Spur zu sein, erneut jemanden von der Liste der Verdächtigen streichen mußte. Bald würde ich auf einen Mörder stoßen, der überhaupt nicht existierte.

Ich fuhr die 21st Avenue nach Hillsboro Village hinaus und parkte vor dem Laden, in dem Relikte aus den sechziger Jahren verkauft wurden und in dessen Schaufenster gebatikte Stoffe ausgestellt waren. Ich überquerte die Straße zum Pancake Pantry.

Das PP war noch so ein Restaurant, das es schon immer gab, während elegantere Lokale wöchentlich auftauchten und wieder verschwanden. Ich fand einen Platz in der Nähe der Küche, bestellte ein Holzhackerfrühstück mit Kaffee und lehnte mich genüßlich mit meiner Zeitung zurück.

Die Nachricht von Mr. Kennedys Tod stand auf Seite eins des Lokalteils, mit einem Bild des Todesautos auf der Seventh Avenue und einer Reproduktion eines Fotos des Atlanta-Falcons-Teams neben dem Artikel. Er hatte eine Frau und zwei Söhne und wirkte wie ein völlig normaler Ehemann und Vater aus der Mittelschicht, nicht wie jemand, der für einen Kerl gearbeitet hatte, welcher der Dreh- und Angelpunkt des illegalen Glücksspiels des ganzen westlichen Teils der Stadt war.

Auf Seite drei stand Gott sei Dank ganz unten ein Bericht über meine Vernehmung. Außerdem hatte der junge Reporter seine Hausaufgaben nicht gut genug gemacht, um

die Verbindung zwischen Bubba, mir und Conrad Fletchers Tod zu sehen, wofür ich ihm sehr dankbar war.
Ich aß, als handele es sich um meine Henkersmahlzeit, wenn das unter den gegebenen Umständen kein zu makabrer Vergleich ist. Ich bemühte mich ganz bewußt, nicht an den Mord zu denken, in der Hoffnung, daß wie bei einem Künstler, der nach einer Inspiration sucht, irgend etwas aus meinem Unterbewußtsein emporsteigen würde.
Nur funktionierte das bei mir nicht. Ich saß da, trank eine ganze Kanne Kaffee, aß einen Haufen Pancakes, der selbst den heiligen Bernard mit Ehrfurcht erfüllte hätte, doch von Inspiration konnte keine Rede sein. Ich zahlte die Rechnung und verließ völlig ratlos das Lokal. Es war schon beinahe Nachmittag und entsetzlich heiß. Der Verkehr war nach dem Lunch fast völlig zum Erliegen gekommen. Ich beschloß, mich wieder an die Arbeit zu machen, zuvor aber, da ich schon einmal in diesem Teil der Stadt war, bei Rachel vorbeizufahren. Ich hatte sie seit der Beerdigung nicht mehr gesehen.
Es war schwierig, den Ford in der Hitze anzulassen. Vermutlich gab es eine Art Dampfsperre oder etwas Ähnliches. Es dauerte ungefähr eine Minute, bis er endlich ansprang. Ich hörte einen kleinen Knall hinter mir und schaute gerade noch rechtzeitig in den Rückspiegel, um zu sehen, wie der Wagen eine schwarzblaue Rauchwolke ausspuckte. Das fehlte noch, daß dieser Haufen Schrott zusammenbrach. Ich wünschte, ich hätte noch mein gutes Auto, nur hätte Lonnie es mir wohl inzwischen weggenommen.
Der Schaltknüppel machte ein seltsames Geräusch und vibrierte in meiner Hand, aber dann hatte ich einen Gang drin und fädelte mich in die Wagenkolonne ein. Die ganze Strecke bis über die Interstate 440 war Stop-and-go-Verkehr.

Erst danach wurde es besser. Ich bog in die Golf Club Lane ein und folgte der von Bäumen gesäumten Straße zu Rachels Haus. Die lange Auffahrt war leer. Ich fuhr trotzdem zur Rückseite des Gebäudes. Conrads Jaguar stand in der Garage, aber von Rachels Auto war weit und breit nichts zu sehen.

Ich ging zur Hintertür. Innen war alles ruhig. Wenn ich versuchte, die Tür zu öffnen, würde ich wohl den Alarm auslösen. Ich war schon dabei, zum Auto zurückzukehren, als mich der Gedanke, wie still hier alles war, innehalten ließ. Wie konnte es an einem solch wunderschönen Ort nur so viel Elend geben?

Ich blickte nach oben. Dieses Haus und das Grundstück waren wie ein Heiligtum. Aber sie waren auch voller Spannungen, ja sogar voller Gewalt.

Ich stand ein paar Minuten so da, als ich plötzlich das Geräusch eines sich nähernden Autos hörte. Ich ging um die Hausecke und sah Rachel die Auffahrt heraufkommen.

Sie parkte links neben dem Ford und stieg aus. Ihr blondes Haar war nach hinten gekämmt und wurde von einem Schweißband aus der Stirn gehalten, und ihr Gesicht war noch immer rot.

»Du mußt ja ganz schön gelaufen sein«, sagte ich, als sie keuchend auf mich zukam.

»Ein paar Meilen von hier ist eine Rennstrecke. An manchen Tagen jogge ich, und manchmal fahre ich dorthin und laufe nach der Stoppuhr. Wie geht es dir, Harry?«

Sie schlang die Arme um meinen Hals und gab mir einen Kuß auf die Wange.

»Gut, Rachel, und dir?«

»Mir ist entsetzlich heiß. Wir hatten in der letzten Zeit wenig Gelegenheit, miteinander zu sprechen.«

»Im Beerdigungsinstitut warst du natürlich mit allen möglichen Dingen beschäftigt«, erwiderte ich, als sie die Arme von meinem Hals nahm und wir zur Hintertür gingen. Sie zog einen Schlüsselbund aus ihrer Sporttasche. Ein Rundschloß in einer Messingplatte steuerte den Alarm. Sie nahm einen der Schlüssel, steckte ihn hinein und drehte ihn nach rechts. Das kleine rote Licht auf der Platte erlosch. Dann schob sie den Riegel zur Seite, steckte einen anderen Schlüssel ins Türschloß und öffnete.
Ein kühler Luftzug kam uns entgegen, als wir in die Küche traten. »Oh, das fühlt sich gut an«, sagte sie, nahm die Tasche von der Schulter und stellte sie auf den Tisch. »Ich könnte etwas Kaltes zu trinken gebrauchen. Wie steht's mit dir?«
»Gute Idee«, stimmte ich zu, während ich etwas verlegen mitten in der Küche stand. Es war merkwürdig, mit ihr alleine zu sein.
»Was magst du? Gatorade?«
Ich hatte tatsächlich eine Schwäche für das Zeug. »Hast du genügend da?«
»Natürlich. Ich trinke jede Woche mehr als einen Kasten.« Sie goß die grüne Flüssigkeit in zwei hohe, mit Eis gefüllte Gläser. Meine Kehle wurde ganz taub, als ich sie wie ein überlebender Schiffbrüchiger hinunterschüttete.
»Rachel, wie geht es dir?« wiederholte ich. Rechts von mir standen ein paar Barhocker. Ich zog einen zu mir her und setzte mich.
Sie trank ihr Glas leer und schenkte noch eins ein. »Mir geht's großartig«, sagte sie fest. »Die letzten Tage waren hart, und ich habe noch ein paar harte Tage vor mir. Aber ich bin entschlossen, mein Leben fortzusetzen.«
»Gut«, erwiderte ich und meinte das auch ernst. »Hör mal, ich möchte nicht indiskret sein, aber wie hat Connie ... ich

meine, wie hat er die Dinge hinterlassen? Wie bist du versorgt?«
»Du meinst, ob ich die Hypothekenzahlungen leisten kann?«
»Ja.«
»Erst mal schon. Ich komme zurecht. Aber irgendwann werde ich arbeiten müssen, wenn ich mich erholt habe und wieder in Form bin.«
»Du siehst aus, als wärst du großartig in Form«, entgegnete ich und wünschte, noch während die Worte aus meinem Mund kamen, ich hätte sie nicht gesagt.
»Du bist süß, Harry. Ich bin dir dankbar, das bin ich wirklich.«
Wir schauten einander kurz in die Augen, einer jener merkwürdigen Momente, da beide denken: Okay, was tun wir als nächstes?
»Ich glaube, ich würde gerne mit dir in Verbindung bleiben, wenn all das vorüber ist«, erklärte ich.
»Das würde mich freuen«, sagte sie langsam. »Was meinst du mit ›wenn all das vorüber ist‹?«
Ich lehnte mich auf meinem Stuhl zurück. »Das ist eines der Dinge, über die ich mit dir sprechen möchte. Ich wollte schauen, wie es dir geht, aber ich wollte dir auch mitteilen, daß ich sicher bin, bald zu wissen, wer Connie getötet hat. Ich hab so ein bestimmtes Gefühl im Bauch.«
Ihre Augen wurden einen Moment lang ganz dunkel. »Harry, ich will nicht, daß du weiter an dem Fall bleibst. Ich kann nicht zulassen, daß dir etwas passiert. Du ... nun, du bedeutest mir jetzt einfach zuviel.«
»Darüber haben wir doch bereits gesprochen, ach ich pass' schon auf mich auf.«
»Ja«, sagte sie, »bisher ist dir das auch blendend gelungen.

Ich werde dich noch nicht einmal fragen, wer dir eins auf die Nase gegeben hat.«
Instinktiv griff ich hin. »Man kann es immer noch sehen, hm?«
»Ich bin Krankenschwester«, antwortete sie. »Wenn eine Nase geschwollen ist, dann erkenne ich das auch. Ich weiß nicht, was du tust, und ich bin mir nicht sicher, daß ich es wissen will. Aber ich möchte, daß du damit aufhörst.«
»Das kann ich nicht.«
»Wenn das Geld zu Ende geht, werde ich nicht mehr in der Lage sein, dich zu bezahlen.«
»Es geht mir nicht um Geld.« Gütiger Himmel, wer legte mir solche Worte in den Mund?! »Es geht um Wichtigeres.«
»Es ist wichtiger als deine Gesundheit? Wichtiger als wir?«
»Wir?« fragte ich. »Gibt es ein Wir?«
Sie ging um den Tisch herum direkt auf mich zu und legte mir eine Hand aufs Knie. »Natürlich gibt es ein Wir. Das weißt du doch, oder?« Jetzt schlang sie ihre Arme um meinen Hals, und ihr Gesicht kam dem meinen ganz nahe. Sie verschwamm vor mir, als ihre Lippen mit meinen verschmolzen. Sie fühlte sich heiß und weich an. So war ich schon lange nicht mehr geküßt worden. Deswegen war ich nicht hergekommen, aber nun, da es geschah, würde ich wohl kaum dagegen ankämpfen.
Meine Gedanken begannen sich aufzulösen. Ich legte, noch immer auf dem Hocker sitzend, die Arme um sie und zog sie ganz nahe an mich. Meine Schenkel umschlossen ihre Beine. Sie küßte mich wieder, jetzt noch leidenschaftlicher als zuvor. Ich unterdrückte ein Stöhnen, warum, weiß ich nicht.
»Heute ist es hier drin glühend heiß«, seufzte sie und zog sich ein paar Zentimeter zurück.
»Ja, der Sommer ist noch nicht vorüber.«

Sie nahm ihre Arme von mir und machte zwei Schritte zurück. »Ich brauche eine Dusche. Kommst du mit?«

Als ich aufwachte, war es fast dunkel im Zimmer, die letzten schwachen Sonnenstrahlen versuchten noch der einbrechenden Nacht standzuhalten. Zunächst erinnerte ich mich nicht mehr daran, wo ich war. Aber als ich Rachel neben mir spürte, fiel mir alles wieder ein.
Ich drehte mich in dem riesigen Bett um. Sie lag auf ihrer Seite, das Gesicht von mir abgewandt. Die Laken hatten sich um uns verwickelt, ihr Rücken war frei und ihr blondes Haar auf dem Kissen ausgebreitet. Ihre Brust hob und senkte sich leicht mit jedem Atemzug.
Okay, okay, ich wachte also auf und fühlte mich schuldig. Ich will da bei der Wahrheit bleiben. Wir hatten uns stundenlang geliebt, und ich hatte jeden Augenblick genossen. Ich hatte schon seit Jahren keinen vergleichbaren Nachmittag mehr erlebt.
Das einzige Problem war, daß es falsch war, und das wußte ich. Es war zu früh für mich und zu früh für sie. Und etwas an der Tatsache, daß wir es in Conrads Bett taten, ließ mir die Haare zu Berge stehen.
Rachels Bewegungslosigkeit und die Tiefe ihrer Atemzüge zeigten, daß sie noch weit davon entfernt war, aufzuwachen. Ich stand auf und schaute sie an. Ich hatte diese Frau einmal geliebt. Würde ich sie wieder lieben können? Eine Menge Zeit war vergangen und inzwischen viel passiert. Ich hatte sie als junger Mann geliebt. Konnte ich es als Mann mittleren Alters immer noch?
Sie war schön, voller Leben, Energie und Leidenschaft. Als wir auf dem College miteinander gingen, zeigte sie mir Dinge, die ich vorher nicht gekannt hatte. Mit einer Frau wie ihr war ich nie zusammengewesen. Sie brauchte nur ins

Zimmer zu treten, und schon wurde es heller. Es mag abgedroschen klingen, aber es war eine wunderbare, unschuldige Zeit damals, die nun in meinem Gedächtnis weiterlebt wie das Essen meiner Mutter und der braune Zucker an Schneetagen oder mein Vater, der an Thanksgiving mit dem Schnitzmesser den Truthahn anschnitt.
Alles, was ich jetzt brauchte, war ein weiteres Glas Gatorade. Die Leidenschaft hatte mich durstig gemacht.
Ich schlüpfte so leise wie möglich in meine Kleider. Obgleich wir den ganzen Nachmittag damit verbracht hatten, unsere Körper gegenseitig zu erkunden, fühlte ich mich aus irgendeinem Grund bei dem Gedanken, nackt durch ihr Haus zu laufen, unwohl. Ich verließ leise das Schlafzimmer und ging barfuß die Treppe zum ersten Stock hinunter.
In der Küche spülte ich das Glas, das ich zuvor benutzt hatte, und füllte es wieder. Ich stand neben der Küchentür und blickte hinüber zu den immer dunkler werdenden Schatten des Hinterhofs. Es war so still, so idyllisch. Ich fragte mich einen Moment, ob ich wohl eines Tages hier wohnen würde.
Dann nahm ich mein Glas und ging ins Wohnzimmer. Das Fenster, das einen Blick über den weiten Vorgarten bis zur Golf Club Lane bot, hätte ein Kirchengemälde aus der Frederick Church sein können, mit dem leuchtenden Blau und Rot des Sonnenuntergangs. Ich stand da, betrachtete es eine ganze Weile und fühlte mich so friedlich wie schon seit langem nicht mehr.
Dann erinnerte ich mich wieder an die ersten Eindrücke, die dieses Zimmer, ja, überhaupt das ganze Haus bei mir hinterlassen hatten. Es gehörte einem Chirurgen, einem Professor, einem arrivierten, privilegierten, gebildeten Mann, und jetzt war nichts mehr von ihm zu spüren.

Mehr aus Neugierde ging ich von Zimmer zu Zimmer, bemüht, keinen Lärm zu machen. Ich wollte Rachel nicht wecken.
Es gab keine Bilder von Connie im Wohnzimmer und auch keine im Arbeitszimmer, keine eingerahmten Diplome, Zeugnisse oder Empfehlungsschreiben, welche Männer und Frauen, die stolz sind auf ihre Errungenschaften, gerne herzeigen. Zum Teufel, vor drei Jahren bekam ich eine Nominierung für einen Preis der Middle Tennessee Press Association, einer wenig, wenn nicht gar unbedeutenden Gruppe, aber jenes Nominierungsschreiben – ich erhielt den Preis noch nicht einmal – hing gerahmt über meinem Schreibtisch bis zu dem Tag, an dem ich gefeuert wurde.
Und hier war gar nichts. Ich ging von Raum zu Raum und dachte, daß Conrad doch irgendwo in diesem Haus ein Arbeitszimmer gehabt haben mußte. Vielleicht war es oben. Ich könnte Rachel fragen, aber ich wollte nicht neugierig erscheinen.
Wieder in der Küche, schenkte ich mir noch ein Glas ein und setzte mich an den Tisch. Rachels Sporttasche stand noch darauf. Der Reißverschluß war halb geöffnet, und der Inhalt hing teilweise heraus. Ich sah ein Halstuch, einen Schlüsselbund, ein Radio mit Drähten, die zu den Kopfhörern führten, und zu meinem Erstaunen einen Piepser.
Ein Piepser, dachte ich, was um alles in der Welt fängt Rachel mit einem Piepser an?
Ich blickte genauer hin. Das Küchenoberlicht war aus, und das Tageslicht draußen wurde rasch dunkler. Es war schwer, etwas zu erkennen. Ich wollte nicht in ihren Sachen herumkramen, aber da lag er, ein kleiner schwarzer Plastikkasten, ein bißchen kleiner als eine Zigarettenpackung, mit einem Gürtelclip an der flachen Seite.
»Hm, was bedeutet denn das?« fragte ich mich laut.

»Wovon sprichst du?« sagte eine Stimme hinter mir.
Ich sprang etwa einen halben Meter vom Stuhl hoch und fuhr herum. »O mein Gott, hast du mich erschreckt!«
Rachel lächelte, als sie in die Küche trat. Nur mit einem weißen Männerhemd, vermutlich eins von Conrad, bekleidet, ging sie an mir vorbei zum Küchenschrank und holte ein frisches Glas heraus. Als sie nach oben griff, rutschte das Hemd hoch, und ich konnte sehen, daß sie darunter nichts anhatte. Trotz des anstrengenden Nachmittags merkte ich, daß ich wieder großes Verlangen nach ihr hatte.
»Bist du schon lange auf?« Sie öffnete die Kühlschranktür, und das Licht fiel auf sie.
»Vielleicht zwanzig Minuten«, antwortete ich. »Ich habe mich bemüht, leise zu sein.«
Sie nahm einen Krug Orangensaft aus dem Kühlschrank. »Das ist lieb. Ich bin vor ein paar Minuten aufgewacht, und du warst verschwunden. Ich hatte Angst, du seist weggefahren, ohne dich von mir verabschiedet zu haben.«
»Das würde ich nie tun.« Ich stand auf und ging um den Küchentisch herum. Sie goß sich ein Glas Saft ein, und während sie es trank, legte ich ihr die Arme um die Taille und rieb meine Nase an ihrem Nacken.
»Du fühlst dich großartig an«, schnurrte ich.
»Du auch«, entgegnete sie, aber ihre Stimme klang irgendwie beunruhigt. »Was hast du hier unten getan?«
»Nichts, nur rumgehangen. Ist das okay?«
Sie stellte das Glas hin und wandte mir das Gesicht zu. Ich hatte noch die Arme um sie gelegt, und ihre nackten Beine berührten mich.
»Harry«, sagte sie, »ich werde eine Zeitlang brauchen, um mich an das hier zu gewöhnen. Ich habe viel durchgemacht. Und ich muß mir erst sicher sein, daß du mich nicht verletzen wirst. Denn das hatte ich ehrlich gesagt genug.«

»Ich weiß. Und ich finde auch, daß das alles ein bißchen zu schnell geht. Aber wir haben Zeit, Rachel.«
Sie preßte ihr Gesicht an meine nackte Brust. Ich konnte ihren Atem spüren, heiße, kurze Luftzüge, als wäre sie in Panik. Ich hob meine linke Hand und fuhr ihr damit sanft durchs Haar.
»Alle Zeit der Welt«, flüsterte ich.

KAPITEL 24

Am anderen Morgen um neun Uhr zwanzig fuhr ich Rachels Auffahrt hinunter und fragte mich, wie ich die nächsten sechzig Stunden überstehen sollte, ohne sie zu sehen. Das war Teil unserer Abmachung. Um uns gegenseitig Zeit und Raum zu geben, würden wir uns bis zum Essen am Sonntag abend nicht mehr treffen. Sie wollte es so, nicht ich. Sie war es, die Zeit brauchte, um sich zu erholen. Ich verstand das und stellte keine Fragen.

Keiner von uns erwähnte mehr meine Nachforschungen nach Conrads Mörder. Ich war mir noch völlig unsicher, welche Richtung ich einschlagen sollte, als ich aus ihrem Viertel auf die Hillboro Road fuhr und dann die Einfahrt auf die Interstate 440 nahm.

Schließlich entschied ich mich, erst mal zu Hause zu duschen und mich umzuziehen. Dann wollte ich weiter darüber nachdenken, was als nächstes zu tun war. Vielleicht sollte ich Albert Zitin zu finden versuchen, um seine Geschichte mit der von Jane Collingswood zu vergleichen. Das konnte mir unter Umständen Klarheit darüber verschaffen, ob an meinem Verdacht etwas dran war.

Mrs. Hawkins war im Vorgarten und jätete ein Blumenbeet, als ich vor dem Haus hielt. Sie war eine reizende alte Lady, ein bißchen plump, mit einer Brille, die vor fünfunddreißig, vierzig Jahren modern gewesen war. Sie erinnerte mich irgendwie an meine Großmutter, nur daß diese bis zu ihrem Tod über ein ausgezeichnetes Gehör verfügte. Mrs. Hawkins dagegen war selbst mit Hörgerät stocktaub.

Als ich ausgestiegen war, ging ich bloß der Höflichkeit

halber zum Vorgarten. »Hallo, Mrs. Hawkins«, rief ich, als ich noch etwa zwei Meter von ihr entfernt war.
Sie schaute vom Jäten auf. Sie trug verblichene Stretchjeans, ein kariertes Arbeitshemd und ein altes Paar Arbeitshandschuhe.
»Guten Morgen, Harry«, sagte sie mit hoher, lauter Stimme. »Ich habe Sie heute gar nicht wegfahren hören.«
»Sie würden mich noch nicht einmal hören, wenn ich mir den Weg freischießen würde«, erwiderte ich in normaler Lautstärke.
»Was haben Sie gesagt?«
»Ich sagte, ich bin heute schon sehr früh aus dem Haus gegangen«, brüllte ich.
»Sie sind vermutlich an einer heißen Sache dran? Es ist so aufregend, einen Privatdetektiv als Mieter zu haben.«
»Ich fühle mich geschmeichelt, Mrs. Hawkins. Hören Sie, ich muß wieder zurück ins Büro. Ich bin nur gekommen, um schnell zu duschen.«
»Schön, Harry. Übrigens, meinen Sie, Sie könnten sich dieses Wochenende um den Rasen kümmern?«
»Ich bin einfach begeistert«, murmelte ich, dann rief ich: »Sicher, Mrs. Hawkins, ich kümmere mich dieses Wochenende darum.«
»Danke. Sie sind ja so ein netter Junge!«
Ich lachte in mich hinein. Wenn sie wüßte, wie ich den vergangenen Abend verbracht hatte, würde sie mich vermutlich rauswerfen.

Es war ein letzter Anruf als Dr. Evans von der Neurochirurgie nötig, um zu erfahren, daß Albert Zitin in einer Seitenstraße vom West End, ein oder zwei Blocks entfernt, wohnte. Er hatte eine Doppelhaushälfte nahe dem St. Thomas Hospital gemietet. Bis zehn Uhr abends hatte er dienst-

frei. Ich vermutete, daß er daheim war, um neue Kräfte zu sammeln.
Das Ziegelhaus befand sich an der Ecke einer Kreuzung mit vier Stoppschildern. Das Viertel war ruhig, eine Mittelklassegegend mit einer Mischung aus Miet- und Eigentumswohnungen. Auf beiden Seiten der vorderen Veranda wuchsen zwei vielleicht sechs Meter hohe Tannen, die dringend beschnitten gehörten, und versperrten fast ganz die Eingangstür. Ich parkte den Ford davor und drehte den Zündschlüssel um. Der Motor tuckerte noch ein paar Sekunden, dann gab er eine Fehlzündung und eine Rauchwolke von sich, bevor er schließlich nach einem letzten Seufzer erstarb. Ich schüttelte den Kopf gleichermaßen verlegen und angewidert, stieg aus und ging den langen Betonweg zur Eingangstür. Hinter dem wuchernden Strauchwerk befand sich ein Panoramafenster ohne Vorhänge. Ich schaute durch einen Ast und sah Albert Zitin in Jeans, ohne Hemd und Schuhe auf der Couch liegen. Auf seiner Brust befand sich ein Buch, allerdings mit den Seiten nach unten, wo es hingefallen war, als er einschlief. Ich schob einen Tannenzweig aus dem Weg und klopfte an die Glastür. Als sich nach dreißig Sekunden nichts rührte, klopfte ich noch mal. Kurz darauf hörte ich den dumpfen Schlag des auf den Boden gefallenen Buches und dann ein Schlurfen. Eine schläfrige Stimme rief: »Einen Augenblick bitte!« Ein Schlüssel wurde umgedreht, dann tauchte ein verschlafenes Gesicht vor mir auf.
»Es tut mir leid, daß ich Sie geweckt habe«, sagte ich.
»Oh, verdammt; Sie sind's.«
Ich lächelte ihn an, versuchte zunächst freundlich zu sein, um zu sehen, wie es funktionierte.
»Jane sagte mir, daß Sie mich vermutlich aufsuchen werden.«

»Dann haben Sie mich erwartet? Macht es Ihnen etwas aus, mich hereinzulassen?«
»Ja, es macht mir etwas aus. Sogar sehr viel. Aber ich fürchte, daß ich Sie nicht loswerde, wenn ich es nicht tue.«
»Jaaa«, sagte ich etwas gedehnt, »das stimmt vermutlich.«
Er öffnete die Tür jetzt etwas weiter und ließ mich eintreten.
Albert Zitins Haus war so ziemlich mein Stil. Junggesellen am Rande der Gesellschaft, die lange allein leben, haben einige Gemeinsamkeiten. Die Einfachheit der Umgebung zum Beispiel. Albert hatte nichts an den Wänden, keine Teppiche auf den schmuddligen Hartholzböden, seine Couch war teuer gewesen, aber sie sollte offensichtlich das einzige Möbelstück im Wohnzimmer bleiben.
»Lassen Sie mich zumindest erst mal einen Kaffee machen. Wollen Sie auch einen?«
»Ja, danke.«
Ich folgte ihm in die Küche, in deren Schränken sicherlich zusammengestoppeltes Geschirr stand.
Sein Kühlschrank enthielt, so vermutete ich, eine spärliche Mischung aus Eingemachtem und eine große Tüte Milch, die schon eine Woche über das Verfallsdatum hinaus war.
»Ich glaube, sie ist noch genießbar«, meinte er, als er die Kühlschranktür öffnete und am Deckel der Milchtüte schnupperte.
Hatte ich's doch gewußt!
Albert stellte Wasser auf und holte zwei verschiedene Tassen aus einem Schrank über dem Herd. Er gab Instantkaffee in jede, dann goß er heißes Wasser darüber und reichte mir eine. Der Kaffee klumpte und sah aus wie kleine Stückchen im Wasser schwimmenden braunen Drecks. Er hielt mir die Milchtüte hin, und ich goß einen Schuß Milch hinein, die

sich ebenfalls augenblicklich in kleine Klumpen verwandelte. Also war sie doch sauer.

Ich rührte kräftig, in der Hoffnung, etwas Trinkbares daraus zu machen. Schließlich ähnelte die Flüssigkeit Kaffee, abgesehen von den sauren Milchbrocken, die sich weigerten, sich aufzulösen. Stell dir vor, es sei Joghurt, sagte ich mir.

»Zucker?«

Ich hob den Deckel der Zuckerdose. Darin waren Batzen braunen Zuckers, vermischt mit weißem, woraus sich schließen ließ, daß der Zucker mit einem nassen Kaffeelöffel herausgeholt worden war. Ja, Albert und ich hätten zusammen wohnen können.

Ich nahm einen Schluck von dem Kaffee und war erstaunt, daß es nicht so schlimm schmeckte, wie ich befürchtet hatte.

»Also, was wollen Sie?« fragte Albert Zitin, während er zurück ins Wohnzimmer ging. »Nehmen Sie Platz.«

Ich setzte mich aufs Couchende und stellte meine Kaffeetasse auf eine umgedrehte Obstkiste, die als Tisch diente. »Ich möchte nur mit Ihnen sprechen.«

»Jane sagt, Sie glauben, ich habe Fletcher getötet und sie sei daran beteiligt.«

»Ich weiß nicht, ob ich das glauben soll oder nicht. Es könnte so sein. Allerdings gab es eine Menge Leute, die Fletcher gern tot gesehen hätten.«

»Da liegen Sie völlig richtig. Er war ein widerlicher Hurensohn.«

»Und ich dachte, daß Ärzte nie schlecht übereinander sprechen.«

»Das ist eine Regel, gegen die ich in diesem Fall verstoße«, sagte Zitin und zog seine Beine unter sich. Er saß jetzt im Schneidersitz auf der Couch, und ein Bauchansatz über

seinem Gürtel wurde sichtbar. Er war blaß und in den Augen von Frauen nicht besonders attraktiv, wie ich annahm. Aber er war offensichtlich intelligent, engagiert und entschlossen.
»Erzählen Sie mir, wie Sie ihn kennenlernten. Wie sind Sie hier gelandet?«
»Wie alle anderen auch, vermute ich. Ich lebte im Norden und war auf dem Albert Einstein. Dann kam ich hierher, um eine Assistentenstelle unter Fletcher anzutreten. Er ist einer der besten, müssen Sie wissen. Ich meine, er war einer der besten. Ich hatte bereits gehört, daß er ein harter Knochen sei, daß es ziemlich schwer sei, mit ihm zurechtzukommen. Aber das ist für Sie nichts Neues, stimmt's?«
Zitin lehnte sich nach hinten und nahm die Kaffeetasse. »Ich habe mir jedoch gesagt, daß jemand, der die Medical School überlebte, alles überleben konnte.«
»Was man mir so erzählte, trifft das auch zu.«
»Ja, im allgemeinen schon. Aber nicht in der Chirurgie. Chirurgen sind merkwürdig. Eigentlich sind sie Gerätefreaks. Hochspezialisiert, technisch orientiert, mit einem erstaunlich begrenzten Wissen in Allgemeinmedizin und keinerlei Zugang dazu, was es heißt, menschlich zu sein. Es ist nicht sehr angenehm, sie um sich zu haben.«
»Und Sie wollen einer werden?«
Er überlegte einen Augenblick. »Ja, das will ich. Trotz aller Rückschläge gibt es nichts Vergleichbares. Sie schneiden in einen menschlichen Körper, bedienen sich Ihres Wissens und Geschicks, und manchmal bedarf es noch des Mutes, um aus einem menschlichen Organismus, der dazu bestimmt ist, schlecht zu funktionieren, einen zu machen, der wieder gut und richtig funktioniert. Mein Vater war Chirurg. Er war ein schlechter Vater, vermutlich ein schlechter Mensch. Aber er war ein großartiger Chirurg, ein

richtiger Wunderheiler. Ich wollte es schon als Kind werden.«
»So viel bedeutet es Ihnen?«
»Ja, fast alles.«
»Wie war es für Sie, als Conrad Fletcher damit drohte, Ihnen das alles wegzunehmen?«
Albert Zitin wurde ein bißchen rot, die Farbe stieg ihm schnell ins Gesicht, verschwand aber auch genauso rasch wieder daraus. »Was wollen Sie von mir wissen, Mr. Denton? Ob ich ihn getötet habe, oder ob ich es gerne getan hätte?«
»Vielleicht beides.«
Er schaute in seine Kaffeetasse und rührte die Brühe mit einem verbogenen Löffel um. »Es gehört eher zu meinen Aufgaben, Menschen wieder zusammenzusetzen als sie auseinanderzunehmen. Ich habe Fletcher nicht umgebracht. Aber ich hätte es vielleicht in den nächsten Tagen getan, wenn mir nicht jemand zuvorgekommen wäre.«
»Wo waren Sie in der Mordnacht?«
»Genau da, wo Sie mich heute gefunden haben. Ich war an jenem Abend um achtzehn Uhr nach einer Schicht von zweiundsiebzig Stunden nach Hause gekommen. Ich aß zu Abend, erledigte etwas Post, dann begann ich einen Film im Fernsehen anzuschauen und schlief auch prompt mittendrin ein.«
»Waren Sie allein?«
»Absolut. Und unglücklicherweise.«
»Keine Telefonanrufe?«
»Nein. Es war noch nicht einmal eine Nachricht auf dem Anrufbeantworter. Ich bin gegen vier Uhr morgens wieder aufgewacht, und der Fernseher lief immer noch. Also machte ich ihn aus, und als ich das nächstemal erwachte, war es schon mitten am Vormittag.«

Ich sah ihn an und dachte bei mir, daß er wissen mußte, wie schwach sein Alibi war. »Was sagte die Polizei, als Sie ihr das erzählten?«
»Sie schauten mich genauso an wie Sie jetzt. Dann gingen sie nach nebenan und sprachen mit dem Ehepaar, das die andere Doppelhaushälfte bewohnt. Die beiden bestätigten, daß mein Auto um achtzehn Uhr, also die Zeit, die ich angegeben hatte, auf der Auffahrt geparkt wurde.«
»Aber sie haben Sie nicht gesehen?«
»Ich mache nicht viel Lärm. Sie auch nicht. Wir grüßen uns, wenn wir kommen und gehen, und machen unsere Späßchen. Das ist alles.«
»Was ist mit Jane?«
»Was soll mit ihr sein?« fragte er zurück, eine Spur Abwehr in der Stimme.
»Erzählen Sie mir, was Sie für sie empfinden.«
Er lachte. »Was sind Sie eigentlich? Psychotherapeut?«
»Eine Beichte ist gut für die Seele.«
»Es mag für die Seele gut sein, aber für Sie ist es Wasser auf Ihre Mühlen.«
»Wenn das, was Sie sagen, wahr ist und Sie und Jane nichts mit dem Mord an Fletcher zu tun haben, was haben Sie dann schon zu verlieren?«
Er lehnte sich müde zurück. Was ich bislang über Assistenzärzte erfahren hatte, war, daß sie fast immer erschöpft waren. Zitin schien zu überlegen, vielleicht wählte er seine Worte, vielleicht aber versuchte er auch dahinterzukommen, was er wirklich fühlte.
»Jane Collingswood ist eine ungewöhnliche Frau«, antwortete er schließlich. »Noch nie hat eine Frau eine solche Wirkung auf mich gehabt wie sie. Verstehen Sie mich nicht falsch, Mr. Denton, ich habe durchaus Erfahrung auf diesem Gebiet. Doch meine Prioritäten lagen immer anderswo.

Ich stellte mir zwar vor, irgendwann jemanden zu finden, aber erst nach Abschluß der Assistenzzeit und des Praktikums.«

»Und dann lernten Sie sie kennen.«

»Ja. Seit ich ihr das erstemal begegnete, kann ich an nichts anderes mehr denken als an sie. Ich vermute, das ist, was einem Jungen im Teenageralter passiert, wenn er sich so richtig verknallt. Nur hatte ich mich in der Zeit, in der ich das hätte erleben sollen, in ein Biologiebuch vergraben.«

»Die Hormone holen uns immer irgendwann ein«, sagte ich.

»Das geht weit über die Hormone hinaus. Einer der wenigen Vorteile des Alters besteht darin, daß man an Lebensweisheit gewinnt, selbst wenn die Lebenserfahrung an sich ein wenig begrenzt ist. Ich bin sehr in Jane Collingswood verliebt und habe nicht die leiseste Ahnung, warum ich Ihnen das erzähle. Vielleicht, weil ich weiß, daß daraus niemals etwas werden wird.«

»Seien Sie da nicht zu pessimistisch. Auch Frauen gewinnen an Lebensweisheit hinzu. Zum Beispiel begreifen sie mit der Zeit, daß der wahre Wert einer Sache sich oft hinter der Fassade verbirgt.«

»Oh, vielen Dank. Sie wollen also damit sagen, daß ich etwas wert bin, auch wenn ich nicht aussehe wie Mel Gibson?«

»Was ist daran falsch? Ich würde im *Playgirl* auch nicht den Preis als männliches Sexsymbol des Jahres gewinnen.«

»Nun, ich weiß nur so viel, daß sie mich nicht gerade sonderlich ermutigt hat.«

Ich erhob mich. Mein Instinkt sagte mir, daß ich mit ihm nur Zeit verlor. »Geben Sie nicht auf, mein Freund. Menschen müssen manchmal lange warten, bis sie bekommen, was sie wollen. Das macht es nur noch besser, wenn sie es dann haben.«

»Das hat man uns auch in der ärztlichen Ausbildung gesagt«, erwiderte er. »Ja, ich werde auf Jane warten. Aber ich werde nicht für sie töten. Und ich habe es auch nicht getan.«
Ich machte mich auf den Weg zum Ausgang. »Ja, Albert, ich weiß.«
Verfluchter Mist.

KAPITEL 25

Ich wäre weniger als ehrlich, wenn ich behauptete, daß ich mir nicht wirklich gewünscht hatte, Albert sei der Mörder. Das hätte alles so viel einfacher gemacht. Und im Grunde wußte ich auch, daß Jane Collingswood keine Mörderin war; hübsche Frauen laufen nicht in der Gegend herum und begehen solch schreckliche Verbrechen.
Daß LeAnn Gwynn ihn umgebracht hatte, wollte ich mir ebenfalls nicht vorstellen. Sie tat mir zu leid. Und James Hughes konnte es eigentlich auch nicht getan haben. Sein Vater und meiner waren die besten Freunde.
Als ob das etwas hieß.
Nun zu Bubba Hayes. Ich mußte zugeben, er war aus dem Rennen, außer er hatte Mr. Kennedy um die Ecke gebracht, um mich und alle anderen auf eine falsche Spur zu führen. He, das wäre eine neue Theorie. Wenn ich so darüber nachdachte, erschien mir Bubba durchaus als der Typ, der so etwas Niederträchtiges zu tun in der Lage war.
Nur hatte er es nicht getan, und das wußte ich. Es gab fünf Verdächtige – fünf Personen, die Conrad Fletcher unmöglich auf dem Gewissen haben konnten. Dennoch war er tot. Wenn alle unschuldig waren, wie starb er dann? Vielleicht hatte ich es im Schlaf getan? Ja, das war's. Sie verabreichten mir heimlich in der Notaufnahme irgendeine Droge, die mich rot sehen ließ und mich dazu brachte, jeden umzubringen, der es gerade mit einer Schwester trieb.
Ich war total verzweifelt und so tief in meine Tagträumereien versunken, daß ich noch nicht einmal fluchte oder hupte, als eine hochnäsige blauhaarige Matrone der Belle

Meade Society in einem kastanienbraunen Cadillac Fleetwood vor mir ins West End ausfuhr und mich dabei fast auf den Gehsteig drängte. Ich trat auf die Bremse, schrammte einen halben Block am Bordstein entlang und fuhr dann weiter, ohne der alten Kuh auch nur in allgemein verständlicher Zeichensprache meine Verachtung kundgetan zu haben.
Es mußte jemand sein, auf den ich bisher noch nicht gekommen war. Vielleicht jemand in der Klinik, der seinen Haß gegen Conrad vor der Umwelt verborgen gehalten hatte.
Zurück im Büro, war mein Anrufbeantworter so bar der Nachrichten wie ich der Antworten. Ich würde mich zweifellos freuen, wenn die neuen gelben Seiten erschienen. Zumindest würde meine Kleinanzeige von Zeit zu Zeit in einen Anruf münden. Ich war mir nicht sicher, was mich zuerst umbringen würde, die Armut oder die Einsamkeit.
Ich lehnte mich auf meinem Stuhl zurück, lockerte die Krawatte und legte die Füße auf den Schreibtisch. Außer nachzudenken, konnte ich nicht viel tun. Am Ende des Gangs stimmten Ray, Slim und Company schon die Gitarren für das Songfest am Freitag nachmittag. Draußen hatte der Berufsverkehr bereits begonnen. Die Büroangestellten strömten überall heraus, um möglichst früh ins Wochenende zu kommen.
Alle, so schien es, hatten entweder schon ihren Spaß oder freuten sich darauf. Alle außer mir. Ich würde vor Sonntag abend noch nicht einmal Rachel sehen. Das Wochenende lag vor mir wie der letzte Rettungsanker. Ich fühlte mich, als würde ich gleich in den Refrain »Oh, Lonesome Me« einstimmen.
Ich verließ das Büro eilends, um nicht von Ray oder Slim zu der bei ihnen entstehenden Party geholt zu werden.

Draußen war es brütend heiß, aber ich beschloß, trotzdem zu Fuß zur Bank zu gehen. Es war zu mühsam, den Wagen aus dem Parkhaus zu holen. Ich löste einen Fünfzigdollarscheck ein, so daß weniger als fünfhundert Dollar auf meinem Konto verblieben, und zwar ohne Aussicht auf Besserung. Rachel würde schließlich doch noch ihren Willen bekommen. Man kann nicht Detektiv spielen, wenn man hinter einem Edelstahltresen steht, einen Papierhut auf dem Kopf hat und fragt: »He, essen Sie hier, oder wollen Sie es mitnehmen?«

Wieder zurück im Büro, verbrachte ich dort den restlichen Nachmittag und wartete, daß der Verkehr sich beruhigte. Ich machte ein paar Skizzen auf ein Blatt Papier, indem ich all die festhielt, die in den Mord verwickelt sein konnten. Ich spürte es ganz genau. Da war etwas, das ich nicht sah, ein anderes Muster, eine andere Möglichkeit. Ich war zwar nicht auf eine Detektivschule gegangen, aber ich hatte genügend Kriminalromane gelesen. Das mußte ja zu etwas gut sein.

Okay, was hatte Sherlock Holmes noch gesagt? »Schließen Sie das Unmögliche aus, und was übrigbleibt, und sei es noch so unwahrscheinlich, muß die Wahrheit sein.« Oder etwas in der Art. Vielleicht war es auch Miss Marple, ich weiß es nicht. Ich saß da, starrte an die Wand und ging alle Möglichkeiten durch. Conrad schuldete Bubba Geld, und nicht gerade wenig. Aber wenn er ihn getötet hätte, wäre auch das Geld auf immer und ewig flöten gewesen. So wie jetzt. Nein, es machte mehr Sinn, ihn auszuquetschen als ihn umzubringen. Vielleicht war es doch jemand in der Klinik, der ihn wie so viele andere haßte. Aber wie sollte ich diese Person bei fünftausend, die alle vierundzwanzig Stunden durch dieses Krankenhaus marschierten, finden?

Verdammt noch mal, dachte ich, ich drehe mich im Kreis.

Ich brauchte etwas, das mich auf andere Gedanken brachte. Am liebsten hätte ich Rachel angerufen, aber wenn ich sie drängte, würde ich bei ihr nichts erreichen. Außerdem war es keine gute Methode, sich mit der Witwe des Opfers zu verabreden, um den Mord zu vergessen.
Marsha Helms – das war die Lösung. Sie wollte mich wiedersehen, ich wollte sie sehen, aber so, wie die Dinge mit Rachel standen, war das fast wie Betrug. Außerdem war ich, wenn ich ganz ehrlich war, gar nicht in der Stimmung, irgend jemanden zu sehen. Zumindest niemanden, mit dem ich eine Beziehung hatte oder gern hätte. Was ich brauchte, war eine Dosis einer emotional wertfreien Männerbegegnung.
Walter – ja. Eine Pizza, ein paar Bier, vielleicht ins Kino gehen. Mein Bein war noch nicht genügend ausgeheilt, um Racquetball zu spielen, aber gegen ein bißchen Billard hätte ich nichts einzuwenden gehabt, wenn wir eine Spielhalle finden konnten, in der keine Rocker herumhingen und nach ein paar Schädeln Ausschau hielten, die sie einschlagen konnten.
Ich suchte Walter Quinlans Nummer heraus, tippte sie ein und hörte es fünfmal läuten, bevor die Sekretärin abhob.
»Potter and Bell. Was kann ich für Sie tun?«
»Hier ist Harry James Denton. Verbinden Sie mich bitte mit Walter Quinlan.«
»Es tut mir leid, Mr. Quinlan ist in einer Besprechung. Er wird wohl in einer Stunde wieder draußen sein. Kann er Sie zurückrufen?«
Ich gab ihr meine Nummer.
»Darf ich ihm sagen, worum es sich handelt?«
»Ich bin sein Racquetballpartner.«
»Oh!« Sie machte eine kleine Pause. »Was mit Ihrem Bein passiert ist, tut mir leid.«
Ich zuckte zusammen. »Das hat er Ihnen erzählt?«

»Ja. Was ich so gehört habe, ist Walt beim Racquetball ein echter Killer.«

Na großartig, dachte ich, nun halten mich schon Frauen, die ich noch nie getroffen habe, für einen Waschlappen. »So zäh ist er gar nicht«, erwiderte ich. »Ich habe ihn schon ein-, zweimal besiegt.«

Eine Stunde verging, bevor er mich zurückrief. Inzwischen hatte ich vergessen, daß ich ihm eine Nachricht hinterlassen hatte. Ich war so überrascht, das Telefon läuten zu hören, daß ich tatsächlich fast vom Stuhl fiel.

»Agentur Denton«, sagte ich. »Private Ermittlungen.«

»He, Junge, was steht an?«

»Nicht viel. Ich habe nur auf deinen Anruf gewartet, damit ich das Büro schließen kann.«

»Harte Woche, wie?«

»Ich hatte schon bessere. Hör mal, ich dachte, wir könnten vielleicht zusammen ein paar Bier trinken, eine Pizza essen, ins Kino gehen oder ein bißchen Billard spielen. Was hältst du davon?«

Es entstand ein langes Schweigen, als wollte er mir nicht direkt ins Gesicht sagen, daß er absolut keine Lust habe, einen Freitagabend mit einem anderen Junggesellen zu verbringen. Aber ich wußte bereits nach der dritten Sekunde, was los war.

»Wenn du schon was vorhast, ist das in Ordnung«, sagte ich sofort.

»Eigentlich bin ich fast das ganze Wochenende vergeben.«

»Oh, prima. Wer ist sie? Kenne ich sie?«

»Jemand, den ich seit einiger Zeit treffe.«

»Ist es was Ernstes? Ist sie diejenige, über die wir zuvor gesprochen haben?«

»Ja, auf beide Fragen. Ich glaube, es ist was Ernstes. Ich weiß nicht. Vielleicht.«

»Für einen Mann, der gerade die wahre Liebe gefunden hat, klingst du nicht besonders glücklich.«
»Nein, nein. Es ist nur, daß, nun, verdammt, ich weiß es nicht. Das Leben ist bloß manchmal so kompliziert.«
»Schwimm mit dem Strom. Genieß es, solange es geht. Das Leben ist viel zu kurz.«
»Ich weiß, Harry. Glaub mir, nach dieser Woche weiß ich das. Hör mal, ich muß jetzt gehen.«
»Ja, okay. Schönes Wochenende.«
»Dir auch. Hast du irgendwelche Pläne?«
»Ich hoffe, meine Vermieterin lädt mich auf eine Weizengrütze zu sich ein und zeigt mir vielleicht ihr neues Gebiß.«
»Sehr witzig, Harry. *Très amusant ...*«
Ich legte enttäuscht auf. Von Minute zu Minute wurde ich mürrischer, und die vier Wände meines Büros fielen mir langsam auf den Kopf. Ich schaltete den Anrufbeantworter ein, für den Fall, daß sich jemand mit mir in Verbindung setzen wollte, auch wenn das sehr unwahrscheinlich war. Dann knipste ich das Licht aus und ging vorsichtig in den Flur.
Aus Rays und Slims Büro hörte man in voller Lautstärke Lachen und Musik. Ich wußte von vergangenen Freitagen, daß die Party noch ein paar Stunden dauern würde und sie anschließend in ein Restaurant in der Second Avenue gingen. Später würden sie in einer Songwriter-Bar landen, sich mit Bier vollaufen lassen und Melodien zupfen, bis sie zu betrunken waren, um ihre Gitarren noch halten zu können. Ich hatte ein oder zwei Abende mit ihnen verbracht, doch heute hatte ich keine Lust dazu.
Ich verließ das Gebäude leise, überquerte die Straße und stieg die vier Stockwerke des Parkhauses hinauf zu meinem Auto.
Ich fuhr in die Main Street hinaus, die dann zur Gallatin

Road wurde. Ich hatte an diesem Abend noch nicht einmal Lust auf Mrs. Lees Szechuan-Hähnchen, und so hielt ich vor einem Lebensmittelgeschäft, kaufte einen Sechserpack Dosenbier, ein paar Mikrowellengerichte und machte mich auf den Weg in meine Wohnung. Ein Film im Fernsehen, ein paar Bier, früh ins Bett standen auf dem Programm.
Schließlich wollte Mrs. Hawkins, daß ich ihr am nächsten Tag den Rasen mähte.

Nashville liegt tief in einer natürlichen Senke und ist ringsum von Anhöhen umgeben. Das hat zur Folge, daß die ganze Stadt eine natürliche Müllhalde für abgestandene Luft, Autoabgase, Inversionen und organische Luftverschmutzungen jeder Art ist.
Wir haben mehr Pollen, Schimmel, Staub und verschiedenste Sorten von Pilzen als jede andere je vom *National Geographic* erfaßte Stadt. Wenn Sie keine Nebenhöhlenprobleme haben, in Nashville bekommen Sie sie über kurz oder lang. Sie wachen eines Morgens mit einem Kater auf, der seinesgleichen sucht, obwohl Sie seit Wochen keinen Tropfen Alkohol mehr getrunken haben. Ihre Augen sind verquollen, jeder Teil ihres Körpers juckt wie verrückt, auch die Teile, die zu intim sind, als daß Sie sich dort kratzen könnten. Und Ihre Backen sind so geschwollen, daß die Zähne schmerzen.
Und Sie gehen zum Arzt in der Überzeugung, daß Sie sich ein tödliches Virus eingefangen haben, das Sie fest im Griff hat, oder daß es das Zeckenfieber, das Epsteinsyndrom oder etwas noch Schlimmeres sein muß. Sie ertappen sich dabei, wie Sie Ihren sexuellen Werdegang über die letzten zwanzig Jahre zurückverfolgen und sich überlegen, bei wem Sie sich das wohl eingefangen haben.
Und dann, um dem Ganzen die Krone aufzusetzen, stolpern

Sie in das Untersuchungszimmer des treuen Hausarztes, zählen die lange Reihe der Symptome auf – und er lacht. Ja, er lacht, denn er hat das alles schon mal gehört. Und er versichert Ihnen, daß Sie entgegen allen Befürchtungen nicht sterben werden, daß Sie keine schreckliche Krankheit haben, daß kein fremdes Wesen Besitz von Ihrem Körper ergriffen hat.

Sie leben ganz einfach in Nashville. Und wie alle anderen Leute, die schon lange hier wohnen, werden Sie es lernen, sich höflich zu räuspern, stets eine Schachtel Kleenex in der Nähe zu haben und die Merkmale und Wirkungen, wenn nicht gar die tatsächliche chemische Zusammensetzung jedes apothekenpflichtigen Arzneimittels von Benadryl bis Sudafed zu studieren. Und wie alle anderen Nashvillianer werden Sie, wenn Sie eines gefunden haben, das wirkt, es fünfhundertstückweise kaufen und Briefe an den Pharmahersteller schicken, in denen Sie sich erkundigen, wann es das Mittel in Großpackungen geben wird.

Und Sie werden wie ich Tage, an denen der Rasen gemäht werden muß, fürchten lernen.

Als ich um neun Uhr fünfzehn aufwachte, waren draußen bereits zweiunddreißig Grad. Die Klimaanlage war wieder eingefroren und so nutzlos wie ein eisbedeckter Flugzeugflügel. Der Motor, der nun zu heiß zum Anfassen war und der das ganze Haus in Brand hätte setzen können, rumpelte vor sich hin, in dem erfolglosen Versuch, Luft durch den verstopften Filter zu saugen.

Ich zog den Stecker heraus, entschlossen, die Anlage während der nächsten Stunde zu beobachten, die Nummer der Feuerwehr möglichst in der Nähe. Ich kochte Kaffee, dann ging ich mit der dampfenden Tasse auf den Treppenabsatz und setzte mich in zu Shorts abgeschnittenen Jeans auf das heiße Metall. Der schreckliche Traum der vergangenen

Nacht kam mir wieder in den Sinn. Ich hatte irgendein nicht erkennbares Verbrechen begangen und war im Gefängnis eingesperrt. Meine Zelle war winzig. Ich konnte in der Zellenmitte stehen, das Gesicht zur Tür drehen und dabei beide Wände berühren, ohne die Arme völlig auszustrecken. Ich war allein, jeder Tag war straff durchgeplant, und ich mußte über jede Minute Rechenschaft ablegen. Wir duschten dreimal wöchentlich und aßen immer um dieselbe Zeit schweigend an riesigen Tischen.
Ich saß lange auf dem Treppenabsatz. Als die Sonne dann aber zu kräftig auf mich niederbrannte, ging ich wieder in die Wohnung, schlug mir ein paar Eier in die Pfanne, trank den restlichen Kaffee, las die Zeitung und starrte dann zur Klimaanlage. Schließlich gab es keine Möglichkeit mehr, dem Unvermeidlichen zu entrinnen.
Mrs. Hawkins hatte hinter dem Haus einen Schuppen, eine weitgehend verwitterte Holzkonstruktion, die ihr letzter Ehemann gebaut hatte. Meistens diente er streunenden Katzen der Nachbarschaft als Liebesherberge und als Refugium für braune Einsiedlerspinnen. Entsprechend meiner Politik hielt ich mich davon so weit wie möglich entfernt. Aber da sie den Rasenmäher darin aufbewahrte, würde ich in diesem Sommer – und wohl auch alle künftigen Sommer, da es so aussah, als würde ich nie das Geld haben, hier wegzuziehen – mindestens einmal in der Woche mein Leben aufs Spiel setzen und hineinhinken, um das zu holen, was ich brauchte, um sie glücklich zu machen. Ich verlor allerdings die Hoffnung nicht, daß ein Halbstarker aus der Nachbarschaft eines Tages nach der Schule hineinkriechen würde, um heimlich Dope zu rauchen, und dabei den verdammten Schuppen in Brand setzte.
Ich trug, wie gesagt, abgeschnittene Jeans, ein altes T-Shirt und eine Staubmaske, die ich in einem Laden für Haushalts-

waren aufgabelt hatte, sowie meine Arbeitsstiefel. Aus einer alten Gewohnheit heraus gab ich der Tür einen Tritt und rüttelte daran, um sicherzugehen, daß alle Tierchen, die im Schuppen waren, wußten, daß ich kam.

Der Rasenmäher erwachte nach dem neunundzwanzigsten Startversuch röhrend zum Leben. Bis dahin schwitzte ich Bäche, war staubbedeckt und fluchte wie ein betrunkener Seemann, der Freigang in ein Hongkonger Bordell hat. Der Stoffilter in der Gesichtsmaske war etwa so wirksam wie ein über den Mund gelegtes Fischernetz, und bald würgte und spuckte ich und fühlte mich ganz elend. Ich schob dieses entsetzliche Gerät zwei Stunden im Garten herum, wobei ich einmal die Ecke eines Blumenbeetes erwischte und ein paar Lilien dran glauben mußten.

Ein Gutes hatte die Schufterei allerdings – wenn sie auch meine Nebenhöhlen verstopfte, sie reinigte meinen Geist. Zum erstenmal, seit Rachel in mein Büro und erneut in mein Leben getreten war, verbrachte ich ein paar wache Stunden mit etwas anderem als Mord und sexuellem Verlangen.

Nur hielt das nicht sehr lange an. Am späten Nachmittag, nachdem ich endlich damit fertig war, die Ränder zu stutzen, auch die der Auffahrt, ging ich nach oben, drehte die inzwischen wieder abgetaute Klimaanlage auf und hockte mich mit einem kühlen Bier auf den Boden vor den Fernseher. Ich war sogar zu schmutzig, um mich auf meine abgenützten Möbel zu setzen.

Sechsunddreißig Programme, und nicht eine Scheißsendung, die es wert gewesen wäre, angesehen zu werden. Ich schaltete noch ein paarmal hin und her. Zuletzt blieb nur die Wahl zwischen den Looney Tunes und diesem idiotischen Prediger aus Dallas, der mit dem wirren Blick, der den Leuten sagt, sie könnten sich den Weg in den Himmel mit einem Glaubensgeschenk über tausend Dollar erkaufen. Ich hatte genügend gesunden Menschenverstand, um mich für die Looney Tunes zu entscheiden, und ein zweites kühles Bier und die Klimaanlage sorgten für mein körperliches Wohlergehen.

Der Samstagabend war wie eine endlos leere Straße. Wie oft hatte ich mich schwitzend und ungeduldig danach gesehnt, daß dieser Abend endlich anbrach. Früher genoß ich Samstagabende, es waren die Stunden der Woche, die ich am meisten mochte. Aber seit ich selbständig und geschieden war, waren sie eine Katastrophe voller unerfüllter Erwartungen.

Dieser heutige jedoch, so schwor ich mir, würde anders sein. Ich würde beweisen, daß ein Single einen Samstagabend allein verbringen, ein gutes Abendessen genießen und sich einen Film ansehen konnte und dabei nicht einsam sein mußte. Gegen sieben duschte ich, zog mein bestes Hemd mit einer Paisley-Krawatte und eine Jeans an – eine hübsche Kombination, wie ich dachte – und machte mich auf den Weg in mein altes Viertel mit seinen Kinos, schicken Restaurants und Musikkneipen.

Im Flur schnappte ich mir die Morgenzeitung und sah oberhalb der Reklame für Alaska-Lachs und einen umwerfenden kalifornischen Chardonnay im Sundowner Grille, daß Janis Ian im Blue Bird Café spielte. Das Blue Bird war an Samstagabenden immer überfüllt, vor allem, wenn bekannte Künstler da waren. Ich war gegen neun mit dem Abendessen fertig, fuhr dorthin und holte, einer plötzlichen Eingebung folgend, zwei Karten.

Es stimmt schon, zwei Karten. Ich hatte mir vorgemacht, ich würde an einem Samstagabend allein eine schöne Zeit haben. Was ich aber wirklich wollte, war Rachel sehen, und je mehr ich darüber nachdachte – ganz zu schweigen von der

Wirkung der Sonne beim Arbeiten, dem Bier und dem größten Teil einer Flasche Wein zum Abendessen –, desto mehr war ich davon überzeugt, daß es dumm war, das Leben so an uns vorübergehen zu lassen, wenn wir doch unseren Spaß haben und die verlorene Zeit wieder wettmachen konnten. Es war noch fast eine Stunde bis zum Beginn des Programms. Ich würde sie anrufen, bei ihr zu Hause vorbeifahren und sie abholen und ...
Nein, ruf sie nicht an, denn da hat sie die Möglichkeit, nein zu sagen. Die hat sie zwar auch, wenn ich hinfahre, aber wenn ich erst mal vor ihr stehe, wird sie schon einwilligen.
Ich ließ den Ford an und fädelte mich in den Verkehr der Hillsboro Road ein. Den ganzen Weg zu Rachel hatte ich eine grüne Welle und kam zügig voran. Als ich in Rachels Auffahrt einbog, sah ich, daß oben in ihrem Schlafzimmer Licht brannte. Ansonsten war das ganze Haus dunkel. Ich fuhr langsamer und machte die Scheinwerfer aus, denn ich wollte nicht, daß sie mich kommen sah. Es sollte eine Überraschung werden.
Ein paar Meter vom Haus entfernt stellte ich den Wagen ab, hielt den Atem an und betete, daß sich die Autotür einmal leise öffnen ließ. Ich ging um das Haus herum, kicherte innerlich fast vor Aufregung und stellte mir ihren Gesichtsausdruck vor, wenn ich die Karten hochhielt.
Ich lief also um die Ecke und direkt gegen die hintere Stoßstange eines Autos, das ich nicht gesehen hatte.
Obgleich ich mir nicht sehr weh getan hatte, war ich doch eine Sekunde lang leicht benommen. Es war pechschwarze Nacht, die Außenbeleuchtung war ausgeschaltet, und in dem sanften Licht des Schlafzimmerfensters im zweiten Stock erkannte ich nur Umrisse.
Ich tastete mich weiter. Hinter dem Auto, in das ich hinein-

gestolpert war, machte ich Rachels Wagen aus. Und in der Garage sah ich den Umriß von Conrads Jaguar.
Drei Autos, wo normalerweise nur zwei waren – Rachel hatte Besuch. Ich drehte mich wieder zu dem merkwürdigen Wagen um, fuhr mit der Hand darüber und versuchte ihn zu ertasten. Dann ging ich hinter den Wagen, und da, in dem Schimmer einer entfernten Straßenlaterne, die sich schwach in dem Chrom der Stoßstange spiegelte, erkannte ich ihn. Es war ein BMW. Ein Schauer lief mir über den Rücken.
Der BMW gehörte Walt Quinlan.

KAPITEL 26

Es war so sicher wie das Amen in der Kirche, daß ich keine Lust mehr hatte, mir Lieder über Herzschmerz anzuhören. Die Janis-Ian-Karten flogen aus dem Fenster, als ich von der Auffahrt auf die Straße einbog.

Kein Wunder, daß mir Walt nicht hatte sagen wollen, mit wem er sich traf.

Nachdem ich den Wagen die Auffahrt hatte hinunterrollen lassen, startete ich, schaltete die Scheinwerfer ein und fuhr dann so schnell, wie der alte Kasten in der Lage war, davon. Nach zwei Blocks sauste ich über das Stoppschild in die Hillsboro Road, anschließend über die zwei Ampeln zur Freeway-Auffahrt. Und ich trat weiter aufs Gas, so daß das Lenkrad flatterte, als hätte es Schüttelfrost.

Ich fühlte mich wie ein kompletter Idiot. Dabei ging mir nicht so sehr an die Nieren, daß Rachel mit mir geschlafen hatte. Was soll's, es schlafen tagtäglich Leute zusammen, ohne daß sie sich einander auch nur ordentlich vorstellen. Das passiert ständig.

Nein, was mich so mitnahm, war die Tatsache, daß ich ihr das ganze Theater abgekauft hatte. Solange ich denken kann, war ich in dieser Hinsicht ein Trottel gewesen. Ich interpretiere Zeichen falsch, nehme zuviel für gegeben, mache mir Hoffnungen für nichts und wieder nichts. Himmel, in meinem Alter könnte man meinen, ich hätte es inzwischen gelernt.

Eins war jetzt sicher: Ich konnte es erst mal vergessen, meine Koffer zu packen und Mrs. Hawkins meine Kündigung zu geben. Bis zu dem Zeitpunkt, als ich Walts Auto sah, war mir nicht klar gewesen, wie sehr ich von einer Zukunft mit Rachel geträumt hatte. Meine Gefühle für sie waren erneut erwacht, und es schien einfach natürlich, daß wir es noch einmal zusammen versuchen und schließlich wiederfinden würden, was wir einst miteinander teilten, bevor Conrad kam und alles zerstörte.

Ich überquere den Cumberland River auf der Brücke der Interstate 265, und das Wasser unter mir durchschnitt die Nachtlichter der Stadt wie ein dunkles Band. Ein einziger Schlepper tuckerte langsam flußaufwärts gegen den Strom. Die bernsteinfarbene Freewaybeleuchtung warf harte Schatten auf den dunklen Beton. Die Nachtluft war erfüllt vom Geruch der Gipsfabrik.

Ich fuhr vom Freeway runter zum Ellington Parkway, ein Schleichweg von Downtown Nashville nach Norden Richtung Madison. Der Ellington Parkway begann neben einem der ehrgeizigsten Bauprojekte der Stadt, und der Bauzaun aus Maschendraht, der den Highway von der Baustelle trennte, war an einigen Stellen defekt, an anderen ganz heruntergerissen.

Ich schlug, angewidert von mir selbst und dem Leben im allgemeinen, aufs Lenkrad ein. An der Douglas Avenue verließ ich den Parkway, steuerte durch die einer Achterbahn ähnlichen Hügel zu meinem eigenen Viertel zurück in die Sicherheit meiner Wohnung, ging nach oben, verriegelte die Tür hinter mir und warf meine Klamotten auf einen Haufen in die Ecke. Dann öffnete ich den Kühlschrank und stellte fest, daß kein Bier mehr da war. Verdammt, dachte ich, ich könnte einen guten Drink gebrauchen.

Das einzige Problem war, daß ich schon vor Jahren mit guten Drinks aufgehört hatte, weil es mir nie sonderlich viel Glück gebracht hatte. Ich mochte das Gefühl nicht, die Kontrolle zu verlieren, dieser Schwindel, der sich einstellt, kurz bevor man Richtung Toilette stürzt.

Aber ich wollte betrunken sein, wollte mich in dem Zeug ersäufen, bis mein Kopf sich drehte wie ein wild gewordenes Riesenrad. Ich wollte alles vergessen: Conrads Ermordung und auch die von Mr. Kennedy, den Schweißgeruch in der Racquetballhalle, den Glanz der Schweißtropfen auf Rachels Gesicht, als sie sich unter mir in den Laken wand.

Ich löschte das Licht und ging ins Bett. Draußen war es auf merkwürdig schaurige Weise still. Am Samstagabend wurden in Nashville im allgemeinen wilde Partys gefeiert, man hörte quietschende Reifen von Halbstarken beim Kampf darum, ihre Freundinnen und sich gegenseitig zu beeindrucken, und gelegentlich eine unheilvolle Schießerei. Aber heute abend war da nichts, nur Stille.

Ich lag die halbe Nacht da und versuchte vergeblich Schlaf zu finden, dieses wundervolle, leere, dunkle Loch, in das ich treten und für immer und ewig fallen konnte, frei von Gedanken und Gefühlen. Ich mußte unbedingt mit dem Grübeln aufhören, und genau das schien so mit das einzige zu sein, wozu ich nicht in der Lage war. In meinem Kopf sah ich immer wieder dieselben Bilder.

Wie Conrad unter mir lag, während seine Lebenslichter langsam ausgingen.

Wie Rachel kurzatmig unter mir lag.

Wie Bubba Hayes auf mir saß und mich mit Schenkeln wie Baumstämme niederdrückte.

Wie Walt über mir stand, als er mir beim Racquetballspiel aufhalf, während sein Schweiß auf mich tropfte.

Rachels Gesicht vor dem Hintergrund der Zimmerdecke, als sie rittlings auf mir saß und wir wie wild miteinander vögelten.

Die rot leuchtenden Digitalzahlen auf dem Wecker zeigten

4.30, als ich das letztemal darauf schaute. Dann glitt ich schließlich in einen unruhigen, leichten Schlaf, der alles andere als erholsam war. Völlig erschöpft wachte ich gegen sieben wieder auf.

In der Küche breitete ich die Sonntagszeitung auf dem Tisch aus, konnte mich aber nicht richtig konzentrieren. Meine Augen brannten vor Schlafmangel, und ich fühlte mich gebrechlich und alt.

Selbst jetzt konnte ich mit dem Grübeln nicht aufhören. Ich sah immer noch Rachels Haus vor mir, das wertvolle Mobiliar, den großen Rasen, die Autos und die teuren Kleider. Je mehr ich darüber nachdachte, desto merkwürdiger schien es mir, daß sich Conrad Fletcher all dies leisten konnte, aber nicht in der Lage war, seinen Buchmacher zu bezahlen. Hunderttausend Dollar, sagte Bubba, schuldete er ihm. Das war nicht gerade ein Taschengeld, aber für Conrad waren es vermutlich nur ein paar Monatsgehälter. Für mich war es ein Vermögen. Wenn ich einem Buchmacher so viel Geld schuldete, könnten es auch genausogut hundert Millionen sein. Aber Conrad *wäre* imstande gewesen, es abzubezahlen. Wieso tat er es nicht?

Unter Umständen lag die Wahrheit aber auch woanders. Vielleicht, so überlegte ich, waren es gerade das Haus, die Autos und der Lebensstil, die es Conrad unmöglich machten, seine Schulden bei Bubba zu begleichen.

Wenn dies stimmte, hatte die Oberfläche einen Riß bekommen. All meine perfekten Überlegungen waren dann falsch, waren wie der Schal, den ein Magier benutzt, um seine Taschenspielertricks vorzuführen. Ich saß am Küchentisch, starrte über eine Stunde die Wand an und grübelte. Irgendwas stank da zum Himmel.

»Sie sehen schlecklich aus.«
»Danke, Mrs. Lee. Ich freue mich auch, Sie zu sehen.«
»Wo sind Sie gewesen?«
Ich schaute über die Theke, während Mrs. Lee meine Bestellung auf einen grünen Zettel schrieb. Sie war so mürrisch wie immer, was vermutlich daher rührte, daß sie ihr Leben riskiert hatte, um ins Land der Freiheit und der unbegrenzten Möglichkeiten zu kommen, und dann entdeckte, daß diese Freiheit und die unbegrenzten Möglichkeiten darin bestanden, sich für den Rest ihres Lebens von sieben Uhr dreißig morgens bis neun Uhr dreißig abends abzurackern.
»Sagen Sie mir nicht, daß Sie mich vermißt haben?«
»Ich velmisse nie jemanden«, giftete sie. »Wil haben nul dlei Tage hinteleinandel zuviel Hähnchen gemacht, weil Sie nikt sind gekommen. Hat mich gekostet viel Geld.«
»Ich gebe Ihnen ein gutes Trinkgeld.«
»O ja, hab ich so was nikt schon mal ilgendwo gehölt?«
Sie verschwand hinter der Edelstahltheke zwischen der Kasse und der Küche. Ich konnte ihren Mann dort stehen sehen, wie er am heißen Wok schuftete.
Möglicherweise standen die Dinge gar nicht so schlecht. Und vielleicht hatte Mrs. Lee ja einen Job für mich. Es gab Zeiten, in denen ich ein teuflisch gutes Mooshu Pork machte, damals, als Lanie und ich noch verheiratet waren.
Mrs. Lee kam einen Augenblick später mit einem dampfenden Teller zurück. Sie schob ihn über die vordere Theke.
»Ich habe extla Hähnchen fül Shadow dlaufgetan. Essen Sie nikt alles auf.«
Ich lächelte sie an. »Mrs. Lee, Sie gehören zu den wenigen wirklich wunderbaren Menschen, die ich je getroffen habe. Ich meine das ernst.«

»Ja, und Sie leden nul Unsinn?« Sie wackelte mit einer Ladung schmutziger Teller davon.

So lange war ich noch nie nicht bei Mrs. Lee gewesen, seit ich nach East Nashville gezogen war. Mir war wohl nicht klar, wie sehr dieser Teil der Stadt meine Heimat geworden war. Es ist merkwürdig, daran zu denken, daß ich früher in Lokalen mit Namen wie Mario's oder Chef Sigi's und Arthur's gegessen habe, alles Restaurants, in denen man in den Bürgermeister, den Polizeichef oder auch den Chef der Firma Nissan in Smyrna hineinlaufen konnte. Wenn man zu zweit war und verließ eines dieser Lokale, war die VISA-Karte drei Stellen näher daran, gesperrt zu werden, als zuvor.

Früher dachte ich, mir gefiel dieses Leben, ich bedauerte sogar, es verloren zu haben, aber als ich feststellte, daß Mrs. Lee mich schon nach wenigen Tagen vermißt hatte, tat mir das besser als all die dreistelligen Diners.

Hier war ich zu Hause. Wie merkwürdig ...

Es war vermutlich in Ordnung, daß ich nicht auf die andere Seite der Schienen zu Rachel ziehen würde. Ich aß das Szechuan-Hähnchen mit einem Genuß, der fast krankhaft war. Die Abendessen, für die ich in Green Hills fünfundzwanzig Dollar hingelegt hatte, hatten mich nicht annähernd so gesättigt wie das Essen für drei Dollar fünfundneunzig bei Mrs. Lee.

Ich holte die letzten Stückchen Huhn aus der Sauce und tauchte sie einzeln in mein Glas Wasser, um das meiste des scharfen Pfeffers und des Chiliöls abzuwaschen. Wenn ich eines Tages einmal in Eile sein und Shadow etwas ungewaschenes Huhn geben würde, würde sie mir wohl den Kopf abreißen.

Ich wickelte das Huhn in ein paar Papierservietten und stopfte sie in meine Jeanstasche. Um elf Uhr dreißig fuhr ich hinaus auf die Gallatin Road, das heißt, ich begab mich mitten in den Kirchenverkehr, aber ich hatte es nicht eilig, ja ich war mir noch nicht einmal sicher, ob ich an einem Sonntag herausfinden konnte, was ich wissen mußte.

Es war ein grauer Tag, die Wolken über mir sahen nach Regen aus. Ich fühlte mich nach dem Essen jedoch besser und hatte an diesem Morgen etwas, was mehr oder weniger einem Handlungsplan glich. Es dauerte zwanzig Minuten, bis ich bei Lonnie war. Die Seitenstraße, die zu dem Schrottplatz führte, war menschenleer, die Werkstätten und Puffs waren geschlossen, und die Rocker waren irgendwo hingegangen, wo sie ihren Rausch nach der Sauftour vom Samstag ausschlafen konnten. Ich fuhr vor das Tor und stellte den Wagen dort ab.

Die Wolken am Himmel wurden von Minute zu Minute bedrohlicher. Die Spätsommergewitter kommen in diesem Land aus dem Nichts, und man kann innerhalb kürzester Zeit von gleißendem Sonnenschein in einen Tornado geraten. Ich ging zum Tor und rüttelte daran, in der Hoffnung, in den Wohnwagen zu kommen, bevor die Wäsche begann. Shadow trottete aus ihrem Versteck hinter dem Wohnwagen hervor, schaute aber noch mißtrauisch.

»Hallo, Shadow!« rief ich ihr zu. Sie hatte mich seit Tagen nicht gesehen und brauchte ein paar Sekunden, bis ihre hündischen Synapsen das entsprechend gespeicherte Gedächtnisbit lokalisiert hatten.

Sie kam langsam und vorsichtig näher, und dann begann sie mit dem Schwanz zu wedeln.

»Shadow, Mädchen, wie geht's dir?« Ich schob den Riegel nach hinten, öffnete das Tor und ging hinein. Sie war mit einem Satz bei mir, legte mir ihre Pfoten auf die Schultern und blies mir ihren muffigen Atem direkt ins Gesicht. Ich tätschelte sie und freute mich, sie wiederzusehen.

Hinter ihr öffnete sich die Wohnwagentür, und Lonnie erschien in einer abgetragenen Jeans und einem weißen T-Shirt. Er könnte so gut wie jeder andere James Dean spielen, dachte ich.
»He, Fremder«, sagte er.
»Hallo, Lonnie.« Ich nickte ihm zu, dann machte ich einen Schritt nach hinten, nahm Shadows Pfoten von meinen Schultern und ging noch ein wenig zurück. Ich griff in meine Tasche, holte das faustgroße Stück Huhn heraus und wickelte es aus der Serviette.
»Gib Laut. Gib Laut, Shadow.«
Sie setzte sich und reckte den Kopf erwartungsvoll nach oben.
»Gib Laut!«
Sie ließ ein Bellen hören, das mehr ein Röhren war als sonst etwas, und in diesem Augenblick warf ich das Hähnchen in die Luft. Sie sprang hoch, und ihre Kiefer schnappten zu wie eine Bärenfalle.
»Du verziehst sie, verdammt noch mal. Ich muß mit ihr leben.«
»Das ist schon in Ordnung«, sagte ich, kraulte sie hinter den Ohren und ging dann zur Veranda. »Sie hat es verdient.«
»Ja, stimmt«, erwiderte Lonnie. Ich streckte ihm die Hand hin, und er weigerte sich prompt, sie zu nehmen. »Wasch dir erst mal das Fett ab.«
Wir traten in den Wohnwagen, und ich ging zu der verdreckten Spüle, in der an den Rändern Schmierfett und angetrocknetes Motoröl klebten, und drehte das Wasser an.
»Du schüttelst mir nicht die Hand, weil ich ein bißchen Huhn daran habe, aber du würdest ein Glas Wasser aus dieser schmutzigen Spüle trinken!«

Lonnie lachte. »Wer behauptet denn, daß ich Wasser trinke? Ich trinke kein Wasser. Das Zeug schmeckt nicht.«
»Ich muß dir einen dieser Wasserfilter besorgen. Der filtert das ganze Chlor und den Mist, den sie reintun, wieder raus.«
»Es müßte ein Filter sein, der es schafft, daß Wasser aus Nashville gut schmeckt und nicht so, als käme es aus einem Schwimmbecken.«
Der Tisch mit dem Loch war in eine Ecke geschoben worden. In der Mitte des Raums auf einer alten Decke lag so eine Art auseinandergenommener Motorradmotor.
»Baust du ein Motorrad zusammen?«
Lonnie schaute mich wirklich ernst an, dann setzte er sich auf einen Stuhl und stützte sich mit den Füßen an der Wand ab. »Du bist nicht hergekommen, um über Motoren zu sprechen und Shadow zu füttern. Es ist eine Woche her, seit ich dich zuletzt gesehen habe. In welchen Schwierigkeiten steckst du jetzt?«
Ich drehte einen Stuhl herum, setzte mich rittlings darauf, legte das Kinn auf die Stuhllehne und erzählte ihm alles, was seit dem Tag, an dem Conrad beerdigt wurde, geschehen war. Ich begann mit Bubba und arbeitete mich dann zu James Hughes und den Medizinstudenten, LeAnn Gwynn, Jane Collingswood, Albert Zitin und allen anderen durch, die mir einfielen und die auch nur entfernt als Mörder von Conrad Fletcher in Frage kamen. Und ich schloß damit, wie ich in der vorigen Nacht zu Rachel gefahren bin, dort Walt Quinlans Wagen entdeckt und gesehen hatte, daß alle Lichter gelöscht waren bis auf die im Schlafzimmer.
Lonnie pfiff durch die Zähne. »Da hast du dich in eine ganz schöne Scheiße reingeritten. Die verfluchten Rechtsverdreher stoßen dir jederzeit das Messer in den Rücken.« Lonnie war Walter Quinlan nie begegnet. Sie verkehrten nicht

gerade in denselben Kreisen. Aber er wußte, wer er war.
»Willst du hören, was ich glaube?«
»Sicher.«
»Ich glaube, sie hat ihn umgebracht.«
»Rachel?«
»Ja. Wenn ein Mann getötet wird, schaut man sich zuerst einmal seine Frau an.«
Ich saß einen Moment da und blickte ins Leere. »Glaube nicht, ich hätte nicht daran gedacht«, sagte ich schließlich. »Aber es macht keinen Sinn. Und außerdem hat sie ein wasserdichtes Alibi.«
»Wasserdichtes Alibi, ja? O Mann, bist du naiv. So etwas gibt es nicht. Und was meinst du mit ›es macht keinen Sinn‹? Sie hat dir doch erzählt, daß sie sich nicht verstanden.«
»Na und? Man tötet nicht jemanden, nur weil er nicht nett zu einem ist. Sie hätte vielleicht die Scheidung eingereicht, aber sie hätte ihn nicht getötet. Ärzte bringt man nicht um die Ecke, man läßt sich von ihnen scheiden und nimmt ihnen alles, was sie haben.«
»Und sie hatten viel, was es wert war zu besitzen?«
»Du solltest das Haus mal sehen, Lonnie. Wie bei den Leuten aus dem Country Club. Ich weiß nicht, wieviel er verdiente, aber es muß 'ne Menge gewesen sein.«
»Du achtest wieder nur aufs Äußere. Mann, du mußt dahintergucken und auf das Drumherum achten.«
»Ich weiß. Deswegen bin ich heute hergekommen.«
»Wirklich?« fragte er verwirrt. »Was habe ich damit zu tun?«
»Hast du deinen Laptop noch?«
Lonnie lächelte. »Macht Elvis noch Schallplatten?«
»Also los.«
Lonnie stand auf, und wir gingen in den hinteren Raum des Wohnwagens. Hier war Lonnies Büro, seine elektronische Überwachungseinrichtung, hier waren Computer,

Nachtsichtgeräte, Kameras, Abhörgeräte, supergeheimes Zeug, mit dem man nicht gerne bei einer Routinekontrolle erwischt würde. Nur würde diesmal alles legal zugehen.
Lonnie öffnete den Deckel seines Laptops, klappte ihn nach hinten, und es wurden ein Bildschirm und ein integrierter Drucker sichtbar. Der Laptop war ein Spezialcomputer, den er von dem Kreditbüro gemietet hatte. Man mußte ihn nicht programmieren, sondern schaltete ihn nur ein, und er lud sich von selbst.
»Hast du seine Sozialversicherungsnummer?«
»Nein, die kenne ich nicht. Können wir eine Auskunft abfragen?«
»Sicher.« Lonnie tippte einen Befehl ein, um das Kreditbüro anzuwählen.
»Wird der Computer Conrad schon als verstorben registriert haben?«
»Vielleicht. Ich bin nicht sicher. Manchmal braucht es zehn Tage, manchmal ein paar Wochen. Es kommt drauf an, ob Rachel sie schon benachrichtigt hat.«
Mein Magen krampfte sich zusammen, als auf dem Bildschirm eine Nachricht und anschließend ein Auswahlmenü erschien. Dies war schäbiger als alles, was ich bisher in meinem Leben getan hatte. Ich hatte das Gefühl, Rachel zu betrügen, und empfand dies als so ernsthaften Vertrauensbruch, daß er für den Rest meines Lebens wie eine latente Virusinfektion an mir nagen würde.
Am schlimmsten war, daß ich nicht wußte, ob ich das tat, weil es zu meinem Job gehörte oder weil ich es aus einem krankhaften Zwang heraus wissen wollte.
»Hast du einen zweiten Vornamen oder irgendeine Initiale?«
»Nein«, sagte ich. Ich stand hinter Lonnie, während er dasaß

und Befehle eingab, und schaute über seine Schulter auf den silberblauen LCD-Bildschirm.

Lonnie gab eine Reihe von Buchstaben ein, gefolgt von *Fletcher, Conrad*. Er drückte auf die Taste EINGABE, und dann mußten wir, wie es mir schien, lange warten.

»Vielleicht funktioniert es am Sonntag nicht«, meinte ich.

»Doch, die Büros sind geschlossen, aber der Computer ist vierundzwanzig Stunden am Tag, sieben Tage in der Woche in Betrieb. Außer, wenn er zusammenbricht oder wegen Wartungsarbeiten ausgeschaltet wird«, erklärte er mir.

Auf dem Bildschirm erschien ein Schwall von Buchstaben. Es gab vier Conrad Fletcher, jeder mit einer anderen Zwischeninitiale und einer anderen Adresse.

»Das ist er«, sagte ich. »Der dritte.«

Lonnie bewegte den Cursor in die Zeile und drückte auf EINGABE. »Der Ausdruck wird ein, zwei Minuten dauern. Magst du einen Kaffee?«

»Deinen Kaffee?« fragte ich.

»Ja, wessen Kaffee soll es verdammt noch mal sonst sein?«

»Nein danke, ich brauch' im Moment keinen.«

Der Thermodrucker fing an zu summen und spuckte Zeile für Zeile Papier aus. Ich lief hin und her, während Lonnie seine Kaffeetasse holte. Ich hatte Angst, den Bericht anzuschauen, als er aus dem Computer kam. Ich hatte immer noch Gelegenheit, mich anders zu entscheiden. Ich mußte ihn nur zerreißen und wegwerfen und konnte dann weiterhin ohne Scham in den Spiegel sehen.

Der Computer piepste als Zeichen dafür, daß der Bericht durchgegangen war. Dann summte der Drucker, als er den Rest des Papiers auswarf. Lonnie kam mit einem dreckigen Becher Kaffee ins Büro zurück.

»Gut«, sagte er, stellte den Becher auf den Schreibtisch und

griff hinter den Computer, um das Papier abzureißen. »Wollen mal sehen, was wir da haben.«
Ich trat einen Schritt zurück, als er das Papier aus dem Computer riß. Er hielt es unter die Schreibtischlampe und überflog es. Sein Blick wanderte auf dem Papier hin und her.
»Und?« fragte ich.
Lonnie drehte den Kopf zu mir, während er noch über den Schreibtisch gebeugt war.
»Heilige Mutter Gottes«, murmelte er.

KAPITEL 27

Der Schmerz schoß hinten im Hals hoch und strahlte wellenartig in meinen ganzen Kopf aus.
»Was ist?« fragte ich.
Er reichte mir das zusammengerollte Blatt Papier. Es hatte einen gräulichen Farbton, fast so, als wäre es naß. Berichte von Kreditbüros sind komplizierte Gebilde; man muß die Codes kennen, sonst sind sie weitgehend nicht zu entschlüsseln. Als ich anfing, für Lonnie nach Personen zu fahnden, gab er mir einen Prospekt, der alles erklärte, aber ich hatte seit einigen Wochen nicht mehr reingeschaut.
Eine Reihe Sternchen war oben über dem Bericht, unterbrochen nur von den Buchstaben REF A64 in der Zeilenmitte. Darunter war eine Zeile mit dem Text: NM-FLETCHER, CONRAD, J., DR. und darunter wiederum die Adresse und Conrads Sozialversicherungsnummer.
Der erste Teil des Berichts bestand aus personenbezogenen Daten: sein Alter, das Datum, an dem er den Kredit erhalten hatte, der Name der Ehefrau, ihr Mädchenname, ihre Sozialversicherungsnummer und ihre Adressen in den letzten fünf Jahren. Dann folgten Conrads Arbeitgeber, seine Stellung und seine Bezüge.
»Alle Achtung, er hat ja eine ganz schöne Summe kassiert.« Conrad hatte im Vorjahr etwas über zweihundertfünfzigtausend Dollar verdient.
»Lies weiter«, forderte Lonnie mich auf. Er konnte die Daten viel schneller erfassen als ich. Er war in der Lage, einen zweiseitigen Bericht durchzugehen und das wichtige Material in etwa dreißig Sekunden rauszupicken.
Also las ich weiter. Es gab eine Rubrik für amtliche Vermer-

ke, in der nichts stand. Zumindest hatte er keinen Konkurs hinter sich, und es lag auch sonst nichts gegen ihn vor. Die nächste Rubrik begann nach einer weiteren Sternchenzeile, dann folgte eine Reihe von Spalten mit den Überschriften: FIRMA, DERZEITIGE STELLUNG, RPTD-OPND, LIMIT P-D, HICR TERM, BAL und 24-MONATSÜBERSICHT.

»O Mann, schau dir das an!« rief ich, als mich die Wirkung der Eintragung mit ganzer Gewalt wie ein Schlag von Bubba in die Magengrube traf.

»Die beiden steckten bis zum Hals in der Scheiße«, sagte Lonnie. »Auf ihrem Haus liegen zwei Hypotheken. Sie sind bei der ersten einen und bei der zweiten drei Monate im Rückstand.«

»Und die beiden Autos sind geleast.«

»Und sieh hier, in dieser Rubrik.« Lonnie zeigte auf eine Stelle. »Ein Mercedes ist ihnen letztes Jahr wieder abgenommen worden.«

»Das bedeutet dieser Code?«

»Ja. Aber ich war es nicht, der ihn abgeholt und rückgeführt hat. An ein Auto wie dieses würde ich mich ziemlich sicher erinnern.«

Plötzlich fühlte ich mich wie benommen. »O Mann, ich muß mich setzen.«

»Kein Problem.« Er zog den Stuhl vom Schreibtisch zu mir hin.

Das war sie also, die große amerikanische Erfolgsstory. Kein Wunder, daß es Spannungen in ihrer Ehe gab. Es ist hart, ein mittleres sechsstelliges Einkommen zu haben, wenn man einen Lebensstil hat, der einem hohen sechsstelligen Einkommen entspricht.

»Sieh mal«, sagte ich, »zwei MasterCards, drei VISAs, American Express Gold, Optima, Diner's Club, Carte Blanche.«

»Alle gesperrt, weil sie das Kreditlimit überschritten haben«,

kommentierte Lonnie, der hinter mir war. »Bei der VISA sind sie drei Monate im Rückstand, bei den anderen zwei.«
»Wo ist das ganze Geld hingegangen?« fragte ich entgeistert.
»Keine Ahnung. Vielleicht Koks?«
»Glaub ich nicht. Wenn du solche Mengen schnupfst, merken das die Leute. Ich denke, es ist der hohe Lebensstil. Reisen, Autos, Kleider, Restaurants.«
»Schau mal her, das ist eine weitere Hypothek, darauf würde ich wetten. Bank of Cookeville – das ist oben am Center Hill Lake. Fünfundsechzigtausend stehen da aus. Mann, das muß wohl ein Ferienhaus sein oder so etwas. Und sieh in der nächsten Spalte. Hier sind sie vier Monate im Rückstand. Ich weiß nicht, warum die Bank nicht bereits die Zwangsvollstreckung eingeleitet hat.«
Ich starrte auf das Papier, sah Buchstaben und Zahlen, stand aber zu sehr unter Schock, um das Ganze richtig zu verstehen.
»Mann, guck dir das an«, fuhr Lonnie fort. »Saks Fifth Avenue, Neiman-Marcus, Dillards, Castner's, Lord & Taylor. Verdammt noch mal, was haben die zwei nur getan? Sind sie jedes Wochenende zum Shopping nach New York geflogen?«
»Hier ganz unten«, sagte ich und zeigte aufs Papier, »da ist eine Abschreibung.«
»Zweitausendfünfhundert an die Dominion Bank. Und hier, er ist sogar mit der Rückzahlung seines Studentendarlehens im Rückstand. Das ist wirklich eine ernste Sache. Wenn man da in Verzug gerät, nehmen sie einen schwer in die Mangel. Heutzutage werden da eventuelle Steuerrückzahlungen sofort konfisziert.«
»Wenn er eine hatte. Was ich hier nicht sehe, ist ein Pfandrecht des Finanzamts.«
»Das würde nicht unbedingt hier stehen. Persönliche Pfand-

rechte erscheinen in den Berichten erst, wenn das Finanzamt bereits alles gepfändet hat, was dir gehört.«
»Und dann führen sie es auf deinem Kreditbericht auf?«
»Ja. Das hält einen davon ab, alle Schulden einfach dadurch zu begleichen, daß man neue macht. Ich sag's dir, die standen kurz davor.«
»Kurz wovor?«
»Vor dem Zusammenbruch, Mann. Vor dem Zusammenbruch.«
Ich überflog den Bericht bis zum Schluß, und jede gedruckte Zeile stellte einen weiteren Nagel für den finanziellen Sarg dar. Ich fragte mich, wie es irgend jemand überhaupt so weit kommen lassen konnte.
»Wir können den Rechner rausholen«, sagte Lonnie, »aber ich würde mal schätzen, daß sie zusammen mit den Kreditrahmen, Hypotheken und Vollstreckungsurteilen etwa siebenhundertfünfzigtausend Dollar Schulden haben.«
»Nein, das will ich nicht. Ich will es nicht wissen.« Ich ließ das Papier, das ich in der Hand hielt, zu Boden fallen, dann legte ich erschöpft meinen Kopf auf den Schreibtisch neben den Computer. Lonnie lehnte sich an den Türrahmen und drehte verlegen den Becher in seinen Händen hin und her.
»Ich weiß, Mann, daß das hart ist«, meinte er. »Aber du mußt da klar sehen. Du hast entweder deinen Kopf am richtigen Platz oder deinen Arsch am falschen.«
Ich sah auf und rieb mir die brennenden Augen. »Wie konnte das geschehen? Sie waren so erfolgreich.«
»He, du glaubst wohl, sie sind anders als andere? Ich möchte nicht zu politisch werden, mein Lieber, aber dies ist ein Vermächtnis der Reagan-Jahre. Es gab Börsenmakler-Milliardäre in New York, die den Bach runtergingen, als der Schwindel aufflog. Was läßt dich glauben, daß ein Arzt damit

durchkommen kann? Gegen Ivan Boesky war Fletcher der reinste Sozialhilfeempfänger.«
»Du hast ja recht.«
»Natürlich hab ich recht. Und ich sag dir eins: Sie hat ihn erledigt. Rachel hat ihren Mann umgebracht, so sicher wie ich hier stehe und Boxershorts unter meinen Jeans trage.«
Ich lehnte mich zurück und starrte ihn an, als wäre er ein entflohener Irrer. »Da bist du auf dem Holzweg, Lonnie. Das macht keinen Sinn.«
»Wovon um alles in der Welt sprichst du? Es macht absolut Sinn.«
»Nein, Lonnie. Das würde es tun, wenn er keinen Pfennig Schulden hätte. Aber Conrad steckte bis zum Hals in finanziellen Schwierigkeiten. Was konnte Rachel schon erben? Ich meine, wo liegt für sie der Gewinn? Vor einer Woche hatte sie noch einen Mann, der im Jahr zweihunderttausend Dollar heimbrachte. Was ihr jetzt bleibt, ist ein Haus, das die Hypothekenbank ihr innerhalb von Tagen wegnehmen wird, zwei geleaste Autos, die sie sich nicht leisten kann, und eine Handtasche voller Kreditkarten, die selbst ein Verkäufer in East Beehaysoos nicht nehmen würde.«
Draußen hörte man Donner und ein plätscherndes Geräusch, das vom Himmel kam. Ich drehte mich um und blickte durch die dünne Gazegardine am Fenster. In der Ferne schoß ein Blitz über den Horizont, gefolgt von einem Donnerschlag. Dann wurde der Regen so stark, daß innerhalb von Sekunden das Wohnwagendach ratterte, als fielen Luftgewehrkugeln auf das Metallblech.
»Conrads Tod hinterläßt sie höchstens in einer schlechteren Lage als zuvor«, sagte ich. »Jetzt hat sie nicht einmal mehr ein Einkommen.«
»Du vergißt eines, mein Lieber.«
»Und das wäre?«

»Die Lebensversicherung.«
»Ach ja«, sagte ich und wurde plötzlich böse. »Also soll ich einfach zu Rachel hinmarschieren und fragen: Wo ist der Schlüssel zu deiner Privatschatulle? Ich bin überzeugt davon, daß er eine Versicherung hatte, obwohl Gott allein weiß, wie er sie bezahlte. Was ich aber weiß, ist, daß seine Uni-Police nicht einmal annähernd die Schulden decken würde. Das wird vermutlich kaum für seine Beerdigung reichen.«
Lonnie stand mit ausdruckslosem Gesicht einen Moment ganz still da. Schließlich sagte er: »Es gibt einen Weg, es herauszufinden. Aber darüber mußt du absolutes Stillschweigen bewahren.«
»Wovon sprichst du?«
»Versicherungsgesellschaften sind wie andere Firmen auch. Sie wollen clever sein. Und so haben sie bestimmte Standards für bestimmte Berufe. Wenn ein simpler Straßenarbeiter eine Lebensversicherung über fünf Millionen abschließt, will die Versicherungsgesellschaft wissen, warum er sich so hoch einstuft. Die Masche früher war, mehrere Policen bei verschiedenen Gesellschaften abzuschließen. Aber das ist vorbei. Jetzt haben sie einen Computer. Wenn man eine Versicherung abschließen will, läßt die Versicherungsgesellschaft die Sozialversicherungsnummer durch eine Datenbank laufen, um zu sehen, wie viele Policen man bei anderen Versicherungen hat.«
»Ach komm!«
»Ja, wirklich. Man glaubt gar nicht, was man da alles rausfinden kann, wenn man ein Modem, eine Telefonnummer und ein Paßwort hat. Wenn du mit Rückenschmerzen zu einem Arzt gehst, läßt er deinen Namen erst mal durch den Computer laufen, um zu sehen, ob du schon einmal ein Verfahren wegen eines ärztlichen Kunstfehlers angestrengt hast.

Findet er einen Vermerk über eine Klage gegen Ärzte, zeigt er dir, wo die Tür ist, und empfiehlt dir, einen Medizinmann aufzusuchen.«

»Na großartig«, sagte ich. »Wir brauchen uns keine Sorgen zu machen, daß die Regierung als Big Brother auftreten könnte. Das tun die Firmen schon für uns.«

»Das siehst du richtig. Der einzige Haken ist, daß immer irgend jemand das System infiltrieren kann. Wenn man es für eine Person zugänglich macht, öffnet man es für alle. Man braucht dafür nur ein bißchen Einfallsreichtum.«

»Und laß mich raten. Du bist ein sehr einfallsreicher Mensch.«

»Das wird behauptet«, erwiderte Lonnie lächelnd. Er stellte seinen Becher hin, verscheuchte mich von seinem Stuhl und zog ihn wieder zum Schreibtisch. Dann setzte er sich und tippte auf dem Computer neben dem Laptop. Der Bildschirm leuchtete erst grün, anschließend machte der Computer den Selbsttest.

Nun erschien ein Menü. Lonnie wählte die Option COMMUNICATIONS. Er drückte ein paar weitere Tasten, bis aus dem Lautsprecher des Computers ein Wählton, gefolgt von einer Reihe von Piepstönen, kam, während der Computer wählte.

Sekunden später waren wir drin. Ich weiß nicht, woher Lonnie ein zulässiges Paßwort hatte, aber er hatte eines. Er arbeitete sich durch eine weitere Reihe Menüs, dann setzte er den Cursor auf eine Zeile mit der Bezeichnung CUST INQU.

Anschließend nahm er den Bericht des Kreditbüros und tippte Conrads Sozialversicherungsnummer ein. Der Cursor blinkte, der grüne pulsierende Fleck sah aus wie das Bild eines Herzmonitors.

»Wie lange wird das dauern?«

»Nicht zu lange. Bleib cool.«
»Das kann ich nicht, Mann.«
Der grüne Punkt hörte auf zu blinken. Dann spuckte der Computer Zeile für Zeile Zahlen und Buchstaben aus.
»Brauchst du einen Rechner?« fragte Lonnie.
Die Beträge waren groß und rund. »Ich glaube, ich komme so zurecht.«
»Das hier ist seine Universitätspolice«, erklärte Lonnie. »Schau, sie ist auf sein Gehalt abgestimmt.«
»Dann gibt es zwei Verbandspolicen. Der Rest muß privat sein.«
»Ja, sieht so aus. Hm, interessant. Es scheint, als hätte sich der gute Dr. Fletcher über etwa …«
»… zwei Millionen versichert.«
»Da bleibt nach Begleichung der Schulden eine Summe von …«
»… vielleicht eins Komma drei Millionen übrig. Würdest du jemanden dafür umbringen?« fragte ich.
Lonnie lehnte sich auf seinem Stuhl zurück und schaute mich verblüfft an. »Nur meine Mutter, Mann, nur meine Mutter …«
Ich ließ mich gegen die Wand fallen und rutschte auf den Boden. Verdammt, konnte das wirklich wahr sein? Eine große Müdigkeit überfiel mich plötzlich. Ich sah Rachel vor meinem geistigen Auge, ihr Gesicht, ihren Körper, ihr Haar. Ich roch sie in der Luft, hörte sie tief in meinem Innern. Sie war ein Teil von mir, und wenn ich auch noch nicht genau herausgefunden hatte, wie groß der Teil war, wußte ich bereits, daß er beachtlich sein mußte.
»Nein, Lonnie, das kann nicht sein.«
»Du hast mir erzählt, daß sie Krankenschwester ist, stimmt's? Sie würde wissen, was sie nehmen und wieviel sie ihm davon verabreichen müßte, oder?«

»Aber das beantwortet noch nicht die Frage, wie es geschah.«
»Wovon sprichst du?«
»Warum lag Conrad Fletcher einfach da und ließ sich das Zeug von ihr spritzen?«
»Du hast mir nie gesagt, daß er da lag.«
Ich sah ihn an. Sein Gesichtsausdruck war verständnislos. Offensichtlich wußte er wirklich nicht, wovon ich sprach.
»Ich habe es dir erzählt, erinnerst du dich nicht? Ich fand ihn im Bett auf dem Rücken liegend. Da war kein Anzeichen von einem Kampf, keine Spuren. Noch nicht einmal bei der Autopsie haben sie etwas gefunden.«
Lonnie schüttelte den Kopf. »Nein, das hast du mir nie erzählt. Alles, was du gesagt hast, ist, daß man ihm eine Art synthetisches Curare gespritzt hat. Ich dachte, daß man ihn niedergeschlagen und gefesselt hatte. Zum Henker, ich weiß es nicht.«
Ich stützte mich gegen die Wand und stand wieder auf.
»Das ist ja das Mysteriöse. Wie ist es geschehen? Wieso hat er sich nicht gewehrt? Ich habe Marsha Helms gefragt, ob es ein TASER oder eine Betäubungsvorrichtung gewesen sein kann, aber sie sagte, alle, die sie bislang gesehen hat, würden Spuren an der Kontaktstelle hinterlassen.«
Lonnie lachte, es war eigentlich mehr ein Schnauben. »Dann kennt sie die neueste Fachliteratur nicht.«
Mich fröstelte. »Wovon sprichst du?«
»Komm mit.«
Wir gingen in den anderen Raum des Wohnwagens. Dort öffnete er eine Schublade des Schreibtischs und wühlte in einem Berg von Sachen herum, bis er fand, wonach er gesucht hatte.
»Die neueste Generation, mein Lieber. Selbstverteidigungswaffe im Nahkampf. Nur in der Hand gehalten, kann man

sie gegen niemanden einsetzen. Man muß nah genug rankommen, um sie auf den Gegner zu pressen. Es ist eigentlich nur ein Kondensatorkreis. Wie die Zündspule eines Autos. Es arbeitet mit einer 9-Volt-Alkalibatterie und macht daraus eine 65 000-Volt-Spannung. Kein Einstich. Es hinterläßt keine Spuren und keinen nachweisbaren Schaden. Es schließt nur jeden einzelnen Nerv in deinem Körper kurz, und du fällst um wie ein Stein.«
Lonnie hielt das Gerät in seiner Hand nach oben, ein kleines Plastikkästchen, aus dem vier Metallzacken ragten. Er drückte auf den Knopf, und man hörte ein knisterndes Geräusch in der Luft. Ein etwa drei Zentimeter langer Funke tanzte zwischen den beiden Kontakten. Wie aus Frankensteins Werkstatt.
»Völlig legal und kostet nur fünfzig Dollar. Man kriegt es in jedem Waffengeschäft, und es macht einen Straßenräuber für etwa fünf Minuten kampfunfähig. Das gibt einem genügend Zeit, wegzulaufen und die Bullen zu rufen oder vielleicht einen Kreuzschlüssel aus dem Kofferraum zu holen und dem Schwein eins über den Schädel zu ziehen.« Er schob das schwarze Kästchen zu mir rüber. »Es verschafft einem aber auch die Zeit, den Kolben einer Spritze nach unten zu drücken«, fügte er hinzu.
Ich nahm die Betäubungswaffe und hielt sie in der Hand. Die Plastikränder des viereckigen Kästchens waren so gegossen, daß man es gut halten konnte, der Knopf befand sich direkt unter meinem Daumen. Ich schaute es mir lange an. Das verdammte Ding sah genauso aus wie ein Piepser.

KAPITEL 28

Draußen goß es in Strömen, und es war ganz dunkel geworden. Ich watete durch den Schlamm und war bis auf die Haut durchnäßt, als ich an meinem Auto ankam.
Natürlich hatte Lonnie recht. Es fügte sich alles zusammen, und vielleicht war das von Anfang an so gewesen, und ich hatte mich nur geweigert, es zu sehen. Aber ich wollte es noch immer nicht glauben. Wie konnte diese zierliche blonde Durchschnittsamerikanerin, diese Frau, die so natürlich war wie Betty Crocker, die Küchenfee, einen Menschen umbringen? Wie hatte sie sich das Alibi verschafft? Nein, es konnte nicht sein, und wenn doch, dann waren all die grundlegenden Dinge, auf die wir uns stützen, um den nächsten Tag zu überstehen, nur Illusionen, leeres Gewäsch.
Oder vielleicht war ihr Alibi tatsächlich hieb- und stichfest. Vielleicht hatte sie einen Killer engagiert. Menschen töteten heutzutage für wenig Geld, zumindest hatten meine fundierten Hintergrundinformationen bei der Zeitung immer davon gezeugt. Wenn Rachel jemanden bezahlt hatte, damit er ihn umbrachte, war es genauso, als hätte sie es selbst getan.
Ich mußte ein paar Minuten im Auto sitzenbleiben, um mich zu sammeln. Das Gebläse war längst dahin. Immer wenn die Feuchtigkeit nur einige Grade vom Taupunkt entfernt war, beschlugen die Scheiben so sehr, daß das Fahren einem Blindflug gleichkam. Ich startete den Wagen, drehte das Gebläse aus Gewohnheit und voller Hoffnung auf Hochtouren und saß da, während das Auto warm-

lief. Es war jedoch sinnlos. Der einzige Weg, durch diese Scheiben zu sehen, war, sie abzuwischen. Und selbst dann war die Sicht so schlecht, daß ich nicht wagte, loszufahren, aus Angst, von einem anderen Wagen seitlich erfaßt zu werden.

Doch das war völlig egal. Ich wollte weder wortwörtlich noch im übertragenen Sinn irgendwohin. Ich war abwechselnd verärgert und deprimiert, glaubte es und glaubte es nicht. Jemand, den ich einmal geliebt habe und vielleicht wieder liebte, war womöglich ein Mörder. Und ich mußte herausfinden, wie ich damit umgehen sollte.

Das war der beängstigendste Teil der Übung – die Tatsache, daß ich dort sitzen und überhaupt in Erwägung ziehen konnte, sie entwischen zu lassen. War ich so verzweifelt, daß ich den Mörder kannte und ihn davonkommen ließ? Wenn Rachel nicht entlarvt wurde – vorausgesetzt, sie war es –, würde sie reich sein. Aber da lief was zwischen ihr und Walter. Würde ich in ihrem reichen, behüteten, sicheren Leben überhaupt eine Rolle spielen? Bei diesem Gedanken fühlte ich mich noch mieser.

Wir sind alle aufgewachsen mit diesen kleinen, sicheren Vorstellungen von dem Leben, das wir führen, den Menschen, die wir lieben, und der Arbeit, die wir tun, und davon, wie wir für diese harte Arbeit entlohnt werden wollen. Dann geraten wir in den amerikanischen Großstadtdschungel des 20. Jahrhunderts. Die Beute geht an die mit den besten Zielsetzungen, die am schnellsten ziehen und die größten Waffen haben. Es führt leicht dazu, daß man genauso ein Riesenarschloch sein möchte wie die anderen auch.

»Hör auf zu denken, verdammt noch mal«, sagte ich laut. »Hör auf mit diesem lächerlichen Dogmatismus. Die Welt ist, wie sie ist, das ist alles, und es ist sinnlos zu schmollen, weil sie nicht so ist, wie du sie gerne hättest.«

Was ich tun mußte, war, herauszufinden, wie ich mit der Situation umgehen sollte.

In einem plötzlichen blinden Gottvertrauen fuhr ich los, hinein in den dichten Verkehr. Vor mir leuchteten die Bremslichter eines großen Chevy aus den sechziger Jahren plötzlich auf, dann schleuderten sie kreuz und quer über die Straße. Der Fahrer war aufgrund des Aquaplanings nicht mehr in der Lage, seinen Wagen unter Kontrolle zu halten. Es schüttete wie aus Kübeln. Ich trat vorsichtig auf die Bremse. Bei diesen Verhältnissen verloren die Räder rasch den Kontakt zur Straße, und man war nur noch ein Fahrgast in einem zwei Tonnen schweren, außer Kontrolle geratenen Metallhaufen. Der Chevy vor mir rutschte auf die gegenüberliegende Fahrbahn und krachte in eine Steinwand. Ich ging mit dem Tempo runter und wollte halten, aber hinter mir kam ein Sattelschlepper, und der Fahrer, der auf der Hupe stand, ließ mich wissen, daß ich, wenn ich noch langsamer wurde, als Straßenleiche enden würde.

Ja, dachte ich, die Welt ist ein gefährlicher Ort, und heute offensichtlich noch mehr als in meiner Jugend. Oder aber ich hatte es damals nur nicht bemerkt.

Ich fuhr jetzt in rascher Schrittgeschwindigkeit und wechselte problemlos auf die Linksabbiegespur. Als ich endlich auf der Gallatin Road war, hatte ich es nicht mehr weit bis nach Hause.

Eines war sicher: Ich konnte Rachel jetzt nicht sehen, konnte unmöglich mit ihr locker plaudern, Wein trinken, ein gutes Essen genießen und dann vielleicht auch noch mit ihr im Bett landen. Erst mußte ich mir über einige Dinge Klarheit verschaffen.

Das Gewitter ging genauso schnell vorüber, wie es gekommen war. Ich stand auf dem Treppenabsatz vor meiner

Küche und atmete tief ein. Ich liebte diesen erdigen Geruch, von dem nach kräftigen Regengüssen die Luft erfüllt ist. Die wacklige Metalltreppe, die seitlich am Haus nach oben führte, quietschte ein wenig. Ich fragte mich, wie lange es dauern würde, bis das Ganze runterkrachte.
Ich schaute auf die Uhr. Es war halb vier. Um achtzehn Uhr sollte ich Rachel abholen. In Green Hills gab es ein schickes, neues Restaurant, das sie ausprobieren wollte. Ich wäre lieber mit ihr in Mrs. Lees Lokal gegangen, um ihr zu zeigen, wie die andere Hälfte der Menschheit ißt.
Ich fühlte mich von Minute zu Minute mieser. Ich mußte diesen ganzen Schlamassel irgendwie in den Griff kriegen, aber zunächst mußte ich Rachel anrufen und für heute abend absagen.
Ich wählte ihre Nummer, und es läutete sechsmal, bevor sie abhob. Sie hatte vermutlich den Anrufbeantworter abgestellt. Vielleicht aber mußte sie sich auch erst aus Walters Armen losreißen! Himmel, bin ich ein Mistkerl.
»Hallo.«
»Rachel?«
»Oh, Harry, wie geht's dir?«
Ihre Stimme klang anders als sonst. Oder hörte ich sie nur anders, weil es sich jetzt in meiner Vorstellung um die Stimme einer Mörderin handelte?
»Mir geht es gut, Rachel, doch leider muß ich unser Essen heute abend absagen. Es haben sich einige Dinge im Büro ereignet, um die ich mich dringend kümmern muß.«
»An einem Sonntagabend?«
»Ja.« Ich versuchte so überzeugend wie möglich zu klingen.
»Es geht um einen meiner anderen Klienten. Es ist sehr wichtig. Mehr kann ich dir leider nicht erzählen.«
»Okay. Rufst du mich morgen an?«
»Ja, mach ich.«

»Gut, Harry. Sonst ist alles okay?«
Mein Herz pochte. Ich atmete tief ein und antwortete dann so ruhig es ging: »Ja, alles ist bestens, Rach. Ich werde dich heute abend vermissen. Aber ich werde es wieder gutmachen.«
»Okay, Harry«, sagte sie zögernd, als wäre sie sich nicht sicher, ob sie mir glauben sollte. Wenn ich sie gewesen wäre, hätte ich es nicht getan. »Ruf mich morgen an, ja?«
»Ja. Paß auf dich auf.«
»Das werde ich. Du auch.«
Ja, dachte ich, paß auf dich auf. Ich wünschte, sie hätte das vorher getan, ehe sie sich in eine Situation brachte, die uns allen über den Kopf wuchs.
Ich hatte keinen großen Appetit, aber die Fahrt zum Lebensmittelgeschäft würde mich für eine Weile ablenken, und außerdem kam ich so aus den immer enger werdenden vier Wänden meiner Wohnung heraus. Ich kaufte ein paar Salate, einen Sechserpack Bier und ein paar Snacks und fuhr durch einen Nebel in meine Wohnung zurück, der mindestens so dicht war wie der, der sich zuvor auf meine Windschutzscheibe gelegt hatte.
Zu Hause schaltete ich den Fernseher ein und suchte nach etwas völlig Anspruchslosem, was ich auch ohne große Schwierigkeiten fand. Aber während meine Augen irgend so einen Mist ansahen, kreisten meine Gedanken unaufhörlich um Rachel und das, was ich bei Lonnie erfahren hatte. Ich war mir noch immer nicht sicher, konnte es einfach nicht glauben und kam auf mindestens ein halbes Dutzend anderer Möglichkeiten. Tag für Tag sterben Ehemänner mit mehr als einer Lebensversicherung. Das heißt aber doch noch lange nicht, daß die Ehefrauen sie auf dem Gewissen haben. Rachel war Krankenschwester, aber deswegen muß sie doch nicht Conrad mit Protocurarin vollgepumpt haben.

Sie war nicht der einzige Mensch, der die Rote Liste entziffern oder eine Spritze füllen konnte.
Ich sprang im Geiste von einem Extrem zum anderen, im einen Moment schlug mein Herz wie wild, weil ich sie für unschuldig hielt, im nächsten sank es mir in die Hose, weil ich sie für schuldig hielt. Ich aß die Salate, ohne sie zu schmecken, trank zwei Bier, griff nach einem Buch, um zu lesen, aber die Buchstaben verschwammen vor meinen Augen.
Um zehn schloß ich die Tür ab, zog mich aus, löschte das Licht und ging mit einem weiteren Bier ins Bett. Drei Bier an einem Abend – Herrgott noch mal, diese ganze Geschichte würde mich noch zum Säufer machen. Im Fernsehen kamen Nachrichten. Mehr Katastrophen, Vergewaltigungen, bewaffnete Raubüberfälle – die ganze Litanei ungezügelten Horrors in der sogenannten zivilisierten Welt. Vielleicht sollte ich mir eine Pistole zulegen, vor allem bei meiner Arbeit, oder einen dieser elektronischen Totschläger. Ich fragte mich, ob sie mir damit eins über den Schädel gezogen hatte in der Nacht von Conrads ...
He, Moment mal! Ich schoß im Bett hoch. Das war die Lösung. Mein Kopf. Die Antwort befand sich unter den Wundklammern, nur war ich zu dumm gewesen, sie zu sehen. Wenn ich recht hatte, war dies der Beweis. Und wenn ich mich täuschte ...
Es gab bloß einen Weg, das herauszufinden, und der würde nicht angenehm sein. Ich knipste die Nachttischlampe an, griff nach dem Telefonbuch und fuhr mit dem Finger die Spalte mit dem Anfangsbuchstaben S hinunter, in der Hoffnung, daß er keine Geheimnummer hatte. Wenn doch, konnte ich das gut verstehen. Wahrscheinlich bekommen Bullen ziemlich oft merkwürdige Anrufe.
Spellman – da war er. Ohne Adresse, nur eine Nummer.

Ich wählte die Nummer, und ein paar Sekunden danach meldete sich eine verschlafene Frauenstimme.
»Mrs. Spellman?«
»Ja«, antwortete sie gähnend.
»Könnte ich bitte Lieutenant Spellman sprechen?«
»Er schläft. Ist es wichtig? Wer ist am Apparat?«
»Ma'am, ich störe Sie nur äußerst ungern, aber es ist sehr wichtig. Hier spricht Harry Denton. Ich bin Privatdetektiv. Ihr Mann kennt mich.«
»Kann das nicht bis morgen früh warten?«
Es konnte bis morgen früh warten, aber *ich* nicht. »Es ist wirklich wichtig, Mrs. Spellman. Und es dauert nur eine Minute.«
»Na gut«, sagte sie und reichte Spellman den Hörer.
»Ja?« kam es schroff vom anderen Ende der Leitung.
»Lieutenant Spellman, hier spricht Harry Denton.«
»Verdammt, was wollen Sie?«
»Es tut mir leid, daß ich Sie so spät störe.«
»Warum tun Sie es dann?«
»Nur eine kurze Frage. In der Nacht von Fletchers Ermordung, als Sie die Leute im Krankenhaus vernahmen und seine Familie benachrichtigten, haben Sie da irgend jemandem erzählt, daß ich einen Schlag auf den Kopf bekommen habe?«
»Verdammt noch mal, Denton, Sie wecken mich, um mich das zu fragen?«
»Ja.«
Es folgte eine lange Pause, und ich hörte etwas durchs Telefon, das sich fast wie Knurren anhörte. Schließlich antwortete er: »Ich ermittle schon seit fast zwanzig Jahren in Mordfällen, Denton. Es versteht sich doch von selbst, daß ich keine Einzelheiten preisgebe.«
»Also haben Sie es niemandem erzählt?«

»Die einzigen, die wußten, daß Sie einen Schlag auf den Kopf erhalten haben, waren die Leute, die Sie im Krankenhaus gesehen und behandelt haben.«
»Und Sie haben auch am nächsten Tag niemandem davon berichtet?«
»Nein, niemandem. Worum geht es eigentlich, Denton? Verheimlichen Sie mir etwas?«
»Danke, Lieutenant«, sagte ich knapp. »Ich lasse Sie jetzt wieder schlafen.«
Ich legte auf, saß im Bett und starrte auf die geräuschlosen flimmernden Bilder im Fernsehen.
Jetzt wußte ich es.

KAPITEL 29

Am nächsten Morgen mußte ich nicht aufwachen, denn man kann schließlich nicht aufwachen, wenn man gar nicht geschlafen hat. Ich hatte schon zuvor einige lange Nächte hinter mich gebracht, aber dies war zweifellos meine längste. Sie war nicht einmal mit den Nächten vergleichbar, in denen Lanie und ich gegen Ende unserer Ehe schweigend und schlaflos nebeneinanderlagen. Es war etwas Unwirkliches an dieser Situation, als würde ich in einem Remake eines klassischen Krimis mitspielen. Nur war dies sehr real.

Ich spülte den Rest eines geschmacklosen Kekses mit kaltem Kaffee hinunter und ging dann zur Tür. Es war sieben Uhr fünfunddreißig, und in der Regel war ich um diese Zeit noch im Bett. Aber das hier waren Tage ohne Regeln. Ich hatte die Hand schon auf dem Türgriff, als ich innehielt. Ich konnte dies nicht allein tun, ich brauchte Hilfe. Und auch Rachel würde Hilfe brauchen.

Ich ging zurück in mein Schlafzimmer und rief Walter in seinem Büro an.

»Es tut mir leid«, sagte die Telefonistin. «Er ist noch nicht da.«

»Kann ich ihm eine Nachricht hinterlassen? Es ist dringend. Eigentlich ist es ein Notfall.«

»Ja, natürlich. Ich kümmere mich darum, daß er sie gleich erhält.« Ihre Stimme klang ernst und besorgt.

Ich gab ihr Rachels Adresse. »Richten Sie ihm bitte aus, er soll mich, sobald er kann, dort treffen. Es ist sehr wichtig.«

»Kann ich ihm sagen, worum es sich handelt?«

Nein, das würde wohl nicht gehen. »Richten Sie ihm bitte nur aus, er soll dort sein.«
Auf der Fahrt zu Rachel war ich sehr gereizt, wie in der Zeit, in der Lanie wollte, daß ich sie zum Lunch traf. Ich wußte, daß sie sich von mir scheiden lassen würde. Ich wußte, was sie mir mitteilen würde. Und dennoch ging ich hin. So war es auch heute.
Ich bog in die Golf Club Lane ein und stellte mir vor, wie mir Walters BMW entgegenkam. Bei dem Gedanken mußte ich laut lachen.
Der Ford tuckerte die Auffahrt rauf und hielt quietschend hinter Conrads Jaguar. Ich fragte mich, ob sie den Jaguar behalten würde, jetzt, da sie all das Geld hatte. Ich läutete ein paarmal an der Tür, aber niemand öffnete. Doch beide Autos waren da. Komisch, dachte ich.
Ich ging ums Haus herum und dann ein paar Schritte die Auffahrt hinunter. Es war ein wunderschöner sonniger Tag. Der Himmel war tiefblau, und selbst die Luft erschien mir sauber.
Da sah ich Rachel. Sie lief ziemlich schnell auf der Straße links von mir, verschwand kurz hinter einer Hecke und kam dann wieder in Sicht. Sie bewegte sich mit einer Leichtigkeit und Grazie, die mir einen Stich in die Brust versetzten. Rachel war wirklich schön.
Sie bog in die Auffahrt ein und wurde langsamer, als sie mich sah. Die Schweißperlen glitzerten auf ihrer Haut, und sie atmete schwer.
»Hallo, Harry«, keuchte sie.
»Hallo, Rachel«, sagte ich. »Wie geht es dir?«
»Oh, ich bin ein bißchen müde und außer Atem. Aber ich freue mich, dich zu sehen. Komm rein.«
Sie lief an mir vorbei, den Kopf nach unten geneigt, mit den Armen und Schultern schlenkernd, um locker zu bleiben.

Dann zog sie die Schlüssel aus der Sporttasche, schaltete den Alarm aus und öffnete die Küchentür. Drinnen lagen noch die Reste eines Frühstücks für eine Person auf dem Teller.
»Ich geh nur schnell nach oben und hol ein Handtuch«, sagte sie, nahm die Sporttasche von der Schulter und stellte sie auf den Tisch. »Bin gleich wieder da.«
Als sie draußen war und ich sie die Treppe hinaufsteigen hörte, griff ich nach der Tasche und öffnete den Reißverschluß. Ja, da drin war etwas, das aussah wie ein schwarzes Kunststoffkästchen. Ich holte es heraus. Ein Knopf auf einer Seite, vier Metallkontakte am Ende. Genau wie das, das Lonnie mir gezeigt hatte.
Ich tat die Betäubungswaffe wieder in die Tasche und machte den Reißverschluß zu. Verdammte Scheiße, dachte ich.
Dann hörte ich sie die Treppe wieder herunterkommen. Sie hatte sich das Gesicht gewaschen, das Haar nach hinten gekämmt und sich ein Handtuch um den Hals gelegt.
»War's ein guter Lauf?«
»Ja, fast eine Stunde. Es ist toll, den Tag so zu beginnen. Magst du einen Kaffee?«
»Ja, danke.«
»Du siehst aus, als hättest du die ganze Nacht nicht geschlafen, Darling. Hattest du jemanden zu überwachen?«
»So ähnlich.« Es tat weh zu hören, wie sie mich Darling nannte.
Sie öffnete eine Packung Gourmet-Kaffee. Ich erkannte das goldene Etikett des Ladens. Sie mischten ihn selbst und mahlten ihn frisch. Er war wirklich hervorragend.
»Wieso bist du eigentlich hier, Harry?« fragte sie und goß Wasser in die Kaffeemaschine.
Mein Herz begann wie wild zu klopfen. Ich schloß die Augen und versuchte wieder ruhig zu werden.
»Rachel, wir müssen miteinander reden«, sagte ich.

Sie drehte sich zu mir um und stellte Kaffeetassen, Zuckerdose und Milchkännchen auf den Tisch. »Worüber?«
»Ich habe herausgefunden, wie Conrad getötet wurde.« Sie hielt abrupt inne, und unsere Blicke trafen sich einen Moment lang, dann wandte sie sich wieder ab.
»Wir wissen doch beide, wie Conrad getötet wurde.«
»Das ist es nicht, was ich meine. Ich meine, wie es dazu kam, daß er getötet wurde.«
»Wirklich? Wer hat meinen Mann ermordet?« fragte sie.
»Wenn du weißt, wer es war, solltest du es mir sagen.« Ihre Stimme war weich, aber eine tiefe Röte überzog ihre Wangen.
»So wie ich es sehe, wurde derjenige, der Conrad tötete, wer immer es auch war, dafür bezahlt. Ein Berufskiller. Und zwar wurde er von jemandem bezahlt, der sich in der Klinik und bei Arzneimitteln auskannte, von jemandem mit einer medizinischen Ausbildung, der ins Krankenhaus gehen und stehlen konnte, was gebraucht wurde, und dann dafür sorgte, daß der engagierte Killer seine Sache richtig machte.«
Sie lachte. Es war ein kurzes, nervöses Kichern. »Nun, das grenzt die Zahl der Verdächtigen auf etwa eintausend ein.«
»Das tut es, Rachel. Es grenzt sie gewaltig ein.«
»Also, wer war es?«
»Mir fällt da nur ein einziger Mensch ein, der sowohl das Wissen und die Gelegenheit als auch ein Motiv hatte. Eigentlich war es ein Mord, wie er im Buche steht, Rachel. Ich hätte früher darauf kommen sollen. Das erste, wonach man fragt, ist: Wer profitiert davon?«
Sie schaute mich an. Die Farbe, die ihr so rasch ins Gesicht gestiegen war, war genauso schnell wieder verschwunden.
»Es gibt nur einen Menschen, der davon profitiert«, sagte ich leise. »Du.«

In ihrem Gesicht war keine Reaktion zu erkennen, nicht einmal das geringste Zeichen von Angst. Ihre Augen blickten ungerührt und ruhig.

»Harry, du siehst zuviel fern.«

»Es wäre leicht für dich gewesen, das Protocurarin zu entwenden. Es ist kein Narkotikum, das unter das Drogengesetz fällt, wäre also für jedermann zugänglich gewesen, der sich unauffällig in der Klinik bewegen konnte.«

»Harry«, sagte sie lachend, »ich arbeite doch nicht einmal dort.«

»Aber du hast Zeit in der Klinik verbracht. Dein Mann hat da gearbeitet, und du hast ihn durch die Medical School begleitet. Du bist Krankenschwester. Du wußtest, wie das System funktioniert. Tag für Tag arbeiten viele Schwestern in diesem Krankenhaus. Man zieht die Schwesternsachen an und fügt sich problemlos dort ein. Man geht einfach hin, wo man will. Wer hätte dich aufhalten sollen?«

»Du bist verrückt«, sagte sie ruhig nach einer langen Pause.

»Ich weiß sogar, wie er ohne eine Spur zu hinterlassen bewegungsunfähig gemacht wurde. Ich weiß von der Betäubungswaffe«, fuhr ich fort. Ich nahm ihre Sporttasche, öffnete den Reißverschluß, drehte sie um, und der gesamte Inhalt fiel auf den Küchentisch. Ihre Augen wurden dunkler. »Keine Spuren. Kein nachweisbarer Schaden. Als er hilflos dalag, stach ihm der Mörder die Spritze durch die Hose ins Bein.«

»Harry, ich ...«

»Konntest du in dir fühlen, wie er starb, Rachel? Nun, ich konnte es. Ich spürte, wie er unter mir starb.«

Tränen schossen ihr in die Augen. »Ich weiß nicht, warum du mir das antust.«

»Liege ich mit meinem Verdacht falsch, Rachel? Wenn ja, zeig mir, wo ich einen Fehler gemacht habe.«

»Ja, das tust du! Wieso hätte ich ihn töten lassen sollen? Ich habe ihn geliebt!« schrie sie.
»Ich weiß von dem Geld, Rachel. Ich weiß, wie verschuldet ihr wart, und auch, wie kurz ihr vor dem Zusammenbruch standet.« Ich machte eine kurze Pause, dann sagte ich: »Und ich weiß über die Versicherung Bescheid. Du bist eine wohlhabende Frau, Rachel. Wenn du damit durchkommst.«
Sie sah mich mit ausdruckslosem Gesicht schweigend an. Ich hatte das Gefühl, daß wir eine lange Zeit so dastanden.
»Wieviel hat es dich gekostet, Rachel? Wo hast du den Kerl gefunden? Ich bin irgendwie froh, daß du es nicht selbst getan haben kannst.«
»Ich habe ihn nicht umgebracht, Harry. Und ich habe auch niemanden beauftragt, es zu tun.«
»Wie lange triffst du dich schon mit Walter Quinlan?«
Zum erstenmal sah ich Angst in ihren Augen. Sie schien zu wanken, als wollten ihre Beine unter ihr nachgeben.
»Ich fühle mich nicht gut«, sagte sie. »Ich muß mich setzen.«
Ich zog ihr einen Stuhl heran. Sie ließ sich darauf nieder und stützte die Arme auf den Tisch. Ich ging auf die andere Tischseite und setzte mich ihr gegenüber. Die Betäubungswaffe lag zwischen uns. Sie schaute sie und dann mich an.
»Ich habe sie wegen der Hunde, Harry. Ich bin schon von Hunden angegriffen worden.«
»Und du hast gesehen, was man damit tun kann, stimmt's?«
»Du verdrehst alles«, schrie sie. »Das sind schreckliche Beschuldigungen.«
»Weiß Walter darüber Bescheid, wie du Conrad hast ermorden lassen?«
»Ich habe ihn nicht ermorden lassen!«
Es war an der Zeit, meine letzte Karte auszuspielen. »An dem Morgen nach dem Mord an Conrad kam ich, um dich zu sehen. Erinnerst du dich?«

»Ja.«
»Mrs. Goddard war hier bei dir in der Küche und die Polizei im Arbeitszimmer. Und das erste, was du sagtest, war, du habest gehört, daß ich einen Schlag abbekommen habe. Du hast das gesagt, bevor du meinen Hinterkopf überhaupt zu sehen bekommen hattest.«
»Nun, ja, ich …«
»Woher wußtest du von dem Schlag, Rachel?«
»Nun … ich … ich«, stammelte sie, »die Polizei hat es mir gesagt. Einer von ihnen sagte es mir, als sie mich befragten.«
»Nein, Rachel, die würden dir so etwas nicht mitteilen. Und das haben sie auch nicht getan. Ich habe es überprüft. Es gibt nur zwei Erklärungen, wieso du wissen konntest, daß ich einen Schlag auf den Hinterkopf bekommen habe. Entweder warst du selbst da, oder derjenige, den du beauftragt hast, hat es dir erzählt.«
Sie blickte so benommen drein, als hätte sie selbst einen Schlag abgekriegt. »O mein Gott«, flüsterte sie.
»Hör zu, Rachel.« Ich streckte ihr auf dem Tisch die Arme entgegen. »Ich will dir helfen. Wir können dir helfen. Das muß nicht das Ende von allem sein.«
»Du weißt nicht, was du da redest«, sagte sie und ihre Stimme erstarb. Nach einer Weile fuhr sie fort: »Ich habe dich gebeten, die Finger davon zu lassen. Warum hast du das nicht getan, Harry?«
»Rachel, ich habe Walter angerufen. Er ist ein guter Anwalt, der beste. Er wird dir helfen. Du bist uns beiden wichtig.«
»Was hast du getan?« rief sie.
»Er ist auf dem Weg hierher, Rachel. Er wird dir helfen.«
Sie sprang vom Stuhl auf. »Du Idiot!« schrie sie. »Du verdammter Idiot!«
Ich erhob mich verwirrt. »He, was ist los? Ich will dir nur helfen!«

Sie trat auf mich zu, blieb direkt vor mir stehen und schrie, daß mir der Speichel ins Gesicht spritzte. »Oh, du warst mir wirklich eine große Hilfe! Du verdammter Dummkopf, du hast alles verdorben. Du ...«
»Rachel«, sagte ich so sanft ich konnte, »bitte ...«
Tränen traten ihr in die Augen und begannen die Wangen hinunterzulaufen.
»Warum hast du es nicht einfach so gelassen«, schluchzte sie. »Warum hast du nicht das getan, worum ich dich gebeten hatte?«
Sie verbarg ihr Gesicht in den Händen. Ihre Schultern bebten. Etwas in mir schmolz gegen meinen Willen. Ich legte die Arme um sie und zog sie an mich. Ihr Atem kam stoßweise, ihr Körper zitterte.
In dem Moment öffnete sich die Küchentür, und Walter Quinlan kam herein. Er trug ein gestärktes weißes Hemd und einen grauen Anzug. In der Hand hielt er eine teure Lederaktentasche, und das Haar war ordentlich nach hinten gekämmt. Er war mit Leib und Seele Rechtsanwalt. Und das war auch gut so, denn Rachel würde den besten brauchen.
»Hallo, Walter«, sagte ich, »danke, daß du gekommen bist.«
Rachel wurde ganz steif. Sie hörte auf zu zittern, und jeder Muskel in ihrem schlanken Körper wirkte angespannt. Sie trat einen Schritt von mir weg, wandte sich ihm zu und starrte ihn an.
»Gut, gut«, sagte Walter. »Harry und Rachel. Wie schön, euch beide wiederzusehen. Ich hoffe, ich habe euch nicht bei etwas unterbrochen.«
»Walt, hier geht es um keine Beziehungskiste«, entgegnete ich. »Wir haben ernste Probleme.«
Er lächelte, aber es war mehr ein geringschätziges Grinsen.
»O ja, wir haben wirklich Probleme. Enorme Probleme.«

Rachel wandte sich zu mir und sah mich ängstlich an.
»Harry, ich ...« Sie zögerte. »Es tut mir so leid.«
Walter stellte seine Aktentasche auf den Tisch. Er drehte an den Verschlüssen herum, dann öffnete sich der Deckel.
»Du verstehst nicht«, sagte Rachel. »Ich habe niemanden dafür bezahlt, Conrad zu töten.« Ihre Stimme war so leise, daß sie kaum ein Flüstern war, und die Farbe war völlig aus ihrem Gesicht gewichen. Unter ihren Augen waren plötzlich dunkle Ringe, als hätte sich eine unglaubliche Müdigkeit in ihr breitgemacht.
»Das war nicht nötig.« Bei den letzten Worten ruhte ihr Blick auf Walter.
»O mein Gott, Rachel, du brauchst wirklich Hilfe«, sagte ich schockiert. »Du wirst doch nicht glauben, daß dir das irgend jemand abnimmt. Walter ist Rechtsan...«
Ich drehte mich um. Als Walter mit der Linken den Deckel der Aktentasche schloß, erblickte ich in seiner Rechten eine Pistole.
Und wieder schossen mir diese idiotischen Gedanken durch den Kopf, die mitten in einer Katastrophe in den Gehirnzellen kreisen. Ich dachte: Hm, das sieht aus wie eine mit etwa neun Millimeter. Damit sollte man keine Scherze treiben.
Ich starrte ihn an, und mein Mund öffnete sich.
»Heißt das, daß wir nicht mehr miteinander Racquetball spielen?«
Walter lächelte. »Du bist immer schon ein Arschloch gewesen, Harry.«
Das ist nur ein Traum, dachte ich. Das geschieht gar nicht wirklich.
Sein Lächeln verschwand. »Es war nicht meine Idee, Harry. Sie hat mich überredet.«
»Du, Walter?« Ich war noch immer wie vor den Kopf ge-

stoßen. Diese Möglichkeit in Erwägung zu ziehen, daran hätte ich nicht im Traum gedacht.
»Es war ihre Idee, verdammt noch mal! Sie hat es geplant.«
Ich schaute Rachel an, und die wiederum starrte Walter mit einem Gesichtsausdruck an, den ich noch nie an ihr gesehen hatte. Es war ein Ausdruck reinster Angst. »Wir haben seit etwa einem Jahr ein Verhältnis«, fuhr er fort. »Sie wollte sich von ihm scheiden lassen, sobald ich Sozius sein würde. Als Sozius macht man ja endlich das große Geld.«
»Und dann wurdest du kein Sozius«, sagte ich.
Sein Blick wanderte zwischen ihr und mir hin und her. »Ja, das stimmt, Harry. Es wurde nichts aus dem Sozius. Die Beziehung zwischen Rachel und Conrad war dabei zu zerbrechen, ihre Ehe war kaputt. Sie steckten bis zum Hals in Schulden. Und ich ebenfalls. Siehst du, das war für uns beide der Weg aus dem ganzen Schlamassel.«
Er machte eine Bewegung mit der Pistole, und ich sah, daß seine Hand zitterte. »Setzt euch hin. Sofort.«
Ich blickte zu Rachel, deren Augen vor Schreck hervortraten. Sie machte einen Schritt zurück zu einem Stuhl und setzte sich, ohne den Blick von ihm zu wenden. Ich ging um den Tisch herum auf die andere Seite und setzte mich ebenfalls.
Die Pistole sah in Walters Hand klein aus, und so hatte sie wohl auch auf Mr. Kennedy gewirkt. Es war das letzte, was Mr. Kennedy in seinem Leben sah, und ich hatte absolut keine Lust, das gleiche Schicksal zu erleiden.
»Warum hast du Mr. Kennedy umgebracht?«
»Wen?«
»Den Schwarzen in dem Lincoln, der für Bubba Hayes arbeitete.«
»Oh, ich hatte seinen Namen ganz vergessen. Ich wußte, daß er dich beschattete, aber nicht, ob er was rausgekriegt hatte.

Doch dann begann er auch mich zu beobachten. Nicht ständig, aber häufig genug, daß ich dachte, er wisse mehr, als mir lieb war. Eines Nachts dann kam ich aus Rachels Haus und sah, wie er dort in seinem geparkten Wagen saß. In dem Moment war mir klar, daß er verschwinden mußte.«
Ich schüttelte langsam den Kopf. Er hatte sich noch nicht einmal an den Namen des Mannes erinnert. »O mein Gott, Walt, mußtest du ihn töten?«
»Er war drauf und dran, alles herauszukriegen, verdammt noch mal!« brüllte er, und das Haar fiel ihm in die Stirn. »Er war selbst schuld!«
Er griff nach oben und lockerte mit seiner freien Hand die Krawatte. Die Pistole hielt er die ganze Zeit auf uns gerichtet. Er schwitzte nun, und der Schweiß tropfte ihm vom Gesicht. Ich konnte an nichts anderes denken als daran, daß ich nicht an einem blöden Küchentisch sitzend sterben wollte.
»Warum ich?« fragte ich. »Warum habt ihr mich mit reingezogen?«
Walt grinste, aber es war ein schmerzliches Grinsen. »Das war auch Rachels Idee. Als ich ihr erzählte, daß du deinen Job bei der Zeitung verloren hast und Detektiv geworden bist, haben wir beide fürchterlich gelacht.«
Verletzt schaute ich zu Rachel hinüber, doch sie konnte mich nicht ansehen.
»Du warst unser Rückhalt«, fuhr Walt fort. »Wir dachten, die Cops würden Rachel nie verdächtigen, wenn sie ein Alibi vorweisen konnte und zudem einen Privatdetektiv engagiert hatte. Wir hätten nie geglaubt, daß du schlau genug sein würdest, uns auf die Schliche zu kommen.«
Ich schaute Walter an. Sein Gesicht glänzte, und er wirkte angespannt. In dem Moment wurde mir klar, daß er mich haßte. Aus irgendeinem Grund haßte mich Walter Quinlan. Ich hatte es nie bemerkt, und selbst jetzt verstand ich es

nicht. »Ich habe nichts herausgefunden, Walt, ich dachte nur, ich hätte es. Eigentlich war ich ziemlich blind.«
»Es tut mir leid, Harry«, sagte Rachel.
Ich sah sie an. Ihr Blick wirkte resigniert, als hätte sie nicht mehr die Energie, sich zu fürchten oder sich Gedanken zu machen.
»Mir auch«, erwiderte ich ruhig.
»Ist es nicht ergreifend?« Walter grinste höhnisch.
»Was geschieht jetzt?« erkundigte ich mich.
»Nun, wir können die Dinge wohl kaum so lassen, wie sie sind, oder?« Seine Stimme war kalt, es war die Stimme eines eiskalten Killers. »Nein, das können wir sicher nicht. Ich würde folgendes vorschlagen: Harry findet heraus, daß du Connie umgebracht hast. Er konfrontiert dich damit, vielleicht erpreßt er dich. Ja, das gefällt mir. Und den Zeitungen wird es auch gefallen. Du bringst ihn um, und dann nimmst du dir in einem Anfall von Schuldgefühl selbst das Leben. Eine unglückliche Liebe bis zum Ende. O ja, die Zeitungen mögen so was.«
»Nein, Walter ...«, stieß Rachel aus.
»Er hat recht, Rachel, so muß es ablaufen. Es ist die einzige Möglichkeit.«
Er lächelte mich wieder an, diesmal ein wenig wohlwollender. »Ich bin froh, daß du das verstehst. Jetzt steht beide auf, wir müssen nach hinten ins Schlafzimmer.«
Er machte eine Bewegung mit seiner Waffe. Ich erhob mich und warf rasch einen Blick zu den Sachen aus Rachels Sporttasche, die auf dem Küchentisch lagen. In dem Berg aus Taschentüchern, Kaugummi, Schlüsseln und Papier befand sich auch die Betäubungswaffe.
Wenn ich nur an die rankommen könnte.
Ich beugte mich vorsichtig ein wenig über den Tisch und hoffte, daß er gerade nicht hersehen würde. Dann ließ ich

blitzschnell den Arm über die Tischplatte gleiten und schob die Betäubungswaffe in meinen Jackenärmel. Jetzt mußte ich nur noch nahe genug an ihn herankommen. Mein Herz klopfte wie wild.
Rachel saß noch immer auf ihrem Stuhl und rührte sich nicht.
»Du meinst es ernst«, flüsterte sie.
»Steh auf!« befahl er. »Sofort!«
Dann hörte ich es. Zunächst aus weiter Ferne, doch von Sekunde zu Sekunde wurde es lauter.
»Was ist das?« fragte ich.
»Was ist was?« fragte er zurück.
»Na das. Hörst du's nicht?«
Wir standen einen Moment ganz still da. »Was ist das?« fragte nun auch Rachel und sah mich an. Vielleicht war es Glück, ein zufälliges Zusammentreffen, ein Deus ex machina, doch was es auch war, ich würde es für mich nutzen, soweit es ging.
»Sirenen«, antwortete ich. »Hört ihr's?«
Das unverwechselbare Geheul wurde sogar noch lauter.
»Hast du die Bullen gerufen, Walter?« fragte ich und versuchte soviel Ruhe wie möglich auszustrahlen.
»Halt den Mund, du verdammter Mistkerl! Los, die Treppe rauf!«
»Es wird nicht klappen, Walter, sie kommen. Ich weiß nicht, wer sie gerufen hat, aber sie kommen.«
»O Gott!« stieß Rachel aus.
»Bewegt euch!« schrie Walter. Er kam um den Tisch herum und war keine dreißig Zentimeter mehr von mir entfernt. Ich wandte ihm kurz den Rücken zu, öffnete die Hand und ließ die Betäubungswaffe in sie hineingleiten. Dann machte ich einen Schritt nach vorn, duckte mich, wirbelte herum, einen Finger auf dem Knopf, und sprang auf ihn.

Irgend etwas traf mich schmerzhaft am Hinterkopf, und ich dachte: Oh, verdammt, so fühlt sich eine Kugel an. Nur war es keine Kugel, es war der Pistolenkolben.
Ich hielt die Betäubungswaffe jetzt direkt an seinen Bauch, und mein Finger drückte den Knopf so fest, daß es schmerzte. Er schrie, und dann ging direkt neben meinem linken Ohr die Pistole los. Es war ein scharfer, scheußlicher Knall, und ich spürte, wie mein Trommelfell platzte. Kurz darauf merkte ich, wie Walter unter mir erschlaffte.
Mir war schwindlig und übel, als ich genauso auf Walter lag, wie ich vor noch nicht allzu langer Zeit auf Conrad gefallen war. Das Herz schlug mir bis zum Hals, und ich atmete ganz flach. Ich griff nach oben und nahm ihm die Pistole aus der Hand.
Die Sirenen heulten immer noch, aber sie schienen nun, da ich sie nur noch auf einem Ohr hörte, leiser. Direkt vor dem Haus quietschten Reifen.
Mühsam erhob ich mich, aber ich war benommen, und die Nerven in meinem linken Bein schienen ein Lichtjahr von meinem Gehirn entfernt zu sein. Ich konnte mich nur sehr langsam bewegen, nichts funktionierte, und in meinem Kopf hörte ich ein Klingeln.
Ich versuchte zu sprechen, brachte jedoch nichts heraus.
Rachel lag auf dem Boden, den Rücken an die Wand gelehnt, und starrte mich an.
Ein roter Fleck breitete sich mitten auf ihrer Bluse aus.
Ganz langsam, wie in Zeitlupe, drang das Geschehene zu meinem Gehirn durch. Ich ließ die Pistole fallen und ging zu Rachel.
Ihre Augen waren glasig und brachen.
Ich nahm ihre Hand. Sie öffnete den Mund, und ich legte ihr die Arme um die Schultern und zog sie an mich. Als ich meine linke Hand wieder von ihr nahm, war sie blutig.

An der Wand war ein großer roter Fleck.
Hinter mir ertönte das Splittern einer Tür, dann das Stampfen von Stiefeln. Plötzlich waren überall Arme, die mich von Rachel wegzogen. Ich wehrte mich dagegen und schrie, aber es nützte nichts.
Rachel fiel zurück an die Wand, und scharlachroter Schaum bedeckte ihren Mund.

KAPITEL 30

Irgend jemand legte mir einen blauen Kunsteisbeutel auf den Kopf, dort, wo der Verband war, den mir der Notarzt gemacht hatte, und hob dann meine rechte Hand, damit ich ihn festhielt.

»Alles, was Sie uns berichtet haben, stimmt mit dem überein, was wir uns sowieso schon gedacht hatten«, sagte Howard Spellman, der mir im Wohnzimmer gegenübersaß. »Wir hatten Auskünfte bei den Banken und Versicherungsgesellschaften eingeholt. Daß sie ein Motiv hatte, war uns durchaus klar, nur hatten wir noch nicht alle Schlußfolgerungen gezogen.«

»Was mich betrifft, befürchte ich, daß ich einfach hineingestolpert bin«, entgegnete ich. »Wenn sie nichts über den Schlag auf meinen Kopf gesagt hätte, wäre ich ihr nie draufgekommen.«

»Trotzdem, meine Bemerkung, daß Sie selbst mit beiden Händen und einer Gebrauchsanweisung nicht in der Lage seien, Ihren Arsch zu finden ...«

»Ja?« Ich drehte den Kopf, um ihm in die Augen zu sehen. Der Eisbeutel verrutschte schmerzhaft.

»Sie war unangebracht.«

Lieutenant Howard Spellman war wirklich ein bißchen nett zu mir. So was! »Vergessen Sie's. Übrigens, wieso sind Sie überhaupt hergekommen?«

»Das ist eine komische Sache«, antwortete er. »Wir hatten einen Anruf über Polizeifunk. Ein Polizist sei, wie es hieß, hier überfallen worden. Die Beamten, die hielten, hörten den Schuß. Sie haben Glück gehabt, daß sie Sie nicht abgeknallt haben.«

»Ja, in dieser Hinsicht habe ich schon immer Glück gehabt.«
»Ist das alles, was in Ihre Aussage soll?« fragte er.
»Ja, Lieutenant, das ist alles.«
»Ich lasse es tippen, und Sie kommen später bei uns vorbei, lesen es noch mal durch und unterzeichnen es, okay?«
»Ja, ich werde das gleich erledigen.«
»Nicht sofort«, sagte eine Frauenstimme. Ich blickte auf. Marsha Helms stand am Ende der Couch. »Ich glaube, diesmal muß es genäht werden.«
»Na großartig«, erwiderte ich. »Eine weitere Fahrt in die Notaufnahme.«
Spellman erhob sich und ging wieder in die Küche. Marsha und ich waren jetzt allein in Rachels Wohnzimmer.
»Du hattest Glück, weißt du das?« fragte sie nüchtern. »Die Waffe war mit Halbmantelgeschossen geladen. Hohle Kernkugel und in flüssigem Teflon eingebettetes Schrot. Zu siebenundneunzig Prozent tödlich. Wenn dich nicht die Kugel umbringt, dann vergiftet dich das flüssige Teflon.«
Ich blickte zu ihr auf. Sie redete wie ein Profi, der seinen Job tat. Kurz nachdem die Polizei die Tür aufgebrochen hatte, war sie eingetroffen, hatte die gerichtsmedizinischen Untersuchungen gemacht und die Sterbeurkunde mit einer Kälte ausgefüllt, die gleichzeitig attraktiv und abstoßend war.
»Ich glaube, ich habe das schon einmal gesagt, aber du bist erstaunlich.«
»Das wird allgemein behauptet. Wie dem auch sei, für das Opfer war es besser so. Sie war praktisch schon Geschichte, bevor sie auf dem Boden aufkam. Die Kugel ...«
»Marsh, Darling, ich möchte das nicht hören.«
Sie setzte sich auf die Couch neben mich. »Jetzt heiße ich also Marsh Darling?«

Ich sah sie an. »Ja. Ist das in Ordnung?«
Sie legte ihre Hand auf meinen Unterarm. Ihre Berührung war sanft und weich. »Wie tief hast du da dringesteckt?«
»Sehr tief«, entgegnete ich. »Aber nicht tief genug, um zu ertrinken.«
Jetzt klingelte es, doch im Gegensatz zu dem Klingeln in meinem Kopf hörte sich dieses echt an. Dann verstummte es. Einen Augenblick später schaute Spellman herein.
»Weiß irgend jemand, daß Sie hier sind?«
»Nein, wieso?«
»Nun, Mr. Hot Shot Private Eye, da ist ein Anruf für Sie.«
Ich legte den Eisbeutel auf den Couchtisch. Etwas verwirrt stand ich auf und ging zu dem Bücherregal hinüber, auf dem das drahtlose Telefon lag. Ich zog die Antenne heraus und schaltete es ein.
»Ja?«
»Es war der Anwalt, stimmt's?« Die Leitung war voller atmosphärischer Störungen, wie bei einem Autotelefon.
»Hallo, Lonnie. Woher weißt du das?«
»Ich hoffe, du nimmst es mir nicht übel, daß ich ein bißchen auf dich aufgepaßt habe. Ich dachte, es wäre besser, wenn jemand ein Auge auf deinen knochigen Arsch hat.«
»Also warst du es, der ...«
»Wenn du einen Cop willst, rufst du entweder ›Überfall auf Polizisten‹ oder du gehst in einen Doughnut-Laden.«
»O Mann, du machst vielleicht Sachen!«
»Es bleibt unter uns, okay? Ein gewöhnlicher Sterblicher darf keinen Polizeifunk in seinem Pickup haben.«
»Das stimmt. Alles, was du sagst. Und ja, der Anwalt war der Täter.«
»Ist das der, der hopsgegangen ist? Ich habe über Funk gehört, daß jemand erschossen wurde.«

»Nein, er hat sie getroffen.«
»Das ist ganz schön hart, Junge. Ist bei dir alles in Ordnung?«
Ich sah zu Marsha hinüber, die auf der Couch saß und mich anschaute. »Ja, es ist alles in Ordnung. Ich brauche nur etwas Zeit.«
»Das gehört zu den Dingen, die du hast«, sagte er. »Ruf mich später an.« Man hörte ein kratzendes Klicken, als er auflegte.
Ich legte ebenfalls auf und blickte dann aus dem Fenster. Draußen hatten sich einige Nachbarn versammelt, und auf der Auffahrt standen Polizeiautos und Notarztwagen. Und plötzlich entdeckte ich einen schwarzen Pickup mit getönten Scheiben, der langsam auf der Hillsboro Road vorbeifuhr.
Marsha trat hinter mich und legte mir eine Hand auf die Schulter.
»Komm, wir fahren besser rüber ins Krankenhaus. Deine Wunde muß genäht werden.«
Jetzt merkte ich, wie erschöpft ich war. Etwas in mir wollte zusammenbrechen, aber ich hatte noch nicht einmal dazu die Energie. Ich ging langsam an Marsha vorbei hinaus in den Flur und dann in die Küche. Die Fotos waren gemacht, die Skizzen ebenfalls, und die Voruntersuchungen waren fast abgeschlossen. Rachel lag nun auf einer Bahre in einem leuchtend orangefarbenen Sack. Zwei kräftige Notärzte hoben die Bahre hoch und brachten sie langsam aus der Küche. Ich folgte ihnen, und Marsha folgte mir.
Wir traten gerade hinaus auf die Auffahrt, als ein Polizist die Tür seines Fahrzeugs schloß, in dessen Fond Walter saß. Er starrte ohne eine Gefühlsregung vor sich hin.
»Traurig, nicht wahr?« fragte Marsha.
»Ja.«

»Sieh es mal von der Seite«, sagte sie, »du hast deinen ersten großen Fall gelöst.«
Ich schaute sie an. Wenn das kein verdrehter Blickwinkel war! »Ja. Es ist nichts mit dem Gefühl vergleichbar, wenn man bekommt, was man sich wünscht, oder?«
Wir gingen die Auffahrt hinunter zu ihrem schwarzen Porsche, und ich mußte fast lachen, als mein Blick wieder auf das Kennzeichen mit den Buchstaben LEI CHEN fiel.
»Ich werde dein ganzes Auto mit Blut verschmieren.«
Sie hielt an und untersuchte behutsam die Wunde auf meinem Kopf.
»Ich habe ein paar Taschentücher im Wagen. Im Augenblick blutet es nur leicht.«
»Sag mal, nimmst du dich eigentlich auch lebender Patienten an?«
»Oh, das ist schon eine ganze Weile her. Vielleicht bin ich aus der Übung.«
»Alles an mir ist wund«, sagte ich. »Ich könnte gut ein paar Streicheleinheiten gebrauchen.«
»Ich habe an der Medical School ein Seminar in Psychotherapie belegt. Laß mich das, was ich da gelernt habe, ein bißchen auffrischen, und wir können später darüber sprechen.«
»Vielleicht beim Dinner«, schlug ich vor.
»Ja«, sagte sie und ging weiter, ohne mich anzusehen. »Das würde mir gefallen.«
»Eine Sache noch.«
»Ja?«
»Über diesen Rigor mortis weiß ich nichts.«
Sie schaute mich merkwürdig fragend an.
»Erinnerst du dich, diese ... am ganzen Körper.«
Marsha sah noch einen Moment verständnislos drein, dann breitete sich ein Grinsen auf ihrem Gesicht aus, und ich

fühlte mich wieder lebendig. Sie lachte laut los, und die Leute drehten sich nach uns um.
»Nun, wir müssen mal sehen, was wir dagegen tun können.«
»Dr. Helms«, sagte ich und hielt ihr die Fahrertür des Porsches auf, »ich begebe mich in Ihre Hände.«

Michael Crichton

(60021)

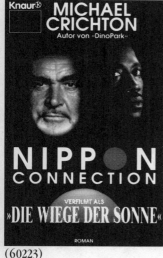
(60223)

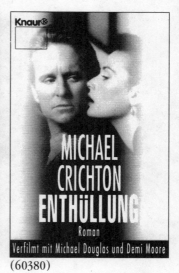
(60380)